欧·亨利短篇小说精选

[美] 欧·亨利 著　王晋华 译

巴蜀书社

北京长江新世纪文化传媒有限公司
www.cjxinshiji.com
出品

名家导读

欧·亨利的小说差不多每一篇都有一个非常漂亮的结尾，出人意料又意味深长，这么考究的结尾堪称经典。……欧·亨利的小说里有太多故事都是颂扬爱情的……表现起来真是精彩。在婚姻已经变得不再那么神圣的年代里，重读欧·亨利，除了学学他“编筐编篓”收口的本事以外，我们还能温习一下我们人类曾经有过的无比美好、无比温馨、让人带着感伤去怀念的神圣婚姻。

——马原《挚爱婚姻的欧·亨利》

（摘自马原《阅读大师（全本）：细读经典》，花城出版社 2013 年 8 月版）

名师讲
《欧·亨利短篇小说精选》的
阅读价值

名师讲
《欧·亨利短篇小说精选》的
阅读方法

译　序

欧·亨利(O'Henry,1862—1910)是美国现代短篇小说的创始人，也是艺术成就能与莫泊桑、契诃夫媲美的世界三大短篇小说家之一。他身后留下了一大批非常优秀、内容与风格都非常独特的作品，可称为短篇小说精品中的精品。正为此，百十年来他的作品一直受到世界各国读者的广泛喜爱，他的名声和作品经久不衰，流传永远。

欧·亨利的优秀的短篇小说都是现实主义的，现实生活是他取之不尽、用之不竭的创作源泉，他给自己描写纽约市生活的集子取名为《四百万》，就是因为他认为构成纽约社会生活之基础的是纽约的"四百万"市民，而不是"四百个"富翁。所以他笔下的主人公大多是市井中的人们，例如店员、办事员、医生、穷画家、公司里的经理或是小职员、农牧场的场主和牧人、打零工者，还有无业游民等。当然欧·亨利还有一些揭露和批判美国上层社会的作品，把美国的上层社会写成一个资本家、强盗和骗子三位一体的豺狼世界。比如《人外有人》写强盗、骗子和金融家三人聚在一起，强盗抢来的钱被骗子骗走，而骗子把骗来的钱投资到金融家的企业里，结果金融家买空卖空，骗子的钱还是落进金融家的腰包。金融家没有亲自出马去行骗行盗，但却是手法更高明的"骗子"和"强盗"。不过，我们大家都知道，欧·亨利的那些最优秀、最为感人、最能给读者留下深刻印象的作品都是他的描写小人物的短篇，这些作品被人们传诵不已，已经成为人类文化精神生活中的一个个瑰宝，为世人所珍爱。

欧·亨利曾将法国的莫泊桑作为自己学习的楷模，因此在这两位作家之间有一些共同点：他们写作的风格都十分简洁，对生活中的细节的观察都非常敏锐，描写的都是各行各业中的穷苦人。可不同的是，欧·亨利具有更丰富、更深厚的人性的底蕴，对生活抱着更为积极、乐观、幽默的态度，尽管有时也难免会有无奈和悲哀。所以在他的作品中，每每有非常生动的细节描写，正是通过这些细节描写，作者把他幽默的才能和丰富的情感惟妙惟肖地传达了出来，使他的作品既具有幽默感，又有很浓的人情味。另外，作为一位文学大师，欧·亨利非常善于讲故事，情节安排得环环相扣，引人入胜。而故事的结尾又往往出乎人的意料，有的结尾给人以振聋发聩之感，有的又叫人伏案深思。

欧·亨利的丰富的情感和对世事的认识，是通过他对各种各样的主题的探索和刻画表达出来的。《麦琪的礼物》和《爱的奉献》通过对两对年轻夫妇事事为对方考虑，为对方勇于牺牲自己的描写，歌颂了那种纯洁的、毫无杂念的崇高爱情，故事写得既温馨又感人，成为世人传诵的佳作。《带家具出租的房间》和《天窗室》描写的则是带有悲剧性的爱情，爱的人爱得强烈，爱得产生出幻觉，爱得可以为对方去殉情，这两篇小说写得亦真亦幻，有着浓浓的诡谲和浪漫的色彩，从浪漫和幻觉的描写中见出真情，同时也给爱情蒙上了一层悲凉、凄婉的色调。《菜单上的春天》和《绿门》也是写爱情，不过在这两篇里作者更为强调的是情缘的偶合性，与其说是巧遇，毋宁说是奇遇。《耗费钱财的情人》和《汽车等待的时候》描写的是社会上的那种庸俗、浅薄的漂亮女子，她们生活的环境和世俗的眼光局限了她们自己，自认为自己比别人聪明，结果却是错过了喜结良缘的大好时机，作者对她们是既有同情，又有针砭和讽刺。《华而不实》写的是一位世俗的美男子，跟一位漂亮、贤惠、知书达理、很有教养的富家女子偶遇，本来可以得到那位女子的芳心，结果却被自己口若悬河、哗众取宠的不实言辞给搅黄了。《最后一片藤叶》是描写人世间存在的真情和友情，一个看似已经无用的、穷愁潦倒的老艺人在故事的结尾、在其生命的最后一刻突然变得无比高大伟岸，因为他给世界留下了真爱，为挽救那位患病的年轻女子的生命，他用尽了自己最后一点力气和才能。《心和手》也是写的这一主题，为了给犯人在偶然相遇的以前的恋人面前留下一点儿尊严和体面，警官在那位恋人面前把自己说成是犯人，而犯人却暂时成了警官，表达了人们之间相互体谅和包容的情感。在生活中我们每个人都难免会有感到窘迫和无奈的时候，《感恩节里的两位男士》和《警察与赞美诗》就生动、诙谐地写出了西方社会中小人物的这种无奈，在这里有流浪汉的窘迫、尴尬，也有绅士的无奈。译者认为最能体现出作者的幽默才能和对人性的深刻洞察力的是《提线木偶》，其中最为精彩的部分是医生和就要死去的病人之间那场对话，两个恶人之间的幽默、诙谐的对白既揭示出了人性中贪婪、残酷、粗暴的一面，使我们深受启迪，又让我们在阅读中享受到了一种愉悦，一种真正的艺术会带给我们的愉悦之情。其实，欧·亨利的许多好的短篇小说都具有这样的双重的功能，这也正是其小说的魅力之所在。

另外，这部集子中的大部分篇什都是我在最近一两年内翻译的，只有《耗费钱财的情人》和《黑槲的卖主》是我二十多年前译的，曾被收在刘捷主编的《欧·亨利短篇小说精选》（1996年沈阳出版社）中。可以说这部《欧·亨利短篇小说精选》是我的新译作，希望大家在喜欢欧·亨利短篇小说的同时，也能喜欢这个译本。许多老翻译家的本子，比如说王仲年、张经浩的，至少是在二十多年前就翻译出版了，与他们的相比，我这个新译本，在译文的语言、风格等方面或许会有一个不同的风貌。

王晋华

于太原中北大学外语系

2014年8月9日

名师讲
《欧·亨利短篇小说精选》的
作者故事

目　录

耗费钱财的情人

比格斯特百货大楼里有三千名女售货员。玛西尔便是她们中间的一个。她年方十八，在男士手套部站柜台。就是在这三尺柜台前，她熟悉了人类两大性别中的各色各样的人——到商店来买手套的先生们和为先生买手套的女士们。除了对社会上各路人的这一广泛了解外，玛西尔还获得了别的知识。她把其他两千九百九十九个姑娘的智慧训诫也都听到了耳朵里，并且像马耳他猫那样，悄然而又小心翼翼地将它们储存在自己的大脑中，也许是预见到了她日后会缺少良师的指点，造物主在赐予她美丽的同时，也给了她救助自己的聪明禀性，正像造物主在赋予银狐别的动物所没有的珍贵皮毛时，也赐给了它狡黠和机敏一样。

因为玛西尔的确是个不多见的美人儿。她金发碧眼，娇艳欲滴，又有一副窗前烧烤黄油饼的女人们的那种泰然和平静神情。她站在比格斯特商店的手套柜台前，在你伸出手让人家量你的手套尺寸的时候，你会觉得是赫比[①]正站在你的面前：在你抬眼看她时，你会惊叹她如何长得了一双密涅瓦[②]的充满灵气的眸子。

商店的巡视员离开了这里，玛西尔便嚼起了她的蜜饯果；若是他又到了她这边来，她就仰面凝视，好像是眺望天上的云彩，脸上浮起甜蜜遐想的笑容。

---

① 赫比：希腊神话中的青春女神。

② 密涅瓦：罗马神话中的智慧女神。

这便是女店员的那种特有的微笑，我奉劝你还是离它远一点儿，除非是你具有铁石般的心肠，愚钝的感觉，和类似于丘比特[1]的那种嬉戏情感的本领。对于玛西尔来说，她总是在闲暇的时间里而不是在柜台前，才操起这种微笑；当然，巡视员也一定有着属于他们自己的那种笑颜。他们是商店中的夏洛克[2]，他们到处转悠是为了找寻罚款的机会。可待看到漂亮的姑娘，他们的眼睛就看不到别的地方去了。当然，并不仅仅巡视员是如此。就在前几天，报纸上还刊登了一则一位年过八旬的老人这一方面的风流事。

有一天，欧文·卡特，一位画家，百万富翁，旅行家，诗人兼汽车收藏家，碰巧来到了比格斯特百货大楼。替他说句公道话，他逛商店可不是他情愿的。他的母亲要观赏一下这里的青铜和石膏塑像制品，出于孝顺，他只得跟了进来。

卡特朝对面的手套部走了过去，想在那里逛上一会儿。他倒是真的需要买上一副，因为他出门时忘了带手套。既然他以前从来也不曾听说过手套柜台前调情的事儿，他的这一行为几乎也就没有什么可挑剔的了。

在卡特就要走到他的目的地时，他犹豫了，因为他突然意识到，丘比特式的调情嬉戏就正在他的面前展开着，这样的事情他以前还真是不知道。

三四个穿着扎眼、举止轻浮的小伙子正倚在柜台前，硬撑着要戴进去中号的手套，柜台前的几个姑娘一副乐嘻嘻的样子，有的甚至已经在跟那个领头的撩逗起来。卡特本想退回去走开，可他已经走得太近了。柜台前的玛西尔已在面对面地望着他，她那双含着诘问神情的眼睛，美丽、湛蓝，透着冷冷的光，恰是南海的浮冰映着夏日的太阳发出的那种光亮。

---

① 丘比特：罗马神话中的爱神，裸体，有双翼、手持弓箭的美男孩。

② 莎士比亚《威尼斯商人》中放高利贷的犹太人。

此时，作为画家和百万富翁的欧文·卡特，感觉到他富于贵族特征的苍白脸庞上，热辣辣地泛起一片红晕。这并非是他缺乏自信而胆怯了。他脸红是因为他意识到了什么。他很快地觉得，他已跟追逐着柜台前的咯咯发笑的姑娘们的毛头小伙子们为伍了。现在，他自己也正像丘比特幽会于栎木树下那般，依偎在柜台前，真心希望能得到卖手套的姑娘的青睐。他和比尔、杰克、米基[①]之流并不再有什么区别了，于是，他突然觉得，这帮年轻人的冒失行为倒是情有可原了，他心中油然升起一股对他所受的传统礼仪的蔑视，有了一个要把这一完美的尤物拥为己有的决心。

在手套包好，也付过了钱之后，卡特又逗留了一会儿。玛西尔红红的嘴角边上的酒窝，此时显得更深更美了。所有来这里买手套的男人们，都要这样子逗留一会儿的。她弯起一只胳膊，透过她宽松的短罩衫，她的像普赛克[②]一样的秀臂显露了出来，末了，她把胳膊肘支在了柜台边上。

在这之前，卡特还从来没有碰到过他不能自如应对的场面。可是现在，他比比尔、杰克或是米基那样的年轻人显得更为尴尬，他没有机会在正式的社交场合中碰到这位漂亮的姑娘。他在脑子里极力地搜寻着他从前读过或是听到过的有关售货女郎行为习惯方面的内容。后来他也不知怎么地得出了这样一个结论：她们有的时候并不是那么十分严格地坚持，非要通过正式的介绍，才能彼此认识不可。一想到他要邀请这位可爱贞洁的姑娘进行一次非常的会晤，卡特的心便怦怦地跳了起来。不过，他胸中涌动着的激情给了他勇气。

在泛泛地说了几句友好的寒暄话儿以后，他把他的名片放在了柜台上靠近她的手的地方。

“你能原谅我吗？”他说，“如果你认为我这样做太鲁莽的话；

---

① 比尔、杰克、米基等：正像我国的张三、李四、王老二一样，是泛称。

② 普赛克：希腊神话中以少女形象出现的人类灵魂的化身。

不过，我可是真心实意地希望，你能让我有幸再次见到你，名片上有我的名字：我向你保证，我是怀着最诚挚的敬意，来请求做你的一个朋友，来与你相识的。我能希望自己得到这一殊荣吗？”

玛西尔当然了解男人——尤其是来买手套的男人。她坦率而又笑眯眯地望着他，毫不踌躇地说：“当然可以。我觉得你的行为没有什么不妥的。尽管我一般是不和陌生男人一块出去的。这并不像是淑女所为。你想在什么时候再见到我呢？”

“在尽可能早的时间里，”卡特说，“倘若你允许我到你家造访，我将——”

玛西尔发出一阵悦耳动听的笑声。“噢，哎哟，那可不行！”末了，她郑重其事地说，“你只要看上一眼我们的单元房，你就再也不愿意去了！我们三间小屋里住着五个人，如果我带个男朋友回到家里，我就该看我妈妈的脸色了。”

“那么，”已经着了迷的卡特说，“任何一个你觉得方便的地方都成。”

“哦，我看，”玛西尔桃红色的脸庞上，显示出有了一个好主意的表情，“星期四晚上就挺合适的，你能在七点半，到第八大道和第四十八大街交叉路口的拐角处来吗？我就住在那个拐角的附近。不过，一到十一点钟，我就得回家。我妈妈从来不准我们十一点以后还待在外面。”

卡特非常感激地答应，他将准时赴约。临了，就赶紧到他母亲那里去了。因为母亲正在四下找他，想让他给鉴定一下她要买的戴安娜[1]青铜塑像。

这时，长着一双小眼睛和扁平鼻子的售货员，走到了玛西尔旁边，满含意味地看了她一眼。“你跟他搭上线了吗，玛西尔？”这位姑娘显得很近乎地问。

---

① 戴安娜：罗马神话中的月亮和狩猎女神。

“那位先生想叫我同意，允许他到我家来看我。”玛西尔神气十足地回答说，一边将卡特的名片揣进她的宽罩衫里。

“来家里访问！”这位小眼睛的姑娘忍不住地笑着重复道，“他说没说在沃尔多夫请你吃饭，然后乘他的车出去兜风？”

“啊，甭提你的那一套啦！”玛西尔有些不耐烦地说，“你总是喜欢那些艳俗的东西，自从那位消防队的水管车司机带你出去吃了一顿炒杂碎以后，你就觉得了不得了。不，他根本没提沃尔多夫；可是在他的名片上有第五大道的地址，如果他要请我吃顿晚餐，我敢打赌，绝不会是在那种便宜廉价的中国餐馆里。”

当卡特开着他的电动小轿车和母亲一块离开了比格斯特百货大楼的时候，他用牙咬着下嘴唇，心头感到了些许的痛楚。他知道在他已度过的二十九年的生涯中，爱情第一次降临到了他的身上，他爱上的人儿竟然会这么痛快地便答应了在街头跟他会面，虽说这是实现他的愿望的第一步，可随之也产生了许多颇费他思考的误解。

卡特对卖货的姑娘并不了解。他不清楚她的家是不是那种几乎小得住不下人的房子，或者是不是家里常常是亲朋满座，人多得放也放不下。也许，街道的拐角处就是她的客厅，街心花园就是她的起居间，街道便是她花园里散步的小径；然而，她于它们中间的恬适自得，大体上正如我的爱人待在她的富丽堂皇的美室中一样。

在他们第一次见面的两个星期之后，卡特与玛西尔于傍晚时分，手挽着手地走进了一个灯光暗淡的小公园里。他们在一处有树荫掩蔽的僻静地方，找到了一条长凳坐了下来。

第一次他用手臂轻轻地搂住了她婀娜的腰身。她也把一头金黄色的秀发轻轻地枕在了他的肩头。

“唔！”玛西尔惬意地舒了口气，“为什么你没有早一点儿想到这样做呢？”

“玛西尔，”卡特恳切地说，“你一定知道我是爱你的。我真心地请求你嫁给我。到现在你已经对我有了足够的了解，不会怀疑我的诚意了吧。我希望得到你，我必须拥有你。我对我们俩社会地位上的差别，一点儿也不在乎。”

“什么差别呢？”玛西尔好奇地问。

“哦，根本没有什么，”卡特很快地说，“只是一些愚蠢的人们才会这么认为，我有能力让你过奢华的生活。我的社会地位是公认的。我的财富是充裕的。”

“他们也都这么说，”玛西尔答道，“这只是他们骗你的话儿罢了。我猜想，你真正的工作也许只是个熟食店里的伙计吧。或者是以赌赛马为生。我可不像我看起来那么的单纯好哄。”

“我能提供出你所需要的一切证据来叫你相信，”卡特轻柔地说，“我需要你，玛西尔。我第一次看到你，就爱上了你。”

“他们也都是如此，”玛西尔听了禁不住笑着说，“至少他们嘴上都是这么说的。如果我能碰到一个第三次见到我，才爱上我的人，我想我可能就会也爱上他啦。”

“请不要这么说，”卡特恳求道，“相信我的话，亲爱的，从我第一眼看到你时，你就成了这个世界上我唯一所爱的女人了。”

“噢，你是个骗人精！”玛西尔笑着说，“你已经跟多少个女孩子讲过这样的话了？”

可是，卡特仍然坚持着诉说他的衷情，最后，他终于触动了深藏在这位售货小姐酥胸下面的那颗难以开启捕捉的心灵。他的话儿渗透到了她的心田里，这轻浮调笑可本来是她最安全的一道防线的。她用动了真情的眸子望着他。一片暖暖的红晕出现在她那冷冷的脸颊上。颤巍巍地，笨拙地，她像蛾子那般收拢着她的羽翼，她似乎就要准备落在这爱情的花朵上了。于是，她三尺柜台之外的那个世界的晨曦，及其诸种美好的憧憬，已经在烛照着她的心扉了。卡特感觉到了她情感上的这一变化，于是迫不及待地想去抓住这个机会。

“嫁给我吧，玛西尔，”卡特温柔地低语道，“我们将远离这座丑陋的城市，到美丽如画的都市里去。我们将忘掉工作和生意，生活将会是一个过不完的节日，我知道我应该带你到什么地方玩——我以前常到那里去。你只要想象一下，在那里的海岸边永远是夏天，海水的波浪总是轻轻地拍打着可爱的沙滩，人们像孩子那样快乐和自由自在。我们将乘船到别的海滩上去观光。你可以想在那儿待多久，就待多久。于这些遥远的城市中，其中有一个在它的城区里布满了宏伟华美的宫殿和高塔，它们里面珍藏着美丽的图画和雕像，那个城市的街道便是环绕着它的河流，人们外出靠的是——”

“我晓得，”玛西尔突然坐直了身子说，“靠的是平底船。”

“是的。”卡特笑着说。

“我早就想到你要说什么了。”玛西尔说。

“然后，”卡特继续道，“我们将继续旅行，去游览我们在这个世界上想去的任何一个地方。欧洲的城市游完之后，我们将访问印度，观光那儿的古老城市，骑骑大象，参观印度教和婆罗门教的令人惊叹的庙宇，到波斯去看骆驼长队和战车比赛，还有一切其他国家的旖旎风光。难道你会不喜欢这一切吗，玛西尔？”

玛西尔这时站了起来。

“我看我们最好还是回家吧，”她冷冷地说，“时候已经不早了。”

卡特依从了她。他已经对她那变化无常的情绪有所了解，要想反对是没有用的。不过，他还是为他的胜利感到了些许的得意。有一刻的工夫，他毕竟牵系住了这个桀骜不驯的普赛克的心，尽管只是一条像丝一样细的线。他心中的希望加强了。她曾有一次合起了她的羽翼，将她的手轻轻地抚在了他的手上。

第二天，在比格斯特百货大楼里，玛西尔的好朋友卢露在柜台边拦住了她。

“你跟那位恋着你的朋友进展得如何呢？”卢露问。

“哦，他？”玛西尔拂着她头侧的卷发说，“他已经不再和我有任何关系了。喂，卢露，你知道那个家伙想叫我干什么吗？”

“让你当演员？”卢露屏住呼吸猜测道。

“不对，他的趣味太低俗了，还够不上那个格呢。他想叫我嫁给他，然后到科尼斐兰岛[1]去度蜜月！”

---

① 此岛位于纽约市的东北部。

黑槲的卖主

杨西·戈锐律师事务所里最为丢人现眼的，就是戈锐自己本人了，他整日无所事事地躺在吱吱作响的扶手椅里挨着时光。他的这间用红砖砌成的歪歪斜斜的小小事务所，位于贝塞尔镇的主要大街上，也显得自惭形秽。

贝塞尔镇坐落在布鲁山脊脚下的山坡上。在它的上部，是高耸入云的山峰，在它的紧底部，是浑浊的卡塔巴河，沿着阴郁的河谷，闪烁着黄色的光在流淌。

这是六月天里最闷热的时辰。贝塞尔镇在山峰的阴影里打着瞌睡。生意人也早已歇息了。周围非常寂静，戈锐斜靠在他的椅子里，能清楚地听到主陪审团房间里传来的钱币的响声，在那里，“法院五人帮”正在玩扑克赌钱。从事务所敞开着的后门那边，有一条在草地上已踏践成的小路弯弯曲曲地通向法院。就是踏足于这条小径上，使得戈锐倾了家，荡了产——先是输掉了几千美元的遗产，跟着就是老家的房子，后来是他还残存的自尊和大丈夫气概。“五人帮”把他撵了出来。输得精光的他便堕落为酒鬼和寄生虫；终于他挨到了这一天，把他榨干了的那帮人不准他再上赌桌了。他的许多诺言发誓已经没有人再听。每日的牌局还是照常进行，只是他已经被谪贬为不光彩的旁观者了。法院院长，县书记员，喜欢开玩笑的法院帮办，乐天派的律师和一个脸色苍白的“山里来的人”轮流坐庄。身上的毛被剪光了的戈锐，则是很策略地被劝说离开，待毛长丰满了再来。

不久，戈锐就厌烦了这一旁观者的角色，动身回到自己的事务所去，一边踉踉跄跄地走在这条倒霉的小路上，一边对自己咕哝着什么。在喝下一瓶从桌子底下拿出的用玉米酿制的威士忌酒之后，他将身子倒在了椅子上，开始用一种既感伤又冷漠的神情，呆视着外面浸在夏日雾霭中的山峦。他现在看到的在黑榭这边山坡上的那一小块白色的地块，就是劳雷尔村，他便是在那附近出生和长大的。也是在那里，戈锐家族和科尔特伦家族之间结下了世仇。时至今日，戈锐家族还活着的直接继承人，就唯有这个被拔光了羽毛和被烧烫过的可怜的东西了。科尔特伦家族这方面，也只剩下了一个男性继承人——阿布纳·科尔特伦上校，他是一个有钱有身份的人，是州议会议员，与戈锐的父亲同辈。他们两家的世仇是这一地区非常典型的那一种，它留下了仇恨、冤屈和杀戮的血淋淋的记录。

不过，杨西·戈锐这个时候想着的可不是家族的仇恨。他那不听使唤的脑袋里，只是在无望地转着如何才能维持他以后的生计和他的这些倒霉的嗜好的念头。近来，他家族的一些老朋友为他解决了食宿的地方，可是他们却不愿意他买下威士忌酒来这样子灌自己，而他呢却是已经离不开酒了。他的律师业务已经没戏了。两年来，他没能接到一桩诉讼案，全靠借贷和乞讨过日子。他没有沦落得更糟，只是因为时候还没到。只要再给他一次机会——他对自己说——只要他有钱能再下一次赌注，他想他就会赢了；然而，他却再也没有什么可以变卖的东西，他的名声也已经糟得不能再糟。

即便是在他现在的悲惨境遇中，当他想起六个月前买下他的住宅的那个人时，仍然禁不住会笑了出来。买主是两个来自“深山老林”里的古怪人，派克·加维和他的妻子。山里人一提到“深山老林”时，总是指那重峦叠嶂的纵深处，指那最偏远的要塞之地，那深不可测的峡谷，那匪盗的出没之地，狼和熊的巢穴。在黑榭山脊的一个高岭上立着一间小木屋，这一对古怪的夫妻就在这最蛮荒的偏远之地已经住了二十个年头。他们既没有狗，也没有孩子，来为他们减轻大山里的千年寂寞。派克·加维鲜为当地人所知晓，不过但凡是跟他打过交道的人都说他“像个疯子”。他没有任何职业，他说自己是个打松鼠的猎人，不过作为消遣，他偶尔也“贩运点儿私酒”。有一次，“税务官”曾把他从他的老巢里拖了出来，任凭他像一个猎狗一样默不作声地死死挣扎，他还是在州立监狱里住了两年。获释后，他像一只被触怒了的黄鼠狼，又急匆匆地溜回到他的老巢中去了。

幸运之神逾过了许多个急切的追求者们，倒是恶作剧似的飞到了黑槲的丛林腹地中来，对派克和他的忠实伴侣投之以笑颜。

有一天，一伙戴着眼镜、穿着灯笼裤的勘探队员们意想不到地闯到了加维小木屋的附近。派克从挂钩上取下他打松鼠用的来复枪，远远地朝他们开了一枪，担心是“税务官”又来了。他幸好没有击中人家，等这些毫无察觉的幸运者们走上前来时，他才发现他们和类似于法律的东西毫不沾边。后来，他们提出用一大笔崭新的钞票来买下加维家的这片已开垦出的三十英亩地，为了给这一发狂的行为做个解释，他们说了一大堆无关而又令人费解的话，硬说这笔钱是用来买下这块地下面的云母矿层的。

在加维夫妇俩得到了他们数也数不清的这许多钱以后，黑槲地生活中的不足便逐渐地显现出来了，派克开始提到买新鞋子，给他的来复枪买个新扳机，并且说要买一桶烟草放在屋角；他还把玛蒂拉带到这边山坡上的一个关口处，指给她看如果在这里摆上一挺机枪——他们当然买得起了——控制和封锁了这条通往小木屋的唯一通道，他们俩便可以永远地把那些带来麻烦的税务官和多事的陌生人阻挡在他们的领地之外了。

但是亚当哪里知道夏娃的心事。对加维来说，这些东西便代表了他财富的力量了，谁知在他这肮脏的小木屋里，还蛰伏着一个远远高出这些原始欲求的夙愿。在加维太太的胸房里还留存着一点儿女性的东西，就是二十年的黑槲地的生活也没能将其泯灭掉。几十年来，她白天耳朵里听到的是斑驳的树皮剥落时发出的声响，晚上听到的是狼群在山崖上的嚎叫，这足以把她女人的虚荣心给祛除殆尽了。她早已变得肥胖，皮肤发黄，沉郁悲戚，可当有了享受的条件以后，她觉得她想要满足其女性欲求的欲望又重新被点燃了起来——她想到茶亭里去品茶，想买锦衣靓饰，想把简陋的现实生活用典仪礼节粉饰粉饰。于是，她断然否定了派克想要加固他们宅地的方案，宣称他们应该下山回到人世间去，活动斡旋于社交场合。

这件事就这样最后定了下来，并且付诸实行了。因为加维太太喜欢住到一个大一点儿的山镇上去，而派克仍然希望过一种原始的孤寂生活，为了调解他们之间的分歧，两人选择了劳雷尔村。劳雷尔村至少时断时续地举行着一些起码的社会活动，这与玛蒂拉的心愿是相吻合的，对派克来说，住在这里也不是完全没有可取之处，因为它与大山毗邻，万一对这一时髦的社会生活过不惯，他们也能及时地隐退。

这两口子要定居于劳雷尔村的时候，正好是杨西·戈锐不顾一切地想要把财产变换为现金的时候，他们买下了这座戈锐家族的住宅，将四千美金的现钞交到了这个败家子的颤巍巍的手中。

就这样，当戈锐家族的这个不肖子孙被赢光了他的财产的赌友们赶了出来，无精打采地横卧在他倒霉的事务所里的时候，两个陌生人却已经住到了他的祖辈们的大堂上。

一团灰尘在酷热的街面上慢慢地升腾滚动过来，尘土中间有什么东西在移动着，一阵微风把飞尘吹到了一边，显现出了由一匹老灰马拉着的颜色鲜亮的崭新轻便大车。快到戈锐的事务所时，马车行离了街道中央，停在了戈锐门前的水沟旁。

车子的前面坐着一个瘦高挑的男人，穿着一身黑呢子衣服，一双笨拙的大手上戴着一副黄色的羊皮手套。马车的后座上是一位能泰然面对这六月炎热天气的妇人。她肥大的身子上穿着紧身的丝绸衣裳。这衣服看上去是由不断变化着的各种颜色组成的，因而被称之为“变色服”。她直挺挺地坐着，摇着一把太多藻饰的扇子，一双眼睛呆滞地盯着街道的远处。不管玛蒂拉对其新生活的舒适怡人感到怎样的欣悦，黑槲地却已经完全改变了她的外表。它将她的面容已经镌刻成了一副空洞呆板的模样，已经用它那巉岩的冥顽和它腹地的寂寥深深地浸染了她。不管是在什么地方，她耳朵里听到的，好像总是树皮掉落滚下山去的啪嗒声。她总能感觉到，黑槲地静谧夜晚的可怕寂寞仍然在追随着她。

戈锐木然地望着这辆堂而皇之的马车行到他的门前。只是在那个瘦高个的赶车人把缰绳绕在马鞭上，笨手笨脚地下了车子走进到事务所里时，戈锐才认出这位焕然一新、刚刚回到文明世界里来的人是派克·加维，于是他摇摇晃晃地立起身子迎了上去。

这位山里人坐在了戈锐给他递过来的椅子上。好多人说加维的脑子不够数，是个七成子，这一点从此人的面部表情上便可得到印证。他的脸长得太长，脸色颇是一朵番红花，而且面上毫无表情，宛如一尊石像。一双没有睫毛，眨也不眨巴一下的灰蓝色的圆眼睛，给他那可怕的面孔又添上了几分怪诞。

“你在劳雷尔村一切都好吧，加维先生？”戈锐问。

“一切都好，先生，加维太太和我对买下的房子非常满意。加维太太喜欢你的那所老房子，也喜欢那儿的邻居们。她认为她需要的是社交生活，现在她已经得到了。罗杰斯家、普古德家、普拉特家和特洛伊家都已经来拜访过加维太太，她也已经到大多数人家吃过饭了。一些村里最富有、最有身份的人还请她参加了他们举办的各种活动。戈锐先生，我不能说这些东西也适合我——对我来说，我更习惯于山那边的生活。”加维把戴着黄手套的大手朝山那边挥动了一下，“那儿才是我愿意待的地方，我愿意生活在野蜂和狗熊中间。不过，我来这里不是说这些事的，戈锐先生。我和加维太太来，是想买下你还有的一样东西。”

“买东西！”戈锐喊，“跟我？”说着他厉声大笑起来，“我想你是弄错了，加维先生。正像你说的那样，‘连锁子、农具、水桶’我都卖给你们了。我现在甚至连一根捅枪用的通条都没有留下。”

“你有的，而且我们也需要。‘把钱拿上，’加维太太对我说，

‘去公公平平地把它买下。’”

戈锐抱着头说：“我已经一无所有了。”

“我们有的是钱，”这位山里人不达目的誓不罢休地说，“有很多很多的钱。以前我们穷得像负鼠，现在我们阔得可以天天宴请宾客。加维太太说，连村子里最上等的人都认可我们啦。可是我们还短一件我们还需要的东西。加维太太说，这本该是开在买房子时的那个清单上的。但是却给忘记了，没有列上。‘那么，我们就带上钱，’她说，‘去公公平平地买下它吧。’”

“你有话就快说。”戈锐早已受够折磨的神经有点忍受不了了。

加维此时把他的垂边帽往桌子上一丢，身子向前倾了过来，一双眼睛眨也不眨地盯住了戈锐。

“这是一桩早已存在的世仇，”加维清楚而又缓慢地说，“是你的家族和科尔特伦家族之间的世仇。”

戈锐颇感不悦地蹙了蹙眉头。将他自己的世仇说给一个好争雄斗狠的人听，这是对山区礼规的一种严重违背。“深山老林”里的这个人和律师一样的清楚这条戒律。

“不必生气，”加维继续道，“这纯粹是一桩买卖。加维太太研究了有关世仇的所有情况。山区里的大多数有身份的人家都有世仇。赛特尔家族和戈福斯家族，兰金斯家族和博伊德家族，赛勒家族和加洛韦家族之间都有世仇。它们持续的时间大都在二十年到一百年之间。你叔叔佩斯莱·戈锐法官是最近一个进行复仇的人，他在休庭后从法官席上开枪打死了莱恩·科尔特伦。加维太太和我都是一贫如洗的穷苦人家出身。没有人会找我们这些没有家族的人来报世仇。加维太太说，‘拿上钱，公公平平地把戈锐先生的世仇买下吧。’”

这位打松鼠的猎人伸直了一条长长的腿，掏出一摞子钞票扔在了桌子上。

“这是两百块钱，戈锐先生，我们用它来买下你们家族那一历史已不算短的世仇，可以说是一个公道价了吧。你的家族只剩下了你一个，叫你一个人干，那太苦了你啦。我将从你的手中接过你家族的世仇，这样一来，我和加维太太便可以排列在有身份的人们中间啦。这是给你的钱。”

丢在桌上的那一卷钞票在它的叠褶展开时，在桌子上抖动着，跳跃着。在加维话音落后，有一阵子沉默，此时，法院那边又传来了清晰可辨的硬币的响声。戈锐知道那是院长大人又赢了一局，因为他赢钱后的叫声，尽管是压低了嗓门，还是随着热浪逾过广场传了过来。戈锐的额头此时渗出了豆粒大的汗珠。他俯身从桌子下面拿出一个细长颈的酒瓶，斟上了满满的一杯。

“来点玉米酒吗，加维先生？你当然是在跟我开玩笑了——你刚才说什么来着？你又开出了一个新价，不是吗？我相信我以前听你说过，最高的世仇价是 250 － 300 美元，稍逊色一点的是 200 美元，不是这样吗，加维先生？”

戈锐大笑起来，可笑得并不自在。

山里人接过戈锐给他的酒，连眼皮也没有眨巴一下，便一饮而尽。对他的这种豪饮，律师投过艳羡的目光。戈锐给自己又倒了一杯，像个酒鬼似的品呷着，酒的香气和味道使得他轻微地战栗着。

“就这两百美元。”加维又说了一遍。

戈锐心头突然感到一阵愤怒，使劲用拳头砸到了桌子上。一张票子被弹了起来，触到了他的手。他像是被什么东西蜇着了似的，瑟缩了一下。

“难道你跑到我这儿来，”戈锐喊道，“就是特意要提出这愚蠢的要求，来奚落我和侮辱我吗？”

“这是一桩公平合理的买卖。”打松鼠的猎人说，在说的当儿他的手却伸了出来，似乎要把钱拿回去了；此时的戈锐突然意识到，他之所以发火，并非是因为自尊心受到了伤害，而是在生他自己的气，因为他知道他就要经不住诱惑，迈到更深的泥淖中去了。于是，他从一个被触怒了的绅士，很快就变成了一个急于要抛出自己商品的卖主了。

“别忙，加维，”戈锐满脸绯红结结巴巴地说，“我接受你提出的条——件，虽然二百美元是——太——便宜了一点儿。只要买卖双方满意，交易——也就——算成了。”

加维站起来，兴奋地抖了抖他的黑呢子衣服。“加维太太会很高兴的。现在你已经摆脱干系了，世仇已是科尔特伦和我加维之间的事情。不过，还需写个字据，戈锐先生，因为你是律师，表示我们已经成交了。”

戈锐伸手抓过了纸笔。钱就握在他的另一只湿漉漉的手中。突然之间，别的一切事情似乎都对他变得不重要了。

“是得有个出售凭据。‘权益、名称、买卖双方’……‘永远有效以及——’不，加维，我们还是略去‘保护’这一条吧，”戈锐大声笑着说，“你必须自己来护卫这一名称。”

山里人接过这张他根本不懂的条子，煞是郑重其事地将它折叠起来，然后很小心地装进了他的衣袋里。

戈锐这时正站在靠近窗户的地方。“请过这边来，”他抬起他的手指说，“让我指给你看你刚刚买下的这个仇敌。他走过来了。你瞧，就在街道的那一边。”

山里人弯下他长长的身躯，朝戈锐所指的方向从窗户上望出去。阿布纳·科尔特伦上校正在对面人行道上走着，只见他身子笔挺，相貌堂堂，约五十岁开外，身上着南方议员们总爱穿的那种长长的双排扣大礼服，头上戴着一顶丝绸礼帽。在加维注视着的当儿，戈锐偷偷地瞥了他一眼。假如世界上真有什么黄鼠狼的话，那么加维便是它的范本了。在他的冷酷的眼睛追随着那个移动着的人的当儿，加维嗥嗥地叫着，露出了他长长的琥珀色的尖牙。

“就是这个人吗？哼，就是他曾经把我送进了监狱！”

“他以前是这一地区的检察长，”戈锐漫不经心地说，“哦，顺便告诉你，他可是一位第一流的射手呢。”

“我可以在一百码之外射中松鼠的眼睛，”加维说，“原来这个人就是科尔特伦！我这笔买卖算是做得值啦。戈锐先生，这件事我会比你干得漂亮得多的！”

加维起身离开，可刚走到门口处他又停下了，脸上露出了些许的难色。

“你今天还要买别的东西吗？”戈锐带着嬉戏的嘲笑口吻问，“买祖宗的规条，先辈们的魂魄，或者是柜子里的遗骨？我可以按最低的价钱卖给你。”

“加维太太还想到了另一件事，”站在门口的猎人说，“我对这件事没啥兴趣，只是她特别地想要我问一下，如果你愿意，她说就‘公公平平地把它买下’。她说的是一块坟地，你知道，戈锐先生，就是宅院背后雪松下面的那块墓地。那里埋着你们家族里被科尔特伦家杀死的人，墓碑上都有他们的名字。加维太太说家族的墓地也是一种身份、地位的象征。她说我们既然买下了世仇，另一件东西也就变得必要了。现在墓碑上的姓是‘戈锐’，但是可以把它们改为我们的——”

“滚！滚出去！”面色气得紫青的戈锐厉声喊道。他朝加维挥动着双手，他的手指勾曲着，战栗着。“滚，你这个魔鬼！就是个支那人也会保护他家的祖坟的——滚！”

打松鼠的猎人悻悻地迈出了门槛，走向他的马车。在他上到马车上的当儿，戈锐正把撒落在地上的钱仓仓皇皇地搂了起来。在马车慢慢地拐过了弯儿的时候，戈锐这个又长出了新毛的羊，匆匆忙忙地沿着那条小径窜到法院那边去了。

第二天凌晨三点钟的时候，他们把喝得酩酊大醉、输得精光的戈锐送回了他的办公室。法院院长、喜欢开玩笑的法院帮办、县政府书记员和那个乐天派的律师抬着戈锐，那个面色苍白的“山里来”的人在后面做护卫。

“放在桌子上。”其中的一个说，于是他们把戈锐放在了乱堆着书本和文件的桌子上。

“杨西酒喝得多了后，总是惦着那个倒霉的两点。”法院院长若有所思地叹息道。

“是的，”乐天派的律师说，“像他那样喝醉了酒的人，本不该再来玩牌赌钱。我不知道他今晚输了有多少。”

“差不多二百美元吧。我真奇怪他从哪里弄到的钱。据我所知，他已有一个多月连一个子儿也没有了。”

“也许是碰上了一个诉讼委托人，赚了一笔。哦，还是让我们趁天亮前回家去吧。他醒来后，除了头感觉到有些不舒服外，不会有什么别的事的。”

这“五人帮”在朦胧的曙色里悄悄地溜走了。后来是早晨把它的阳光投射在了可怜的戈锐身上。它透过没拉帘子的窗户，起初是以一片淡淡的金光抚弄着睡觉的人，不久便用烤人耀眼的夏日的光芒，倾泻在他有着斑斑红点子的皮肤上了。戈锐在桌上的狼藉中迷迷糊糊地动了动身子，将他的脸转离开了窗子那边。他这一动把一本厚厚的法律书砰的一声摔到了地板上。睁开眼睛，他看到一个身穿黑礼服的男子正俯身向着他。他再往上瞧，看见了一顶旧了的丝绸礼貌，帽子下面是阿布纳·科尔特伦上校慈祥光润的面庞。

上校拿不准这次见面会是怎样的结果，因此等着对方表示出某种愿意再相识的迹象。有二十年了，这两个家族的男人们不能平心静气地面对面相遇。在戈锐使劲地把模模糊糊的视线投向这个来人的时候，他的眼睛眯缝了起来，末了，他安详地笑了。

“你把斯特拉和露西也带来玩了吗？”戈锐平静地问。

“你认识我吗，杨西？”科尔特伦问。

“当然认识。你送给过我一根头上带哨的鞭子。”

二十四年前，他给过杨西；那时杨西的父亲是科尔特伦上校最要好的朋友。

戈锐的眼睛在屋子里四下瞅着。上校明白了他的意思。“躺着别动，我去给你弄点来。”他说。后面的院子里有一台水泵，戈锐闭上了眼睛，无限欢欣地倾听水泵手柄发出的咔嗒声和涓涓的流水声。科尔特伦拿回一罐清凉的水，端着给他喝。戈锐很快地坐了起来——一副穷愁潦倒的样子，他的亚麻布的衬衫又皱又脏，头发蓬乱，昏沉沉的脑袋还摇摇晃晃的，他费力地将一只手朝上校挥了挥。

“对——不起，你能原谅吗？”戈锐说，“我昨晚一定是喝了太多的酒，然后就在桌子上睡着了。”他的眉头颇为困惑地锁结在一起。

“和年轻人们一起出去了？”科尔特伦友好地问。

“不，我哪儿也没去。这两个月来，我身上连一个子儿也没有。我想，又是像往常一样，喝得太多了吧。”

科尔特伦上校把手抚在了他的肩膀上。

“杨西，刚才你问我是不是把斯特拉和露西也带来了，”上校这样开始道，“适才你还没有完全醒过来，你一定是又梦见了你小的时候。现在你全醒了，我希望你能好好听着。我就是从斯特拉和露西那里来的。来寻找他们儿时的伙伴，寻找我老朋友的儿子。他们俩都知道，我这次来是准备带你回去的，你会发现他们还像从前那样欢迎你。我想接你到我家里住，住到你的身心完全复原了的时候，你只要愿意就一直住下去。我们听说你现在的处境很糟糕，你心中有困惑，变得有点儿颓唐了，我们都希望你能再到我们家玩。你愿意来吗？孩子？你愿意丢开我们两个家庭过去的恩怨纷争，跟我一块儿回去吗？”

“纷争！”戈锐睁大了眼睛诧异地说，“在我们之间，我不记得有过任何的纷争。我相信我们一直都是最好的朋友。不过，上校，我怎么能够到你们家去呢，像我现在的这副样子——一个可怜的酒鬼，一个可悲的败家子，一个堕落的赌棍——”

戈锐从桌子上溜下来踉踉跄跄地坐到了扶手椅子上，开始伤心地啜泣起来，在这泪水里掺杂着他真正的悔恨和愧疚。科尔特伦一直婉转耐心地劝说着，让戈锐的心里慢慢地想起了他儿时在山里度过的快乐时光。科尔特伦跟他说，他们对他的邀请是真心诚意的。

后来，科尔特伦说起想依靠他的帮助，搞成一套运输装置，以把大批砍伐下来的木材从高山上送到下面运木头的水道里。他知道戈锐曾经发明过一种这样的东西——一系列的滑道和斜槽装置——戈锐曾为此感到十分的自豪。他的这一诱劝奏效了。可怜的戈锐觉得自己还能对别人有用，便变得高兴起来，他很快地把一张纸铺在桌子上，用颤巍巍的手，急速地画着他打算要怎样做的示意草图。

戈锐已经厌倦了无所事事的生活，他那浪荡的心又朝着山区那边复苏了。他的头脑还不是那么灵活，他的各种思想和记忆只是在逐个地回到他的脑子里来，就像信鸽在暴风雨的海面上极力寻找着它的航线一样。纵便是这样，科尔特伦还是对戈锐的这一进步感到了满意。

那天下午，当科尔特伦和戈锐家族的这两个人友好地骑着马走过镇子里的时候，贝塞尔镇上的人都感到惊奇了。他们俩肩并肩地骑着马，穿过了灰尘飞扬的街道和立定呆看着他们俩的市民，跨过了溪上的小桥，朝着山里走去。这个浪子已经给自己梳洗了一番，显得整洁得多了，只是他坐在马背上还有点儿摇摇晃晃，心里面也好像有什么很重的心事似的。科尔特伦没去打扰他，指望着山里的环境会给戈锐以好的影响，叫他慢慢地恢复他心理上的平和。

有一次，戈锐突然发起痉挛，差点儿从马背上摔下来。他不得不在路边休息了一会儿。上校早料到会有这样的情况发生，事先为戈锐带了一小瓶威士忌酒，可是当上校把酒递给他时，戈锐却几近于愠怒地拒绝了，并且说他以后再也不沾一滴酒了。慢慢地他恢复过来，他们又骑上马默默地走了有一二里路的光景。临了，戈锐突然勒住了缰绳说：

“昨天晚上我玩牌输了两百美元。哦，那些钱我是从哪里弄来的呢？”

“不要胡思乱想了，杨西。山里清新的空气很快会使你的心情平静下来的，我们回去第一件要做的事就是到平纳柯瀑布钓鱼，那里的鳟鱼多得像牛蛙一样，在水面上乱跳。我们也叫斯特拉和露西一块儿去，到老鹰岩那儿野餐。杨西，你没有忘记吧，那用夹核桃木熏过的火腿面包，对饥肠辘辘的钓鱼人来说，是怎样的一种滋味？”

显然，上校并不相信戈锐真的有过这二百美元，于是，戈锐又回到了他的沉思之中。

从贝塞尔镇到劳雷尔村有十二英里，到傍晚时分，他们已经走了十英里。离劳雷尔村半英里的地方是戈锐的祖宅。过了劳雷尔村，再往前走一两英里，住着科尔特伦一家。现在的路径虽然变得陡峭、走起来也较为吃力，可周围赏心悦目的景致却给了他们诸多的补偿。林间崎岖的小路边枝叶繁茂，鸟语花香，沁人心扉的新鲜空气使一切的药物变得黯然失色。小路两边的荫翳处长满了地衣苔藓，一条明净的小溪在蕨类植物和月桂树中间潺潺地流淌。他们站在稍低一点儿的地方，从掩映着的树叶中间望过去，只见远处山谷在白色的云霭雾霾中若隐若现，构成了一幅绝妙的图画。

科尔特伦高兴地看到，他的同伴沉浸到山林迷人心魄的景色中去了。现在他们只需绕过画家岩，跨过埃尔德河，爬上对面的小山，戈锐便能看到已被他卖掉的祖宅了。对现在走过的每一块岩石，每一条路径，每一棵树，戈锐都觉得十分亲切，十分熟悉了。虽然他以前曾忘掉过这里的林木，它们此时却叫他变得激奋起来。正像“家乡，可爱的家乡”那首乐曲能他让变得激动不已一样。

他们绕过了画家岩，走到了埃尔德河边，停下来让马儿在湍急的河水中喝水、洗澡。在埃尔德河的右侧有一道栅栏，顺着山路和水流的方向延伸到远处。这栅栏围起的就是戈锐他们家的一个老果树园，他的祖宅就在那个陡峭的山坡后面。沿着栅栏的内侧长着茂密的商陆树、接骨木树、黄栌树和黄樟树。随着那边枝叶中传出一阵响动，戈锐和科尔特伦都抬眼望了过去，见栅栏上面有一张像狼一样凶狠的长脸，脸上的一双灰色的眼睛正眨也不眨地盯着他们两个。那张脸很快就消失了，接着是一个细长的身影朝着戈锐家祖宅的方向，在果园的林子里左躲右闪地奔跑。

“那个人叫加维，”科尔特伦说，“你的房子就是被他买去了。这个人的脑子肯定是有些不正常。几年前，我曾因为贩酒的事把他关进监狱，尽管我也知道那件事主要不是他的责任。哦，杨西，你怎么了？”

戈锐擦着额上的汗珠，脸色变得苍白。“我的样子是不是有点儿怪？”他勉强地笑着问，“我现在记起了几件事情，”戈锐的酒现在已经醒了好多，“我想起这两百美元是怎么来的了。”

“不要再想着它了，”科尔特伦和悦地说，“以后，我们会把一切都弄清楚的。”

他们骑上马离开了埃尔德河。在他们到了山脚下时，戈锐又停住了。

“上校，你以前是不是认为，我有的时候是很爱虚荣的呢？”他问，“我的那一对衣饰外表的过分讲究？”

上校的眼睛此时不愿意落到戈锐身上穿着的邋遢的亚麻布衣服和头上戴着的褪了色的帽子上，免得让他难受。

“我好像还记得一个二十来岁的年轻人当年的英姿，”上校虽然感到奇怪，可还是顺着他的意思说，“在布鲁岭一带，衣服穿得最得体的，头发梳得最光溜最时髦的，马骑得最好的，就是那个小伙子啦。”

“你算是说对了，”戈锐赶忙接过话茬说，“现在的我在心里头还是那么爱虚荣，尽管它没有表现在面上。噢，我现在仍然像火鸡一样爱讲漂亮，像魔鬼撒旦一样爱显荣耀。眼下我想求你一件小事，来满足一下我的这一癖好。”

“你尽管说出来，杨西。只要你愿意和喜欢，我们可以封你为劳雷尔的公爵和布鲁岭的男爵；愿意为你从斯特拉的孔雀尾巴上拔下匹翎子，装饰在你的帽子上。”

“我可不是和你开玩笑，我是郑重其事的。几分钟后我们要经过我家山坡上的房子，我出生在那里，我的祖辈们一直在那里生活了一个多世纪，现在却是由陌生的人们住在那里了——再瞧瞧我现在的模样！我这副衣衫褴褛、穷困潦倒的样子！科尔特伦上校，我不想让他们看到我现在的这副模样，那样我会感到羞愧的。我想请你叫我穿戴上你的衣帽，等走到人们看不见咱们的地方，我再还给你。我知道你会认为我的这个念头有多么的荒唐，可是穿上你的衣服从我以前的家走过时，我就会显得体面多了。”

“哦，这是怎么回事呢？”科尔特伦对自己说，因为他实在无法把同伴现在清醒的理智和冷静的举止与他提出的这个奇怪的请求联系在一起。不过，上校已经欣然同意，动手解开了衣服的纽扣，仿佛戈锐的这个念头一点儿也不奇怪似的。

上校的衣服和帽子戈锐穿戴上后都非常合适。戈锐扣好了外套的扣子，脸上显出一副满意和神气的样子。戈锐和科尔特伦差不多是同样的身材——也许后者更加伟岸和挺拔一些。虽然他们相差二十五岁，可是从相貌上看，他们就像是兄弟俩一样。戈锐显老，他的脸臃肿而且生出了皱纹；上校面色光润，脾性适中。他穿上了戈锐的那件破烂的亚麻布衬衫，戴上了那顶褪了色的软边呢帽。

“现在，”戈锐拉住了缰绳说，“我穿戴好了，上校，我希望你走在我的后面，离开我大约有十英尺的距离，这样他们就能更清楚地看到我现在神气的样子了。他们会看出我不是那种再也提不起来的人，一点儿也不是。不管怎么说，我这一次要好好地露露脸儿，咱们走吧。”

戈锐策马缓缓地向山上奔去，上校照戈锐说的，落开距离，跟在后面。

戈锐笔直地坐在马鞍上，头高高地昂着，可是他的眼睛却在朝右边望着，在急速地扫过他祖宅院子里的每一片树丛、每一个犄角旮旯和每一个隐蔽的地方。他曾经有一刻对自己说：“那个疯狂愚蠢的家伙果真会干这样的事情吗，还是我自己在胡猜乱想呢？”

就在他走到他家那片祖坟的对面时，他看到了他正在寻找的东西——一缕白色的硝烟从一处浓密的灌木丛里飘了出来，他的身体朝左边慢慢地倒下，这时科尔特伦已驱马赶了上来，用手臂扶住了他。

打松鼠的猎人没有对他的枪法吹牛。他把子弹射向了他想要打到的那一部位，也是戈锐早已料到子弹会穿透的地方——它穿过了阿布纳·科尔特伦黑呢子上衣的前胸。

戈锐重重地依偎着科尔特伦的身体，他并没有倒下去。两匹马儿并排走着，上校的手臂托着他仍然稳稳地坐在马背上。透过掩映的林木，可以看见劳雷尔村落里白色的小房子就在不远处闪烁着。戈锐伸出了一只手，向这边摸索着，直到它抚在了科尔特伦握着缰绳的手上。

“你是我的好朋友。”戈锐说，这句话道出了他现在心中涌动着的感情。

就这样，杨西·戈锐在经过他的旧宅时，尽他最大的力量显示出了他尚有的体面和尊严。

感恩节里的两位男士

有一天是属于我们的。在这一天，我们所有的美国人，只要是父母所生，都要回到自己的老家去，一边吃着苏打饼干，一边诧异着院子里的旧水泵怎么显得比从前更加靠近门口了。祝福这个日子吧。是罗斯福总统将它赐予了我们。我们听到过一些有关清教徒的传说，不过，我们已经不再记得他们是何许人了。不管怎样，只要他们胆敢再次登陆的话，我们一定能够把他们打得落花流水。普利茅斯岩崖？哦，这听起来似乎挺耳熟的。自从火鸡托拉斯垄断了市场以来，我们中间的不少人不得不降低标准改吃母鸡肉了。不过，华盛顿那边还是有人走漏了消息，提前泄露了感恩节的公告[1]。

位于酸果蔓沼泽地以东的这座大城市已经把感恩节变成了一种习俗。一年当中，只有在十一月份里的这最后一个星期四，这座大城市才承认渡口之外的地方也属于美国。这是一个纯粹的美国人的节日。是的，一个完全属于美国人的庆祝日。

现在我们就来讲述这个故事，这个故事便可向你证明了，在大洋这边的我们也有许多传统，而且，由于我们美国人的活力和进取精神，比之于英国人的传统，它们趋于古老的速度要快得多。

如果你此时从东面进到联合广场，你就会看到斯达夫·比特正坐在喷泉对面之便道右侧的第三条长凳上。九年来，每到感恩节的这一天，斯达夫·比特总会在下午一点钟的时候准时地坐到这里。因

① 在感恩节这一天，很多美国人都要吃火鸡肉。

为每当他这样做了的时候，总有一些奇遇会发生在他的身上——查尔斯·狄更斯式的奇遇——一准会叫他心潮澎湃，其激奋程度丝毫不亚于大洋彼岸人们的激动。

可是今天，斯达夫·比特出现在这个每年约定好的地方，却不是因为他有时会感受到的饥饿[①]，而是因为习惯使然。

毫无疑问，斯达夫·比特此时并不感到饿了。他刚刚美餐了一顿，酒饱饭足后的他现在只剩下了呼吸和走路的气力。他的眼睛像两颗浅色的醋栗，牢牢地镶嵌在一张臃肿、油腻、呆滞，呈油灰色的脸盘上。他呼哧呼哧地喘着，脖子上有一圈一些参议员们才有的赘肉，叫他翻起的外套衣领不能形成时髦的样式。一个星期前由慈祥的救世军修女为他缀上的扣子，此时被撑得像玉米花似的爆开，散落在他周围的地上。尽管他衣衫褴褛，衬衣前面破开的一道口子一直豁到了心口，可是十一月份的夹带着雪花的冷风，只是令他感到了惬意和凉爽。因为他刚刚吞到肚子里的那顿丰盛的饭菜在斯达夫·比特身上产生了太多的热量，这顿美食以牡蛎为头盘，以葡萄干布丁为最后的甜点，包括了在他看来世界上所有的烤火鸡、烤土豆、鸡肉沙拉、南瓜饼和冰激凌。因此，已经撑得不想动弹的他，只是用一种不屑的懒懒的神情，呆视着前方。

那顿饭完全出乎斯达夫·比特的预料。他在刚走到位于第五大道上的一幢红砖住宅时，就被站在门口的一个佣人拉了进去。这座房子里住着两位家世古老、尊重传统的老妇人。她们甚至都不承认纽约市的存在，认为感恩节只是为华盛顿广场这块地方所设。她们的一个传统的习惯就是让一个佣人站在侧门口，叫他们把第一个在正午十二点钟刚好经过这里的流浪汉请进来，饱餐一顿。斯达夫·比特在他去公园的路上碰巧路过这里，被管家给拽了进去，以践行这座城堡已建立起的这一传统。

斯达夫·比特就这样直勾勾地看着前面，看了足足有十分钟之久，随后，他依稀觉得自己有了一种想要变换一下视觉角度的欲望。费了

---

① 慈善家们都似乎认为，穷人们在一年里只会经受一次饥饿的折磨。

老大的劲，他才把头慢慢地转向了他的左边。此时，他的眼珠子突然惊恐地鼓了起来，他屏住了呼吸，身下的两条短腿簌簌地抖着，已经磨平了的鞋底子蹭着地上的沙砾沙沙地作响。

因为那位老先生正横穿过第四大道，朝他坐着的那条长凳走来。

九年了，每到感恩节，这位老先生都要来到这里，找到坐在这条长凳上的斯达夫·比特。老先生做这件事是想要把它变成一个传统。九年来的每一个感恩节，老先生都来这里见斯达夫，带着他去饭店，看着他美美地吃上一顿。在英格兰，人们也做这样的事情，可是却没有这么高的自觉。我们美国是一个年轻的国家，九年已经是一个不短的时间。这位老先生是一个坚定的爱国主义者，将建立美国的传统视为己任。为了做得像模像样，我们必须长时间地坚持做一件事情，而绝不能让它中途夭折。譬如每周收集几毛钱的工业保险费或者打扫街道之类的事情。

这位老先生郑重其事地径直朝着他所培植的传统（对象）走过来。每年请斯达夫·比特在饭店吃上一顿，这与英国的大宪章和英国人早餐中的果酱比起来，固然还不像它们那么具有民族的特色，不过，它毕竟是向前迈进了一步。它几乎还带上了点儿封建的意味。这至少表明在纽约——哦，不！——乃至在整个美国——建立起一种传统，并非是没有可能。

老先生瘦高挑个儿，六十岁了，穿着一身黑色的衣服，戴着一副在鼻梁上挂也挂不住的老式眼镜。他的头发比去年又白了许多，也稀疏了许多，他走路似乎也更多地依赖于他那根粗大多节的曲柄手杖了。

当斯达夫·比特的老恩人朝他这边走过来的时候，斯达夫不禁变得呼吸紧促，浑身发抖，就像某位太太的狮子狗看到一条野狗对着它龇牙竖毛地挑衅一样。斯达夫想要逃走，可是任凭他使出桑托斯·杜蒙[①]的全部本领，也不能将他与长凳分开。那两位老夫人的

① 桑托斯·杜蒙（1873—1932）：巴西气球驾驶员，1901 年曾乘气球飞行，1906 年和 1909 年又试飞过风筝式风机和单翼飞机。

佣人真是把他们的工作做到家了。

“早上好，”老先生说，“看到你经过一年的风风雨雨，仍然健康地活在这个美丽的世界上，我真高兴。就为了这一点，这个感恩节对我们两个人来说，都是值得庆贺一番的。如果你愿意跟我来，朋友，我将请你好好地吃上一顿，使你的身体和你的精神一样地快活。”

这位老先生每次见到斯达夫时，都会这么说。九年了，每个感恩节都是这样的话。这些言辞本身几乎也快变成一种惯例了，除了《独立宣言》，什么也不能与它们相媲美。在以前的每一次，这些话语在斯达夫听起来，都像是美妙的音乐。可是，现在的他却是痛苦满面地（几乎就要哭出来了）抬眼看着老先生。雪片落在斯达夫汗涔涔的额头上，发出丝丝的响声，而老人此时却是转过了身子，背对着寒风，在微微地战栗。

斯达夫不清楚，为什么这位老先生在说出他这番话儿的时候，总是很伤感。他不知道这是因为老人在他每一次这样做的时候，总希望自己有个儿子来继承他的事业。有一个身体强健、可引以为自豪的儿子，在他去世以后，还能来到这里，能站在某个未来的斯达夫面前，对他说：“为了纪念我的父亲。”临了，这也会成为一种惯例。

但是，这位老先生并没有亲戚。他住在公园东面的一条偏僻的街道上，在一座颓败老旧的住宅里租了几间屋子住。冬天，他在类似墙柜大小的温室里种些倒挂金钟。春天，他参加庆祝复活节的游行。夏天，他住到新泽西山区的一家农舍里，坐在柳条编织的椅子中，念叨着希望自己有一天能捕捉到扑翼蝴蝶。秋天，他请斯达夫吃上一顿。这些就是老先生一年中所做的事情了。

斯达夫·比特抬眼望着老先生足足有半分多钟，脸上一副焦虑、无助和自我怜悯的表情。由于给予，老先生的眼睛里闪烁着愉快的光芒。他脸上的皱纹一年比一年多了，可他那小小的黑领结还是打得那样有神气，他的亚麻布衣衫还是那么洁白、漂亮，他上唇留着的灰白小胡子，经过整饰，在两端形成卷曲，稍稍翘起。那个时候，斯达夫的嗓子眼里突然发出像是豌豆煮在锅里似的响声。他这是想要说话；九年了，老先生每次都听到这样的声音，他顺理成章地把它们理解为是斯达夫每年接受请饭时的习惯表达。

“谢谢你，先生。我这就跟你走。非常感谢，我肚子里饿得正咕咕地叫呢，先生。”

饱胀引起的慵懒并没有能够阻止这样的一个信念进入斯达夫的脑子里：他是一种传统的基石。在感恩节这一天，他的胃口并不属于他自己；根据一种既定的习俗所具有的一切神圣的权利（如果不是根据有关限制方面的实际法规的话），他的胃口属于这位拥有优先权的善良老人。诚然，美国是一个自由的国度；然而，为了建立起宝贵的传统，总得有人来做循环小数。世上的英雄们并不都是掌控着钢铁和金子的。看我们眼前的这一位，他手中挥舞着的武器只是镀银镀得很差的铁的刀叉。

老人领着他一年一度的受惠者向南，走到了那家饭店和那张他们年年吃饭就坐的餐桌旁。他们两个被饭店的侍者认了出来。

“那位老人来了，”一个侍者说，“每到感恩节，他就带来这个流浪汉，请他吃上一顿。”

老人在桌子的对面坐下，脸上映出珍珠般的光亮，瞧着他面前的这位会是未来的一个古老传统之基石的人。侍者在他们的餐桌上摆满了各种节日的佳肴——斯达夫发出一声叹息（这声叹息会被误认为是饥饿的表示），举起了刀叉，去为他自己铸就一顶不朽的桂冠。

再也没有哪位英雄能像斯达夫那样在敌人的阵前英勇地冲锋陷阵了。火鸡肉、牛排、汤羹、各种蔬菜、馅饼等，一端上来就被他吞到肚子里去了。之前就已经撑到了嗓子眼上的他，一进到饭店时扑面飘来的饭菜味儿就几乎叫他恶心得吐了出来，可是他却像个真正的骑士那样振作了起来。他在老人脸上看到的是，因为行善而生出的幸福表情——这种幸福远胜于捕捉到扑翼蝴蝶给老人带来的幸福感——他没有勇气扫了这位老人家的兴致。

一个小时以后，斯达夫赢得了战斗，靠在了椅背上。“衷心地感谢你，先生，”斯达夫的声音像是漏了气的蒸汽管子，“真心地谢谢你的这顿丰盛的饭菜。”说着，他费力地站了起来，两眼呆滞地开始朝着厨房那边走。一个侍者像转动陀螺那样把他转了过来，将门的方向指给了他。老人小心翼翼地数出一美元三十美分的硬币，又留给侍者三枚镍币的小费。

像往年一样，他们俩在饭店的门口分了手，老先生向南，斯达夫向北，各自而去。

在拐过第一个街口的时候，斯达夫停了下来，站了一分钟。紧跟着，他褴褛的衣衫似乎鼓胀起来，宛若是猫头鹰抖动起它浑身的羽毛，他像是一匹中了暑的马，重重地摔在了便道上。

在救护车到来、走下年轻的外科大夫和司机把斯达夫抬上车的时候，他们低声地诅咒着这过重的身体。斯达夫身上没有威士忌的味儿，不能将其移交给警察的巡逻车，因此斯达夫连同他肚子里的两顿丰盛的饭菜都被送到了医院。在医院里，他们把他放在一张床上，开始用一根光光的金属棍子给他做检查，看看他到底是得了什么奇怪的病症，希望能找出他的病因。

噢！一个小时之后，另一辆救护车送来了那位老先生。他们把他放在了另一张床上，说他可能是得了阑尾炎，因为看外表他怎么也不像是吃饭付不起钱的主儿。

不过，在不一会儿之后，一位年轻的医生碰到了一个年轻的护士（他喜欢她的美丽的眼睛），停下来跟她聊起了这两个病例。

“躺在那一边的看起来挺体面的那位老先生，”年轻的医生说，“你怎么也不会想到他是饿病的。我想，他可能是出身在哪个名门世家吧，不过现在却落魄了。他告诉我说，他已经三天没有吃一点儿东西了。”

麦琪的礼物

一共是一美元八十七美分。全在这里了。其中的六十美分还都是一分的硬币。这些硬币都是在买杂货、买菜和买肉的时候从卖主那里每次一分两分地硬抠下来的，她自己也知道，这样的一种锱铢必较，就是人家嘴上不说，也免不了背地里笑话，以至于有时候想起来，她自己脸上都在暗暗地发烧。德拉把这些钱数了三遍。数来数去还是一美元八十七美分。而明天就是圣诞节了。

很显然，除了扑在那张又小又破的沙发上号啕恸哭一场之外，还能怎么办呢。德拉也就是这么做了。这不免会引发人们对生活的思考：人生是由啜泣、抽噎和微笑组成的，而抽噎占去了绝大部分的时间。

在这家主妇的痛哭声渐渐地变成了啜泣声的当儿，让我们不妨来看看她的家。这是一个带家具的每周需付八美元租金的公寓房。它尽管没有破烂到难以用语言描述的地步，可是实际上已经跟贫民窟相去不远了。

在楼下的门廊里，装着一个再也不会有信投递进去的信箱，和一个再也不能按响的门铃。此外，在门铃的旁边还有一个牌匾，上面写着她丈夫的名字：詹姆斯·迪林厄姆·杨先生。

“迪林厄姆”这几个字在其房主人周薪为三十美元的时候，也曾迎着风儿神气地飘扬过。现在，周薪缩减为二十美元，“迪林厄姆”这几个字也看似变得模糊起来，好像它们正在认真地考虑，是否应该缩减为谦逊而又低调的字母 D。不过，每当詹姆斯·迪林厄姆·杨回到家里，走到楼上来的时候，詹姆斯·迪林厄姆·杨夫人（也就是我们刚刚提到的德拉）总是亲切地称他为“吉姆”，同时会给他一个热烈的拥抱。这一切自然都非常美好。

德拉在哭完了之后，往脸上扑了点粉。她站在窗前，呆呆地望着外面，看着一只灰色的猫在灰蒙蒙的院落中的篱笆上行走。明天就是圣诞节了，而她仅有一美元八十七美分来给吉姆买一件礼物。几个月来，她拼力攒着每一分钱，而结果只攒下了这么一点儿。周薪二十美元，也只能做到这么多了。花费和开销比她预想的要大得多。事情总是这样的。只有一美元八十七美分给吉姆买一件礼物。她的心爱的吉姆。她一直想着要给他买一件能配得上他的东西。一件美好、珍奇、贵重的礼物，一件差不多值得她的吉姆去拥有的礼物。

在屋子的窗户之间有一面壁镜。诸位也许见过周租金八美元公寓里的那种壁镜。一个非常消瘦、灵巧的人，从一连串纵的细碎条状的映像里，可以迅速地对自己的容貌得到一个大致不差的印象。德拉凭借着她苗条的身材，很好地掌握了这门技艺。

德拉突然从窗户那里急转过身子，站到了镜子面前。她的眸子里闪烁着光芒，可是她的脸颊却在二十秒钟之内失去了血色。她迅速地解开了她的头发，让它披落下来。

且说，詹姆斯·迪林厄姆·杨家里拥有两件值得他们非常引以为自豪的东西。一样是吉姆三代祖传的金表。另一样是德拉的头发。如果示巴女王[1]住在天井对面的公寓里，德拉总有一天会把她的头发悬在窗外去晾干，好叫那位女王的珠宝和礼物相形见绌。如果所罗门王[2]当了看门人，把他的财宝都堆在地下室里，吉姆在每次经过时准会掏出他的金表看看，好让所罗门王嫉妒得把胡子也翘了起来。

这当儿，德拉丰美的头发披散在身上，像一条棕色的瀑布亮闪闪地起着涟漪。头发一直抵达到她的膝盖下面，像是她身上的一件靓衣。

---

① 示巴女王：示巴古国在阿拉伯西南，即今之也门。《旧约·列王纪上》中载示巴女王带了许多香料、宝石和黄金，去觐见所罗门，用难题考验所罗门的智慧。

② 所罗门王：公元前十世纪以色列国王，以聪明、富有著称。

随之，她又神经质地赶快把头发缠了起来。她踌躇了一会儿，静静地站着，任一两滴眼泪洒落在破旧的红地毯上。

德拉穿上了她的那件棕色的旧外套，戴上了她的棕色的旧帽子。她跑出屋子，冲下楼梯，来到了街上，衣裙在她快速的移动中飘摆，眼睛里尚有晶莹的泪光在闪烁。

德拉在一家挂着“莎弗朗妮夫人——专营各式头发制品”牌子的店铺前停下来。她跑上一节楼梯，气喘吁吁地让自己定下神来。店中的老板娘，身高体胖，皮肤白得有点儿扎眼，一副冷冰冰的模样，可与莎弗朗妮[1]的称号不大相符。

“你要头发吗？”德拉问。

“我收购头发，”这位夫人说，“把你的帽子摘掉，让我们来看看你头发的成色。”

棕色的长发如瀑布般倾泻下来。

“二十美元。”夫人一边很在行地摸着德拉的头发，一边说。

“好的，快点儿把钱给我。”德拉说。

噢，接下来的两个小时仿佛是插上了玫瑰色的翅膀，飞掠而过。请读者不要介意我这个蹩脚的比喻。总之，德拉是跑遍了所有的商店，在为吉姆挑选礼物。

德拉终于找到了她要买的东西。它准是专为吉姆，而不是为别人制作的。在她搜寻过的所有商店里，再也没有和它相类似的物品。这是一条铂金表链，设计简单大方，完全是以其质地的纯良而不是花哨的装饰来表明其非凡的价值——所有的好东西都理应如此。它与吉姆的手表非常般配。德拉一看到它，就知道这条表链非吉姆莫属。它跟吉姆本人一样，文静沉稳而身价非凡——这一描述对两者都很合适。买它花去了二十一美元，她拿着剩下的八十七美分，匆匆地往家赶。

---

① 莎弗朗妮：意大利诗人塔索（1544—1595）《被解放的耶路撒冷》史诗中的人物，她为了拯救耶路撒冷全城里的基督徒，承认了并未犯过的罪行，成为舍己救人的典型。

有了这条链子配在吉姆的表上，吉姆无论跟多少人在一起，也可以随时随地拿出表来看时间了。因为尽管这个表很华贵，可他因表上拴着的是一条很旧的皮表带，而只敢偶尔偷偷地瞥上一眼。

在德拉到了家以后，她的陶醉感逐渐地让位给了理智和审慎。她拿出卷发铁钳，点燃了煤气灯，开始着手补救由于爱情和慷慨所造成的狼藉。亲爱的朋友们，这永远是一项非常艰巨的工作——一项了不起的工作。

不出四十分钟，德拉的头上覆满了一个贴着一个的小发卷，叫她看上去俨然像个逃学的小男孩。她用苛求的眼光，对着镜子中的自己仔细地瞧了又瞧。

“吉姆看到了，肯定会骂我的，”德拉跟自己说，“他会说我看起来像是个科尼岛游乐场里的卖唱姑娘。可是，我又能怎么样呢——噢！我拿一美元八十七美分能做什么呢？”

晚上七点钟的时候，德拉煮好了咖啡，煎锅也放在了炉子后面热着，随时准备着煎牛排。

吉姆从来没有晚回过家。德拉把铂金表链对折回来放在手里，坐在离他必经之门最近的桌子角上。随后，德拉听到了吉姆上第一节楼梯的脚步声，有片刻的工夫她的脸变白了。平常不管遇到什么事情，她总爱默默地祈祷，此时，德拉默念着：“求求上帝，让吉姆认为我还跟以前一样漂亮。”

门开了，吉姆走了进来，回身关上了门。他消瘦的面庞上显得很严肃。可怜的吉姆，他才仅仅二十二岁——就担起了家庭的重担！他需要一件新大衣，一副新手套。

吉姆在门内站住，像一条猎犬闻到鹌鹑的气息似的一动也不动。他盯视着德拉，眼睛里流露出她难以理解的神情，这一下可吓坏了德拉。它不是愤怒，不是惊讶，不是不满，更不是厌恶，不是她所见过的任何一种。他只是用那种特别的表情，凝视着她。

德拉扭身从桌子上跳下来，走到吉姆身边。

“吉姆，亲爱的，”德拉大声地说，“不要那样看着我。我把头发剪掉，卖了，因为我不能眼看着圣诞节到了而不给你买件礼物。我的头发会再长长的——你并不那么太在意，对吗？我不得不这么做。我的头发长得快极了。说‘圣诞节快乐’，吉姆，让我们俩高兴起来。你不知道我给你买了件多么珍贵——多么美好的礼物呢。”

“你把头发剪掉了？”吉姆吃力地问道，仿佛经过了一番苦思冥想，他还是未能把这个显而易见的事实弄明白似的。

“剪下来卖掉了，”德拉说，“你还会一样喜欢我，对吗？没有了头发，我还是我，不是吗？”

吉姆带着略显古怪的神情四下望着。

“你说你的头发已经剪掉了吗？”他傻傻地问。

“你不用找了，”德拉说，“头发已经卖了，我告诉你——卖了，没有了。这是平安夜，亲爱的。好好地待我，我是为你才卖掉它的。我头上的头发也许能够数得清，”她突然真挚而又甜蜜地接着说，“但是，没有人能测出我对你的爱有多深。我现在就把牛排煎上好吗，吉姆？”

吉姆似乎从他的恍惚中很快地醒了过来。他紧紧地抱住了德拉。现在让我们用十秒钟的时间，换一个角度，审慎地考虑一下一个与眼下似乎无关的问题。每星期八美元的房租，或是每年一百万美元的房租——那有什么区别呢？一位数学家或是一个智者会给予你错误的答案。麦琪①给人们带来礼物，可他们没有给出这个问题的答案。这句晦涩难懂的话，你看过下文后自会明白。

吉姆从他的大衣口袋里掏出了一包东西，把它丢在了桌子上。

“别对我有什么误会，德拉，”吉姆说，“不管你是剪掉了头发也好，还是把头发修成了别的样式也好，都不能把我对你的爱减少一

---

① 麦琪：指基督刚诞生时送礼物的三位贤人。一说是东方三王：梅尔吉奥尔（光明之王）赠送黄金，加斯帕赠送乳香，象征神圣，巴尔撒泽赠送没药，预示基督后来遭受迫害而死。

丝一毫。不过，只要你打开那包东西，你就明白你为什么会叫我发愣了。”

白皙的手指敏捷地解开了包上的绳子。随后是一声狂喜的呼喊。紧接着，哎呀！很快就变成了女性的歇斯底里的哭泣声，需要公寓的主人使出浑身的解数来加以安慰。

因为摆在眼前的是一整套的发卡——两边用的，后面用的，应有尽有，是德拉在百老汇商店的橱窗里看到、艳羡了许久的美丽的发卡，它们由纯玳瑁制成，边上镶嵌着珠宝——来配她失去的秀发，真是再合适也不过了。她知道，这些发卡一定很昂贵，她以前一直是想望、渴盼着它们，但丝毫也没有过要把它们拥为己有的念头。现在，这些发卡是她的了，可是与这梦寐以求的发簪相得益彰的美丽长发已经剪掉了。

不过，德拉还是紧紧地将它们搂在怀里，临了，她终于能够抬起朦胧的泪眼，笑着说，“我的头发长得很快的，吉姆！”

末了，德拉像是个被烫着的小猫一样，跳了起来喊道：“哦！哦！”

吉姆还没有看到他的美好的礼物呢。德拉展开她的手掌，急切地让吉姆来看。这一没有知觉的贵重金属闪着熠熠的光亮，好像是她的欢快与热忱在闪动。

“它漂亮吗，吉姆？我跑遍了整座城市才买到它。你以后可以想多会儿看表，就多会儿看表了。把表给我，让我看看配上这个链子，我们吉姆的表该有多帅气。”

吉姆没有把它掏出来，而是踉跄地倒在了沙发上，把他的双手枕在脑后，笑了。

“德拉，”他说，“让我们把我们的礼物暂且保存，收起来吧。它们都太珍贵了，我们眼下还用不上它们。我卖掉了金表，给你买来了发卡。好了，你现在可以煎上我们的牛排了。”

麦琪们，正如你所知道的，都是智者——是聪明绝顶的人——他们给出生在马槽里的圣子基督带来了礼物。他们发明了在圣诞节互送礼物的习俗。因为其睿智，他们的礼物毫无疑问也是非常美好的，如果碰上互赠的东西完全相同，可能还会拥有交换的权利。在这里，我向你们笨拙地讲述了一个没有曲折、没有波澜的故事：两个住在同一所公寓里的笨孩子为了对方，极不明智地卖掉了他们家里的两件最宝贵的东西。然而，还是让我们对现在的聪明人说上最后一句吧，在所有馈赠礼物的人们中间，他们两个是最聪明的。在所有赠送或是接受礼物的人们中间，他们两个也是最聪明的。无论走到哪里，他们俩都是最聪明的。他们就是麦琪。

警察与赞美诗

苏贝躺在麦迪逊广场的长凳上，辗转反侧。当群雁引吭高歌着飞过夜空的时候，当没有海豹皮大衣的女人对丈夫百般温存起来的时候，当苏贝在公园的长凳上辗转反侧的时候，你就知道冬天快要来了。

一片枯叶落在了苏贝的膝盖上。这是杰克·弗罗斯特[1]的名片。杰克对麦迪逊广场上的常住居民是很照顾的，在他每年到来之前都会预先通知。他在十字街头把他的名片交给了北风（这一露天大厦的看门人），好叫风餐露宿的人们有所准备。

苏贝的大脑开始意识到，为了应对即将到来的寒冬，由他组成一个单人筹备委员会的时候已经到了。所以苏贝在长凳上不安地翻着身。

苏贝对越冬并没有过多的奢望。他没有想过去地中海巡游，也没有想去享受南方催人欲眠的风光，更没有想在维苏威海湾[2]中游泳。现在苏贝心里所想望所期盼的，就是在布莱克韦尔岛[3]上能住上三个月。三个月没有食宿之忧，既有意气投合的伙伴相处，又避开了玻瑞阿斯[4]的肆虐和巡警的骚扰，这在苏贝看来是再理想不过的事情了。

多年来，好客的布莱克韦尔监狱一直是苏贝冬天的寓所。正如比他幸运的纽约人每年冬天买好车票到棕榈滩[5]和里维埃拉[6]度假一样，

---

① 杰克·弗罗斯特：原文是 Jack Frost，是英文里对“寒霜”的拟人称呼。

② 维苏威海湾：位于意大利那不勒斯东南的海湾，气候温和。

③ 指在纽约和布鲁克林之间海峡中的布莱克韦尔岛，上有监狱和疯人院等。

④ 玻瑞阿斯：希腊神话中的北风神。

⑤ ⑥ 均系美国南部城市，气候温和。

苏贝每年也要为他去往布莱克韦尔岛做些寒伧的准备。现在，就是他着手来安排的时候了。昨天晚上，他睡在古老广场靠近喷泉的那条长凳上，用三份厚厚的星期日的报纸垫在了他的衣服底下，盖在了他的脚踝和膝盖上，可还是抵御不了袭来的寒冷。因此，布莱克韦尔岛现在在他的脑子里日渐变得显豁起来。苏贝看不起那种以慈善的名义为城市里的无家可归者提供的救济。在苏贝看来，法律比慈善更为仁慈。城里比比皆是这样的救助机构，无论是政府办的，还是慈善组织办的，只要苏贝愿意，这些机构都可以提供给他最起码的食宿条件。但是，对于不乏有着高傲心理的苏贝来说，接受施舍会叫他感到诸多的不便。每从慈善家的手中得到他们的什么好处，尽管你不必付钱，却总会给你带来精神上的屈辱。正如凯撒之有布鲁图①一样，凡事有利就有弊，你接受人家提供的床铺，你就得被迫洗个澡，你要吃人家给你的面包，你个人的来历和隐私就得被人家打破砂锅问到底。所以，最好还是做法律的座上客，这样虽然会受到一些规则的约束，可毕竟没有人会过分干涉你的私事。

既然已经决定要去到岛上，苏贝马上就着手来实现他的愿望。想做成这件事，有许多简便的方法。最叫他痛快的就是到某个豪华的饭店，美美地吃上一顿；临了，告诉人家自已无钱付账，将他不吵不闹地送交给警察。剩下的事情（诸如对他的安置等），自会有地方法官为他办好。

苏贝离开长凳，步出了广场，横穿过百老汇街与第五大道交叉处的一片平坦的柏油路面。然后拐上了百老汇街，停在了一家灯火辉煌的饭店门前，那里每晚都汇集了最上等的美酒佳肴，衣着华丽的贵宾和人类的精英。

苏贝对他的上半身（从其马甲的最低一个纽扣往上）充满了信心。他刮过了脸，上衣体面、整洁，还系着一条一位女教士在感恩节时送

① 布鲁图是凯撒十分喜爱的部下，后来却刺杀了凯撒。

给他的活结领带。只要他进了饭店，能不被人怀疑地走到餐桌前，成功就是他的了。他显露在餐桌上面的部分不会让侍者起疑。吃上一只烤野鸭，苏贝乐滋滋地想着，再要上一些坎曼贝奶酪①，一瓶法国白酒，一小杯咖啡和一枝雪茄。雪茄要一美元一支的就可以了，这样消费的总额加起来不至于太高，不会叫饭店的经理们对他狠心报复；而他也可以饱餐一顿，愉快地踏上他去冬季避难所的旅程。

然而，当苏贝的脚刚刚跨进这家饭店的时候，饭店领班的眼睛就盯住了苏贝破损的裤子和邋遢的鞋子。两只强壮有力的臂膀拥着苏贝的身体，将他悄然地、匆匆地推到了马路的便道上，避免了一只野鸭横遭倒霉的命运。

苏贝离开了百老汇街。看来想要到达为他提供庇护的岛屿，走美食家的路是行不通了。必须想出其他的办法，以进入那一住所。

在第六大道一个拐角处，美妙的灯光和经过精巧装饰的商品把一家店铺的橱窗装点得格外醒目。苏贝捡起一块鹅卵石，朝橱窗的玻璃上砸去。在街口的人们向这边疾奔过来，一个警察跑在前面。苏贝站着没有动，两只手插在口袋里，看着警察的光闪闪的铜纽扣，笑了。

“砸了橱窗的人往哪边跑了？”已赶到的这位警官激动地问。

“你难道不认为我可能与这件事有关吗？”苏贝说，语气间虽然带着些许的讥嘲，却也不乏友好，俨然像是一个就要交上好运的人。

在这位警察的头脑里，怎么也不可能想到苏贝就是嫌疑犯。砸了橱窗的人不会还留在原处，与法律的走卒在那里调侃。他们早就拔腿跑了。警察看到不远处有个人正在跑着去搭一辆车。于是，挥舞着警棍，追了上去。苏贝大失所望，悻悻地走开了，两次都没有成功。

在街道的对面，有一家不太起眼的饭店。这是一家大众化的餐馆，专为肚子大而钱袋瘪的人们服务。那里空气污浊，碗盘也都是粗瓷的；那里汤羹淡如水，餐巾薄如绢。苏贝走进这家饭店，他的破旧的裤子

---

① 坎曼贝：法国奥尼尔省地名，那里制作一种松软的干酪，享有盛名。

和鞋子都没有引起侍者的注意。他大摇大摆地坐在了一张桌子前，吃了牛排、薄煎饼、炸面饼圈和馅饼。末了，苏贝站起来告诉侍者，他身上没有钱，付不起账。

“好了，现在赶紧喊一个警察来吧，”苏贝说，“不要叫大爷我久等。”

“对付你这样的人，用不着警察，”侍者说，他的声音像奶油蛋糕，眼睛像曼哈顿鸡尾酒里的红樱桃，“嘿，你这个骗子！”

两个侍者架着苏贝，将他左耳贴地、狠狠地摔在了便道坚硬的水泥地面上。苏贝摔得像散了架似的，宛如木工用的折尺，他一节一节地硬撑着站了起来，掸去了身上的尘土。想要警察抓起来似乎只是一个玫瑰色的梦了，那座岛屿也离他越发地遥远了。一个站在不远处药店门前的警察见到此景，哈哈地笑着，走到街道上去了。

苏贝一直往前，直待走出了五个街区后，他才再次鼓起了去寻求被捕的勇气。这一次，机会来得很巧，照他的话说，那简直是“唾手可得”。一位穿着朴实、颇有风韵的年轻女子正站在一家店铺的橱窗前，饶有兴味地瞅着橱窗里刮胡子用的杯子和墨水台，在离开橱窗两码远的地方，就有一个大个子警察靠在一个消防水龙头上，满脸上都是严肃的表情。

苏贝打算装扮成一个卑鄙下流、惹人讨厌的“调情者”。他调情之对象的楚楚动人、风度翩翩，以及这位有责任心的警察的近在咫尺，都叫他相信这一次他很快就能得手了，他高兴地想到他很快就可以上到那个小小的安乐岛上去过冬了。

苏贝整了整女教士送给他的活结领带，把他皱巴巴的衬衣袖口拽了出来，将他的帽子歪戴在脑壳上，侧着身子朝着这位女子走了过去。他向她使着眼色，时而突然地咳嗽和“哼唧”几声，时而嬉皮笑脸、色胆包天地说着一些叫人脸红的脏话。用眼睛的余光，苏贝看到那个警察已经牢牢地盯住了他。那位年轻的女子向后挪了几步，还是专注地瞧着那些刮胡子用的水杯。苏贝跟着朝前走了几步，大胆地站到了这位女子的旁边，抬了抬帽子说：

“啊哈，美人儿！想不想到我家里去玩玩？”

那位警察还在盯视着。这位受到骚扰的年轻女子只消朝着警察那边招招手，苏贝就可能会踏上前往岛上避难所的旅程了。在想象中苏贝似乎已经感受到了警察局里的舒适和温暖。不料，那位年轻的女子却扭过头来回望着他，伸出了一只手，拽住了苏贝的袖口。

“当然可以啦，麦克，”姑娘欢快地说，“倘若你肯请我喝杯啤酒的话。要不是警察一直朝我们这边看着，我早就会跟你说话了。”

年轻女子像常春藤盘绕橡树那样，依偎在苏贝的身边，跟着他在警察面前走过，苏贝心中充满了失望。他似乎注定是自由的了。

在下一个拐角，苏贝甩掉他的女伴，跑开了。后来，他停在了一条每晚都是灯火通明的街道上，那里有最激昂的歌声，有山盟海誓和欢声笑语。身着裘皮大衣的女人和穿着厚大衣的男人在严寒中兴高采烈地走动。苏贝突然无端地感到了一阵恐惧，冥冥之中一定是有一种可怕的魔咒在起作用，使他再也无望进到监狱了。这个想法更是叫他有点慌乱起来。在他看到一个警察耀武扬威地正在一家灯火辉煌的剧院门前巡逻时，他即刻像是抓住了一根救命稻草似的，扰乱起社会治安来。

在人行道上，苏贝用他那沙哑的声音，扯起嗓子，喊着一些乱七八糟的话。他手舞足蹈，时而胡言乱语，时而哭天喊地。

警察挥着警棍，转过了身去，背对着苏贝，向一个过路的人说：

“这是耶鲁大学的学生，在庆祝他们球赛的胜利，他们给哈特福德学院吃了个鸭蛋。虽然很吵闹，可是不碍事。我们已经接到指示，不必干涉。”

苏贝一下子泄了气，不再无用地喧嚷了。难道警察就这样永远地不会来逮他了吗？在他的想象中，布莱克韦尔岛变成了一个遥不可及的阿卡狄亚[1]了。对着迎面袭来的寒风，苏贝扣紧了他（单薄的）上

---

① 阿卡狄亚：古希腊一个人情淳朴、风光秀美的理想乡。

衣的扣子。

在一家卖雪茄的店铺门前，苏贝看到一个穿着很体面的男子正在颤巍巍地点燃一支雪茄。那人在进去时，将一把雨伞立在了门口。苏贝进到店里，拿起雨伞，大摇大摆地就往外走。点烟的那个男子赶忙跟了出来。

“这是我的雨伞。”他厉声说。

“喔，是吗？”苏贝嘲讽地说，在其偷窃的行为上苏贝还要加上点对对方的羞辱，“喂，那你为什么不喊一个警察过来呢？是我拿了你的伞！为什么你不叫警察？在那边拐角上不就站着一个吗？”

伞的主人放慢了脚步。苏贝也慢了下来，他预感到好运又会与他擦肩而过。拐角上的警察好奇地望着他们两个人。

“当然了，”伞主人说，“哦——这你也知道——有时候难免会出错——我——如果这是你的伞，我希望你能原谅我——我是今天早晨在一家饭店捡到它的——如果你认出了这是你的，喔——我希望你会——”

“这当然是我的伞了。”苏贝恶狠狠地说。

先前的那位伞的主人退却了。这时，警察跑去搀扶一个穿着晚礼服的高个子金发女郎过马路，因为就在她的前面不远处有一辆汽车正驶了过来。

苏贝沿着一条正在翻修的街道向东走。他愤愤地把伞丢进一个路坑里。一边诅咒着这些头戴铜盔、手拿警棍的人。因为他想落在他们的手中，而他们却似乎把他当成了永不会犯错的国王。

最后，苏贝走上一条通往东区的路，这里已经稍稍离开了璀璨的灯火和喧嚣声。他叫自己朝着麦迪逊广场的方向行进，因为恋家的本能又占据了他的身心，尽管这个家只是公园里的一条长凳。

然而，在来到一个僻静的角落时，苏贝停下了。这里有一座古老的教堂，样式古雅，不甚规则，是那种带着山墙的建筑。从一扇紫罗兰色的窗户里透出了格外温馨的灯光。无疑，里面的风琴师正为了给星期日唱赞美诗伴奏在反复地练习。悠扬熟悉的乐音触动了苏贝的心，让他久久地倚在螺旋形的铁栏杆上，一动也不动。

夜空中的月亮皎洁、肃穆，车辆和行人已经很少了，欲眠的麻雀在屋檐下啁啾着——刹那间，苏贝仿佛觉得自己置身在乡间的教堂墓地里。风琴师弹奏的赞美诗，这是他以前多么熟悉的乐曲啊！那时，他的生活里充满了母爱、玫瑰、朋友、理想和抱负，还有纯洁无瑕的思想和锦衣靓饰。

苏贝的头脑本来就容易受到感化，赞美诗的乐曲和古老教堂给他的影响，使他的心灵突然发生了一种奇妙的变化。他即刻憎恶起他所坠入的深渊，憎恶起他所过的堕落的生活，卑劣的欲望，破灭了的希望，受到损害的才智，以及支持他生存的那些低下的动机。

与此同时，他的心灵急切地渴盼着对一种新的情感做出响应。一股疾速而又强有力的冲动叫他去与他堕落的命运拼斗。他要将自己拔出泥淖，他要重新做人，他要去征服已经占据了他身心的邪恶。还有的是时间，他依然年轻，他要唤起他当年的那些热切的志向，并对它们不懈地加以追求。从风琴那边传过来的肃穆悠扬的音乐，在他心中掀起了一场革命。明天他就到城里去找工作。一个皮货进口商就曾经答应过他，叫他到他那里当一名司机。苏贝明天就去找他，向他申请那份工作。苏贝也要做社会上的有用之才。他会的——

苏贝发现有一只手搭在了他的肩头。他很快地转过头来，看到一个警察宽大的脸庞。

“你在这里干什么？”警察问。

“我没干什么。”苏贝回答。

“你跟我走一趟吧。”警察说。

“你得在岛上待上三个月。”第二天，警察厅里的地方法官对苏贝说。

财神与爱神

已退休的老安东尼·洛克沃尔，是洛氏尤雷卡肥皂的生产商和专利人，现在，他正在自己位于第五大道上的豪宅里，站在书房的窗口往外瞧，一边不由得咧嘴笑着。住在老安东尼豪宅右边的邻居——一位贵族俱乐部的成员，G. 范·斯凯莱特·萨福克·琼斯——正走出来，走向等候着他的汽车，像往常一样，他冲着肥皂大厦正面具有意大利文艺复兴时期风格的雕像，轻蔑地蹙了蹙鼻子。

“你这个无所事事、自以为是的倔老头儿！”这位前任肥皂大王在品头论足地自语道，“你要是不小心点儿，伊登博物馆迟早会把你这个思想僵化的纳斯尔罗德[①]收进它的馆藏。明年夏天，我将把我的房子漆成红、白、蓝三色，到时候，看你这个荷兰人的鼻子还能翘多高。”

临了，安东尼·洛克沃尔（他从来不喜欢按门铃）走到书房的门口，大声喊着“麦克！”那嗓门一如当年响彻堪萨斯大草原苍穹时那般高亢。

“告诉少爷，”安东尼对应声而来的仆人说，“叫他出去之前来我这里一趟。”

当小洛克沃尔来到书房的时候，老人放下了手中的报纸，抬眼看着儿子，光滑、红润的大脸盘上流露着严肃而又疼爱的神情。好

---

① 纳斯尔罗德（1780—1862）：德国籍俄罗斯政治家，安东尼借用来讽刺外籍移民萨福克·琼斯。

激动的老安东尼用一只手搔着他乱蓬蓬的白发，一只手摇动着口袋里的钥匙。

“理查德，我的儿子”安东尼·洛克沃尔说，“你用的肥皂是多少钱一块的？”

刚从大学毕业回到家中只有六个月的理查德，听到这话不免有些吃惊。他还没有能摸透老头子的脾气，他的这位父亲大人就像一个初次出来交际的姑娘，总会提出一些让人意想不到的问题。

“是六美元一打的，父亲。”

“你穿的衣服呢？”

“我想，一般是在六十美元左右吧。”

“你是个上等人，儿子，”安东尼不容置疑地说，“我听说许多跟你一样的年轻人，用的是二十四美元一打的肥皂，穿衣服往往是上百美元一件的。你和他们一样有钱，完全可以像他们那样挥霍，可是你没有，你只求适中就可以了。现在我用的仍然是我们老牌的尤雷卡肥皂，不仅仅是对它有感情了，而且也是因为它的质地最纯。要是你买十多美分一块的，你买到的肯定是个杂牌子，而且味道也不好闻。像你这样身份和地位的年轻人，用五十美分一块的，就蛮可以了。我刚才说你是个上等人。人们讲需要经过三代，才能造就一个上等人。他们错了。金钱就可以办得到，像肥皂的油脂那么顺滑地办到。金钱已经把你造就成了一个上等人。天哪！它几乎叫我也成了上等人。尽管我差不多跟作为我们邻居的那两个荷兰裔的老爷一样，粗鲁无礼，惹人讨厌，言谈举止也不雅。”

“世上的有些事情是金钱办不到的，父亲。”小洛克沃尔的话里带着些许的忧伤。

“噢，孩子，不要这么说，”听到儿子讲出这种话，老安东尼有些吃惊，“我始终认为金钱是万能的。我翻看百科全书，现在已经读到了以 Y 字母打头的内容，可还没有找到拿钱买不到的东西；下个星期我就过完它的附录了。我绝对相信金钱至上。你倒说说看，有什么是金钱不能买下的。”

“让我看，”理查德有些失望和伤心地说，“花钱也不能让人跻身于高高在上的社交圈子。”

“噢！有这样的事情吗？”这个万恶之源的拥护者暴躁地喊道，“请告诉我，如果阿斯特[1]的老祖宗没有钱买三等舱船票来到美国，你所说的上流社会还会有吗？”

理查德叹了口气，没有吭声。

“这正是我打算要跟你谈的，”老人说，语调缓和下来，“这也正是我叫你到我这儿来的原因。你最近有点不大对劲了，孩子。我注意你已经有两个星期了。你有什么心事，就说出来吧。我想，除了咱们家经营的房地产，我在二十四小时之内还可以调动一千一百万美元的现金。如果是你的心呀、肝呀，出了什么毛病，逍遥者号船就停在海湾里，加足了煤，两天就可以抵达巴哈马群岛[2]。”

“你猜得差不多，父亲，已经离得不远了。”

“啊，”安东尼急切地问，“她叫什么名字？”

理查德开始在书房里来回地踱着步。他的这位看似粗鲁的父亲一下子就猜透了他的心思，这足以叫他对父亲产生信任了。

“你为什么不向她求婚？”老安东尼追问道，“她会巴不得扑进你的怀里。你有钱，相貌英俊，举止言谈又得体。你的手干干净净，从没沾上一丁点儿尤雷卡肥皂的味儿。你上过大学，不过，对这最后一点，她倒是不会看重的。”

“我没有这样的机会。”理查德回答。

“造一个出来嘛，”安东尼说，“邀她到公园里散散步，或者带她开车去兜兜风，或者在教堂做完礼拜后送她回家。啐！哪里会没有机会！”

---

① 阿斯特：指美国毛皮富商及金融家约翰·阿斯特家族。

② 巴哈马群岛：加勒比海上的岛屿，是旅游胜地。

“你不大懂得像一个大磨坊一样的社会的运作，父亲。她就是叫那个磨坊转动起来的那股水流。她的每一分钟，每个小时，都是在好几天前就已经安排好了的。我一定要得到这个姑娘，父亲，否则的话，这个城市对我来说就永远是一片腐臭的沼泽地。我又不能写信表白——我不能那么做。”

“呸！”老人说，“你是不是想告诉我，有我这么多的钱财做后盾，你也不能够为自己找到一两个小时的时间，跟这个姑娘单独地待上一会儿？”

“是我耽搁得太久了。她后天中午就要乘船去欧洲了，一待就是两年。明天傍晚，我能单独跟她待上几分钟。她现在是在拉奇蒙特她姨妈的家里。我不能到那里去看她。不过，她答应让我明天傍晚八点半乘马车到中央火车站接她。然后，沿着百老汇街走一段，把她送到沃洛克剧院，她的母亲和别的亲友们都在剧院的休息室等着我们。你觉得在这样的情境下，她会用只有七八分钟的时间，来听我诉说我的爱情吗？不会的。在剧院看戏时或是剧院散场后，我有机会吗？没有。不，父亲，你的金钱解决不了这样的难题。我们不能用金钱买到一分钟的时间；如果可能的话，富人们的寿命就会活得长久了。在兰特里小姐出国之前，我没有希望跟她好好地谈谈了。”

“好吧，理查德，我的孩子，”老安东尼喜形于色地说，“你现在可以离开到你的俱乐部去了。我很高兴，不是你的肝脏出了毛病。不过，你还是不要忘了时不时地到庙里去烧炷香，敬敬伟大的财神爷。你说金钱买不来时间？喔，当然啦，你不能用钱叫人把永恒打包好，送到你的府上，可是，我见过时间老人在走过金矿的时候，他的脚后跟被那里的矿石磕得青一块紫一块的。”

那天晚上，正在安东尼看报的时候，温柔体贴、多愁善感、满脸皱纹、被财富压得郁郁不乐、整日长吁短叹的埃伦姑妈（安东尼的姐姐）来了，她跟安东尼聊起了情人们会有的痛苦和哀怨。

“理查德把事情都告诉我了，”她的弟弟安东尼打着哈欠说，

"我跟他说，我银行的钱全都听凭他的支配。他就开始奚落起金钱。说钱也帮不上忙。说十个百万富翁加在一起，也不能把社会的规则挪动一步。"

"噢，安东尼，"埃伦姨妈叹着气说，"我希望你不要把钱看得太重了。在真情实感面前，财富真的就算不上什么了。只有爱情才有无穷的力量。要是我们的理查德早一点儿开口就好了！她是不会拒绝我们的理查德的。但是，现在恐怕是已经太晚了。理查德没有向她表白的机会了。你所有的金钱也不能给你的儿子带来幸福。"

在第二天晚上八点钟的时候，埃伦姑妈从一个被蛀虫啃蚀过的首饰盒里，取出一枚古色古香的戒指，交给了理查德。

"今天晚上戴上它吧，孩子，"姑妈恳求道，"它是你妈妈给我的。你妈说它能为爱情带来好运。她要我在你找到你的心上人的时候，将它转交给你。"

小洛克沃尔满怀着尊敬接过戒指，试着戴在他的小拇指上。戒指在滑到第二个关节的时候停住了。他把它摘了下来，照男人的习惯，放进了他的坎肩口袋里。接着，他打电话叫马车。

在火车站，小洛克沃尔从嘈杂的人群中于八点三十二分接到了兰特里小姐。

"我们可不能让妈妈和亲朋好友们久等。"兰特里小姐说。

"去沃拉克剧院，越快越好！"理查德顺从地说。

他们急速地驶过第四十二街，上了百老汇大街，然后，拐进一条灯火璀璨的巷子，从幽静的西区直奔高楼林立的东区。

到了第三十四街的时候，理查德推开了车窗，喊马车夫停上一下。

"我掉了一枚戒指，"他一边下车一边抱歉地说，"这戒指是我母亲留给我的，我不愿意把它丢了。我耽搁不了一分钟的——我看到它落到什么地方了。"

没有一分钟，理查德拿着戒指回到了车子里。

但是，就是在那一分钟的时间里，一辆穿城而过的轿车径直停在了马车的前面。马车夫刚想着把车赶往左边，可是一辆满载的快运货车挡住了他。马车夫试着向右边赶，可却不得不又往后退，以避让一辆无缘无故出现在那里的装运家具的马车。谁知退路也被挡了，马车夫只好丢下缰绳，无奈地诅咒着。他被横七竖八、里三层外三层的车辆和马匹围了个严严实实。

在这座大城市里，有的时候会发生这样的道路堵塞，霎时间会中断了一切车辆的往来。

“为什么不赶路呀？”兰特里小姐有点着急了，“我们要迟到了。”

理查德在车子里站起来，向四下张望。他看到百老汇街、第六大道和第三十四街的各个宽阔的交叉路口给各色各样的货车、卡车、马车、搬运车挤得水泄不通，正像是一个腰围二十六英寸的姑娘硬要束上一条二十二英寸的腰带一样。在所有交叉的道路上，还有车辆在轰隆隆地、加足马力地朝着这个交汇点赶来，把它们自己也抛入到这场拥挤当中，一时间轮毂交错，喧嚣声和司机、车夫的咒骂声此起彼伏。曼哈顿地区的整个交通似乎都因为这个地方的堵塞而变得瘫痪了。挤在人行道上看热闹的人成千上万，也许他们中间年龄最长的纽约人也不曾见过有哪一次的交通阻塞，能与这一次的相比。

“真对不起，”理查德说着坐了下来，“看样子我们是动不了了。没有一个小时，这里的交通不可能疏通。这都怪我。如果我没有掉了戒指，我们——”

“让我看看你的戒指吧，”兰特里小姐说，“既然已经堵在这里，没有办法了，我们着急也没有用。其实，我觉得看戏也怪无趣的。”

在那天晚上的十一点钟，有人轻轻地敲着安东尼·洛尔沃尔的房门。

“进来。”安东尼喊道，他穿着一件红色的睡衣，正在读一本有关海盗的冒险小说。

来人是埃伦姑妈，她的样子看上去像是个被错留在人间的白发天使。

“他俩订婚了，安东尼，”埃伦姑妈温柔地说，“她已经答应嫁给我们的理查德了。他们在赶往剧院的路上，碰上了交通堵塞，他们的马车被堵了两个小时才得以脱身。

“哦，安东尼，你以后再也不要吹嘘金钱的力量了。一件代表爱情的小小信物——一枚象征着持久、忠贞不渝和金钱难以买到的爱情的戒指——是理查德寻找到他的幸福的原因。他半路上掉落了那枚戒指，下车去捡。在马车停下的一刹那，交通发生了拥堵。在马车被围堵住的几个小时里，理查德表达了他的爱情，并赢得了姑娘的心。金钱跟真挚的爱情比起来就是粪土，安东尼。”

“好吧，”安东尼说，“我很高兴，儿子得到了他想要的东西。我曾告诉过他，在这件事情上我会不惜一切代价的，只要——”

“但是，安东尼，这件事跟你的金钱有什么关系呢？”

“姐姐，”安东尼·洛克沃尔说，“我的海盗正处在万分危机的关头。他的船刚被凿穿，他有钱，他深知钱的价值，不会给淹死的。我希望你能让我继续把这一章读完。”

故事到这里本该结束了。我和你们这篇故事的读者们一样，衷心地希望故事就此收场。但是，为了弄清事情真相，我们非要刨根问底不可。

第二天，一个两手发红、系着蓝点子领带、称自己为凯利的人来到安东尼·洛克沃尔的府上，并立即在书房中得到了接见。

“噢，”安东尼说，一边伸出手去拿支票，“这锅肥皂熬得不错。让我们来看一下——你已经拿了五千美元的现金。”

“我自己垫付进三百美元，”凯利说，“开销比我预计的要多。参加进来的快运货车和马车，每辆给的都是五美元；而卡车和双马马车每一辆差不多都涨到了十美元。汽车司机想要十美元，一些满载的车子要二十美元。警察敲竹杠敲得最狠，有两个警察，我一个人付了他们五十美元，其余的警察，我支付了二十或是二十五美元。不过，干得可真够漂亮的，不是吗，洛克沃尔先生？我庆幸威廉·阿·布雷尔[1]没有在场，否则的话，他会嫉妒得伤心死的。真是天才之作！伙计们都准时赶到，一秒钟也不差。在两个小时的时间里，格里利[2]的塑像底下连条蛇也休想钻得过去。”

“这是一千三百美元——哦，凯利，”安东尼说着又撕下了一张支票，“这一千美元是你的酬劳，那三百美元是还你垫付的钱。你不至于不喜欢钱吧，凯利？”

“你说我吗？”凯利问，“我真想揍扁那个发明了贫穷的人呢。”

在凯利走到门口的时候，安东尼又叫住了他。

“你有没有注意到，”安东尼说，“在塞车的现场，有一个一丝不挂、手里拿着弓箭乱射的胖娃？”

“噢，没有，”凯利这一下被弄得有点儿神秘兮兮的了，“我没有看见。如果他像你说的那样，在我到达之前，他就会给警察抓起来了。”

“我想那个小流氓也不会在场的，”安东尼咯咯地笑着说，“哦，再见，凯利。”

---

① 威廉·阿·布雷尔（186—1950）：美国著名的剧院经理。

② 格里利（1811—1872）：美国记者、作家、政治家，纽约《论坛报》的创办人。

爱的奉献

在一个人热爱着他的艺术时，付出再多也似乎不会觉得苦。

这是我们的前提。这篇故事将由此得出一个结论，并在同时表明这个前提是错误的。这在逻辑上是个新鲜事，可却是故事叙事方面的一个很古老的技巧了，甚至比中国的万里长城还要古老。

乔·拉雷比来自橡木参天的中西部平原，有着非凡的绘画艺术才能。在六岁的时候，他创作了一幅描绘镇上的抽水泵的风景画，在抽水泵的旁边，还画了一个镇上的显赫人物在急匆匆地走过。这幅画被镶上了镜框，挂在了一家药店的橱窗里，它的旁边还挂着一个上面的颗粒排列得稀疏不齐的玉米棒子。二十岁时，乔·拉雷比脖子上系着领带，腰里揣着瘪瘪的钱袋，离开了家乡，去往纽约。

德丽雅·佳露瑟斯出生在在南方的一个有松林掩映着的小村庄，在很小的时候，就把六音阶乐器演奏得有声有色，亲戚们见这孩子有出息，就给她凑了一大笔钱，让她到北方“深造”。他们没有看到她完成学业——而这也正是我们的故事要讲的。

乔和德丽雅是在画室里遇见的，一些学艺术和音乐的学生曾经聚在那里，讨论明暗对照法、瓦格纳、音乐、伦勃朗的作品、绘画、瓦尔特杜弗尔、壁纸、肖邦和乌龙茶等。

乔和德丽雅都倾心于对方，或者说相互的爱慕，随便你怎么说吧，没有多久，两人就结了婚——因为正像我们前面所提到的，在一个人热爱着他的艺术时，付出再多似乎也不会觉得苦。

拉雷比夫妇在一间公寓房里开始了他们的家庭生活。那是一个岑静、寂寥的处所——生活单调得就像是钢琴键左下方最顶端的A键。不过，他们很幸福，因为他们拥有自己的艺术，他们拥有彼此。我给富有的小伙子们的忠告是——变卖掉所有的财产，施舍给穷人（比如说看门人），以获得与你的艺术和你的德丽雅能同住在一所公寓房里的权利。

公寓房的居住者们都会赞同我的观点说，唯有他们过的才是真正幸福的生活。只要家庭幸福，房间小一点又有什么关系呢——把梳妆台放倒，就可以当台球桌；壁炉架可以改作练习划船的器具，写字桌可以用作临时的床铺，脸盆架就是现成的立式钢琴；尽可让四壁合拢起来，这样你和你的德丽雅在它们之间会依偎得更紧。但是，如果家庭不幸福，尽管房间又宽又长——你从金门进去，把帽子挂在哈德拉斯，披风挂在合恩角，出从拉布拉多岛出去——那又怎么样呢？

乔在大师马杰斯特办的绘画班学画——想必你也听说过他的名声。他因所收学费高昂，课程轻松而闻名遐迩。教授德丽雅的老师是罗森斯托克——想必你也知道他在钢琴界的鼎鼎大名。

在他们俩有钱持家的时候，他们非常幸福。有谁不是这样呢？算了，我还是不冷嘲热讽的好。他们两个人的目标都非常明确。乔要在不久的将来，画出那些叫留着稀疏的络腮胡子、有着鼓鼓的钱袋的老绅士们争相到他画室购买的画帙。德丽雅先是要亲近，然后再轻慢音乐，这样当她看到音乐厅的座位和包厢没有坐满时，她就能拿着架子说自己嗓子疼、私下去吃龙虾而拒绝登台。

不过，在我看来，最温馨的还是他们小小公寓房里的夫妻生活——每天上完课回到家里的热烈而又畅快的聊天，可口的晚饭和新鲜清淡的早餐，对各自抱负的倾诉——当然是那种你中有我、我中有你的抱负，否则的话，那就没有什么意义了——还有相互的鼓励和相互激发出的灵感，以及（恕我说得直白）在晚上十一点钟吃的蔬菜肉片和奶酪三明治的夜宵。

但是，在过了一段时间以后，艺术之花就凋零了。有时候会发生这样的事情，尽管没有人去猛烈地摇晃它。正像俗话说的，坐吃山空。很快他们就支付不起马杰斯特先生和罗森斯托克先生所要的高昂学费了。当一个人热爱着他的艺术时，付出再多也不会觉得苦。所以，德丽雅说她必须私下授些音乐课，来维持他们的生计了。

德丽雅出去了两三天，去找教授的学生。一天傍晚，她高兴地回到家里。

“乔，亲爱的，”德丽雅兴奋地说，“我有了一个学生。噢，那是个多好的家庭啊！那是一位将军——A.B. 品克尼将军的女儿——住在第七十一大街上。好漂亮的房子，乔，你该看看人家那富丽堂皇的正门！我想，那就是你说的拜占庭风格吧。哦，再看家里面的陈设，乔，我以前从来没有见过那样的豪华。

“我的学生是他的女儿克雷门蒂娜。我已经开始喜欢她了。她是个清纯的女孩，总是穿着一身素白的衣服；举止那么的可爱，又那么的朴实！她刚刚十八岁。我一个星期将给她上三次课，乔，一次课给我五美元，虽然不算多，我并不在乎；因为等我再找下两三个学生的时候，我就可以重新上罗森斯托克先生的课了。现在，不要再蹙着你的眉头了，亲爱的，让我们好好地吃上一顿晚饭吧。”

“你这样做没有错，德丽雅，”乔说，一边用一把小刀和小斧子撬开一听青豆罐头，“可是，我怎么办呢？你认为我会叫你辛苦地挣钱而我却还在艺术的殿堂里求索吗？我以本韦努托·切利尼尸骨的名义起誓，我决不会那么做！我想，我可以买报纸，或者是搬石头铺马路，为家里增加一两美元的进项。”

德丽雅走过来，激动地搂住了乔的脖子。

“乔，亲爱的，你不要发傻。你必须坚持你的学业。我又不是抛弃了音乐，干了别的什么工作。在我教的时候，我还是在学习。我没有离开音乐。一个星期有十五美元的收入，我们的生活可以过得像百万富翁们那么快活。你不要有离开马杰斯特先生的念头。”

“好吧，”乔说，伸手探着蓝色贝壳形的菜碟，“不过，我真的不愿意叫你代课。这不是艺术。可是你能做出这样的牺牲，真是太了不起，太可爱了。”

“在一个人热爱着他的艺术时，付出再多也不会觉得苦。”德丽雅说。

“马杰斯特先生表扬了我在公园里画的那幅素描，说里面的天空画得好。”乔说，“丁克尔同意在他的橱窗里挂上两幅我的画。也许哪个有钱的傻瓜看上了它们，我还能卖掉其中的一幅呢。”

“我想，你一定会的，”德丽雅亲切地说，“现在让我们对品克尼将军和这块烤牛肉表现出一点儿感谢吧。”

在后面的几个星期里，拉雷比夫妇每天都是一早就吃完了早饭。乔要早一点儿到中心公园，去画他早晨风光的素描，德丽雅招呼乔吃了早饭，在拥抱接吻之后，说上一些鼓励的话，在七点钟就把乔送出了家门。艺术真是一个迷人的情妇。乔每天回到家里的时候，已是晚上七点多钟了。

在周末来临的时候，德丽雅把三张五美元的票子放在了八英尺宽十英尺长的公寓客厅正中的那张八英寸宽十英寸长的桌子上，精神略显疲惫，但神情中却更有骄傲、胜利的喜悦。

“有的时候，”德丽雅有些疲倦地说，“克雷门蒂娜也不太好管教。我觉得她练得不够勤，同样的东西我总得反复地一再地跟她说。她总是穿白色的衣服，也叫人感到单调。但是品克尼将军真是个可爱的老头儿！我希望你能认识他，乔。在我给克雷门蒂娜上钢琴课的时候，他有时也进来一下，站在那里捋着他的山羊胡子。‘十六分音符和三十二分音符教得怎么样了？’他总是这样问我。

“我真希望你看到人家客厅里的壁板，乔！还有用阿斯特拉罕的羔羊皮做的门帘。克雷门蒂娜时常咳嗽。我希望她的身体比现在变得强壮些。噢，我真的是有点喜欢上她了，她是那么的柔弱，那么的有教养。品克尼将军的弟弟还曾经做过玻利维亚的公使呢。”

接着，乔带着一副基督山伯爵的神气，从口袋里掏出了一张十美元、一张五美元、一张两美元和一张一美元的票子——全是合法的纸币——把它们放在德丽雅所挣来的钱的旁边。

“我把那幅方尖碑的水彩画卖给了一个比奥里亚人。”乔用自豪的语调宣布道。

“别跟我开玩笑了，”德丽雅说，“不可能是比奥里亚人的！”

“是的，他是比奥里亚人。我真希望你见见这个人，德丽雅。一个胖子，围着一条羊毛围巾，叼着一根羽毛管的牙签。他在丁克尔的橱窗里看到了那幅素描，一开始还以为画的是一座风车呢。不过，他倒是很有气派，还是把它买走了。他还预定了一幅油画——一幅拉卡瓦那货运车站的素描——准备带回家去。我的画，你的音乐课！噢，我想，我们还是置身在艺术之中的。”

“我真高兴，你没有放弃，”德丽雅真诚地说，“你一定会成功的，亲爱的。一共三十三美元！我们以前从来没有过这么多的钱。今晚我们可以吃牡蛎了。”

“再来上一个香菇牛排，”乔说，“喔，牛肉叉放到哪里去了？”

到了下个星期六的晚上，是乔先回到了家里。他把挣的十八美元铺开放在客厅里的餐桌上，洗掉了手上的看似一大团黑色油渍的东西。

半个小时之后，德丽雅回来了，她的右手被纱布和绷带胡乱地缠裹着。

“你的手怎么了？”乔在惯常的问候之后说。德丽雅大声地笑了，可笑得并不轻松。

“克雷门蒂娜，”德丽雅解释说，“在她上完课后，非要吃奶酪面包不可。在下午五点钟吃奶酪面包，这孩子也真是有点怪。将军也在场，你要看到他当时跑着去拿锅的样子，还以为他们家没有仆人呢。我知道克雷门蒂娜身体不太好，所以有时有些神经质。她端奶酪的时候，泼洒出来很多，滚烫滚烫的，溅在我的手上和手腕上了。我的手被烫得不轻，乔。那可爱的姑娘难过极了！噢，还有品克尼将军！那老人都不知该怎么办好了。他跑下楼去，派了一个人——人们说是地下室里一个烧锅炉的——去药店买来一些油膏和别的东西为我包扎。现在，我的手不是那么疼了。”

“这是什么呢？”乔轻轻地握着德丽雅受伤的手，扯了扯露在绷带外面的几根白面纱。

“那是软纱，”德丽雅回答说，“油膏是涂在了它上面的。噢，乔，你是不是又卖掉了一幅画呢？”德丽雅看到了放在桌子上的钱。

“我又卖掉了一幅吗？”乔问；“你向那个比奥里亚人打听一下就知道了。他今天买走了我的货运车站的素描画，也许，还会要一幅公园的风景画和哈德逊河畔的风景画呢。你是今天下午什么时间烫伤手的呢，德丽雅？”

“下午五点钟左右吧，”德丽雅有点可怜巴巴地说，“熨斗——我是说奶酪，那个时候刚出锅。噢，乔，要是你看见品克尼将军当时的样子，当时——”

“坐上一会儿吧，德丽雅。”乔说。他把德丽雅拉到沙发上，挨着她身边坐下，用胳膊搂住了她的肩头。

“你最近的这两个星期都干什么了，德丽雅？”乔问。

有一会儿，她没有吭声，眸子里充满了爱意和倔强，后来只是咕噜出一两句有关品克尼将军的话；最后，她终于扛不住了，低下了头，含着眼泪，说出了真相。

“我找不到学生，”德丽雅坦白说，“我舍不得叫你放弃你的功课；于是，我在第二十四大街上的一家洗衣店找了个熨烫衣服的活儿。我以为，我编造出品克尼将军和他的女儿克雷门蒂娜这两个人，还编得天衣无缝呢，不是吗，乔？今天下午洗衣店里的一个女孩不小心把红红的熨斗烫在了我的手上，在这回家来的一路上，我绞尽脑汁编着这个关于奶酪的故事。你生气了吧，乔？如果我不去工作，你也许就不能把你的素描卖给那个比奥里亚人啦。”

“他不是比奥里亚人。”乔慢吞吞地说。

“噢，他是哪里的人并不重要。你有多聪明呀，乔——吻我吧，乔——你是怎么怀疑到我没有给克雷门蒂娜上音乐课的呢？”

“直到今天晚上，”乔说，“我才起了疑心。本来今天晚上我也不会起疑心的，只是因为我今天下午从机房里拿着这旧面纱和油膏送到了楼上，说是一个姑娘被熨斗烫伤了。这两个星期，我一直在那个洗衣店烧锅炉来着。”

“那么，你并没有——”

“买我画的比奥里亚人，”乔说，“和品克尼将军都是属于同一艺术的产物——只是我们不能称它们为绘画或是音乐罢了。”

临了，他们两个都笑了，后来，还是乔先开口道：

“在一个人热爱着他的艺术时，就是付出再多，他也——”

可是，德丽雅把手抚在了乔的嘴上，不让他说下去。“不，”她说，“只是‘当一个人爱的时候’。”

最后一片藤叶

在华盛顿广场的西边，有一处范围不算大的地块，那里的街道交错纵横，把自己分割成许多狭长的细条，成为“胡同”。这些胡同奇离古怪，左弯右曲。有时一条街道自己本身就会交叉一次或者两次。有个艺术家曾经发现这里可能会存在的一种情况。想象一下，有个采集者拿着钱，去买颜料、纸张和画布，在街道上走着走着，突然发现自己又回到了原处，没有花掉手中的一分钱！

不久，搞艺术的人们就纷纷来到这个奇特的古色古香的格林威治村，在这里到处寻觅着租房子，他们要找那种有朝北的窗户、有十八世纪的尖顶山墙和有荷兰式的阁楼的住房，而且要租金低廉。于这里安顿下来后，他们从第六大道买来一些大口酒杯和几个火锅，渐渐地，这个地方就成了一个“艺术区”。

在一座楼层低矮的砖房建筑的顶楼上，苏和琼西合租下了她们自己的画室。“琼西”是乔安娜的昵称。她俩一个来自缅因州，一个来自加利福尼亚州。她们是在第八大街一家名叫“戴尔蒙尼克之家”的餐厅吃饭时认识的，两人很快就发现，她们无论是在艺术上，还是在调拌菊苣色拉，还是在衣服的式样上，情趣都非常一致，于是就一起租下了这间画室。

那还是五月份的事。到了十一月，一个冷漠、无形的生客（医生管他叫肺炎）游荡徘徊在这一地区，用他冰冷的手指在这里触到一个，又于那里带走一个。在华盛顿广场的东部地区，这个施虐者更是肆无忌惮，一下子就夺走了几十个人的生命，不过，在西部这边，在这迷宫似的长满青苔的曲径小巷里，他却放缓了他的脚步。

肺炎先生可并非我们通常所说的那种行侠仗义的老绅士。一个为加利福尼亚州的西风刮得脸上已没有了血色的纤弱女子，本不该是这个有着红红的拳头、气喘吁吁的老家伙看得上眼的猎物。然而，他却袭击了弱不禁风的琼西，现在的琼西几乎一动也不动地躺在一张上过漆的铁床上，通过荷兰式的小窗户，她的眼睛望着对面砖房的光秃秃的外墙。

一天早晨，那个到处出诊忙碌着的大夫叫苏跟着他来到门厅，他扬了扬他又粗又浓的灰白眉毛说：

"依我看，她只有十分之一的希望了，"大夫往下甩着温度计里的水银柱，"那一成的希望就是她有想活下去的意念。如果一个人想着要去照顾殡仪馆里的生意，所有的医药都会失去效用的。你的这位朋友似乎已经确信，她已经不会好起来了。在她心里，有她特别牵挂的事情吗？"

"她——她想着有一天能到那不勒斯海湾写生。"苏说。

"画画？——那不行！在她的心里，有没有特别值得她怀念的东西？比如说，一个男人？"

"一个男人？"苏说，嘴里像含上了一片单簧口琴，"一个值得她珍爱的男人——可是，喔，没有，医生；她心里没有那样的男人。"

"哦，那就不好办了，"医生说，"我会竭尽我的所能，做我的医术可以做到的一切。但是，每当我的病人开始计算起她葬礼上出殡马车的数量时，我就得把医药治愈的可能性减掉百分之五十了。如果你能够叫她对冬季的新款大衣袖口的式样有了兴趣，我就敢说，她的治愈不是有一成而是有五成的希望了。"

在医生走了以后，苏回到了工作室，恸哭了一场，直到把一块餐巾哭成湿漉漉的。临了，她拿着画板，哼着爵士乐的调子，打起精神，走进到琼西的房间。

琼西面朝着窗户，纹丝不动地躺在被子里面。苏想她一定是睡着了，停止了哼着的曲子。

苏架好画板，开始为一家杂志社的短篇小说画起钢笔画的插图。年轻的艺术家们必须通过为杂志上的故事做插图，来为他们进入艺术的殿堂铺平道路，正像年轻的作家们需要通过为杂志写小说，来为自己铺平文学的道路一样。

苏正在为小说的主人公，一个爱达荷州的牛仔，画上一条人们在马匹展览会上见过的那种很别致的马裤和一只单片眼镜，突然听到一阵低弱的声音，在重复地说着什么。她赶快走到床边，看到琼西正睁大着眼睛，望着窗外，一边在倒数着什么。

“十二。”琼西数着，过了一会儿，又说“十一”；然后“十”“九”；然后是“八”“七”几乎是同时被数了出来。

苏焦急地瞧向窗外。想看看琼西到底在给什么数数？外面进入眼帘的，只有这个凄清荒凉、光秃秃的院子，还有远在二十码之外的对面那座房子的砖墙。一棵已经历了不少岁月、盘根错节的常春藤，攀附在半墙上，其根部已经枯萎。萧瑟的秋风吹落了它的叶子，现在它的枝条几乎是光秃秃地覆在剥落的砖墙上。

“你在看什么呢，亲爱的？”苏问。

“六，”琼西声音低低地数着，“现在，它们掉得更快了。三天以前，还几乎有上百个呢。数得时间长了都会觉得有点头疼。但是，现在容易数了。又落下了一个。眼下只有五个了。”

“五个什么，亲爱的，告诉你的苏。”

“五个叶子。常春藤上的。当最后的一片叶子也落下了以后，我也要去了。我知道会是这样的，三天前我就知道了。医生没有告诉你吗？”

“哦，我从来没有听说过这么愚蠢的话，”苏怀着疼爱和责怪说，表现出完全不屑于相信的样子，“老常春藤的叶子跟你的病好起来之间有什么关系呢？你这个调皮的孩子，我知道你有一段时间是很爱这棵常春藤的。别说傻话了。噢，今天早晨，大夫还告诉我，你很快就会好了——他是怎么说来着——他说你的病有九成的把握好起来。喔，这机会够大的了，简直就跟我们在纽约乘坐电车或者走过一座随处可见的新建筑那么容易。好了，你试着喝点儿汤吧，让苏蒂我也好再去画她的画，这样才能把画卖给编辑先生，然后用这钱给她生病的朋友买红葡萄酒，给贪吃的她自己买点儿猪排。”

“你再也无须给我买葡萄酒了，”琼西说，眼睛盯着窗户外面，“又凋零了一片。不，我不想喝什么汤。现在就剩下四片了。我希望看到最后的一片叶子在天黑以前飘落下来。然后，我也就该去了。”

“琼西，亲爱的，”苏俯下身子对她说，“在我画完之前，你能答应我闭上眼睛，不要去看窗外吗？我明天就得交上这些插图。我需要光亮，要不我早就拉下窗帘来了。”

“你不能到另外的一间屋子里画吗？”琼西淡漠地说。

“我想要待在你的身边，”苏说，“另外，我也不想叫你总是看着那几片倒霉的常春藤叶子。”

“你一画完了就告诉我，”琼西说着闭上了眼睛，宛如一个倒下的雕像一样，静静地躺在那里，“因为我想看着最后的那片藤叶掉落。我等得已经有些疲惫了，也懒得再去思考。我想撒手人寰，像这些已经枯萎的藤叶一样，向下飘啊，飘啊。”

“试着睡上一会儿吧，”苏说，“我得下去一趟，把贝尔曼叫上来，让他给我做模特——扮一个隐居多年的老矿工。我去去就来。不要动，我很快就回来。”

老贝尔曼是住在她们楼下一层的一位画家。他六十岁了，留着长胡子，像米开朗基罗雕刻的摩西那样，卷曲的胡子一直从萨提尔似的脸上顺着他小鬼一样的身躯垂落下来。贝尔曼在绘画上并不成功。他从事画画四十年，却没有能够触摸到艺术女神衣裙的边儿。他总是在打算着画出一幅令世人惊讶的杰作，可是到现在也迟迟没有动笔。这几年来，他除了偶尔涂抹几笔商业广告之类的东西外，没有创作出什么像样的作品。他通过给这些年轻的艺术家们做模特，挣得一些收入，这里的年轻艺术家们雇不起专业的模特，也只能求其次了。他常常酗酒，醉了就谈论他即将问世的杰作。对别人，他是一个很凶的小老头，抓住别人的软肋，就死命地嘲讽，而对住在他上面的这两个年轻的女艺术家，他却把自己看作是她们俩的保护神。

苏在一层他的黯淡、狭小的屋子里，找到了贝尔曼，闻到了他浑身浓烈的杜松子酒味。在屋子的一角，立着他的画架，画架上面绷着一块空白的画布，这画架和画布立在那里已经二十五年了，一直等待着他画出他的杰作的第一个线条。苏把琼西荒唐的想法告诉了贝尔曼，还把自己的担心也告诉了他，生怕琼西一旦失去了对世界的最后一丝儿牵挂，弱不禁风的她真的会像一片叶子那样凋零、飘逝。

老贝尔曼红红的眼睛里淌着泪，听到这样荒唐的想法，他带着轻蔑和嘲讽大声地喊道：

"这是说的什么话！世界上真有人蠢到这种地步，因为叶子从藤上掉完了，就想到死？我从来没有听说过这样的事情。不，我不给你当模特了，不做这个糊涂虫这个隐居的矿工了。为什么你会让这样一些愚蠢的念头进到她的脑子里呢？啊，可怜的琼西小姐。"

"她得了病，身体太虚弱了，"苏说，"一直不退的高烧烧得她迷迷糊糊，叫她满脑子都是古怪的想法。好了，贝尔曼先生，如果你不愿意做我的模特，那就不必了。不过，我觉得你真是个讨厌的老——老啰唆鬼。"

"你怎么像个老女人一样的唠叨！"贝尔曼不耐烦地嚷起来，"谁说我不做你的模特了？走吧，我这就跟你走。这都快半个钟头了，我一直说我愿意做你的模特。唉！像琼西小姐这样的好人，真不该躺在这样的地方生病。等我创作出一幅杰作，我们就离开这里。是的，离开这里。"

当他们俩走上楼来的时候，琼西正在睡觉。苏把窗帘拉了下来，接着招手叫贝尔曼跟她到另外一个房间。在那里，他们有些不安地偷眼瞥着窗外的那棵常春藤。临了，有一会儿，他们俩相互望着对方，都没有吭声。外面，连绵的冷雨夹杂着雪花，下个不停。贝尔曼穿着他那件破旧的蓝衬衫，把茶壶倒过来当作岩石坐在上面，扮作隐居的矿工。

第二天早晨，当苏睡了个把小时醒来的时候，她看到琼西正睁大着眼睛，直愣愣地望着遮得严严实实的绿窗帘。

“把帘子拉起来，我想看看窗外。”琼西用命令的口吻小声地说。

无奈的苏只好照着做了。

可是，看呀！在刮了一整夜的狂风，下了一整夜的大雨之后，在对面的砖墙上竟然还挂着一片常春藤的叶子。这是附在藤上的最后一片叶子了。在靠近叶柄的地方，它依然是深绿色，尽管在其锯齿形的边缘处已经枯萎发黄，这片藤叶还是傲然长在一条离地约二十英尺高的枝条上。

“这是最后的一片了，”琼西说，“我本以为它昨晚会掉落的。我听到了呼呼的风声。它今天就要掉下来了，同时我也会跟着去了。”

“亲爱的，啊，亲爱的！”苏喊着，一边把她憔悴的面庞也伏在了枕头上，“就算你不为你自己着想，那你也得为我想想啊。你去了，我怎么办呢？”

但是琼西没有回答。世上最孤寂最悲凉的，莫过于已决意要走上那条神秘而又遥远的死亡旅程的心灵了。当对朋友的牵挂，对人世的眷恋都一个个地离她而去的时候，那种古怪的想法似乎更是牢牢地占据了她的身心。

白天过去了，甚至透过朦胧的暮色，她们俩仍然能够看到那片孤零零的叶子还紧紧地依附在藤枝上。随着夜晚的到来，猛烈的北风又刮了起来，寒冷的雨滴拍打着窗户，雨水从荷兰式的低矮的屋檐上哗哗地倾泻着。

第二天天刚亮，去意已决的琼西就叫苏把窗帘拉开。

那片藤叶还挂在那里！

琼西躺在床上，久久地凝视着它。临了，她喊来了正在煤气炉子上熬着鸡汤的苏。

“我不是个好女孩，苏，”琼西说，“上天于冥冥之中，将最后的一片叶子留在了那里，好叫我看到我自己做得多么不好。想着死去是一种罪孽。你现在给我端一点鸡汤来，再拿些掺红葡萄酒的牛奶好吗？还有——不，还是先给我拿一个小镜子，然后放些枕头垫在我身子的周围，我想坐起来看你做饭。”

过了个把小时之后，琼西又说：

“哦，苏，哪一天我想到那不勒斯海湾去写生。”

下午医生来了，在他临走的时候，苏找了个理由跟医生一块儿来到门道里。

“现在，她有了一半的机会了，”医生握着苏的瘦瘦的发颤的手指说，“再加上好的照顾，适当的营养，你就成功了。现在，我必须去看楼下的另外一个病人了。他的名字叫贝尔曼，我想，他也是个画家吧。他也得了肺炎，他是个身体虚弱的老人，经不起这一打击。他没有治愈的希望了；不过，今天还是要把他送到医院去，好让他能舒服一点儿。”

第二天，医生对苏说：“她已经脱离危险了。你的努力成功了。现在只要加强营养和照顾——不久，她就会痊愈了。”

那天下午，苏来到琼西的床前，看到她正在闲适地编织着一件天蓝色的羊毛披肩，苏用一只胳膊搂住了她和她身边的枕头。

“我有件事要告诉你，小丫头，”苏说，“贝尔曼先生今天在医院因肺炎去世了。他得肺炎只有两天的时间。在前天早晨的时候，我们的门房发现他痛苦无助地待在他楼下的屋子里。他的鞋子和衣服都被冰凉的雨水浇透了。人们想象不出，他在这样一个风雨交加的夜晚，到什么地方去了。后来，人们找到了一盏灯笼，还没有熄灭，发现一架梯子挪离了它原来的位置，还看到一些散落的画笔，和一个调色板，里面调配着绿色和黄色的颜料，还有——亲爱的，你快看看窗外那攀附在墙上的最后一片藤叶。不知你注意到没有，那片叶子为什么会在刮风的时候也一动也不动呢？啊，亲爱的，那是贝尔曼画出的杰作——在最后一片藤叶掉下来的那天晚上，他将它画在了砖墙上。”

带家具出租的房间

就像时间那样的转瞬即逝，那样的不安分和难以捕捉，住在纽约西区的一大片红砖楼里的人也是如此。因为没有自己的家，他们不得不到处地搬家。他们常常从这里的带家具出租的房间搬迁到另一处的带家具出租的房间，他们永远都是匆匆的过客——身体和心灵都无定所，总是在迁徙当中。他们用切分乐曲唱着“家乡，美好的家乡”的歌儿，拎着装着他们全部家当的硬纸箱，到处漂泊；他们阔边帽上的装饰就是他们的葡萄藤，一盆用橡胶做的植物就是他们的无花果树。

寓居在这片红砖楼里的有上千人，讲述他们的故事自然也会有上千个了。毫无疑问，这其中的大多数都会是很平淡的；不过，在所有的这些漂泊者中间，有时偶尔发现有一两个鬼魂尾随在他们的后面，也是不足为奇的。

在夜幕已经降临的一个傍晚，有一位年轻人徘徊在这些破旧的红砖楼之间，挨个儿地按着这些住宅的门铃。到了第十二家时，他将拎着的行李放在了台阶上，在用手擦了擦额头和帽檐上的尘土后，按响了门铃。从里面传出隐隐约约的微弱铃声，听起来像是来自一个很深远的洞穴。

来开门的是一位女房东，她的相貌使这位年轻人想到了一条龌龊而又肚子吃得滚圆的蛀虫，这蛀虫已经把坚果吃得剩下了一个空壳，现在要寻找房客来填充空缺了。

年轻人问，是否有房间要出租。

“请进来吧。”女房东说。她的声音是从喉咙里发出来的，而她的喉咙似乎又被填塞进了羊毛。“我三层上有一间，是上个星期空出来的。你想看看吗？”

年轻人跟着房东走上楼去。不知从什么地方照射过来的微弱的亮光，冲淡了过道里的重重暗影。他们俩踏着楼梯，静静地往上走。楼梯上铺着的地毯已经破旧不堪，就连造出它的织机恐怕也会嫌弃它了。这地毯似乎都变得具有了植物的属性，在腐臭、阴湿的空气中间，它似乎蜕变成了楼梯上的成片成片的地衣和四处蔓延的苔藓，踩在脚下像是有机物似的又黏又滑。在每节楼梯转弯的地方，其墙上都有空着的壁龛。或许，在它们的里面曾放置过植物。如果是这样，那些植物也早已因为这里污浊的空气而死掉了。也许，有圣人的塑像曾摆放在里面，不过，不难想象，这家里的大大小小的鬼怪早已在黑暗中将这些雕像拖出了壁龛，拖到了下面肮脏、堆满家具的地窖里去了。

“就是这间，”女房东用她那毛茸茸的嗓子说，“这间房不错，常常都是住着人的，空下来的时候很少。去年夏天，我这间里曾住过不少有头有脸的人呢——他们从来没有给我找过麻烦，房租总是预先支付给我。水管是在走廊的尽头。斯普罗尔斯小姐和穆尼在这里住了三个月。他们是玩杂耍的。布丽塔·斯普罗尔斯小姐——你或许也听说过她——哦，那只是她的艺名——就在这个梳妆台的上方曾挂过他们两人的结婚照，镶在镜框里的那种。煤气灶在这边，你瞧这壁橱也蛮大的。这间房人人都喜欢。它空的时间多会儿也不会长。”

“是不是有许多演员也在这里住过？”那位年轻人问。

“他们来了，住上几天就又走了。我的许多房客都与剧院有来往。是的，先生，这里是剧院较为集中的地区。演员们在什么地方也待不长的。在我这里也是如此。他们啊，总是这个来，那个走的。”

这位年轻人租下了这个房间，预付了一个星期的房租。他累了，他说，想马上就住进来，休息一下。他点清了租金，交给了房东。这房间是早就准备好了的，女房东说，甚至连热水和毛巾都是现成的。在房东就要离开的时候，小伙子把他已经问过上百遍的问题又提了出来。

“有一个年轻的姑娘——叫瓦西纳小姐——叫艾露瓦斯·瓦西纳小姐的——曾在你这里住过吗？她极有可能是在舞台上唱歌的。一个年纪轻轻，身材苗条，中等个头的姑娘，金色的头发微微有些泛红，在靠近左侧的眉梢上，有一颗黑痣。”

“不，我不记得有叫这样一个名字的姑娘了。上舞台的人，常常更换他们的名字，就像他们更换他们的住房那么频繁。他们来了又走了。噢，我真想不起来住过这么一个人了。”

没有。得到的回答总是没有。五个月的不断的追寻，五个月的否定的回答。在白天，他问过了不知多少个剧院经理、办事处、学校和合唱团；在夜晚，他跟随在观众中间，去过了所有的明星汇集的大剧院，甚至去过了他羞于她的名字会出现在那里的低俗歌厅。挚爱着这位姑娘的他一直在努力地寻找她。他确信，自从她离开了家乡以后，她就藏身于这座由江水环绕着的伟大城市的一个角落里，只是这座城市像是一片巨大凶险的流沙，它不断地向着无底的深渊渗漏下去，今天还在上面的沙粒明天就可能被卷埋在了深深的淤泥和黏土之中。

这间客房带着初次见面的虚假殷勤，接待了这位最新到来的客人，就像一个面色潮红、面容憔悴的暗娼用看似甜美的笑容来敷衍来客一样。客人因此会获得一种诡异的慰藉，这慰藉来自屋子里破旧的家具（一个蒙着破烂绸套的沙发跟两把椅子，嵌在两个窗户之间的一个一英尺宽的便宜穿衣镜，一两个涂着金粉的相框，还有在屋子的拐角处摆着的一张铜床）所折射出的一种淡淡的光儿。

年轻的房客慵懒地靠在一个椅子上，而此时的客房就如同通天塔里的一个套间，极力用各种不同的语言，混乱不清地向他讲述着从前曾在这里留住过的人们的故事。

一条色彩斑斓的毯子（就像是一个花团锦簇的长方形的岛屿）铺在地板的中央，在毯子的四周散落着上面覆满了灰尘的垫子，它们像海浪一样簇拥着这座“岛屿”。在贴着花哨壁纸的墙上，挂着一些常常处在迁徙当中的人们无论走到哪里都会看到的图片：“胡格诺情侣”“第一次争吵”“婚礼上的早餐”“泉水边上的普赛克”等等。壁炉架的样式庄重典雅，可上面却歪歪斜斜地蒙上了一个花哨的布帘，如同舞剧里亚马孙女人的难看的腰带。壁炉架上还残留着一些零星的物品，都是那些曾一度流落在这里的人们有幸驶入新码头时丢弃下的东西：一两个廉价的花瓶，女演员的照片，一瓶药，和几张散落的扑克牌。

就像一组密码逐渐地被破译出来一样，曾在这所屋子住过的人们所留下的细微痕迹也逐渐地显现出了它们的意义。梳妆台前的地毯上磨平了一大块，表明曾有不少可爱的女人在这里驻足。墙壁上抠下的小小的指印述说着“幼小的囚禁者们”对阳光和空气的渴盼。一团泼溅开来的污渍，宛如炮弹爆炸时向四处的炸开，说明曾有一只杯子或是一个瓶子，连同它里面盛的液体，被一起砸到了墙上。在穿衣镜上面有用钻戒刻下的一行歪歪扭扭的字母“Marie”（玛丽）。在这里住过的人们到最后似乎都变得愤慨起来——或许是因为对这个房间的艳俗和冷漠已经忍无可忍——于是将他们满腔的愤怒发泄在了房间的陈设上。房里的家具都被砍劈过，变得伤痕累累；沙发里的弹簧都凸翘了起来，看似像一只在极度的痉挛中被杀戮的可怕怪兽。大理石的壁炉架也因有力的撞击而断下很大的一块。走在上面，每一块木质地板都发出着不一样的咯吱声，好像每块板条都有它自己的哀怨要诉。想起来真是让人难以置信，对这个房间所做出的一切破坏都是来自那些一度曾把这里当作他们的家的房客；然而，或许正是因为人们觉得自己恋家的本能被欺骗，被玩弄，正是因为对这种冒牌家神的恚怨，才点燃了他们的怒火。哪怕是一间草屋，只要是我们自己的，我们都会倍加爱护，经常打扫。

年轻的房客坐在椅子上，任这些思绪从脑中一一地掠过，与此同时，不断地有各种声音和各种气味从其他的房间里传了过来。他听到一个房间里响起咯咯的抑制不住的淫荡笑声；另一些房间里传出自言自语的咒骂声，掷骰子的骨碌声，催眠曲的哼唱，还有一个人的哭声；在他的楼上，有一架班卓琴在欢快地奏响。不知在什么地方，有房门砰的一声被关上；在楼外，有火车在高架桥上隆隆地驶过；在后院的篱笆上有一只猫在哀鸣。他呼吸着屋子里的空气——里面有一种很重的潮湿味——像是来自地穴里的那种阴冷、发霉的气味，其中还掺和着油布和腐烂了的木头的味道。

就在那个时候，坐在椅子上的他突然觉得屋子里充满了一种木樨花的浓烈芳香。这气息随着一阵轻风飘了进来，它馥郁的芬芳确定无疑，简直就像是一个活生生的来客。这位年轻人似乎听到了有人在召唤他，于是从椅子上跳了起来，一边喊着："嗨，亲爱的？"一边四下张望着。浓郁的香味向他袭来，将他裹挟了起来。他伸出手臂想去抓住它，此时此刻的他，所有的感官都混杂在了一起，已分不出嗅觉、触觉和听觉。一个人怎么可能竟然被一种香气而呼唤呢？毫无疑问，那一定是一种声音。不过，刚才不就是这一声音触到和抚摸着他吗？

"她住过这个房子。"他大声喊道，跟着纵身跃起，想搜寻出什么证据，因为他知道凡是属于她的，或是她曾触摸过的，哪怕是再小再小的东西，他都能够认得出来。这一不肯散去的木樨花的芳香，是她的至爱，也是她自己独有的香味——可它到底来自何处呢？

能看得出这个房间在他入住之前，只是草草地收拾、打扫了一下。在梳妆台薄薄的台布上面还散落着五六个发卡——是女人们常用的那一种，没有个人特色，属于阴性，非限定性语气，也没有对时间的表示。意识到这些东西表现不出佩戴者的身份，他没有去理会它们。在梳妆台的抽屉里翻腾的时候，他看到一块被丢弃的破手帕。他把手绢贴到脸上，闻了闻，闻到一种刺鼻的金盏草的怪味，于是把手帕丢到了地上。在另一个抽屉里，他发现了几颗样子怪怪的纽扣，一张节目单，一家当铺老板的名片，两颗吃剩的果汁软糖和一本解梦的书。在最后一个抽屉里，有一个女人用过的黑缎发结，这叫他猛然怔了一下，在悲喜之间踌躇了一会儿。不过，这黑缎发结也只是个女性的普通饰物，戴上它尽管显得端庄淑雅，可没有什么个性特征可言，说明不了任何问题。

随后，他像一条嗅觉敏锐的猎狗，在房间里到处搜寻，他扫视四壁，趴在地上查看地毡拱起的边边角角，翻遍了壁炉架和桌子，窗帘和台布，还有放在角落里的东倒西歪的橱柜，他想要找到一个眼睛能看得着的证据，以证明她就在这个房间里，在他的心里，在他前前后后、上上下下的空间里，在依偎着他，向他倾诉衷肠，在撕心裂肺、栩栩如生地呼唤着他，就连他的较为迟钝的感觉也能听出她的召唤声了。他又一次地大声回答道："我听到你的呼唤了，亲爱的！"他转过身，瞪大着眼睛，凝视着他眼前的这一片虚无，因为他还不能够在木樨花的香味中间感觉到她身体的存在，感觉到她的色彩、她的爱和她伸出的手臂。啊，上帝！这木樨花香到底来自哪里？从什么时候起，这香气能够向他呼唤出声音？他就这样四处寻找着。

他在缝隙和墙角里翻找，发现了一些木塞和烟蒂。对这些他没有理睬。有一次他在地毯的折缝里发现了抽剩的半只雪茄，他恼恨恨地把它掷在脚下，一边诅咒一边使劲地蹭着它。他把房间从里到外仔细地筛了一遍。发现了许多漂泊不定的房客们留下的一些穷极无聊的物件和印迹；然而，对于他所要寻找的人——也许就在这里住过的她（其灵魂似乎仍然还徘徊在这里），他却找不出任何的线索。

临了，他想起了女房东。

他从有魂魄萦绕的房间里跑出来，来到楼下一处有灯光透出的门前，敲响了门。过来开门的是女房东。他尽可能抑制住了他的激动。

"你能告诉我，夫人，"他恳求道，"在我到来之前，是谁住着这个房间吗？"

"可以的，先生。我再告诉你一遍。是斯普罗尔斯和穆尼先生。布雷塔·斯普罗尔斯小姐是她的艺名。她的真名是穆尼太太。我的房子的声誉一向是很好的。他们的结婚证，镶在镜框里，就挂在一个钉——"

"这个斯普罗尔斯小姐是个什么样的女人呢——我的意思是说，她长得什么样？"

“哦，黑头发，先生，个子不高，很结实，长着一张招人喜欢的脸。他们是上个星期二离开的。”

“在他们住进来之前呢？”

“喔，在他们之前，是个搞运输的单身男士。他走时还欠了我一个星期的房租呢。再前面是克劳德夫人和她的两个孩子，他们住了四个星期；在他们的前面是多伊尔老先生，他的房租是他的儿子付的，他住了六个月。这就已经推到一年以前了，先生，再往前，我就不记得了。”

他谢了女房东，慢腾腾地回到了自己的房间。房间里已变得死气沉沉。曾经激活了它的元素已经消失。木樨花的香味已经散去。取而代之的是发了霉的家具的腐臭味儿和储藏室空气的味道。

他的希望和信念都在逝去和枯竭。他坐在那里，呆呆地看着咝咝作响的煤气灯发出的暗黄色的灯火。过了一会儿，他走到窗前，开始把床单撕成一条一条的，跟着用他小刀的刀背把这些布条塞进了门、窗的每一条裂缝里面。在把所有的缝隙都塞得严严实实以后，他关灭了灯，打开了煤气的开关，然后他如释重负地躺在了床上。

今晚轮到麦克库尔夫人提着罐子去打啤酒。买回来后，她拎着酒来到地下室里（这是房东们聚会、也是蛀虫不会死的地方），跟珀迪夫人坐在一起，聊起天来。

“今天下午，我终于把我三层上的房间租出去了，”珀迪夫人说，一边抿着杯边溢出的啤酒沫子，“是一个小伙子租下了它。他在两个小时前就睡了。”

“噢，是吗，珀迪夫人？”麦克库尔夫人满怀着敬慕说，“你真行，能把那种房间也租出去。那么，你告诉他实情了吗？”她神秘兮兮地、沙哑着嗓子低声地问。

“配上家具的房间，”珀迪夫人用她那毛茸茸的嗓音说，“就是用来出租的。我没有告诉他，麦克库尔夫人。”

“你是对的，珀迪夫人；我们就是靠着出租房子生活的。你很懂得做生意，夫人。要是把有人自杀死在那个房间里的事情透露出去，这房子还会有人租吗？”

“正像你说的，我们需要生存。”珀迪夫人说。

“是的，珀迪夫人，是这样的。就是在上个星期的今天，我帮你重新收拾好了那个房间。那么漂亮的一个小姑娘，却开开煤气自杀了——她长着一个可爱的脸蛋，珀迪夫人。”

“正像你说的，她可称得上漂亮迷人，”珀迪夫人说，在赞同中间又有所保留，“如果在她左侧的眉梢上没有长那颗痣就好了。再满上你的杯子吧，麦克库尔夫人。”

忙碌经纪人的浪漫史

当机要秘书皮彻的老板——证券经纪人哈维·麦克斯韦尔——在九点半钟，由他年轻的女速记员陪同着，快步走进办公室的时候，皮彻平日毫无表情的脸上此时也不禁露出一丝好奇和惊讶。麦克斯韦尔只是匆匆地说了声“皮彻，早晨好”，就向他的办公桌奔去，速度快得好像是要跨越过自己的桌子，随后，他就一头扎在了急等着他处理的大堆信件和电文中间。

这位年轻的姑娘已经给麦克斯韦尔当了一年的速记员。她的美丽绝非是速记员们可以一笔带过的那一种。她不梳华丽迷人的蓬巴杜式[①]发型，不戴项链、手镯以及鸡心之类的东西。她举止端庄，不会随时做出准备接受人家的午餐邀请的样子。她喜欢穿朴素的灰色衣服，可是这样的衣裳穿在她的身上却别具风雅，非常得体合身。她戴一顶很秀气的黑色无边帽，上面插了一根金绿色的鹦鹉羽毛。今天早晨她的神情温柔、腼腆，可却也掩翳不住她内心折射出的光芒。她的眸子里因充满了梦幻般的憧憬，而显得特别明亮，她的双颊似桃花初绽，在她洋溢着的快乐里又有着甜蜜的回味。

仍然有着些许好奇的皮彻注意到了今天早晨这位女速记员神情举止上的变化。她没有像平时那样，径直走向隔壁她办公的地方，而是在外面的办公室里滞留了一会儿。有一次她曾略带犹豫地走到了麦

① 蓬巴杜式：十八世纪流行的一种从四面往上梳拢的发式，为法国国王路易十五的情妇蓬巴杜首创。

克斯韦尔的桌子旁边，近得足以叫他感觉到她的存在。

坐在这张办公桌前的麦克斯韦尔已不再是个正常人，而是一台机器了；他是纽约市中心的一个繁忙的经纪人，是由隆隆作响的齿轮和永不会弯卷的发条驱动着。

“哦——怎么了？有事吗？”麦克斯韦尔厉声地问道。打开的邮件像小雪山一样堆积在他那已拥挤不堪的桌子上。他锐利的灰色眸子不耐烦地冷漠地扫了她一眼，丝毫也没有顾及她的情面。

“没事。”女速记员回答说，含着一丝儿的微笑离开了。

“皮彻先生，”她对机要秘书说，“麦克斯韦尔先生昨天提到过要再雇用一个速记员的事吗？”

“他提到过的，”皮彻回答，“他告诉我要再找一个。昨天下午我已经通知了职业介绍所，叫他们今天上午送几个过来。现在已经是早晨九点四十五了，还没有一个戴阔边帽或是嚼菠萝口香糖的女士到来。”

“那么，在还没有人接替了这个位置之前，”这位年轻的姑娘说，“我将仍旧照常工作了。”说完，她就去到了她的办公桌前，顺手把她插着金绿色鹦鹉羽毛的黑色无边帽挂在了老地方。

如果没有见过在业务高峰时刻曼哈顿经纪人的那一繁忙工作景象的，他就不配做一个真正的人类学家。有诗人曾经歌颂“绚丽人生中的忙碌时刻”[①]。证券经纪人的工作不仅是繁忙，而且是每分每秒都忙得不可开交，就像车厢里每根拉手吊环都有手拽着，站台上前前后后也都挤满了人。

今天就是麦克斯韦尔忙碌的一天。股票行情接收器的滚轴开始痉挛似的抖动，吐出一段段的卷纸；桌子上的电话一直响个不停。人们开始涌进办公室，隔着扶手栏杆向他大喊大叫，有的兴高采烈，有的

① 诗人指托马斯·莫当特（1730—1809）。他的《蜜蜂》一诗中有“绚丽人生中的忙碌时刻，抵得上一个世纪的默默无闻”句。

则怒气冲冲，出言不逊。信童拿着信件和电文出出进进，公司里的人都像是暴风雨中轮船上的水手，左冲右撞地跑来跑去。甚至连皮彻那平日里没有表情的脸上也露出了些许生气。

在证券交易所里，行情之风云变化无常：飓风、泥石流、暴风雪、冰川崩塌、火山爆发等，轮番上演，这些自然界的剧变在这位经纪人的办公室里得以浓缩地再现。麦克斯韦尔把他的椅子推着贴到了墙边，像一个跳脚尖舞的演员那样，娴熟地处理着各种业务。他从接收器跑到电话那里，又从桌子跑到门那里，动作之敏捷就像一个训练有素的滑稽演员。

就在业务量和工作的压力不断猛增的时候，麦克斯韦尔突然察觉到，他眼前有一团梳拢得很高的金黄色卷发，上面是一顶颤动的丝绒帽子和鸵鸟帽饰，一件仿海豹皮的短大衣，一串山核桃大小的珠子几乎垂到了地板上，在这串珠子的尾部还吊着一个银鸡心。与这些饰物相关联的是一个颇为自信的年轻姑娘；皮彻也站在旁边，等着把她引荐给老板。

“这位女士是从速记员介绍所来应聘的。”皮彻说。

麦克斯韦尔半转过身子，手中都是文件和股票行情的纸片。

“应聘什么岗位？”他蹙着眉问。

“速记员，”皮彻说，“你昨天让我给他们打电话，叫他们今天早晨派一个人过来。”

“你是不是昏了头了，皮彻，”麦克斯韦尔说，“我干吗要那样对你说呢？莱丝丽小姐来这里已经一年了，她干得非常出色。只要她还愿意继续留在这里，这个位置就是她的。小姐，这里没有空缺的岗位。皮彻，赶快跟职业介绍所取消要人的计划，再也不要叫他们派人过来了。”

那个银鸡心气冲冲地往外走，一路上摇来晃去，碰得办公室里的桌椅沙发哐啷哐啷的直响。皮彻借此机会跟身边的簿记员说，我们的老板最近越来越忘事，越来越心不在焉了。

业务变得越来越繁忙，工作的节奏也越来越快。麦克斯韦尔的顾客投资较多的股票有五六种受到重创。买进卖出的单据像飞燕那般急速地递来递去。他自己持有的股票有几种也岌岌可危，他就像一部上紧发条、马力十足的机器那样工作着——高度的集中、紧张，高速，精确，从不犹豫，表述恰当，决策正确，行动像钟表那样的准确无误。股票与国债，贷款与抵押，保险金与担保——这里是名副其实的金融世界，没有给人的和自然的世界留下丝毫的空间。

到了快要吃午饭的时候，交易所里的喧嚣声才略微地平息下来。

麦克斯韦尔站在他的桌子旁边，手中拿着一摞摞的电文和备忘录，一支钢笔夹在他的右耳上，有几缕头发凌乱地披散在前额上。他办公室的窗户打开着，因为可爱的春姑娘在大地万物复苏的时候，打开了她暖气的阀门。

一股荡漾在空气中的——或许是迷失了的——香味——这是紫丁香微妙的芳香——从窗户上飘了进来，这气息叫我们的这位股票经纪人一下子愣住在了那里。因为这香味是莱丝丽的，是她自己所独有的。

这香气使莱丝丽的形象栩栩如生地几乎是可触地呈现在了他的面前。金融的世界转瞬间减缩成了一个小黑点。而她就在隔壁的房间里——离他只有二十步之遥。

“天啊，我得马上行动了，”麦克斯韦尔自言自语地说，“我现在就去问她。真奇怪，我为什么没有早一点去做这件事情。”

他像是个做空头的客户急不可待地要补进那样，冲进了里面的办公室，径直冲到了速记员的办公桌前。

莱丝丽抬起了头，笑着望着他。一抹淡淡的红晕浮上了她的面颊，她的目光里充满温柔和坦诚。麦克斯韦尔把他的一只胳膊肘倚在桌子上，他的两只手里仍然攥着一大摞子纸片，耳朵上还夹着那支钢笔。

“莱丝丽小姐，”他匆匆地开始道，“我只有一小会儿的时间。我想用这一小会儿的时间跟你说件事。你愿意做我的妻子吗？我没有时间像常人那样对你表达我的感情，但是我真的很爱你。请快一点儿回答我——那帮人又在抢购太平洋联合公司的股票了。”

“噢，你在说什么呀？”年轻的姑娘不由得喊道。她站了起来，瞪大了眼睛，看着他。

“难道你没有听明白我说的话？”麦克斯韦尔倔强地说，“我想叫你嫁给我。我爱你，莱丝丽小姐。我早就想告诉你，只是业务太忙，我没有能抽出时间。现在，那边又有电话找我了。告诉他们等一下，皮彻。你愿意吗，莱丝丽小姐？”

这位速记员此时的神态举止叫人觉得有点儿奇怪。起先她似乎是充满了惊愕和迷惑；跟着，泪水从她诧异的眼睛里夺眶而出；接着，她的眸子里又露出了灿烂的笑意，临了，她用一只胳膊将经纪人的头温柔地搂在了怀里。

“我现在知道了，”她轻轻地说，“是这些生意占据了你的全部头脑，让你一时间忘记了其他所有的事情。开始时，我还真是吓了一大跳。你不记得了吗，哈维？我们已于昨天晚上八点钟，在街角那家小教堂里举行过了婚礼。”

二十年之后

一位执勤巡逻的警察沿着大道神气、威严地走着。他的这一威风凛凛是出于习惯，而不是为了显摆，因为他的周围很少有行人。现在马上就要到晚上十点钟了，阵阵的寒风夹带着雨丝早就驱赶跑了路人。

他一路走着，一路挨家挨户地查看，他舞着手中的警棍，灵巧地挥动出各种复杂的动作，还不时警觉地扫视着岑寂的街道。这位身材健硕的警官雄赳赳的步态，让人觉得他俨然是这里和平的捍卫者。这一带的店铺打烊都很早。除了偶尔还能看到有一两家烟铺或是一家昼夜服务的餐馆还亮着灯火，这一地区的绝大多数商店都早已关门了。

在巡逻到某一个街区的中间地段时，这位警察突然放慢了他的脚步。在一家已经熄灯关门的五金商店门口，有一位男子靠着门站着，嘴里叼着一根没有点燃的雪茄。当警察向他走过去的时候，这位男子连忙开了腔。

“警官，这里没事的，”他保证似的说，“我正在等候一个朋友。这是我们俩在二十年前说好的一个约定。这听起来似乎有点可笑，不是吗？噢，如果你想要确认一下这件事情的真伪，我可以解释给你听。二十年前，在还没有盖起五金商店的这块地方，曾经矗立着一个名字叫作‘大个子乔·布雷迪’的饭店。”

“直到五年之前，”警察说，“这个饭店才被拆掉。”

靠门站着的那个男子划着了一根火柴，点燃了雪茄。火柴的亮光映照出一张苍白的面颊、方正的脸膛和一双锐利的眼睛，在靠近他右侧眉毛的地方，还有一处白色的疤痕。他的领带扣上缀着一颗大钻石，看上去与领带并不相称，给人一种怪怪的感觉。

“在二十年前的今天，”这位男子说，“我跟吉米·威尔斯（我在这个世界上的最要好最忠实的朋友）在‘大个子乔·布雷迪’饭店，一块吃了一顿晚餐。他和我都是在纽约出生，在纽约长大，我俩形影不离，像亲兄弟一样。当时我十八岁，吉米二十岁。第二天早晨，我就要动身去西部闯荡。你怎么都不可能让吉米也离开纽约；他认为哪里也比不上纽约。哦，我们在那天晚上就约定好，在二十年后的此日此时，不管我们的处境如何，不管我们相隔有多远，都要准时到这里会面。我们想，到二十年之后，不管我们俩各自发展成了什么样子，我们的命运都已成定局，我们都应该赚下了一定的财富。”

“这听起来很有趣，”这位警察说，“不过，我觉得你们俩要见面的时间似乎间隔得太长了。自从你离开之后，你有过你朋友的消息吗？”

“噢，有过的，有一段时间，我们曾相互通信，”另一位回答说，“只是，在一两年以后，我们彼此之间就失去了联系。你也知道，西部是一个有着无限生机的广阔天地，我在那里四处奔波，寻找机会。不过，我知道，只要吉米还活着，他就会来赴约的，因为他永远是这个世界上最忠贞最可靠的朋友。他是不会忘记的。今晚，我千里迢迢地赶来站在这里，只要我的老伙计出现，我跑这一趟就值了。”

这位在等人的男子掏出一个很漂亮的怀表，表盖上嵌着小巧的钻石。

“现在差三分就十点钟了，”他说，“二十年前，我们俩就是十点整，在这里饭店的门前分别的。”

“看来你在西部干得不错，是吗？”警察问。

“你算是说对了！我想要是吉米能混到有我现在的一半，就好了。尽管吉米人不错，可他却是一个只知道埋头苦干的人。为了赚到更多的钱，我不得不跟那些脑子最奸猾的人去斗智斗勇。一个人在纽约待的时间长了，会变得循规蹈矩起来。他需要西部那样的环境将他砥砺。”

警察甩了甩他的警棍，向前跨了一两步。

“我要去巡逻了。希望你的朋友很快就会来。你只等到他十点钟吗？”

“不，我不会那么做的！我至少会等到他十点半。只要吉米还活着，在十点半之前，他肯定会来到这里的。再见，警官。”

“晚安，先生。”警察说着，就沿着线路巡逻去了，边走边挨家挨户地察看。

眼下，起先的毛毛细雨已下成了冻雨，先前刮一阵停一阵的风现在不停地呼啸起来。街上寥寥无几的行人都将大衣领口竖得高高的，手插在口袋里，闷着头匆匆地赶路。在五金商店的门口，不远千里赶来赴约（几近于一次荒唐的约会，与他年轻时的朋友二十年之后相见）的这位男子，抽着雪茄，耐心地等待着。

在他等了大约二十分钟后，一位穿着长大衣、把领子竖得遮住了耳朵的高个子男子，急匆匆地从马路的对面走了过来。他径直地来到了等候的人的面前。

“是你吗，鲍勃？”他带着些许的疑惑问。

“你是吉米·威尔斯？”站在门口的男子激动地喊。

“上帝保佑！”新来的人把对方的手紧紧地握在自己的手里，“你是鲍勃，一点儿也没错。我就知道，只要你还活在这个世界上，你就会赶来的。噢，噢！——二十年真是个不短的时间。原来的饭店已经拆掉了，鲍勃，我真希望它还在，这样我们俩就又可以在这里吃上一顿了。你在西部过得怎么样呢，老伙计？”

“非常的棒，西部给了我想要得到的任何东西。你变了不少，吉米。我真没有想到你又长高了两三英寸。”

“噢，在我二十岁之后，我又往高蹿了蹿。”

“吉米，你在纽约干得好吗？”

“一般吧。我在市政部门谋了个职位。来，鲍勃。我们现在就到一个我熟悉的地方转一转，好好聊一聊我们旧日的时光。”

两个男人开始手挽着手，走在街道上。从西部来的男子，因为所获得的成功而洋洋自得，开始描述起他的发迹史。另外的那位男子则缩在他的大衣里，饶有兴味地在听。

在街角有一家药店，依然灯火通明。他们俩走到这片灯光下，两个人同时转过身来，盯视在对方的脸上。那位西部来客突然停住了脚步，抽出了他的手臂。

“你不是吉米·威尔斯，”他突然说，“二十年尽管很漫长，但还不至于长得足以把一个高鼻梁变成了扁平鼻子。”

“可是，有的时候，却足以把一个好人变成了坏人，”那位高个子的男子说，“鲍勃，你已经被捕十分钟了。芝加哥警方推测你可能会到纽约这边，发电报说要跟你谈谈。你现在明智的做法，是乖乖地跟我走。不过，在我们去到警局之前，有人托我把一个纸条交给你。你可以在那边的窗户下面，把它读一读。纸条是帕特罗尔曼·威尔斯写给你的。”

西部来客打开了递给他的纸条。开始读的时候，他的手还稳稳地攥着它，等到读完，却不由得有点儿战栗了。纸条上只有寥寥数语。

鲍勃：

我是准时地到达约定地点的。在你划着火柴点燃雪茄的那一刻，我看到了你的脸，这是一张芝加哥警方所通缉的罪犯的脸。我不便自己动手，所以离开了，找来一个便衣代劳。

吉米

汽车等待的时候

刚刚到了日暮时分，那个穿着灰色衣服的姑娘就又来到了这个不大且又安静的公园里。在一个僻静角落的长凳上坐了下来，读起一本书，因为凭借这黄昏的光亮，至少还有半个小时的时间，书上的字迹是能看得清楚的。

我再重复一遍：她穿的是灰色衣裙，朴素无华，足以把其式样和裁剪上的缺陷掩盖起来。一条网眼很大的面纱罩住了她的那顶无檐帽，也罩住了她安详、恬静、美丽的面庞。昨天，她也是在同样的时间来到了这里，前天也是如此；在这个小小的公园里，有一个人注意到了这一点。

注意到了这位姑娘的小伙子就在她附近的地方徜徉着，想着幸运女神也许会眷顾到他。他的虔诚得到了回报，因为在她翻看着书页时，书从她的指尖滑落下来，刚好磕在长椅上，弹到了足足有一码远的地方。

小伙子迫不及待地朝着掉落了的书奔过去，将它捡起来，归还给了它的主人，他的表情和举止似乎是公园和公共场合里正流行的那一种——在献上殷勤的同时，觉得好运也许就要来了，当然在这中间也不乏对巡警的敬畏。他用悦耳的声音，冒昧地开口，在说了一两句天气方面的话后——这一话题曾引发了人世间多少的不幸啊——他便静静地立在那里，等待着他的命运之神的裁决。

那位姑娘举止从容地上下打量着他，见他穿着一身整洁、质地却很普通的衣服，长相及面部的表情都没有什么特征可言。

“如果你愿意的话，你可以坐下，”姑娘用一种似乎是她刻意追求的低沉语调说，“真的，我现在都希望你能在这里坐一坐了。看书光线太暗了。不如聊上一会儿。”

这位幸运女神的侍臣颇为得意地在姑娘的身边坐下了。

“你知道吗，”他把公园负责人开始会议时的套话搬出来说，“你是我好长时间以来所见过的最迷人的姑娘了？我的视线昨天就在你身上了。难道你没有发现有个人被你美丽、明亮的眸子，已经搞得有点儿神魂颠倒了吗，小妞儿？”

“不管你是什么样的人，”姑娘用一种冷冰冰的口吻说，“你都要记得，我是一位尊贵的女士。我将原谅你刚才的话，因为在你生活的圈子里，毫无疑问，你那样的粗俗、轻佻是屡见不鲜的。是我请你坐下来的，假如你认为，在我的这一邀请里，就一定包含了我是你的小妞儿这样的意思，那么，我将考虑收回我的邀请。”

“小姐，我真诚地向你道歉，请求你的原谅。”这个小伙子央求道。他刚才得意的表情一下子变成了忏悔和谦卑。“刚才是我的不对，你也知道——我的意思是说，你也知道，公园常常有一些举止轻佻的女孩——不，当然了，你也可能完全不知道这样的事情，但是——”

“我们不要再继续谈论这个话题了好吗？当然了，我知道你说的这些事情。现在，还是让我们来说一说，走在公园的这些个小径上的来来往往的人们吧。他们这是要到什么地方去呢？为什么他们都那么匆匆忙忙的？他们幸福吗？”

小伙子立即丢开了他的调情和献媚。现在的他只能是等待和观望，他猜不出这位姑娘会喜欢叫他担当什么样的角色。

“对这些人做些观察，是挺有趣的，”他顺着她的意思往下说，“生活就是一部美妙的戏剧。有的人去吃晚饭了，有的人——呃——在到其他的地方去。我们真的不知道，在他们每一个人的生活中都发生着什么样的事情。”

“是不知道，”姑娘说，“不过，我也并没有那么好奇，想要去知道。我坐到这儿来，是因为只有在这里，我才能贴近到人类心脏那伟大而又平凡的跳动。我所生活的圈子决定了我永远也不会感受到它的脉动。你能猜想出我为什么会跟你说话吗，你是——？”

“帕肯斯达克。”小伙子回答说，同时脸上也流露出急切和期待的神情。

“不，我不能告诉你我的姓名，”姑娘将她纤细的手指抬了起来，微微地笑了笑说，“我要是告诉了你，你马上就会知道我是谁了。我的姓氏经常出现在报纸上。甚至还有我的照片。这个面纱还有女仆的这顶帽子帮我掩饰起自己的身份。你应该注意到了，我的司机老是看我戴着的这顶帽子和面纱，他还以为我没有发现他呢。坦率地说，也就有那么五六个姓氏是名门望族，而我呢，则刚好出生于这其中的一家。我跟你说话，斯塔肯帕特先生——”

“是帕肯斯达克。”小伙子谦恭地纠正道。

“——帕肯斯达克先生，我跟你说话，是因为我想和一个纯朴、正常的人——一个没有为可鄙的财富和所谓的上等社会而玷污的人——交谈，哪怕这样的交谈只有不多的几次。噢！你知道我对金钱有多么厌烦吗？——钱，钱，钱！总是钱！还有我周边的男人，装腔作势，就像小小的提线木偶，都是从一个模子里刻出来的。娱乐，珠宝，旅游，社交，还有其他的各种享受，都叫我觉得腻味透了。”

“我以前总是认为，”小伙子有些犹豫，但还是大胆地说了出来，“钱一定是个好东西。”

“拥有的钱只要够花就行了。可是当你有了上百万上千万时，那就——！”她用一种无奈绝望的语调结束了这个句子，“叫人生厌的是那样的一种单调，”她继续说，“没完没了的驾车出游，宴会，剧院，舞会，晚宴，纵乐，还有花也花不完的金钱做这一切的润滑剂。有的时候，我香槟酒杯子里面的叮当作响的冰块，都几近于叫我发狂。”

帕肯斯达克先生的兴趣似乎真正地被提了起来。

“我有这样的一种爱好，”他说，“就是喜欢阅读和打听有钱人和时髦人士的生活方式。我想，我这么做可能有点太势利了。不过，我一向喜欢把我所收集到的东西搞得准确无误。在你现在提到的这件事情上，我以前总是认为香槟是连瓶冰镇的，而不是把冰块放在玻璃杯子内的。”

似乎是被小伙子所说的话打动了，姑娘发出一阵银铃般的笑声。

“你应该知道，”她用一种宽容谅解的语调解释说，“我们有闲阶级就是靠着标新立异来打发日子，消遣时光的。在眼下，置冰块于杯中就是一种时尚。这一做法是由前来访问参观的鞑靼王子在沃尔多夫饭店吃饭时首先倡导的。很快，它就会被其他的怪念头所取代。正如这个星期在麦迪逊大街举办宴会的时候，每位来宾的盘子旁边都放了一只绿色的小山羊皮手套，好让客人们吃橄榄的时候戴上。”

“我明白了，”小伙子谦卑地承认道，“这些上等社会中的特殊的娱乐方式，普通的老百姓是无法知道的。”

“有的时候，”姑娘略微欠身接受了他的认错以后，继续说，“我曾想，如果我真要爱上一个男人的话，那也可能会是一个身份低微的人。一个以劳动为生的人，而不是一个寄生虫。不过，财富和社会等级的观念毫无疑问会比我的这个意愿强大得多。在眼下，我就被两个人追求着。一个是日耳曼某个公国的大公。我想他有或是曾经有过妻子，因为忍受不了他的粗暴和残酷而被逼疯了。另一个是一位英国侯爵，此人极其冷漠贪财，相比之下，我宁愿选择那个恶魔般的大公。我为什么要告诉你这些事情呢，派肯斯达克先生？”

“帕肯斯达克，”小伙子轻轻地吸了一口气，“说真的，你无法想象出，你的推心置腹，叫我心里充满了如何的感激。”

姑娘平静地、不动神色地打量着他，她的这副神情倒也符合他们之间悬殊的地位。

“你是做什么工作的，帕肯斯达克？”她问。

“一份卑微的工作。可是，我希望能在这个世界上出人头地。你刚才说你会爱上一个身份低微的人，你这话是发自内心的吗？”

“是的。不过我说的是‘可能’。你知道，这里还有日耳曼的大公和英国的侯爵呢。是的，只要那个男人合我的心意，他做的工作再卑微，我也不会在乎的。”

“我是在一家饭店里干活。”帕肯斯达克说。

姑娘的身子微微地往后缩了缩。

“不是服务员吧？”她问，语气中略微带着恳求，“劳动是高尚的，可是这种伺候人的，你知道——仆人之类的——”

“我不是服务员。我是收银员——”在他们前面正对着的公园的街道上，有一块上面写着“饭店”的灯光招牌——“我就在你现在看到的对面那家饭店里收银。”

姑娘看了看她左腕上镶在款式华丽的手镯上的袖珍手表，赶忙站了起来。她把书塞进挂在她腰间的一个亮闪闪的手提袋里，只是书的体积显得太大了。

“你为什么没有上班呢？”她问。

“我是夜班，”小伙子说，“现在离我上班的时间还有一个小时呢。我能再见到你吗？”

“我不知道。也许会吧——不过，谁知道我还会不会再有心血来潮的时候呢？我现在必须马上走了。我有个晚宴，完了还要到剧院的包厢去看戏——还有，噢！总是这老一套。在你来的时候，你或许看到停在公园那边的车子了。一辆白色的轿车。”

“是红色的轮子吗？”小伙子问，若有所思地蹙了蹙眉。

“是的。我总是坐它的。皮埃尔就在那边等着我。他以为我是在广场对面的商店里买东西呢。想想这种生活对人的羁缚，我们甚至不得不对我们的司机隐瞒。再见吧。”

“可是，现在天已经黑了，”帕肯斯达克说，“公园里有许多粗鲁的男人。我可以送送——”

“如果你对我的意愿还有丝毫的尊重的话，”姑娘坚决地说，“在我离开以后，我希望你在这条长凳上再坐上十分钟。我并不是说你有什么企图，可是你或许也知道，轿车上一般都有表示车主人姓氏的字母。好了，再见吧。”

在暮色中，她迅速而又不失优雅地离开了。小伙子望着她窈窕的身姿，看着她到了紧挨着公园的便道上，然后顺着便道朝着停车的那个拐角走去。这个时候，小伙子毫不迟疑地开始行动了，他沿着一条与她平行的长满树木的小道，左躲右闪地行进，叫姑娘的身影一直在他的视线之内。

在她走到拐角的时候，她朝那辆轿车看了看，然后经过了它，继续横穿过了马路。躲在一辆停着的出租车后面，小伙子注视着姑娘的一举一动。沿着公园对面马路的便道，她走进了那家有着灯光招牌的饭店。这家餐馆刷着耀目的白漆，店门的这一边装饰的都是玻璃，所以对它的里面几乎可以一览无余，在这里，人们可以惹人注目地吃着价格便宜的饭菜。姑娘走进饭店，到了它后面的一个较为隐蔽的角落，然后又从那里很快地走了出来，已经摘掉了面纱和帽子。

收银的柜台在靠近店门的地方。一个红头发的姑娘从柜台的凳子上爬下来，一边有点儿气恼地抬眼看了看墙上的钟表。穿灰衣服的那个姑娘坐到了凳子上。

小伙子将手插在口袋里，慢腾腾地沿着便道走了回来。在拐弯时，他的脚踢到了一本平装的小书，书一下子弹到了草坪的边沿处。从绘着图画的封面上，他认出这就是姑娘刚才在读的那本书。他漫不经心地将它捡了起来，看到这是一本《新天方夜谭》，作者是斯蒂文森。他把书重新扔到了草地上，在那里犹豫、徘徊了一会儿。临了，他走进轿车，靠在后面的车垫上，对司机简短地说了句：

“到俱乐部，亨利。”

菜单上的春天

这是阳春三月里的一天。

在你写作的时候，千万不要像我这样开始你的故事。没有比这更糟糕的开头了。这样的开头缺乏想象力，平淡，枯燥，很可能只是一句废话。不过，在此篇故事里，我这样做还是情有可原的。因为本该作为这篇故事开始的下面这段文字，会让人觉得更不着边际，更荒诞，叫读者更摸不着头脑。

莎拉正在望着她手中的菜单哭泣。

想象一下，一个纽约市的女孩竟会对着一份菜单淌眼泪！

你可能会猜想出各种理由，来对此做出解释。比如说是龙虾卖完了，或者是她刚发过誓要在四月斋期戒掉冰激凌，结果又后悔了，要不，是她点了洋葱，或是刚刚从哈吉特剧院看戏回来。紧接着，在知道你的所有这些猜测都是错误的时候，你就愿意听我把故事讲下去了。

有位先生宣称，世界就像是个牡蛎，他能用剑把它撬开，他这话说得未免有点儿太大言不惭了。用刀剑撬开一个牡蛎并不难。可是，你曾见过有人要用打字机来撬开世界这个牡蛎的吗？要把一打生牡蛎用这样的方法撬开的吗？

莎拉就曾用她的这一笨拙的武器（指打字机——译者注），成功地撬开了它（指世界——译者注）的外壳，品尝了一下它里面冷冰冰、滑腻腻的世界。莎拉会一点儿速记，不过，以她的水平，还远远比不上一个在商务学院里学这一专业的刚刚毕业的大学生。所以，因为不具备这方面的能力，她不能加入到禀有优秀才能的白领人的行列。她是一个自由职业人，四处寻觅着做一些打字的零工。

在莎拉与这个世界的抗争中，最能表现出其高超技艺的，莫过于她跟舒伦伯格开的家园饭店谈成的一项协议了。这家饭店就在她所住的红砖房的隔壁。一天傍晚，在舒伦伯格的饭店吃过了一份四十美分、五道菜的套餐（上菜速度极快，就像你往黑人头上接连地扔了五个棒球一样）后，莎拉把饭店的菜单也拿了回来。菜单写得非常潦草，看上去既不像英文，也不像德文，而且其顺序编排得也很糟糕，要是你不仔细一点儿看，你就会把米饭布丁和牙签当成了它的开胃菜，而把汤和星期几看成是它的末道菜了。

第二天，莎拉把一张打得整整齐齐的菜单拿给舒伦伯格看，菜单上，各种菜肴按照它们的名称和性质，都安排得井然有序，醒目诱人，从“开胃菜”到“雨伞、衣帽，顾客要自行看管好”的告诫语，一目了然。

舒伦伯格当场就被说服了。在莎拉离开之前，他们俩之间就很痛快地达成了一个协议。莎拉将给家园饭店的二十一个餐桌每桌提供一份打好的菜单——对于晚饭，是每天提供一份新菜单，对于早饭和午饭呢，是在菜肴有变化时或是出于整齐划一的考虑时，才需要打出新的菜单。

作为回报，舒伦伯格为莎拉每天提供三顿饭食，由一个举止较为温顺的侍者送到她租住的房间，同时在每日下午的时候，给她送来一份用铅笔写的菜单草稿，这便是舒伦伯格的顾客们在第二天可能会吃到的饭菜。

双方都对这一协议感到满意。舒伦伯格的顾客们现在都知道他们所吃的菜肴叫什么名称了，尽管有的时候对某一道菜的实际的构成还是不甚了解。而莎拉呢，在这个寒冷阴郁的冬天，至少是有饭吃了，这就解决了她的一件人生大事。

日历上说春天已经到了，可日历说了谎。春天只是在它该来的时候才会来。一月份的积雪现在仍然像坚硬的石块一样封冻在城市里的街道上。手摇风琴依然用它们在十二月份的活力和情调弹奏着《过去那美好的夏日时光》。人们开始攒足一个月的钱，来买复活节时穿的衣服。看门人关掉了暖气。在这些事情发生着的时候，人们知道整个城市还在严冬的裹挟之下。

一天下午，莎拉待在她过道尽头的那间“别致”的屋子里，冻得瑟瑟发抖，而房东却说“房间供暖，整齐干净，各项设施一应俱全，叫你一看就喜欢”。莎拉除了给舒伦伯格饭店打菜单，就没有接下别的活儿。此时的她坐在吱吱作响的柳条摇椅上，看着窗外。墙上的月份牌在一个劲儿地向她呼喊：“春天来了，莎拉——春天来了，我告诉你。你看看我，莎拉，我月份牌上标出的日期已在宣告着春天的到来。你美丽，窈窕，莎拉——你的身体里充满青春的活力——你为什么这样伤心地望着窗外呢？”

莎拉的屋子在整幢公寓的背面。从窗户上望出去，可以看到隔壁街上纸箱厂里的没有窗户的砖墙。可是，对于莎拉来说，这堵墙如同明亮透明的的水晶体，透过这堵墙，她能看到绿草成茵的小径掩映在樱桃树和榆树中间，路两边长满了黑莓和金樱子。

春天真正的使者是难以用眼睛看见、用耳朵听到的。有的使者忙着催开番红花，有的点开林中的山茱萸，有的让蓝知更鸟儿啼唱——有的甚至是直接提醒荞麦和牡蛎赶快退隐，与大地握手道别，告诫它们不要把绿衣姑娘揽入它们凄凉的怀抱。古老大地的新娘已经给他最好的亲戚传递去明白无误的信息，告诉他们，他们将不会受到冷落，除非是他们自己想要继续孤独下去。

在去年夏天，莎拉来到了乡下，爱上了一位农夫。

（在你写故事的时候，你千万不要老是这样子追述。这一糟糕的技巧会扫了读者的兴。要让你的叙述一直向前，向前。）

莎拉在太阳溪农场待了两个星期。在那里，她爱上了老农场主富兰克林的儿子沃特。农民们长大成人后，就结婚，生儿育女，最终被埋在泥土里化为青草，他们很少有过罗曼蒂克的谈情说爱。但是，年轻的富兰克林·沃特却是个新式的现代农场经营者。在他养牛的房子里，就安装了电话，他能准确地算出，加拿大来年的小麦会对他趁着月色种植下的马铃薯产生多大的影响。

就是在这条绿树成荫的长满黑莓的街巷里，沃特喜欢和追求着莎拉，并且赢得了她的心。他们并肩坐在一起，沃特为她编织了一顶蒲公英的花冠。他盛情赞美蒲公英黄色的花瓣戴在她棕色的头发上有多么美丽；而她一直戴着这花环，把她的硬边草帽拿在手里，一路上挥舞着走回家。

他们俩打算春天结婚——沃特说，在刚刚出现了春天的迹象时就结婚。于是，莎拉又回到城里，继续敲她的打字机。

一阵叩门声驱赶跑了莎拉脑中对那段快乐时光的回忆。一位侍者带来了家园饭店明天的新菜单，是舒伦伯格瘦骨嶙峋的手用铅笔写下的潦草的手稿。

莎拉坐在了她的打字机旁，把一张纸放进了滚筒之间。她打字很熟练。通常情况下，她用一个半小时的时间，便能打好这二十一张菜单。

今天的菜单上比平日里有更多的变化。汤比平时清淡，猪肉从主菜单中去掉了，只是跟俄罗斯的萝卜加烤肉有个配菜。春天清新的气息充溢在整个菜单里。前不久，还在绿草成茵的山坡上蹦蹦跳跳的羊羔，现在已被撒上了调味汁，它的美好的时日已变成了永久的记忆。牡蛎的歌声尽管还没有完全停息，但热情已渐渐消退。煎锅已被仁慈地闲置在了柜台的后面。馅饼的种类增加了；较为油腻的布丁已经从菜单中消失；腊肠还留在菜单里，不过已经岌岌可危，和荞麦以及香甜的槭糖浆一起苟延残喘。

莎拉的手指在打字机上飞快地跳动着，就像是萦绕在夏日溪流上空的飞虫。她一道菜一道菜地打着，她能精确地目测出每道菜名的长度，然后把它们放置在恰当的位置。在甜点的上方是各种应时的蔬菜。萝卜和豌豆，炒芦笋，四季都有的土豆，豆煮玉米，利马豆，卷心菜以及——然后是——

莎拉突然对着菜单哭了起来。从其内心深处涌出的一股绝望，叫她的泪水溢到了眼眶里。她的头也垂了下来，垂到了打字机的小小的底座上。打字机的键盘发出的单调的咔嗒声应和着莎拉的啜泣声。

因为莎拉已经有两个星期没有收到过沃特的来信了，菜单上的下一个菜名是蒲公英——蒲公英炒一种什么蛋——管它是什么蛋！——正是用蒲公英金灿灿的花冠，沃特封她为他心爱的女王和未来的新娘——蒲公英，这一春天的使者，勾起了她无尽的愁绪和忧伤——蒲公英叫她想起了那段快乐的时光。

女士们，如果你们经历了这样的考验，我敢保证你们也笑不出来：在你与珀西定亲的那个晚上，他送给你一束黄玫瑰，如果把这些玫瑰用法国调料做成一盘色拉，放在舒伦伯格饭店的餐桌上，摆在你的眼前，你还能笑得出来吗？如果是朱丽叶眼睁睁看着她爱情的信物遭受这样的羞辱，她一定会立刻找到一位好心的药剂师，为她配上一副能忘掉一切的草药。

但是，春天是怎样一个迷人的女巫啊！她的信息一定要送到这座由钢筋混凝土建成的冷漠而又伟大的城市。而在田野里，除了这身披粗糙的绿衣、举止谦恭的、不辞劳苦的小小信使，还有谁会传递这春天的信息呢？他是一位真正的能给人带来好运的士兵，他就是蒲公英（this dent-de-lion）①——法国厨师称他为狮子的牙齿。在他盛开着黄花的时候，他编织成我们女主人公深棕色头发上的花冠，表达恋人的情意；在他还幼小，稚嫩，没有开放的时候，他投进沸腾的锅里，传达他至高无上的女主人的信息。

渐渐地，莎拉抑制住了她的眼泪。菜单必须打好。可是，由于她神情恍惚，依稀还置身于金灿灿的蒲公英的梦境中间，她的思绪和心儿还萦绕在乡间绿色的小径和年轻农夫的身上，所以她的手指在键盘上游离了一会儿。不过，她很快就清醒了过来，思绪回到了曼哈顿楼

---

① 蒲公英，dandelions，在法语中是狮子的牙齿的意思。

房林立的街巷里，她的打字机像一辆罢工破坏者的汽车一样，又开始急速地咔嗒咔嗒地跳动起来。

六点钟，侍者送来了莎拉的晚餐，顺便拿走了打好的菜单。莎拉坐下来吃饭，看到那盘蒲公英炒蛋的菜，她叹息了一声，把它放到了一边。随着这团黑乎乎的东西从金灿灿的象征爱情的花朵，变成了一碟不堪入目的小菜，她一个夏天的期盼也会随之凋零，消亡。也许，爱情正如莎士比亚所言，可以自我滋养；可是，莎拉不能让自己吃下这盘用蒲公英做的菜，蒲公英作为她秀发上的花环，是她真挚爱情首次体味到的精神上的宴飨。

七点半钟，隔壁房间里的夫妻俩吵起架来；在莎拉楼上房间里的男子吹起长笛，寻找着 A 调；煤气供应开始有点不足；三辆运煤车开始卸煤——这是留声机唯一会嫉妒的声音；后院围墙上的猫也慢腾腾地退回到它们的老窝。凭着这些迹象，莎拉知道她阅读的时间到了。她取出《修道院与家庭》，一本在这个月中最不畅销的书，把脚放在了箱子上，开始和主人公杰拉德一起去探险、漫游。

前门的门铃响了。女房东应声去开门。莎拉搁下被熊追得逃到了树上的杰拉德和黛妮思，倾听着。噢，是的；要是你，你也会这么做的！

接着，从楼下的大厅里传来一个清晰洪亮的声音。莎拉跳起来跑到门口，把书丢在地板上，也顾不得跟熊做第一回合的争斗了。你可能已经猜到了。在莎拉来到楼梯口的时候，她的农夫爱人正三步并作两步地跑到了楼上，紧紧地把她整个人儿都搂抱在了怀里，紧得连拾穗人也休想捡到任何东西。

“你为什么不写信——哦，为什么？”莎拉大声地问。

“纽约是个很大的城市，”沃特·富兰克林说，“我在一个星期前，来到你以前住过的地方。我得知你是在星期四搬走的。这叫我感到了些许安慰，因为这避免了星期五可能会带来的噩运。不过，我还是通过警察和其他各种方式来寻找你。”

“我给你写过信的！”莎拉激动地说。

“我从来也没有收到过！”

“那你是怎么找到我的呢？”

年轻农夫的脸上浮现出春天般灿烂的笑容。“今天傍晚，我碰巧走进到隔壁的家园饭店，”他说，“我并不在乎这家饭店有没有什么名气；在这一时节，我通常喜欢吃一些绿叶菜。我查看着打印得很漂亮的菜单，寻找着这一类的蔬菜。当我的眼睛扫到卷心菜下面的那道菜时，我撞翻了椅子，叫来了老板。是他告诉了我你住的地方。”

“我记得，”莎拉高兴地舒了一口气说，“在卷心菜的下面是蒲公英。”

“不管到什么地方，我都能认出你的打字机打出的大写字母 W，它总是远远地高出它那一行的其他字母。”富兰克林说。

“喔，在蒲公英这个单词里没有 W 呀。”莎拉诧异地说。

小伙子从他的口袋里拿出一份菜单，指向了其中的一行。

莎拉认出了这是她今天下午打出的第一份菜单。在它的左上角，还有泪滴留下的印迹。不过，在泪痕的上方，本应该是打上草本植物名称的地方，萦绕在莎拉脑际的金色的花朵叫她的手指敲到了其他的字母。

在红卷心菜和肉馅青椒之间出现了这么一行字：

最亲爱的沃特，配煮鸡蛋。(DEAREST WALTER, WITH HARD-BOILED EGG.)

绿　门

假设你在吃过晚饭之后，沿着百老汇大街散步，一边抽着雪茄，一边想着自己该如何消遣一下，是去看场悲剧，还是看场较为科班一点儿的杂耍。就这样子走了十分钟时，突然有一只手搭在了你的肩膀上。你回过头去，看到一个美女正用含情的眼睛望着你，浑身珠光宝气，又穿着俄罗斯的黑貂皮大衣。她急匆匆地把一个滚烫的裹着奶油的蛋卷塞到你的手里，亮闪闪地拿出一把小剪刀，剪掉了你大衣上的第二个纽扣，还颇有意味地冒出一句“平行四边形！”然后，迅速地跑向一个交叉路口，一边跑一边还回头害怕地张望。

这样的事真的称得上是奇遇了。你会欣然去接受它吗？不会。你会感到非常的尴尬，变得面红耳赤；你会局促地丢掉你手中的蛋卷，忐忑地摸索着纽扣剪掉了的地方，沿着百老汇大街继续往前走。你会像我说的这么去做的，除非你是极少数幸运儿中间的一个，在他们的身上，纯粹的冒险精神尚未泯灭。

真正的冒险家从来也不多。文字记载下来的冒险家多是手段非凡的商人。他们去寻求他们想要的东西——值钱的羊毛、圣杯、贵妇的爱、财宝、皇冠和名声。真正的冒险家不是这样，他们会不带任何功利性的目的、丝毫不计算得失地去面对和迎接未知的命运。一个很好的例子就是浪子知道悔改后，开始返回家中。

历史上有许多杰出和勇敢的人物，他们顶多算是半个冒险家。从十字军东征到帕里塞德探险，他们不但丰富了历史和小说的艺术，而且使历史小说也盛行一时。可是，他们中的每一个人都有一个明确的目标，或是要获得奖赏，或是要磨砺一把斧头，或是要跑完一场比赛，或是要发起一轮新的攻击，或是想名垂千古，或是非要争出个高低不可——因此他们不是真正意义上的冒险家。

在这座大城市里，猎奇和冒险这对孪生的精灵总是在四下寻找着它们的追求者们。当我们漫步在街头的时候，它们总是狡黠地注视着我们，以二十种不同的装扮来逗引我们。比如说，也不知是什么原因，我们突然看到对面的窗户里有一张似乎是我们非常熟悉的面孔，是我们心目中所一直想望的人；在深夜一条死寂的街巷里，我们会听到从拉着窗帘的空房子里传出凄厉恐怖的叫声；出租车司机不是把我们放在我们熟悉的路边，而是拉到了一个陌生人住的地方，前来开门的人脸上露着笑容，招呼我们进去；一张上面写满了字的纸片从高高的顶楼上，幸运地飘到了我们的脚下；我们在人群中与陌生人擦肩而过，彼此交换着仇恨、爱恋和惊恐的眼神；突然下来一阵倾盆大雨——而我们撑开的伞可能正是为满月的女儿和恒星系的某个亲戚遮雨；在每一个拐角处，都有手帕丢下来，有手儿在召唤，有很多的眼睛在注视，迷途的人，孤独的人，兴高采烈的人，神秘的人，危险的人，这些千变万化的奇遇线索随时都在滑进我们的指间。但是，我们中间却很少有人愿意去抓住和追寻这些线索。背负着过重的传统的包袱，叫我们变得有些麻木了。我们就这样生活着，直到有一天，在行将结束我们无聊乏味的生命时，才想起我们这一生真正算得上浪漫的事情，可能只是结了一两次婚，在保险箱抽屉里存放了一朵绸缎玫瑰花结，还有跟一个脾气大的人吵了一辈子架。

鲁道夫·斯坦纳是一个真正的冒险家。每天一到傍晚，他就走出他那间过道隔成的小卧室，到外面去寻找新奇和刺激。在他看来，生命中最令人感到有兴趣有意义的事情也许就隐伏在下一个街角。有的时候，他要挑逗命运的尝试也会把他引入歧途。有两次，他曾在车站里过夜；有好几次，他发现自己被狡诈和唯利是图的人们所欺骗；还有一次，他没有经受住别人的奉承和引诱，为此他付出了手表和金钱的代价。不过，他冒险的热情却丝毫也没有减退，不会因此而放过上天所赐予他的任何一次探险的机会。

一天晚上，鲁道夫在以前的闹市区，顺着一条横跨市区的街道漫步。马路两旁的便道上涌动着两股人流——一股是匆匆忙忙要赶回家的，一股是躁动不安在家里待不住的，他们情愿接受饭店华而不实的招待，在千百支烛光的照耀下吃上一顿晚餐。

我们这位年轻的冒险家衣着得体，仪表堂堂，在他闲适的神情中又不乏有着警觉。白天的时候，他是一家钢琴专卖店的推销员。他的领带不是用领带别针夹住，而是用一枚黄晶戒指；有一次，他甚至写信给一家杂志社说，丽比小姐写的《朱尼的爱情测试》是对他影响最大的一部书。

他走着走着，便道上一个玻璃橱窗里发出的嘎哒嘎哒的磕牙声把他的注意力（有些不安地）吸引到了一家饭店，因为这个橱窗就立在饭店的门前；可当他再看第二眼的时候，他便发现有个霓虹灯的牙科招牌挂在餐馆隔壁的楼上。一个身材高大、穿着怪异的黑人正散发着卡片，他穿着一件绣花的红上衣和一条黄色的裤子，戴着一顶士兵帽，他颇为周到、颇有礼貌地把名片发给那些愿意收下它们的人。

这样的一种做牙科广告的方式，鲁道夫经见的并不少。在平常的情况下，他会径直走过这些发广告的人，而不给他们留下任何减少他们手中卡片的机会；可是，今天晚上，这位非洲裔的黑人却很机巧地把卡片塞到了他的手中，而他呢非但没有把它马上扔掉，而且还对黑人成功的手法报之以笑颜。

在继续前行了几步以后，鲁道夫漫不经心地看了这个卡片一眼。这一看倒叫他感到了一些诧异，他将名片翻了过来，又饶有兴味地看了看。卡片的一面是空白的；另一面用钢笔写着“绿门”两个字。跟着，鲁道夫看到在他前面三步远的地方，一位男士把那个黑人递给他的名片扔到了地上。鲁道夫把它捡了起来。只见上面印着牙医的名字和地址，和“安假牙”“矫牙”“镶牙”等字样，以及对“无痛”整牙的堂而皇之的承诺。

这位喜爱冒险的钢琴推销员在街角停了下来，考虑了一会儿。然后，他横穿过了马路，在走了一个街区后，又横穿回了马路，再次汇入到北向而行的人流中间。在第二次经过这个黑人时，鲁道夫装出对他完全不去注意的样子，只是随手接过了他递过来的名片。在走出十来步之后，鲁道夫仔细地瞧着这张名片。跟出现在第一张名片上的笔体完全一样，这一张上面也写着“绿门”两个字。在这个时候，有三四张名片被走在他前面和后面的行人丢在了便道上。它们都是空白的那一面朝上。鲁道夫把它们一一翻了过来。每一个上面都是印着牙科诊所的广告。

冒险这一淘气的小精灵从来也无须向鲁道夫·斯坦纳，他的真诚的追随者，两次发出邀请。不过，这一次这个小精灵真的两次向他招手了，于是探险也就此拉开了序幕。

鲁道夫缓缓地走回到那个身材高大的黑人身边，也就是那个里面有嘎嘎作响的牙齿的橱窗前。这一次，鲁道夫走过时没有收到任何卡片。尽管这个黑人穿着花哨、怪诞，可是他站在那里还是有一种自然的庄重，对一些人他彬彬有礼地递过去卡片，而对另一些人，他则叫人家不受搅扰地通过。每隔半分钟，他就吆喝那么几句，嗓音激越，可语义不清，就像是公交车上的售票员或是唱歌剧的演员。这一次，他不仅没有给鲁道夫名片，而且在鲁道夫看来，在他的那张硕大的黑得发光的脸庞上还几乎透出了轻蔑、冷漠的神情。

黑人的这种表情刺痛了我们的冒险家。他从中读出了对他的无言的谴责，责怪他对给出的暗示竟然无动于衷。不管写在这卡片上的神秘的话语有着什么样的含义，这个黑人已经两次从人群中把他挑选出来，把卡片递到他手上；现在却似乎在埋怨他缺乏勇气和智慧，去破解这一谜团。

离开涌动的人群，鲁道夫迅速地打量了一下这个建筑物，因为他猜想到他的冒险将从这里开始。这是一座五层楼的房子，一家饭店占了它的地下室。

这座楼的一层看起来像是卖女帽和皮衣的，现在已经下班了。二层上闪烁着霓虹灯的招牌，告知人们是牙科诊所。再上面，通天塔里的多种文字写成的各种招牌艰难地向人们显示出，这一层是看手相的，做衣服的，音乐家和医生们谋生的地方。再往上，垂挂着的窗帘和窗台上放着的奶瓶子昭示出这是居住区了。

在做完了这番观察之后，鲁道夫快速地跨过门前的一溜台阶，进到了楼里面。在爬上了两层铺着地毯的楼梯后，他继续往上，一直到了顶层才停了下来。那儿的过道里，有两盏煤气灯发着朦胧的光——一个在他的右边，离他较远，一个在离他较近的左边。他看向离他较近的这盏煤气灯，在它微弱的光照里，他看到一扇绿门。有一会儿，他犹豫了；随后，他眼前似乎又闪现出那个发卡片的黑人的鄙夷和嘲讽的神情；临了，他径直走到那扇绿门的跟前，去敲门。

在他叩门、等待的那段时间里，鲁道夫真正体味到了经历冒险给人带来的那份紧张。在这些绿门的后面，什么样的事情都可能发生！一伙赌徒在赌博；狡猾的流氓布下了诱人、精妙的陷阱；崇尚勇敢的美女希冀着能让有勇气的男子汉把自己追上；危险，死亡，爱情，失望，嘲讽——这鲁莽的敲门声有可能会带来这其中的任何一个后果。

里面传出一阵轻微的窸窣声，接着，门被缓缓地打开了。一个年龄不到二十岁的姑娘出现在门口，她脸色苍白，站立不稳的样子。她松开门的把手，身子就有点摇晃起来，接着，她伸出一只手摸索着想要抓住点儿什么。鲁道夫扶住了她，把她放在了一个靠墙的旧沙发上。关上了门后，借着煤气灯发出的摇曳的光亮，鲁道夫迅速地扫视了一下屋子。房间虽然很整洁，可是却给人以一贫如洗的感觉。

姑娘静静地躺着，好像是晕过去了。鲁道夫焦急地环视着屋子，想找到一个桶。昏过去的人要放在圆桶里滚动——噢，不，不，那是为救溺水的人才那么做。他开始脱下帽子，替她扇风。这一招很管用，因为他礼帽的帽檐不小心碰到了姑娘的鼻子，她睁开了眼睛。鲁道夫发现，姑娘的这张脸正是他日思夜想的、他心目中的理想情人的脸。一双灰色的眸子，率真而坦诚，小巧的鼻子微微有点儿上翘；一头栗色的秀发，犹如豌豆藤的卷须一样卷曲着——这一切似乎都是对他一生追求冒险的美妙回报。只是姑娘的脸显得太憔悴、太苍白，太让人可怜了。

姑娘平静地注视着他，临了，她笑了。

“我是不是晕过去了？”她用微弱的声音问，“哦，有谁不会呢？你三天不吃一点儿东西，看看会不会晕过去！”

“天呀！”鲁道夫跳了起来，大声地喊，“等我一下，我去去就回来。”

他冲出了绿门，跑下了楼梯。过了二十分钟，鲁道夫回来了，他用脚尖踢着门，叫她来开。他的两只手臂里抱满了从杂货店和餐馆买回来的食品。进来后，他把它们放在了桌子上——奶油和面包、各种冷肉、糕点、馅饼、牡蛎、泡菜、烧鸡、一瓶牛奶和一杯热腾腾的茶。

“这也太荒唐了，”鲁道夫激动而又心疼地说，“好几天不吃一点儿东西。你必须放弃这一做法。现在，来吃晚饭。”他扶她坐在桌子旁边的一把椅子上，问道：“有喝茶的杯子吗？”“在窗台旁边的架子上。”姑娘回答。当他拿上杯子转身走回来时，他看到她的眼睛里流露着惊喜，正在大口地吃着一大块泡菜，这泡菜是她凭着女人的直觉从装满东西的纸袋子里抽出来的。鲁道夫笑着从她手里拿过了泡菜，给一个杯子里倒满了牛奶。“先喝了这个！”他用命令的口吻说，“然后再喝茶和吃鸡翅。如果恢复得不错，明天你就可以吃泡菜了。如果你允许的话，我也将跟你一块儿吃好吗？”

鲁道夫拉过来另一把椅子坐下了。喝过茶之后，姑娘的眼睛里有了亮光，脸色也好看些了。像个让人爱怜的饿坏了的动物一样，她开始狼吞虎咽地吃了起来。她似乎把这位年轻人的到来和他对自己的帮助看成了是再自然不过的事情——她这么做并没有轻视人之情谊和礼节的意思，而是太过窘迫的境遇叫她把人之间虚伪的客套抛到了一边；不过，随着她的体力和精神的渐渐恢复，她也觉察到她该遵循的一些礼节了；她开始给他讲起她自己的经历。她的故事跟这个城市里每天发生着的千百个故事一样，再平凡不过了——商店售货员微薄的薪水，再加上老板各种名目的克扣（克扣到了老板的腰包里）；因为生病而请假；因此而失掉了工作，失去了希望，再后来——就是我们这位冒险家敲响了这扇绿色的门。

可是，对鲁道夫来说，这个故事听起来就像史诗《伊利亚特》一样的伟大，像《朱尼的爱情测试》一样的精彩。

“没想到你经历了这么多的事情。”鲁道夫激动地说。

“日子过得是很艰难。”女孩表情凝重地说。

“你在纽约没有亲戚和朋友吗？”

“没有。”

“我在这个世界上也是孤身一人。”鲁道夫在停了一会儿以后说。

“听你这么说，我很高兴。”这位姑娘马上接着说。不知什么原因，听到姑娘赞许他的单身汉的地位，这个小伙子感到一阵喜悦。

突然，姑娘的眼皮垂了下来，深深地叹了一口气。

“我现在有了很浓的睡意，”姑娘说，“我感觉好多了。”

此时，鲁道夫站了起来，拿起了帽子。“我将要跟你说晚安了。愿你晚上睡个好觉，这将会有助于你身体的恢复。”

鲁道夫伸出了手，姑娘握住他的手，道了声“晚安”。可是，在姑娘坦诚的眼神里却流露出多少的不舍和哀婉之情啊，于是鲁道夫说道：

“噢，我明天还会来看你的，看你的身体恢复得怎么样了。我不会让你这么轻易地就摆脱掉我的。”

在到了门口的时候，姑娘问：“你是怎么会来敲我的门的呢？”语气间流露出，跟他到来的这一事实相比，他来的方式似乎已经无关紧要了。

鲁道夫看了她一会儿，记起了发放的卡片，心中突然生出一种莫名的妒忌和痛苦。万一卡片落在了别的喜欢冒险的人的手里，那会怎么样呢？他很快做出决定，绝对不能叫姑娘知道事情的真相。他永远也不能让她知道，他已经了解到她为生活所迫而不得不想出的这种荒唐的权宜之计。

“我们店里的一个钢琴调音师就住在这栋楼里，”他说，“我找错了地方，敲了你的门。”

在绿色的门关上之前，鲁道夫最后一眼看到的是姑娘灿烂的笑脸。

在楼梯口，他停了一下，好奇地望了望他的四周。然后，他顺着过道走到了另一头；返回来后，他又往上爬了一层，继续着他的神秘的探险旅程。他发现这座楼房里的每一扇门都被漆成了绿色。

他好不纳闷地走到下面的便道上。那个衣饰和举止都有点儿怪怪的黑人还在那里。鲁道夫拿着那两张卡片来到了黑人的跟前。

“你能告诉我你为什么发给我这些卡片吗？它们有什么样的含义呢？”鲁道夫问。

这个黑人咧开嘴善意地笑了，露出了一口雪白整齐的牙齿，似乎在为他雇主的整牙技术做着一个极好的实例广告。

“在那边，先生，”他指着他前面的街道说，“不过，你现在去恐怕是有点晚了，看不上第一场戏了。”

顺着他手指的方向，鲁道夫看到在剧院门口的上方，有一个耀目的霓虹灯招牌，上面闪烁着新上演的剧目“绿门”。

“人们说，这是一部一流的戏剧，”黑人说，“剧院经纪人给了我一块钱，叫我在散发牙医广告时帮他发上几张。你要一张牙医的名片吗？”

在他住的那个街角，鲁道夫停了一下，买了一杯啤酒和一支雪茄。他抽着雪茄，走出店门，扣好了外套上的扣子，把帽子往脑后推了推，朝着立在拐角的街灯，倔强地说：

“不管怎么样，我都认为，是命运女神为我指路，让我找到了她。”

在这样的一种情形下所做出的这个结论无疑表明了，鲁道夫·斯坦纳不愧为传奇与冒险的真正追求者们中间的一员。

华而不实

托尔斯·钱德勒先生正在他那间用过道隔成的卧室里熨他的晚礼服。一只熨斗热在一个很小的煤气炉子上，另一只正被他来回用力地推压着，以便弄出一道理想的褶子，这样待一会儿穿上以后，在钱德勒先生的漆皮鞋与其低领坎肩的下摆之间，人们就会看到两条明显的裤线。有关我们这位主人公的衣饰方面，我们能知道的也就这么多了。其余的事情叫那些虽然落魄却不时地想着要显摆一下的人（为此，他们不得不找些寒伧的变通的方法）去猜测吧。等我们再看到钱德勒先生的时候，他已经走出房门，迈下台阶，他的穿着高雅得体，英俊的面庞上一副安详自得的神情——宛若一个典型的纽约公子哥儿，一个贵族俱乐部的成员，觉得无聊寂寞，希冀着出去度过一个愉快的晚上。

钱德勒的酬金是一个星期十八块钱。他是一家建筑公司里的职员，今年二十二岁。他把建筑看成是一门真正的艺术；他真诚地认为——尽管在纽约市他不敢这么说——纽约市的弗拉迪伦大楼的设计无法与米兰大教堂的相比。

从他每个星期的工资里面，钱德勒都要留出一美元。每过十个星期，钱德勒就用这积攒下的钱，从吝啬时间老人的柜台那里，买下一个可以像绅士那样去风流潇洒一番的夜晚。他将自己打扮成百万富翁和总经理的样子，去到生活最绚丽最浮华的地方，在那里吃上一顿奢侈的美味。用十美元，一个人完全可以悠闲地做上几个小时的富人。这个数目足够你买上一顿像样的饭菜，一瓶好酒，适当的小费，一支雪茄，打的费，以及一般的杂用。

从每七十个乏味的日日夜夜中撷取出一个销魂的夜晚，对钱德勒而言，这是他的快乐能得以常新的一个源泉。大家闺秀首次进入社交界，一辈子中只有刚成年时的那一次；到了她白发苍苍的年龄，它仍会独自鲜活地留在她的记忆中；但是，对于钱德勒来讲，他每隔十周就能享受到一次快乐，而每一回都像第一次那样的强烈，那样的新鲜，那样的令他激动。同这些非常讲究吃喝的人们在一起，坐在棕榈掩映、乐声悠扬的环境中间，观赏着这些人间天堂里的上等人们，与此同时自己也成为他们观看的对象——相比之下，一个少女初次步入社交界的第一场跳舞和她当时穿的短袖薄纱衣服，又算得上什么呢？

钱德勒走在百老汇大街上，仿佛是加入了穿着正式礼服游行的队伍中间。因为在这一天的晚上，他不仅是观望者，而且也是人们观看的对象。在以后的六十九天里，他将穿着粗呢裤和毛线衫，中午在寒伧的小饭店里吃上一盒快餐，晚上在他简陋的寝室里啃三明治，喝啤酒。他之所以愿意这么做，是因为他是这个不夜城的真正儿子，对他来说，一个璀璨美好的夜晚足以抵偿许多个黯淡的日子。

钱德勒就这样信步走着，一直走到了第四十二大街与百老汇路上最繁华最炫目的地段相交叉的地方，现在的时间还早，暮色才刚刚降临，当一个人在七十天里只能过上一回上等人的生活的时候，他总会想着怎样来延长这份快乐。各种目光，坦诚的，阴险的，好奇的，艳羡的，诱人的，都投在了钱德勒的身上，因为他的衣着和风度似乎都在宣称，他是一位追求享乐和愉悦的绅士。

在一个拐角处，钱德勒停了下来，想着是不是要踅回到那个豪华而又时尚的饭店，这家饭店是他在他的奢华之夜里常去用餐的一个地方。就在这个时候，一位姑娘从拐角处跑了出来，不小心踩在了在一块冻雪上，她轻盈的身体一下子滑倒在人行道上。

钱德勒立即走向前去，充满关切而又彬彬有礼地把姑娘扶了起来。姑娘踉踉跄跄来到墙根下，拿身体靠着墙，很是端庄地向他表示了她的感谢。

“我想，我的脚踝可能是崴了，”姑娘说，“我在摔倒时，把它拧了一下。”

“很疼吗？”钱德勒问。

“只是在我着地用力的时候疼。我想，有一两分钟的时间，我就应该能走了。”

“我还能为你做点什么吗？”这位小伙子问，“用不用我为你叫辆车子，或是——”

“谢谢你，”姑娘语气很轻，但很诚恳，“你不必再帮我什么了。这只能怪我太不小心。我穿的鞋几乎没有什么鞋跟；我不能怪我的鞋子，只能怪自己。”

钱德勒仔细地看了姑娘一眼，发觉自己很快就对这位姑娘产生了好感。她相貌秀美，气质高雅，眼神里充满了欢悦和善良。她穿着一件很普通、价钱很便宜的黑衣服，像是女店员们穿的那种。她戴着一顶便宜的黑色草帽，上面只装饰着一条丝绒质地的蝴蝶结，草帽下面露出了她深褐色的富于光泽的略带卷曲的秀发。她简直可以作为那种自食其力的劳动妇女的最优秀的典范。

在这个年轻建筑师的脑海里，突然产生了一个念头。他要请这位年轻的姑娘跟他一起吃饭。而这正是到现在为止他所过的这种周期性的（尽管中间间隔着七十天）上等人的生活中所缺少的。他短暂的奢华之夜定会因为有一位高贵女性的参加，而过得加倍的愉快。他敢断定，这位姑娘是一个很有教养的淑女——她的举止和言谈已经充分说明了这一点。尽管她穿得非常朴素，可他觉得跟她一起吃饭，会是件非常快乐的事情。

这些想法在钱德勒的脑海里飞快地掠过，他决定主动来邀请这位姑娘。当然，这样做不是很礼貌，不过，这些工薪阶层的女孩在这类事情上往往并不那么认真。对男人，她们一般都能做出精明的判断，她们更看重自己的判断，而不是这些无用的礼节。他的十美元，如果使用得当，也确能让他们两个人好好地吃上一顿。毫无疑问，这顿晚餐会给这位姑娘平凡、枯燥的生活中增添一种美好的经历；而且，她对与他共进这样一顿晚餐而产生的感激之情，也会增加他的胜利感和喜悦感。

“我觉得，”钱德勒很率直也很诚恳地对她说，“你的脚不会像你想的那么快就好的。现在，我有个建议，它既能给你的脚以恢复的时间，同时对我又是一种赏光。我刚才碰到你在街角摔倒的时候，正独自一个人要去吃饭。你跟我一起去吧，一块吃上一顿舒适的晚餐，同时我们还可以愉快地聊聊天，等吃完了饭，我保证你扭伤了的脚踝就好得差不多了，能把你胜利地带回家了。”

姑娘抬起头，迅速地看到钱德勒清秀、和蔼的脸庞。她的眼睛亮亮地闪了一下，脸上现出真诚的笑容。

“可是我们彼此并不认识呀——这样做不太好，是吗？”她带着疑虑问。

“这并没有什么不好的，”钱德勒很坦率地说，“这里，请允许我介绍一下我自己——托尔斯·钱德勒先生。在我们俩一起愉快地吃过这顿晚饭后，我们就道别，或是让我安全地把你送回家，我完全听凭你的意愿。”

“可是——噢！”姑娘在扫了一眼钱德勒的笔挺的衣服后说，“我就穿着这件旧衣衫，戴着这顶旧帽子去吗？”

“你完全没有必要介意，”钱德勒很爽直地说，“我敢说，你现在的样子会比我们将要在酒店里见到的那些穿着锦衣靓饰的女人，更加地迷人。”

“我的脚踝还在痛，”姑娘在试着一拐一拐地走了一两步以后，承认道，“我想，我将接受你的邀请，钱德勒先生。你可以叫我——玛丽安小姐。”

“那么，我们就一起走吧，玛丽安小姐，”年轻的建筑师兴奋而又不失礼貌地说，“我们无须走很远的路。在下一个十字路口，就有一家很不错的饭店。你倚着我的肩膀——这样——慢慢地走。一个人吃饭很孤单的。我现在都有点儿高兴，你踩在冰上给滑倒了。”

两人在一张摆设齐全的餐桌旁坐了下来，有一个动作麻利的侍者在附近殷勤地伺候着，此时的钱德勒又开始体味到，他每一次晚上出来所带给他的那份真正的快乐了。

这家饭店不像沿着百老汇大道再往前走一点儿的那一家排场和豪华（他一向是喜欢去后面这一家的），不过，也非常不错了。每个餐桌前坐着的都是看似财运亨通、前程似锦的人们，而且还有一个很棒的交响乐队，弹奏着轻柔美妙的音乐，让人们的谈话变得更富于情趣，它的烹调技术和服务也无可挑剔。他的同伴尽管穿戴得并不讲究，可她优雅的风度还是为她的脸蛋和身段的那种自然的美增色不少。可以肯定地说，在她看着钱德勒充满活力可又很从容的神态举止，看着他富于激情和率真的蓝色眸子时，在她妩媚的面庞上确也流露出一种近似爱慕的神情。

可是，就是在这个时候，曼哈顿的疯狂，喋喋不休的毛病，吹牛夸口的陋习，还有在我们这儿盛行的装模作样，都附到了托尔斯·钱德勒的身上。他现在是在百老汇，被它浮世的繁华和排场裹挟着，有那么多双眼睛在看着他。在这出喜剧的舞台上，他要扮演一个晚上的公子哥儿，一个拥有万贯财产、趣味高雅的上等人。他已经穿上了这一角色的服装，他所有的好心的天使们都不能阻止他表演下去。

于是，他向玛丽安小姐津津乐道起骑马、狩猎、俱乐部、茶会、高尔夫球、交谊舞、国外旅游等等，同时还隐隐约约地提到了停泊在拉奇蒙特港的游艇。他发现他的这一漫无边际的谈话，深深地打动了她，因此又添油加醋地说了一些暗示巨额财产的话，顺口又提到几个无产者听了就会头痛的名字。这是钱德勒先生短暂而又难得的一天，他要充分地利用好它，从它这里榨取出最大的价值。可是，有一两次，他还是看到，这位姑娘的纯真从他的自我中心主义在他与其周围物体之间形成的迷雾中间，闪烁出来。

“你谈到的这种生活方式，”姑娘说，“听起来没有一点儿意义和价值。在这个世界上，难道就没有什么让你感兴趣的工作去做吗？”

“我亲爱的玛丽安小姐，”钱德勒激动地喊——“工作！且想一想每天都要穿戴起来，到大饭店去吃晚餐，一个下午就要走访五六家——每个街角都有警察注意着你，只要你的汽车开得比驴车快了一点，警察就会扑上来，把你带到警察局去。我们这种有闲阶级是世界上最辛苦的劳动者了。”

晚饭吃完了，也慷慨地给足了那位侍者小费，两人走出了饭店，来到了他们刚才碰见的那个拐角。玛丽安小姐现在已经能走路了，她拐了的那只脚走路时几乎已经看不出来了。

“谢谢你让我度过了一个愉快的晚上，”姑娘真诚地说，“我现在必须马上赶回家去了。这顿晚餐很丰盛，我很喜欢，钱德勒先生。”

钱德勒一脸热情的笑容，一边跟她握手道别，一边说着他在俱乐部里还有一场桥牌要打。有一会儿，他注视着她急速地向东行去的背影，然后雇了一辆马车，慢腾腾地往家去。

在他冷冰冰的卧室里，钱德勒将他的晚礼服叠好放了起来，等过了六十九天后再穿。临了，他陷入沉思之中。

“一个非常优秀的女孩，”他自言自语道，“我敢说，即使她非得靠打工为生，也是一个非常不错的女孩。要是我不那样胡吹乱扯，而是把真话告诉她，也许我们俩能——可是，去它的吧！为了与我所穿的衣服相称，我非得那么说不可。”

在曼哈顿部落的小屋子里出生和成长起来的这位勇士这般地自语道。

这位姑娘在跟请她吃饭的人分手之后，就匆匆地穿过市区，来到一座漂亮、宁静的宅邸前，这座房子跟东区之间隔着两个广场，它迎面对着的是财神和副神们经常出没的第五大道。她疾速地走了进去，上到楼上的一间屋子里，在那里，一位穿着素雅便服的漂亮年轻女子正向窗外焦急地张望着。

“噢，你这个疯丫头！”看见姑娘进来，那个年龄稍长一点的神情激动地说，“你什么时候才能变得规矩一点儿了，不这样子叫我们担惊受怕了？你穿着那件又破又旧的衣服，戴着玛丽的帽子出去，已经有两个小时了。妈妈急坏了。她叫露易丝坐着汽车去找你了。你真是个鲁莽淘气的丫头。”

那个年龄较长的女孩按响了门铃，很快进来一位侍女。

“玛丽，告诉太太，玛丽安小姐已经回来了。”

“别说我的不是了，姐姐。我只不过是去了西奥夫人的店里，告诉她不要用粉红色的嵌饰，改用紫红色的。我的那件旧衣服和玛丽的帽子搭配在一起，掩饰的效果很好，我敢肯定，人们都以为我是个售货员呢。”

“我们晚饭都吃过了，亲爱的。你在外面逗留了这么久。”

“我知道我在外面时间不短了。我在便道上滑到了，扭伤了脚踝。我走不了路，拐着进到一家临近的饭店，在那里坐着，一直等到我的脚好了点儿。所以我回来晚了。”

两个姑娘在窗前坐着，望着外面的灯火和马路上疾驰的车辆。年轻的那一个把头依偎在了姐姐的怀里。

“我们将来都是要结婚的，”玛丽安不无遐想地说——“我们两个人。我们这样有钱，社会上的人都在看着我们，我们不能叫大家失望。你想知道我可能会喜欢上什么样的男人吗，姐姐？”

“你讲吧，姐姐听着呢，你这个傻丫头。”另一位说。

“我可能会喜欢上的男人，他有一双深蓝色的善良的眼睛，英俊潇洒，品行好，能够尊重和善待穷人家的女孩，举止不轻浮。还有，他活在世上要有抱负，有目标，有份工作做，这样我才可能爱上他。可是，亲爱的姐姐，我们平时接触到的男人，却总是那种过着百无聊赖的生活，往返于社交界和他的俱乐部之间的人——我不可能爱上这样的一个男人，即便他有蓝色的眼睛、能够和蔼地对待在街上遇到的穷困女孩。”

刎颈之交

我打猎归来，在新墨西哥州的洛斯比尼奥斯小镇上等着南下的火车，火车要晚点一个小时。我坐在顶点客栈的阳台上，跟客栈老板泰勒马格斯·希克斯谈论着生活、友谊、朋友。

觉得他的性情并不乖戾，不是那种好打架的人，我便问他是什么动物咬伤了他的左耳。作为一个猎人，我很关心在捕猎过程中一个人可能会遇到的危险。

“这只耳朵嘛，”希克斯说，“是真挚的情谊留下的纪念。”

“是一次意外吗？”我追问道。

“友情怎么能说是意外呢？”泰勒马格斯说。我没有吭声。

“我所知道的最完美的友谊是发生在一个康涅狄格州人和一个猴子之间，”客店老板继续说，“他们两个的目的和意图互补性极强。猴子在巴兰基里亚[1]爬棕榈树，把树上的椰子摘下来，扔给那个人。那个人把它们锯成两半，做成水瓢，每一个卖两阿雷尔[2]，用卖下的钱买酒喝。而所有的椰子汁呢，则是归猴子享用。因为他们各得其所，所以他们能像兄弟那样满意、和睦地相处。

“但是，对于人类来说，友谊只是一种权宜之计，变化无常，随时都可能被中止。

“以前我有个朋友，名叫佩斯利·菲什，我曾经以为我和他的友

① 哥伦比亚北部马格达莱纳河口的港市。

② 旧时西班牙和拉丁美洲某些国家用的货币。

谊会牢不可破，地久天长。有七年的时间，我们一起开矿，办牧场，销售有专利的搅乳器，放羊，摄影，建起铁丝网的篱笆，一起做摘水果的临工等等。我想，无论是杀戮、阿谀奉承，还是钱财、诡辩、酗酒等，都不能离间我跟佩斯利·菲什之间的友谊。你几乎想象不出我们的交情有多深。做生意的时候，我们是朋友，在娱乐戏耍的时候，我们俩更是欢欢喜喜地度那快乐的时光。不论白天黑夜，我们都难舍难分，就像达蒙和派西斯[1]。

“一年夏天，我跟佩斯利骑马来到圣安德烈斯山区，打算在这里休息上一个月。我们到了一个叫作洛斯比尼奥斯的小镇，这里可以说是世界屋脊上的一个花园，是流溢着炼乳和蜂蜜之地[2]。这个空气清新的小镇上只有一两条街道，有一个饭庄和一些母鸡；这对我们来说，已经足矣。

“我们进镇时已经过了吃晚饭的时间，于是，便决定到铁路旁边的这个饭庄，看看它还有什么省时便捷的饭菜能提供给我们。待我们坐定，刚刚用刀把黏在红油布上的盘子撬了起来时，杰赛普寡妇就端着热饼子和炸肝进来了。

“啊，这个女人叫鳀鱼见了也会动心，也会叫他忘掉自己的誓言的。她长得不胖不瘦，不高不矮，一副和蔼可亲的样子，拉近了她与客人们的距离。红红的脸颊是她喜爱烹饪、待人热情的标志，她的笑容叫山茱萸在寒冬腊月里都会开花。

“寡妇杰赛普拉开了话匣子，跟我们大谈起这里的气候、历史、丁尼生[3]、梅干、市场上羊肉供应的短缺等等，最后她问起了我们是从什么地方来的。

“‘春谷。’我说。

---

① 达蒙和派西斯是公元前四世纪锡拉丘兹的两个朋友。

② 《旧约》记载：上帝派摩西率领以色列人出埃及，前往丰饶的迦南，即流奶与蜜之地。

③ 丁尼生（1809—1892）：英国桂冠诗人。

“‘是大春谷。’佩斯利插了进来，满嘴里塞的都是土豆和火腿的骨头。

“我注意到，这件事的发生开始标志着我和佩斯利之间忠诚友谊的永远结束。他知道我憎恨多嘴的人，然而他还是搅和了进来，硬要为我做措辞上的修正和补充。在地图上，它的确是叫大春谷；不过，我听佩斯利自己称它为春谷也不下上千次了。

“随后，大家谁也没有再说什么，吃过晚饭，我们出来，坐在了铁轨上。我们俩相处的时间太长了，不可能不知道彼此的头脑里在琢磨着什么。

“‘我想，你已经明白，’佩斯利说，‘我已经打定主意，要让这个寡妇女人永远成为我的不动产，无论是在家庭、社会，还是在法律上，都是如此，到死也不分开。’

“‘哦，我知道的，’我说，‘我听出了你的弦外之音，尽管你只是说了一句。我想，你也是清楚的，’我说，‘我正在筹划着，让这位寡妇的名字改为希克斯，叫你到时候给报纸上的社会栏目写信，去打问在婚礼上男傧相是不是要戴山茶花，穿无缝丝袜！’

“‘在这件事情上，你是错打了算盘，’佩斯利说，嘴里嚼着一片铁路枕木屑，‘在其他任何（世俗性的）方面，’他说，‘我都会让着你的，唯独这件事上不行。女人的笑靥，’佩斯利继续说，‘犹如翻滚着漩涡的水面，友谊之船会常常被席卷了进去，造成船毁人亡。我愿意去攻击一头正在侵扰你的熊，’佩斯利说，‘我愿意为你的借据担保，愿意像我一贯所做的那样，用肥皂樟脑搽剂给你擦脊背；可我帮你也是有限度的。在眼下与杰赛普太太打交道这件事情上，我们只能是各顾各了。既然我们是好朋友，我理应事先亮明我的观点。’

“于是，我暗自寻思了一番，提出了下面的一些决定和附则：

“‘男人与男人之间的友谊，’我说，‘是一种有着悠久历史的美德，在古远的年代当男人们不得不相互保护、共同去对抗尾巴有八十英尺长的蜥蜴和会飞的海鳖时，这种友谊就开始了。他们一直把这一相互救助的传统保持到今天，直到旅店的侍者跑来告诉他们，这种动物实际上并不存在。我常常听到，’我说，‘有女人来到男人们中间后，男人们之间的友谊就会受到损害。事情为什么竟会是这样呢？我告诉你吧，佩斯利，杰赛普太太的出现和她的热面包，仿佛使我们两个都怦然心动了。让我们中间最棒的一个拥有她吧。我将与你公平地竞争，绝不暗中搞小动作。我对杰赛普太太的追求全会在你的眼皮子底下进行。这样，你就具有同我一样平等的机会了。有了这样的安排，无论是我们两个谁得到了她，我们友谊的航船也不至于掉入你所说的那种漩涡里面去了。’

“‘你真够朋友！’佩斯利握着我的手说，‘我也会像你那样去做的，’他说，‘我们将同时追求杰赛普太太，没有任何的隐瞒和虚假，没有在通常这种场合下会出现的流血斗殴。不管是输是赢，我们都仍将是朋友。’

“在杰赛普太太膳宿客栈旁边的小树林里，有一条长凳，杰赛普太太常常在乘车南下的客人在她这里吃过饭、走了以后，到这里来纳凉。吃过晚饭后，我和佩斯利也常常凑到这条长凳上，竞相给我们的意中人献上殷勤。每一次与杰赛普太太在一起，我们两个都非常守信用，而且彼此会特别为对方考虑，如果一个先到，非得等到另一个也来了之后，才开始跟杰赛普太太谈情说爱。

“在杰赛普太太知道我们的安排后的第一个晚上，我比佩斯利先到了长凳那儿。刚刚吃过了晚饭，杰赛普太太新穿了一件粉红色的裙子，端坐在那里，显得神态可掬，神清气爽。

“我在她的旁边坐了下来，就远处的风景和眼前的景物容易引发什么样的情感，发表了一些见解。那确实是一个很有特色的夜晚。月亮在高空撒下它的光辉，树木根据科学的原理和自然的规律在大地上投下长长的影子，森林和灌木丛中是由鸟兽蝇虫组合成的大合唱，这中间有蚊母鸟、金鹰、长耳兔，别的长羽毛的昆虫。从大山那边刮来的风，在吹过铁道旁的一堆旧番茄酱罐头瓶时，发出了小口琴那样的乐音。

“我觉得我的左边有什么东西在动——就像搁在火炉旁盆子里的面团在发酵。原来是杰赛普太太又向我这边靠近了一些。

“‘噢，希克斯先生，’她说，‘当一个人孤零零地活在这个世界上时，在像这样的一个美丽的夜晚，他是不是会更加感到孤单呢？’

“我赶紧从长凳上站了起来。

“‘请你原谅，夫人，’我说，‘但是，我必须等到佩斯利来了，才能听你谈这种撩人心意的问题，并给予你答复。’

“然后，我向她解释了我和佩斯利之间是怎样的一种朋友关系，多年来我们是如何的患难与共，如何的一块浪迹天涯，如何的共同筹划我俩的事情。如今我们两人都正处在感情的缠绵阶段，我们俩商妥谁也不凭着一时的感情冲动或是近水楼台，就钻对方的空子。有一会儿，杰赛普太太似乎在认真地考虑我说的话，接着，她突然哈哈大笑起来，她清脆的笑声在森林中荡起阵阵的回音。

“没过几分钟，佩斯利头上抹着香柠檬油，也来了，他在杰赛普太太的另一侧坐下后，就讲起一件他经历过的悲惨事情，1895 年圣丽塔山谷一连干旱了九个月，牛儿成批地死去，他跟皮尔菲斯·拉姆利比赛剥牛皮，为赢得一个镶银的马鞍。

“噢，这么说吧，在这一场求爱中间，我从一开始就把佩斯利·菲什逼到了墙角，叫他无力招架。在女人的内心深处有被容易触动的地方，我们两个叫女人动心的办法各不相同。佩斯利的方法是通过讲一些他亲身经历的或是从通俗刊物上看到的惊险刺激的故事，来威吓住她们。我猜想，他准是从莎士比亚的戏剧《奥赛罗》中学到要威慑住女人的主意的，这部剧我以前也看过，说的是一个黑人，把莱德·哈格德、卢·多科斯塔德和帕克赫斯特博士三个人的话掺杂起来，讲给一位公爵的女儿听，最终把她弄到了手。可是那种求爱的方式离开了舞台就不中用了。

“哦，我现在就来给你讲，我是如何迷住这女人，叫她改了姓氏的。只要你学会了怎样来擎起她的手，怎样把它握在你的手中，她就是你的了。这听起来容易，可做起来并不简单。有的男人使劲地拽住人家女人的手，好像是要将脱臼的肩胛骨给接上，你甚至能闻到山金车酊剂的气味，听到撕绷带的声音了。有的男人拿着女人的手，像是拿着一块很烫的马蹄铁，伸直着胳膊，叫它离得自己远远的，犹如是一个药剂师在把阿魏酊倒入瓶子里面。大多数的男人握起女人的手后，都要将它拿起来举在了人家的眼前，像小孩在草地里捡到一个棒球一样，不给女子一个忘掉这只手是长在她的胳膊上的机会。他们的方法都是不对的。

“让我来告诉你正确的方法。你看到过一个人从后院里偷偷地溜出来，捡起一块石头，扔向正卧在篱笆上盯着他的公猫吗？这个人假装他手里没有拿着东西，猫也没有看见他，他也没有看见猫。这就对了。绝对不要把她的手拽到她也能看到的地方。不要叫她觉得你认为她知道你在握着她的手。这就是我的策略。至于说到佩斯利总是讲一些灾祸或是仇杀的轶事，我倒觉得他还不如把到了新泽西州欧欣格罗夫这样的小站都要停的星期日火车时刻表念给她听。

“一天晚上，我先到了长凳那里，比佩斯利早到了一袋烟的工夫，就这一会儿，我的友谊出了点问题。我问杰赛普太太，她是否觉得我的姓氏‘希克斯’要比‘杰赛普’好写一些。杰赛普太太的脑袋顷刻间就扑在了我的怀里，压坏了我胸前纽扣上别着的夹竹桃的花朵，我也俯下了身子——不过，我并没有去吻她。

“‘如果你不介意的话，’我说着站了起来，‘我们将等到佩斯利来了，再往下进行。迄今为止，我还没有做过对不起朋友的事，我们这样做对佩斯利不公平。’

“‘希克斯先生，’杰赛普太太在黑暗中很奇怪地望着我说，‘如果不是另有原因的话，我早就叫你离开山谷，永远别再想跨进我的家门了。’

"'请问是什么样的原因呢，夫人？'

"'你对朋友这么忠诚，对你的太太也会忠诚的。'她说。

"五分钟后，佩斯利也坐到了杰赛普太太的身边。

"'在1898年夏天，于锡尔弗市，'他开始道，'我看到吉姆·巴塞罗缪在蓝光沙龙里咬掉了一个中国人的耳朵，原因只是为了一件横条花纹的平布衬衫——噢，这是什么声音？'

"我跟杰赛普太太做起了我们刚才中断了的事情。

"'杰赛普太太，'我说，'已经答应改姓希克斯了。这只不过是再证实一下而已。'

"佩斯利把他的一条腿盘在了凳腿上，痛苦地呻吟着。

"'勒姆，'他说，'我们俩已经是七年多的朋友了。你亲杰赛普太太的声音不要这么响好吗？以后我保证也不这么响。'

"'好吧，'我说，'亲得声音低点儿也一样带劲的。'

"'这个中国人，'佩斯利继续道，'是在1897年春季枪杀了一个名叫姆林斯的人的凶手，这是——'

"佩斯利不得不又打断了他的讲述。

"'勒姆，'他说，'如果你还是我的朋友，请不要那么紧紧抱着杰赛普太太好吗？我觉得这个长凳都要被晃塌了。你告诉过我，只要还有机会，你总会与我平分秋色的。'

"'嗨，你这个奇怪的男人，'杰赛普太太转过身来对着佩斯利说，'如果你在二十五年后，来这里庆祝我和希克斯先生的银婚纪念日，到那个时候，你这榆木脑袋还会认为你在这件事情上有希望吗？我已经忍受了你很长的时间，因为你是希克斯先生的朋友；不过，在我看来，该是你死了这条心、下山去的时候了。'

"'杰赛普太太，'我说，知道自己作为未婚夫的身份已经确保，'佩斯利先生是我的朋友，只要有机会，我会跟他公平竞争，机会对等的。'

"'机会！'她说，'好吧，他可以认为他有机会；不过，

我希望在他看到过今晚发生的一切以后，就不要再自以为他很有把握了。’

“哦，一个月以后，我和杰赛普太太在洛斯比尼奥斯的卫理公会教堂举行了婚礼；镇上的店铺都关了门，人们都跑来看结婚仪式。

“在我们俩并排站到了教堂的最前面时，牧师开始宣布程序，唱出祝词，我看了看周围，发现佩斯利还没有到场。我让牧师等上一会儿。‘佩斯利还没有来，’我说，‘我们必须等佩斯利来了再进行。一旦成为朋友，就永远是朋友——我泰勒马格斯·希克斯就是这样的人。’我说。杰赛普太太生气地瞪了我一眼，不过，牧师还是按照我的意思，停止了吟唱。

“几分钟以后，佩斯利跑进到教堂的长廊里，一边跑一边还在安上一只硬袖口。他解释说，城里唯一的一家服装店也关门了，他实在买不到他喜欢的那种上过浆的衬衫，最后只得撬开店铺的后窗，自己从里面取了一件。然后，他站到了新娘的另一侧，婚礼继续进行。我总在想，佩斯利当时一定还存有最后的一丝希望，觉得牧师也许会错将他当作新郎，让他成了亲。

“婚礼结束后，我们喝了茶，吃了羚羊肉干和罐头杏子，之后，人们就纷纷散去。临了，佩斯利跟我握了手，说我能信守承诺，公平地对待他，他为有我这样的朋友而感到自豪。

“牧师在街道旁有一幢装潢了专供出租的房子；他让我和希克斯太太在这里住到第二天的早晨，到时我们将乘十点四十的火车到埃尔帕索去度蜜月。牧师的妻子用蜀葵跟葛藤把房间打扮了一番，既显得喜庆，又有身在凉亭的感觉。

“那天晚上十点来钟的时候，起了凉风，我来到门口，脱掉了靴子乘凉，希克斯太太在整理收拾房间。没过多久，屋子里的灯灭了，我仍然坐在那儿，一幕一幕地回想着以前的时光。随后，我听到希克斯太太在喊：‘你还不赶快进屋来，勒姆？’

“‘哦，哦！’我应着，站了起来，‘我刚才是在等我的老伙计

佩斯利来——’

“我话还没有说完，”泰勒马格斯·希克斯结束他的故事道，“就觉得好像有人用四五口径的手枪打在了我的左耳上。原来是希克斯太太用扫帚把子扇在了我的耳朵上。”

伯爵与婚礼上的宾客

一天傍晚，安迪·多诺万在第二大道他的寄宿公寓行将用餐时，司各特夫人向他介绍了一位年轻的新房客，康威小姐。康威小姐身材娇小，性情沉稳。她穿着一件朴素的、暗褐色的衣服，正有点儿慵懒地低头吃着饭。在司各特夫人为他们俩做介绍时，康威小姐略带羞涩地抬起了眼睑，用清澈、富于判断力的目光扫了多诺万先生一眼，在很有礼貌地小声念出他的名字后，又闷头吃起她的羊肉。多诺万先生面带着微笑，优雅地鞠了一躬（凭借着翩翩的风度，他能够很快地赢得人们的好感，使他在商界、社交界和政界的地位陡增），随后，也就把这位穿暗褐色上衣的姑娘忘在了脑后。

两个星期以后，安迪正坐在门前的台阶上抽着雪茄，在他身后的上方突然传来一阵衣裙的窸窣声，安迪不禁转过头，去看后面。

刚从门里走出来的是康威小姐。她正站在最高的那个台阶上，其穿着很是特别，她穿着一件深黑色的质地很薄的绉纱裙子，戴着一顶黑色的帽子和一副黑丝绸手套，从帽檐上垂下一条薄得如同蜘蛛网一样的黑面纱。她全身上下看不到一点儿白色，或是其他的颜色；一头丰美的金发梳成一个整齐的富于光泽的发髻，低低地盘在脑后，一丝儿也不乱。她的长相本来很平常，谈不上漂亮，但是，她现在的这样一副打扮，再加上她那双迷人的满含着悲哀和忧伤，越过房舍，凝望进天空中的灰色眸子，却把她的面庞映衬得熠熠生辉，几乎可以称得上是美丽了。

诸位且想象一下，那种身着黑衣的姑娘们，你也知道的，就是穿着那种质地最好的中国黑绉纱的姑娘们。浑身上下着黑色，目光里充满悲哀和遐想，头发（当然，你须是那种金发女郎）透过薄薄的黑面纱映出熠熠的光亮，设想一下，有这样的一位姑娘——尽管她年轻的生命历遭坎坷，就如同她的生命行将会迎来飞跃一样——站在门口，期盼着在这个时候（最恰当的时机）到公园的一次散步许会给她带来心情上的转变。每一次这样的散步都会令她们神往的。但是，我现在这么做是很糟糕的，显得我多么玩世不恭啊，不是吗？——用这样的一种口吻来谈论姑娘身上穿着的丧服。

突然之间，多诺万先生对康威小姐另眼相看了。他扔掉了刚刚才抽了几口的雪茄（仍有一又四分之一英寸长，还够抽八分钟的），迅速地把全身的重心移到了穿着低帮黑色漆皮鞋的脚上。

“今天傍晚的天气真是不错，康威小姐。”多诺万先生说。要是气象局听到了多诺万先生这样自信和强调的语气，它定会挂起四方形的信号牌，把它钉在旗杆上。

“对有心情欣赏好天气的人们来说，是这样的，多诺万先生。”康威小姐叹了一口气说。

此时的多诺万先生开始在心里诅咒起这美好的天气。这没心没肺的天气呀！康威小姐的心情这么不好，它现在应该是狂风大作，下着冰雹，下着大雪，才对啊。

“我希望，不是你的亲戚——你没有失去亲人吧？”多诺万先生大着胆子问。

“死者不是，”康威小姐犹豫了一下后说，“我的亲戚，而是——不过，我还是不要用我的悲伤来叨扰你吧，多诺万先生。”

“叨扰？”多诺万先生反对说，“哦，康威小姐，如果是那样，我会很高兴的，噢，我是说，我会为你感到难过——我敢肯定，没有人会比我更同情你了。”

康威小姐笑了一笑。这一笑比她不笑的时候还显得悲凉。

“你笑，世人跟你一起笑；你哭，世人还是在笑，”她引用了一句名言说，“对这一点，我真是领教够了，多诺万先生。在这座城市里，我没有朋友，没有熟人。只有你对我好。对此，我很是感激。”

在吃饭的时候，多诺万先生曾两次给康威小姐递过辣椒酱。

“毫无疑问——只身待在纽约，是很辛苦的，”多诺万先生说，“不过，哦——每当这座老城变得慷慨大方和友好起来的时候，生活就变得美好了。你愿意到公园里去散散步吗，康威小姐——难道你不认为，到公园里走走，会减轻你的忧虑吗？如果你允许我——”

“谢谢你，多诺万先生。我很高兴，能有你陪着到公园里走走，假如你认为去陪伴一个心灵充满忧伤的人也不会令你讨厌的话。”

这个位于市中心的古老公园周围都用铁栅栏围着，一度曾是达官贵人的休憩之所。他们俩进了开着的公园大门，在里面信步走了一会儿，最后在一个僻静角落的长凳上坐了下来。

在年轻人和老年人的悲伤之间有一点不同：年轻人的伤痛在倾诉给另一个人时，就可以得到缓减；而老年人的伤痛在不断地倾诉给别人时，却丝毫也得不到减轻。

“他是我的未婚夫，”在足足过了一个小时之后，康威小姐才向多诺万先生吐露道，“我们原打算在明年春天结婚的。我并不想让你认为我是在骗你，多诺万先生，但是他真的是位伯爵。他在意大利有一座城堡和一座庄园。他的名字叫费尔南多·马兹尼伯爵。我从来没有见过像他那样倜傥风流的男子。我父亲当然是反对了，我们曾私奔过一次，可是叫父亲给追上了，又把我们带了回来。我想父亲跟费尔南多之间肯定要有一场决斗了。你知道，我父亲是在波基普西经营一个车马行。

“在最后，父亲终于回心转意了，同意我们在明年春天结婚。费尔南多让父亲看了他的伯爵和财产证书，随后赶回意大利去装饰城堡，为迎娶做准备。我父亲这个人自尊心很强，当费尔南多想要给我几千块钱的嫁妆时，父亲狠狠地数落了他一顿。父亲甚至不让我收下伯爵的一枚戒指，或是其他的任何礼物。在费尔南多回意大利之后，我在一家糖果店做了一个收银员。

"三天之前，我收到了意大利的一封来信，还是从波基普西转发过来的，信上说费尔南多在一次乘船中发生了意外。

"这就是我之所以穿着丧服的原因。我的心，多诺万先生，将会永远伴随他在坟茔里的。我猜想，我并不是那种讨人喜欢的女孩，多诺万先生，不过，让我再对哪个男人产生兴趣，恐怕也是不太可能了。我不应该叫你也跟着难过，叫你离开了你的那些能给予你快乐的朋友们。或许，你现在想要回去了，是吗，多诺万先生？"

哦，姑娘们，如果你们想要看到一个小伙子跑出来，在四处找着镐头和铁锹，那你只要告诉他你的心已经随着心上人进了坟墓就可以了。小伙子们都是天生的盗墓人。不信你们可以随便问问哪一个寡妇。小伙子们一定要做些什么，以把穿着黑绉纱的哭泣的天使们丢掉的东西找回来。当然，无论从哪一个方面来说，这里最倒霉的无疑是死者了。

"我真的为你感到难过，"多诺万先生轻声地说，"不用，我们不必现在就急着回去。你不要说你在这个城市里没有朋友，康威小姐。我想让你知道，我心里非常难过，我愿意做你的朋友。"

"在我项链上的这个小坠子里，就有他的一张照片，"康威小姐用手绢擦拭着她的眼睛说，"我从来没有给别人看过，不过，我愿意给你看，多诺万先生，因为我相信你是我的一个真诚的朋友。"

对着康威小姐打开项坠叫他看的这张照片，多诺万先生饶有兴味地仔细看了好长的时间。马兹尼伯爵的面庞特别吸引了他的注意力。那是张光润、睿智、聪慧，甚至称得上是英俊的脸——一个快乐、强壮的男子（他会是他的朋友和同事们的领头人）的脸。

"在我的房间，还有张大的，嵌在镜框里，"康威小姐说，"等我们回去以后，我拿给你看。这两张照片是费尔南多留给我的仅有的纪念。不过，他会永远地活在我的心里，这是毫无疑问的。"

一项微妙而又棘手的任务摆在了多诺万先生的面前，——那就是要取代不幸的伯爵在康威小姐心目中的位置。他对康威小姐的爱慕决定了他要这么去做。这一任务的艰巨性并没有成为他精神上的负担。

他勇敢地尝试着去扮演一个既富于同情心又生性快乐的朋友；他表演得非常成功，半个小时以后，人们就看到他们俩一人吃着一份冰激凌，在拉着心里的话儿，尽管悲伤仍然驻留在康威小姐灰色的大眼睛里。

那天晚上，在他俩于门厅里分别之前，康威小姐跑上楼去，把她包在白丝绸围巾里的镶着镜框的照片拿了下来。多诺万先生看着照片，面上是一副不可思议的表情。

"他在离开意大利的那天晚上，给了我这张照片，"康威小姐说，"我项坠里的那一张就是从这张翻拍的。"

"一个长得多么英俊的男人，"多诺万先生由衷地说，"康威小姐，下个星期天的下午，我能有幸约你一块去康尼岛吗？"

一个月之后，他们向司各特太太和其他的房客们宣布了他们俩的订婚。可是，康威小姐依然是一身黑色的装束。

在宣布了他们订婚的一个星期以后，两人又坐在了市中心公园里的那条长凳上，在朦胧的月光下，他们周围林木的枝叶随着风儿飒飒地摇曳着。有一整天了，多诺万的脸上都是一副心不在焉的忧虑表情。今天晚上，他的沉默寡言终于叫他的心上人把一直憋在她肚子里的问题给说了出来。

"你怎么了，安迪，今天晚上，你一直是这么满腹心事的样子？"

"没什么，玛姬。"

"你瞒不了我。难道我看不出来吗？你以前从来不是这样的。到底发生什么事了？"

"没有什么大不了的，玛姬。"

"不，肯定有事！我要知道。我敢打赌，你是心里有了别的女孩。好吧。如果你想要她，你为什么不去得到她呢？把你的胳膊拿开点儿好吗？"

"那么，我就讲给你听吧，"安迪就势说，"不过，我担心你也许会听不太明白的。你听说过迈克·沙利文这个人，是吗？人人都管他叫大人物迈克·沙利文。"

“不，我没有听说过，”玛姬说，“如果是他叫你变成了你现在这个样子的话，我也就不想听到他了。他是谁呢？”

“他是纽约市里最了不起的一个人物，”安迪带着尊重的口吻说，“坦慕尼协会和其他一些老资格的政治团体都是由他掌控。他长得又高又壮。如果你胆敢说什么反对大人物迈克的话，在几秒钟内就会有成千上万的人指着你的脊梁骨骂。噢，他曾经回到他的故里，待了一段时间，那时各路的大王都像兔子一样，纷纷地逃到了山洞里。”

“喔，大人物迈克是我的一个朋友。在这一地区，就影响所及，我只是个微不足道的小人物，但是，迈克对他平民和穷人的朋友和对待他富人的朋友一样好。我今天在包威利大街碰到了他，你猜他说什么了？他走上前来，握住我的手说：‘安迪，我一直很关注你。知道你干得不错，给你们那条街增色不少，我为你感到骄傲。你想喝点什么吗？’他抽了一支雪茄，我喝了一杯兑苏打水的威士忌。我告诉他我再有两个星期就要结婚了。‘安迪，’他说，‘给我发来一个请柬，让我好记住这个日子，我要来参加你的婚礼。’这就是大人物迈克跟我说的话，他总是言出必行的。

“你不明白，玛姬，能让大人物迈克·沙利文来到我们的婚礼上，我觉得就是砍掉我的一只胳膊也值。那将是我一生中最值得骄傲的日子。有他的光临，这对新婚夫妇一定会白头偕老，一生幸福的。唉，你知道吗，这或许就是我一直高兴不起来的原因。”

“既然你这么想叫他来，那么，你为什么不给他发个邀请呢？”玛姬轻松地说。

“这儿有一个我不能请他来的原因，”安迪不无忧虑地说，“有一个他务必不能到场的理由。不要问我是什么原因，因为我不能告诉你。”

“噢，你不告诉我，我并不介意，”玛姬说，“这自然是跟政治上的事情有关了。但是，这也不该成为你每天对我蹙着眉头的理由吧。”

“玛姬，”在考虑了一会儿后，安迪说，“你真的非常在乎我，就像你在乎你的——在乎你的马兹尼伯爵那样吗？”

他等了许久，可是玛娅没有回答。临了，她突然倚在他的肩膀上，开始失声地恸哭起来——她的身体抽搐着，她的双手紧紧地抓着他的胳膊，她的眼泪浸湿了她黑绉纱的裙子。

“哦，哦，我的宝贝！”安迪安慰着玛娅，暂时忘记了他自己的烦恼，“你这是怎么了？”

“安迪，”玛娅抽泣着说，“我对你说了谎，你再也不会娶我，或是爱我了。可是，我还是要告诉你，安迪，我说的这个伯爵从来就不曾存在过。在我的生活中，我从来没有过情人。但是，所有的别的女孩子都有，她们常常谈论起她们的情人；这样，人们对她们似乎就更加喜欢了。安迪，你也知道，我穿上黑色的衣服，显得很酷。于是，我就去到一家照相馆，买下了那张照片，又为我的项坠里翻拍了一张小的，编造出了一个关于伯爵的故事，关于伯爵与我相爱随后又遇难的故事，这样，我就可以理所当然地穿上黑绉纱的衣服了。没有人会喜欢一个撒谎的人，你会抛弃我，安迪，我会羞辱地死去。噢，在这世上，我只爱你一个人——哦，这才是我的心里话。”

不过，安迪并没有将她推开，而是更紧地把她搂在了怀里。她抬起了眼睛，看见安迪不再愁眉苦脸，而是笑容满面了。

“你能——你能原谅我吗，安迪？”

“这是当然的了，”安迪说，“一切的不愉快都过去了。让伯爵回到他的墓地里去吧。你把事情的真相都说出来了，玛娅。我一直希望着你能在结婚以前对我讲出实话。你这个坏姑娘！”

“安迪，”在确信她已经得到了安迪的完全的谅解以后，玛娅带着羞涩的笑容说，“你真的相信关于伯爵的这样一个故事吗？”

“噢，不太相信的，”安迪说着，去拿他的雪茄烟盒子，“因为你是把大人物迈克·沙利文的照片放在了你的项坠中。”

一千美元

“一千美元，”托尔曼律师庄重而又严肃地重复道，“钱都在这里了。”

吉伦少爷用手指摸着这薄薄一摞子都是五十美元的崭新票子，不禁自个儿大笑起来。

“这样一个数目的钱，让人花起来很棘手，”吉伦少爷态度和善地向律师托尔曼解释说，“如果是一万美元，那倒好去证明自己，值得买点焰火庆祝一番了。即便就只有五十美元，麻烦也要少得多。”

“你刚才已经听到我宣读你叔叔的遗嘱了，”托尔曼律师继续用律师的那样一种一本正经的口吻说，“我不知道你是否听清楚了它的细节。我必须就其中的一条，再提醒你一下。在花掉这一千美元之后，你要尽快地给我们提交一份书面报告，说明这笔钱的用项。你叔叔的遗嘱中规定有这么一条。我相信你会遵循你叔叔的遗愿的。”

“我会按照遗嘱去做的，”这位年轻人很有礼貌地说，“尽管这么做会给我增加额外的开销。我可能不得不雇用个秘书，因为我向来是不会记账的。”

吉伦去了他的俱乐部。在那里，他找到了他称之为“老布莱森”的人。

老布莱森其实并不老，今年只有四十岁，他性情沉稳，喜爱清静。此时，他正在一个角落里看书，见到吉伦朝他走过来，便叹了口气，放下了手中的书本，摘掉了眼镜。

“打起点精神，老布莱森，”吉伦说，“我要告诉你的，可是一件有趣的事情呢。”

“我倒愿意你讲给台球厅里的哪一个人去听，”老布莱森说，“你也知道，我有多么讨厌你讲的故事。”

“这个故事要比以往的好听，”吉伦卷着一根香烟说，“而且，我就乐意把它讲给你听。这既是件伤心可又是件有趣的事，根本不适合于在叮当作响的台球厅里讲。我叔叔去世了，我刚刚从他公司所雇的律师那里来。叔叔留给了我一千美元整。呃，用这一千块钱，一个人能做什么呢？”

“我想，”老布莱森说，他对这一话题显然没有什么兴趣，就像蜜蜂对醋瓶子不感兴趣一样，“已故的赛普迪莫斯·吉伦至少应该有五六十万的遗产吧。”

“是的，”吉伦很有兴致地应和着说，“这正是这件事情有趣的地方。他把他的全部财产留给了一种细菌。也就是说，他把他的一部分钱留给了培育出这一新细菌的人，把其余的用来建立一所能杀死这一细菌的医院。另外，还有一两笔微不足道的遗赠。他的两个管家各得到一枚印章戒指和十美元。他的侄女得到了一千美元。”

“你一直是有大把大把的钱花的。”老布莱森说。

“是的，很多的钱，”吉伦说，“在我的生活费上，叔叔从不吝啬，像是观世音菩萨。”

“还有其他的继承人吗？”老布莱森问。

“没有。”吉伦对他卷好的烟卷，蹙着眉，心神不宁地踢了踢沙发椅上的皮套，“我叔叔抚养了一位叫海登小姐的女子，她就住在叔叔的家里。她是一个有着音乐天赋，性格又文静的姑娘，她的父亲是我叔叔的一个朋友。我忘了告诉你，她也只得到了一枚印章戒指和可怜兮兮的十美元。我倒希望我也跟他们一样就好了。如果是那样的话，我就可以用那十美元买上两瓶香槟酒，把戒指当作小费给了侍者，这样一来，有关遗产的事也就了结了。你不要成心想着要看我的笑话，老布莱森——你告诉我，一个人用一千美元到底能干什么呢？”

老布莱森笑着，擦拭着他的眼镜。每当老布莱森面上露出微笑的时候，吉伦知道老布莱森就会对他加倍嘲讽了。

“一千美元，”老布莱森说，“也可说它多，也可说它少。一个人可以用它置起一个幸福的家庭，连洛克菲勒都会钦羡不已。另一个人可以用它把妻子送到南方，救活她的生命。一千美元可以为一百个孩子买足他们在六月、七月和八月要喝的纯牛奶，至少能养活他们中间的五十个人。你也可以在一家较为高档的艺术画廊里，用这笔钱玩上半个小时的菲罗牌。它也可以资助一个有抱负的孩子完成学业。我还听说，在昨天的一个拍卖会上，一幅柯罗的真迹就拍卖了这个数。用它你还可以把家搬到新罕布什尔州，在那里体面地过上两年。你也能够用它将麦迪逊广场租下一个晚上，假如你能找到听众的话，你可以就‘假定继承人’这门职业的不稳定性做个演讲。”

“如果你不是这么爱说教的话，老布莱森，”吉伦一点儿也不生气地说，“人们或许会喜欢上你的。我刚才只是在问你，我用这一千美元能做什么。”

“你吗？”布莱森轻轻地笑了笑说，“哦，鲍比·吉伦，这里只有一件事，在你做了似乎是合乎情理的，那就是，你用这笔钱给洛塔·劳丽埃尔小姐买上一条钻石项链，然后，你——一个不招人待见的人——就赶紧离开这里，最好是去到爱达荷州的一个牧场里，那种饲养绵羊的牧场，因为我特别不喜欢绵羊。”

“谢谢，”吉伦一边说着一边站了起来，“我早知道你是值得信赖的，老布莱森。你的建议说到点上了。我正想着要把这笔钱一次性花完，因为我必须就它的花销写个报告，我讨厌一笔一笔地记账。”

吉伦打电话叫来了一辆出租马车，他对车夫说：

“去克隆比恩大剧院后台。”

洛塔小姐正在化妆，台下观众已经坐满，就要轮到她出场了，此时，她的化妆师对她说，有吉伦先生求见。

“请吉伦先生进来，”劳丽埃尔小姐说，“哦，鲍比，你怎么来了？

我再有两分钟就要出场了。”

“整整你右耳那边的坠子，”眼光挑剔的吉伦建议道，“哦，这样就好多了。我不会耽误你上场的。你觉得在项链上加个坠子好吗？我可以为此出三个零前面加个一的数目。”

“噢，当然好了，”劳丽埃尔用她甜美的嗓音说，“亚当斯，拿给我右手的手套。嘿，鲍比，你看到那天晚上黛拉·史达希脖子上戴的那条项链了吗？那是花了两千二百美元在蒂梵尼珠宝店买的。不过，当然了——亚当斯，把我的腰带往左边再拽一拽。”

“劳丽埃尔小姐出场，合唱开始！”外面的呼喊员高声喊道。

吉伦慢悠悠地走了出来，回到出租马车等着的地方。

“如果你有一千美元，你会用它干什么呢？”吉伦对车夫说。

“开一家酒吧，”马车夫立即粗声粗气地回答道，“我知道有个地方开酒吧一定能赚大钱。在街角处有一座四层楼的砖墙建筑。我早就筹划好了。这二楼用来开一家中国餐馆，三楼是美甲店，专供外国人用，四楼搞个台球厅。如果你正在考虑投资的话——”

“哦，不是的，”吉伦说，“我只是出于好奇问问。我雇你按小时付费。我叫你停的时候，你就停下。”

在沿着百老汇大街行驶了八个街区以后，吉伦用拐杖戳了戳车门，叫车夫停下，走下了车子。人行道上，有个盲人坐在一条凳子上卖着铅笔。吉伦走上前来问他：

“劳驾，你不会介意告诉我吧，如果你有一千美元，你会用它来干什么呢？”

“你刚从那辆出租马车上下来，是吗？”盲人问道。

“是的。”吉伦说。

“我猜想，你的日子过得一定不错，”卖铅笔的盲人说道，“你可以在大白天乘着一辆出租马车游逛。如果你愿意的话，你看一下这个。”

盲人从他的外衣口袋里掏出一个小本子。吉伦将它打开，看到是一个银行的存折。上面显示出这位盲人拥有的一千七百八十五美元的存款。吉伦把存折还给了人家，又坐进了出租马车。

“我忘了一件事，”吉伦说，“你把我送到托尔曼－夏普律师事务所吧，在百老汇大街上。”

托尔曼律师从他的金边眼镜后面不太友好地打量着吉伦，目光中透出诘问的神情。

“请你原谅，”吉伦兴冲冲地说，“我可以提个问题吗？我希望，这个问题不至于叫你感到难堪。在我叔叔的遗嘱里，除了十美元和一枚印章戒指，海登小姐还得到任何其他的财产了吗？”

“没有。”托尔曼先生说。

“非常感谢，先生。”吉伦说完，就又上了他的出租马车。他告诉了车夫他已故叔叔家里的地址。

海登小姐正在书房里写信。她个子不高，身材窈窕，穿着黑色的丧服。不过，最能引起人们注意的，还是她的那双能迷倒众人的眼睛。吉伦一副满不在乎的样子走了进来。

“我是从托尔曼老先生的律师事务所来，”吉伦解释说，“我进去的时候，他们正在查阅文件。他们找到一个——”——吉伦从他的记忆里寻找着一个法律术语——“他们在我叔叔的遗嘱里找到一个‘修正条款’或是‘附则’之类的东西。我叔叔这个老小孩似乎在临终的时候变得慷慨了一点儿，在遗嘱里给了你一千美元。我正乘着出租马车到这边有点事，托尔曼托我把这笔钱给你捎过来。我现在交给你，你最好数一数，看看是不是这个数目。”吉伦说着把钱放到了她手边的桌子上。

海登小姐的脸突然变白了。“噢！”她不禁喊道，随之又是一声“噢！”

吉伦半转过身子，看着窗外。

“我以为，”吉伦声音很低地说，“你当然知道我在爱着你了。”

“对不起。”海登小姐说着拿起了她的钱。

“你是不是觉得它没有用？”吉伦几乎是表情很轻松地问。

“对不起。”她又说了一遍。

“我可以在这里写个便条吗？”吉伦笑着问。他说着坐到了书房里的那张大桌子旁边。海登给他拿来了纸笔后，又坐回到她的书桌那里。

吉伦对他这一千美元的开销做了如下的陈述：

为了她永久的幸福，不肖子孙罗伯特·吉伦给予世界上最善良最可爱的姑娘海登小姐一千美元，同时愿上帝也赐福给她。

吉伦将他写下的内容装进一个信封里，鞠了一躬走了。他包下的出租车又一次停在了托尔曼－夏普律师事务所的门前。

“我花完这一千美金了，”吉伦一进来就高兴地对戴金边眼镜的托尔曼说，“照事先的约定，我现在来汇报这钱是如何花掉的。空气里已经充满了夏天的气息——不是吗，托尔曼先生？”说着，他把一个白色的信封扔在了桌子上。“在这里面，有一份关于这笔钱的开销情况的备忘录。”

托尔曼先生没有去碰信封，而是走到门口叫来了他的合作人夏普先生。他们两个人开始在一个硕大的保险柜里搜寻。不一会儿，他们就拽出了他们寻找的目标，一个很大的用蜡密封着的信封。在信封撕开后，两个人的脑袋都凑向信的内容。临了，托尔曼先生作为代表开始发言。

“吉伦先生，”托尔曼神情很是庄重地说，“在你叔叔的遗嘱里，还有一个附则。这是他私下托付给我们的，他说只有在你将遗嘱里留给你的一千美元的花销情况详细地向我们汇报之后，才能打开这个附则。因为你已经履行了规定的条件，所以我们便打开并阅读了附则。我不想照读里面的法律词语来增加你理解上的困难，我只将其中的主要内容告诉于你。

“如果你对这一千美元的处置情况表明，你禀有值得给予奖励的品行，你将获得丰厚的回报。夏普先生和我被指定为这件事情的裁定人，我向你保证我们将公平公正地——磊落大度地——履行我们的职责。我们对你没有丝毫的成见，吉伦先生。让我们还是回到正题。如果你对这一千美元的支配是慎重、明智和无私的，我们将有权把价值五万美元的债券（为此，它一直是由我们保管着的）给予你。但是，如果——正如我们的客户已故的吉伦先生所说的——你还是像从前那样来花掉这笔钱，在这里我用一句已故吉伦先生的原话——与你的那些狐朋狗友在一起任意地令人发指地挥霍——这五万美元的债券将直接归于已故吉伦先生的被监护人米利亚姆·海登小姐所有。现在，吉伦先生，夏普先生和我将审核你的这份关于一千美元处置情况的报告。我相信，你是以书面形式提交的。我希望你会对我们做出的决定给予充分的信任。”

托尔曼先生去拿桌上的那个信封。吉伦抢先一步，拿到了它。他不慌不忙地把信皮连同里面的内容撕成了碎片，放进他的口袋里。

“好了，”吉伦笑着说，“就不劳烦你去读它了。我想你也不会读得懂这里面的债务明细的。我赌赛马输掉了这一千美元。再见，先生们。”

在吉伦走出去的时候，托尔曼和夏普先生面面相觑，无奈地摇着头，因为他们听到在走廊电梯口那里吉伦吹出的轻快的口哨声。

重新做人

吉米·瓦伦丁正在监狱的制鞋车间里卖力地缝着鞋帮，此时一个看守走了进来，把他带到了前楼的办公室。在那里，典狱长把州长今天早晨刚刚签署的赦免令递给了吉米。吉米在接过赦免令时神情上并没有什么表示，好像他等这一天已经等得太久，等得有些疲惫了。他判了四年的徒刑，到现在已经服役了十个月。本来，他想着他顶多在监狱里待上三个月就出去了。像他吉米·瓦伦丁这样的人，在外边有那么多方方面面的朋友，进监狱后等不到下一次给他理发，他就又自由了。

“喂，瓦伦丁，”典狱长说，“你明天早晨就可以出去了。振作起来，让自己做个堂堂正正的男子汉。你的心地并不坏。不要再去撬保险柜了，安安稳稳地过日子吧。”

“你是说我吗？”吉米表现出很是惊讶的样子，“噢，我可从来也没有撬过保险柜呀。”

“哦，没有，没有，”典狱长笑着说，“当然没有。现在让我们来看看，你是如何碰巧被牵扯进斯普林菲尔德这个案子里面的？是不是因为你怕牵连到某个身居高位的人，就不愿提供出你不在犯罪现场的证据？还是因为龌龊的陪审团故意与你过不去呢？总是为了这样或者那样的原因，让你们这些‘无辜的受害者’倒了霉。”

“我吗？”吉米还是装出一副无辜的样子说，“哦，典狱长，我平生就没有去过斯普林菲尔德！”

“把他带走吧，克罗宁！”典狱长笑着说，“给他准备好出去穿的衣服。在早晨七点钟的时候，放他出去，现在先让他到大囚室。好好想一想我说的话吧，瓦伦丁。”

在第二天早晨七点一刻的时候，吉米已经站在典狱长的大办公室里。他穿着一套极不合身的现成衣服，一双质地很硬、走起来咯吱咯吱直响的皮鞋，这些都是州政府为被释放的犯人所准备的。

办事员给了吉米一张火车票和一张五美元的钞票，国家的法律期待着他以此来重新做人，过上富裕的生活。典狱长递给他一支雪茄，并跟他握了手。瓦伦丁，九六七二号，档案上注明着“是由州长赦免”。就这样，詹姆斯·瓦伦丁步入了外面阳光灿烂的世界。

外面鸟儿的啭鸣，发绿的枝条的轻轻摇曳，百花丛中荡漾着的芳香，吉米都没顾得上去欣赏，他只是径直朝一家饭店走去。在那里他真正感受到了自由给他带来的甜蜜和快乐，他吃了一只烤鸡，喝了一瓶白葡萄酒——接着又抽了一根上好的雪茄，比典狱长给他的那根还要好上一个档次。从饭店出来，他不慌不忙地去到车站。在车站门口，他给坐在那儿的一个盲人的帽子里扔进一个二十五美分的硬币，然后登上了火车。三个小时以后，火车把他送到了一个临近州界的小镇。他下了车，来到迈克·多兰开的咖啡馆，与独自守在柜台里面的迈克握了手。

“真对不起，吉米老弟，我们没能够及早把你弄出来，”迈克说，“我们忙着应付斯普林菲尔德那边提出的抗议，连州长差一点儿也撂了挑子。你还好吗？”

“还好，”吉米说，“我的钥匙呢？”

他拿着钥匙，上了楼，打开紧靠着楼道里面的一个房间。房间里面的一切还是他离开时的样子。那个著名侦探本·普莱斯衬衫上的领口还丢在地板上，那是吉米在遭到他们武力逮捕奋力反抗时被撕下来的。

吉米把靠墙立着的一个折叠床挪开，又推开了墙壁上的一块暗板，从里面拖出了一个落满了尘土的手提箱。他打开箱子，满心欢喜地看着这套东部地区最好的盗窃工具。这是一套用特种钢制作的、配备非常齐全的工具，包括钻头、冲孔器、手摇钻、螺丝钻、钢撬、夹钳，都是最新的设计，还有两三件吉米自己发明的新玩意儿，既好使又耐用，那是吉米常常引以为自豪的。制作这一套工具花了他九百多美元，是在一家专门打制这一类工具的地方定做的。

半个小时以后，吉米从楼上下来，经过了咖啡厅。现在，他穿上了一套非常合身的高档衣服，手中提着已经擦拭干净了的箱子。

“是不是又要做点儿什么了？”迈克·多兰语气很亲切地问。

“我吗？”吉米用一种不解的语调说，“我不明白你的意思。我现在是纽约饼干麦片公司的推销员。”

这句话让麦克听了非常高兴，他非要请吉米喝上一杯牛奶苏打。因为吉米从来也不沾酒精类的饮料。

在释放了瓦伦丁（九七六二号）一个星期之后，于印第安纳州的里士满发生了一起保险柜失窃案，做得干净利落，作案者没有留下任何线索。失窃的金额不足八百美元。又过了两个星期，在洛根斯波特又有一个新型的特制防盗保险柜被轻而易举地打开了，丢失了一千五百美元的现金，里面的证券和金银没有损失。这一点引起了警方的注意。紧接着，杰斐逊市一个老式的银行保险柜被撬，高达五千美元的现金被盗。这样大数目的失窃案已足以引起大侦探本·普莱斯的注意。经过仔细地甄别比对，本·普莱斯发现这几起案件的作案手法都惊人的相似。在几个失盗现场进行了实地的调查后，本·普莱斯这样宣布道：

“这是吉米·瓦伦丁的手法。他又重操旧业了，瞧那个暗码盘——就像在雨天拔萝卜那样容易给拔出来了。只有他的钳子才能干出这种活儿。再瞧瞧这些锁栓，钻得多么利落！吉米历来都是只钻上一个眼就拿下了。是的，我想我现在就要去逮捕他了。他下次住进来，可再不会有什么减刑或是赦免的好事了，他得蹲满刑期才行。”

本·普莱斯了解吉米的习惯。他在办理斯普林菲尔德那个案子时就对他熟悉了：吉米脱身快，跑得远，总是单独作案，喜欢混迹于上流社会——这些特点都使得瓦伦丁先生总是能成功地逃脱法律的制裁。消息传了出去，本·普莱斯已经在追踪这个神出鬼没的窃贼了，家中有防盗保险柜的人们这才稍稍松了口气。

一天下午，瓦伦丁和他的箱子乘着邮车来到了艾尔摩尔。艾尔摩尔是阿肯色州黑槲地的一个小镇，离铁路线只有五公里。吉米年轻，身体矫健，就像是个回来探家的大学高年级的学生，他沿着宽阔的人行道往旅店的方向走着。

这时，一位年轻的姑娘横穿过了马路，在街角那里从他的身边经过，走进一座门子上方挂着“艾尔摩尔银行”牌匾的建筑物。吉米·瓦伦丁直愣愣地瞅着那位姑娘，顿时忘记了自己是谁，霎时间变成了另外一个人。那姑娘低下了眼睛，脸颊上泛起微微的红色。像吉米这样穿着和长相的年轻人在艾尔摩尔这样的小镇上，还委实不多见呢。

有个男孩正在银行的门前，像是它的一个股东老板似的在这里闲逛。吉米走过来，叫住了这个男孩，开始向他打问镇子里的情况，一边还不时地塞给他一些硬币。

不一会儿，那位姑娘出来了，她这一次是一副高贵的神情，没再去注意这位提着箱子的年轻人，而是径自离开了。

“那个姑娘不就是波利·辛普森小姐吗？”吉米装出一副不经意的样子问。

“不是的，”那个男孩回答说，“她是安娜贝尔·亚当斯。她父亲是这个银行的老板。你来艾尔摩尔干什么呢？你那条表链是金子的吗？我就要有一条巴儿狗了。你还有硬币吗？”

吉米来到了农场主旅馆，用拉尔夫·迪·斯潘塞这个名字做了登记，要了一个房间。他依着前台，把他的来意告诉了店主。他说他来艾尔摩尔，是想找块地方，做些事情。现在你们镇子上的制鞋业怎么样呢？他想在这方面发展。有机会吗？

吉米的衣着和风度给店主留下了深刻的印象。他本人就是艾尔摩尔这个地方比较时尚的一个年轻人了，可与人家一比，就发现出自己的不足了。他一面揣摩着吉米的领结是怎么打的，一面热情地说着这里的情况。

是啊，制鞋业在艾尔摩尔是应该有发展机会的。当地没有专门的鞋店，是绸缎商店和百货商店兼做鞋子生意。这里各行各业的生意都很兴隆。希望斯潘塞先生能打定主意在艾尔摩尔安顿下来。他会发现这是一个非常适于居住的怡人的小镇，而且镇上的人们也非常友好。

斯潘塞先生说他会在镇上留住几日，考察一下情况。不，店主不必叫小厮了，他将自己来提他的箱子，箱子很沉的。

吉米·瓦伦丁被突然来到的爱情之火烧成了灰烬，从灰烬中飞出了一只金凤凰——拉尔夫·斯潘塞先生。这位拉尔夫·斯潘塞先生在艾尔摩尔长期住了下来，他开了一家鞋店，生意做得火红。

在那里的社交界，吉米做得也很成功，交了许多的朋友。他也实现了他内心的愿望，结识了安娜贝尔·亚当斯小姐，也越来越为她所具有的魅力所倾倒。

到了一年头上的时候，拉尔夫·斯潘塞先生的情形已经有了巨大的改观：他已经赢得了整个社区的人们的尊重，他的制鞋业和鞋店也搞得不错，他与安娜贝尔再有两个星期就要结婚了。亚当斯先生，一位当地优秀勤劳的银行家对斯潘塞很是赏识。安娜贝尔为吉米所感到的自豪几乎与她对他的情意一样的深厚。吉米在亚当斯先生的家里，以及在安娜贝尔已婚的姐姐的家中，就像在自己家里一样的自如，仿佛他已经是这个家庭里的一员了。

一天，吉米坐在他的房间里写信，这信是写给他在圣路易斯的一位老朋友，信的内容如下：

亲爱的老朋友：

我想叫你在下个星期三的晚上九点钟到小石城沙利文那里去。我想叫你帮我处理点儿事情。另外，我还想把我的这套工具作为礼物送给你。我知道你是喜欢这套工具的，你就是拿一千美元也很难复制出这样的一套工具。喂，比利，我一年前就不干我们这一行了。我开了一家鞋店。我在做正当生意了，再有两个星期，我就要跟这个世界最好的姑娘结婚了。这样的生活，才真正叫生活，比利。现在，就是给我一百万，我也不会去碰别人的一块钱了。

在我结婚以后，我准备卖掉这里的产业，到西部去，在那边，翻出我的旧账的可能性要小得多。我告诉你，比利，她就是一个天使。她完全相信我，我再不会做那种偷窃的事情了。千万要到沙利文去，因为我必须见你。我会给你带去那套工具。

你的老朋友

吉米

在吉米写了这封信之后的星期一的晚上，本·普莱斯乘着一辆出租马车悄悄地来到了艾尔摩尔。他毫不声张地在镇子上转悠，直到他发现出了他想要找的东西。他站在药店里，街道对面就是斯潘塞的鞋店，在这里，他可以对拉尔夫·迪·斯潘塞进行很好的观察。

“你这是准备要娶银行家的女儿了，吉米？”本·普莱斯小声地对自己说，“嘿，我还真是不知道哩！”

第二天早晨，吉米在亚当斯家里吃早饭。那一天他是打算去小石城订购他的结婚礼服，再为安娜贝尔买些礼物。这是他自来到艾尔摩尔以来第一次离开这个小镇。他上几次的作案都已经过去一年多了，他觉得这次出门不会有什么危险。

早饭后，全家人都一起到市里去——亚当斯先生，安娜贝尔，吉米，安娜贝尔已出嫁的姐姐和她的两个女儿，一个五岁，一个九岁。他们在吉米住的旅馆里停了一下，待吉米上楼拿上他的箱子后，他们一块去了银行。吉米的马车停在了银行门口，等一会儿多尔夫·吉布森会赶车把吉米送到火车站。

大家经过了设有雕花橡木栅栏的营业厅，进到了银行里面的工作室——吉米也进去了，因为作为亚当斯未来的乘龙快婿，吉米走到哪里都是受欢迎的。有这样一个英俊、可亲、即将就要成为安娜贝尔的丈夫的年轻人上来跟他们打招呼，银行的员工们当然是很高兴的。吉米放下了手中的箱子。内心充溢着幸福又充满着青春活力的安娜贝尔，此时戴上了吉米的帽子，拎起了手提箱。“喂，你看我这个样子像不像是个旅行推销员呢？”安娜贝尔说，“噢！拉尔夫，这个箱子怎么这么重呢？感觉里面是装满了金砖。”

“里面都是包镍的鞋拔，”吉米很沉着地说，“我这就打算还给人家了。我觉得自己带着，可以省下快递的费用。你看我这个人变得越来越节俭了。”

艾尔摩尔银行最近安装了一个保险库。亚当斯先生很为它感到自豪，坚持让每一个人都来观赏观赏。这个保险库不大，但是有一扇很新式很特别的门。门上装有一个定时锁和三道用一个把手同时开关的钢闩。亚当斯先生很得意地把它的工作原理讲给斯潘塞，斯潘塞很有礼貌地听着，但是好像对这样的解释并不太感兴趣。而那两个女孩，梅和阿加莎看见这闪闪发亮的金属、有趣的时钟装置和把手，则高兴得了不得了。

就在大家欣赏着新式保险库的时候，本·普莱斯溜达了进来，胳膊肘支在柜台上，时而往栅栏里面瞟上几眼。他告诉出纳员说，他没事，只是在等一个他认识的人。

突然，从女人们那边传来几声尖叫和一阵骚乱声。在大人们毫不知晓的情况下，那个九岁的女孩梅出于好玩，把妹妹阿加莎关进了保险库，然后，关上了钢闩，学着亚当斯的样子，转动了暗码盘。

这位老银行家冲了上去，将把手扳动了几下。“这门是打不开的，”他痛苦地呻吟着说，“定时锁还没有上，暗码盘也没有对准。”

听到这话，阿加莎的母亲歇斯底里地哭喊起来。

“安静！”亚当斯先生说，“大家都安静一下。阿加莎！”他用他最大的力气喊，“你能听到我在叫你吗？”在随之而来的寂静当中，人们隐约听到从漆黑的保险库里传出的孩子害怕的哭喊声。

“我的宝贝，我的亲爱的！”女孩的母亲啜泣着，“她会因害怕而死去的！打开门！噢，把它砸开！你们男人们难道就不能做点什么吗？”

“除了小石城，在这附近根本没有人能打开这道门，”亚当斯先生用颤抖的声音说，“我的上帝！斯潘塞，我们该怎么办呢？关在保险库里的孩子，她不可能支撑得太久。里面没有足够的空气，而且，因为惊吓，她会抽搐的。”

阿加莎的母亲此时发疯似的捶打着保险库的门。有人甚至提议用炸药把它炸开。这个时候，安娜贝尔转过身来望着吉米，她的那双大眼睛里充满了痛苦，但还并没有绝望。对于一个女人来说，世界上没有什么事情是她所崇拜的男人做不到的。

“你能想些办法吗，拉尔夫——去试试，好吗？”

他望着她，他的嘴角和锐利的眼神里都流露出一种柔和而又古怪的笑容。

“安娜贝尔，”他说，“把你戴着的那朵玫瑰花给我好吗？”

安娜贝尔几乎不敢相信她是听清楚了他的话，不过，她还是从胸前摘下了那朵玫瑰，放到了他的手里。吉米将玫瑰花插进他的坎肩口袋里，脱掉了外衣，卷起了衬衫的袖子。就在这一刻，拉尔夫·迪·斯潘塞不存在了，吉米·瓦伦丁取代了他。

“大家都离开库门这里吧。”他简短地对大家说。

吉米把他的手提箱放在桌子上，将它整个儿打了开来。从这个时候起，他好像再也没有意识到他周围人的存在。他敏捷而又井井有条地把这些亮闪闪的古怪工具摆列出来，像他以往工作时的样子，轻轻地吹起了口哨。周围的人都一动不动地屏住了呼吸望着他，仿佛是中了魔咒似的。

不出一分钟，吉米的小钢钻就顺利地钻进了钢门。又过了十分钟——这已经打破了他自己的盗窃记录——他打开了钢闩，拉开了保险库的门。

几乎已经是吓得瘫倒在了里面的阿加莎，又安全地回到了母亲的怀抱。

吉米穿上外套，步出了橡木栅栏，朝着银行的前门走去。这中间，他好像隐隐约约地听到了一个他熟悉的声音在喊着“拉尔夫！”不过，他并没有回头，也没有停下。

在门口，一个身材高大的男子几乎挡在了他的前面。

“喂，本！”吉米说，脸上还是那副古怪的笑容，“你终于来了，不是吗？好吧，我跟你走。现在，对我来说，一切都无所谓了。”

此时的本·普莱斯举止反而变得有些奇怪起来。

“我猜想你是搞错了，斯潘塞先生，”本·普莱斯说，“不要以为我认识你。你的马车正在等着你呢，不是吗？”

本·普莱斯转过身子，顺着街道溜达着走了。

公主与美洲狮

在这样的一个故事里，当然得有一个国王和王后。故事里的国王是个可怕的老头子，他身上佩戴着几支六响手枪，靴子上安着踢马刺，他喊叫起来，嗓门大得能叫草原上的响尾蛇吓得纷纷钻到霸王树下的洞子里。在他拥有显赫的家世之前，人们管他叫“低声细语的”本恩。待他最终拥有了五万英亩的土地和数也数不清的牛群以后，人们便称呼他为“牛王”奥唐奈了。

王后是一位来自拉雷多的墨西哥姑娘。可是她最终成了一位善良、温柔、地道的科罗拉多主妇，甚至劝服了本恩在家里时尽量放低了他的嗓门，免得震破了碗盘。在本恩还未成王之前，她曾坐在多刺牧场正宅的回廊上编织草席。等到抵挡不住的财富滚滚而来，用马车从圣安东尼奥运来了软垫座椅和大圆桌之后，她只得低下了她有着一头秀发的脑袋，经受达那厄[①]那样的命运了。

为了避免对君王的不尊，我先给大家介绍了国王和王后。其实，他们在故事里并不出现，这个故事的题目本可以叫作“美丽的公主，幸福的向往和大煞风景的狮子”。

约瑟法·奥唐奈公主是这对夫妇唯一存活下来的孩子。从母亲那里，她秉承了热情的性格和亚热带的那种很美的微黑的肤色。从父王本恩·奥唐奈那里，她遗传了他的魄力和他的统治才能，同时也学得了许多常识性的东西。能见识一下这样一位集父母之长的女子，就

---

① 达那厄：希腊神话中阿耳戈斯王的女儿，被囚禁在高塔内。

是跑再远的路也值得。约瑟法骑马飞奔的时候，可以把远处用一根绳子吊着的番茄铁皮罐六发五中。她可以一连几个小时逗着她的小白猫玩，给它穿上各种各样奇离古怪的衣服。她可以用心算很快地告诉你：一千五百四十五头两岁的小牛，每头八美元五十美分，一共可以卖上多少钱。多刺牧场大约有四十里长，三十里宽——不过，这大部分的地都是租来的。约瑟法骑着马儿，走遍了牧场的每一寸土地。牧场里的牛仔都认识她，都是她忠实的奴仆。里普利·吉文斯是多刺牧场里一个牛队的头目，有一次见到了她，就下定了决心，要与这位公主结成姻缘。他的这一念头是不是有点儿过于荒唐呢？也不尽然。那个时候，纽西斯一带的男人都是顶天立地的汉子。再说了，牛王的称号并不代表有皇室的血统，这一桂冠常常只是表明，他在偷牛方面有超人的技艺。

有一天，里普利·吉文斯骑马到双榆牧场去寻找一群失散了的小牛。返回时他动身晚了，在走到达纽西斯河白马渡口的时候，太阳已经落山。从渡口到他自己的营地有十六英里，到多刺牧场有十二英里。吉文斯走得有些累了。于是他决定在渡口过夜。

河床上有一处又清又深的水潭。两岸长满了茂密的大树和灌木丛。离水潭五十码远的地方是一片有着卷曲叶片的豆牧草地——这为他的马儿提供了饲料，为他提供了床铺。吉文斯拴好了他的马，摊开了垫在马鞍上的毯子，让它晾晾干。他靠着一棵大树坐下，用纸卷着一根烟。突然之间，从岸边葱郁的林木里传来一声凶猛的令人胆寒的吼叫。拴着的马儿受到了惊吓，腾跃着，喷着鼻息。吉文斯仍旧抽着他的烟，不过却也在伸手去探放在草地上的枪套，他拔出手枪，试着转了转装着子弹的轮子。此时，扑通一声巨响，一条大鳀鱼跃入了水潭。一只棕色的野兔绕过了一丛猫爪草，停下来抖动着它的长须，有点儿叫人觉得可笑地瞅着吉文斯。马儿恢复了平静，继续吃着青草。

当一头墨西哥的雄狮在黄昏时分，于干枯的河道旁边，高声吟唱起来的时候，小心提防是没有错的。它的唱词很可能是：小牛和肥羊不好找，食肉的它很想和你过过招。

在草地上，有一个空的水果罐头盒，是早先的过路人丢在那里的。吉文斯看到它，不由得满意地哼了一声。在他那件系在马鞍后面的衣服口袋里有一些碾碎了的咖啡豆。清咖啡，再加上烟卷，放牧人有了这两样东西，还有何求呢？

两分钟后，他就点起了一小堆很旺的火。他拿着空罐头盒，动身去潭里打水。在走到距离水潭十五码的时候，他透过灌木丛的枝叶，看到在他左边的不远处有一匹备了女鞍的小马，被放开了缰绳悠闲地吃着草儿。再远处，是约瑟法·奥唐奈正从水边站立起来。她刚刚喝了潭里的水，正在拍掉她手中的沙粒。在姑娘右边十码开外处的灌木丛里，吉文斯看到有一只墨西哥狮子半蹲着隐蔽在那里。狮子的琥珀色的眼睛里放射出饥饿的光芒，在离它眼睛六英尺远的地方是它的挺得直直的尾巴，就像猎狗在猛扑前的样子。它的后腿像老虎就要扑出时那般跃动着。

这个时候的吉文斯做了他力所能及的事。他的六响手枪还在三十五码开外的草地上。他大吼了一声，就向狮子那边冲了过去。

吉文斯事后所称之为的“格斗”，其实持续的时间非常短暂，而且进行得也有些混乱。当他快要冲到他的进攻对象那里的时候，他看到空中隐约有一道火光闪过，听到了一些树枝被折断的声响。紧接着，一头重几百磅的狮子就落在了他的头上，将他扑通一声，重重地砸倒在地。他还记得自己喊道：“让我起来——这种打法不公平！”随后，他像一条虫似的从狮子底下钻了出来，嘴里塞满了青草和泥土，脑袋后面也鼓起一个大包，他在倒下时，头部重重地磕在了水榆的根上。狮子躺在那里动也不动。吉文斯怀疑自己受了愚弄，很是气恼，朝狮子晃动着拳头喊道：“我要和你再战二十回合——”临了，他突然好像明白了过来。

约瑟法还站在她原来射击的地方，若无其事地在给她那把镶银柄的三八口径手枪重新装着子弹。这样的射击并不困难。狮子的脑袋比起吊在绳子上晃动着的番茄酱罐头，好打得多了。从她的嘴角和黑色的大眼睛里流露出的是一种挑逗、嘲弄，叫人非常恼火的神情。这位救人未遂的侠士感到有一种无以名状的羞辱在他心中燃烧。本来，上天给了他机会，给了他一次他所梦寐以求的英雄救美的机会；可是，是嘲弄之神摩墨斯，而不是爱神丘比特，出现在了这里。毫无疑问，树林里面的精灵们此时都正在默默地捧腹大笑。这简直成了一出滑稽戏——一出吉文斯和他的玩具狮子联袂主演的搞笑剧。

“是你吗，吉文斯先生？”约瑟法说，她的声音徐缓，沉稳，而又显得甜美，“你的那一声喊叫几乎让我脱了靶。你的头摔得很疼吗？”

“噢，没事的，”吉文斯轻描淡写地说，“摔得不重。”他样子很难堪地弯下了腰，从狮子的身子底下拽出了他的那顶质量上好的斯特森帽。帽子已经被压得皱巴巴的，让人看见了都觉得好笑。临了，他又跪着俯下身子，轻轻地抚摸着狮子的那怪吓人的张着大口的脑袋。

“噢，可怜的老比尔！”吉文斯伤心地叫着。

“这是怎么回事？”约瑟法不以为然地问。

“当然了，你并不知情，约瑟法小姐。”吉文斯说，语气间他叫他的大度战胜了他的悲哀。“谁也不能责怪你。我试着想要救下这头狮子，但是，我又来不及告诉你。”

“救下谁？”

“噢，比尔呀，我这一整天都在寻找它。你知道吗，它这两年来一直是我们营地的宠物。这可怜的老伙计，它连只白尾兔也不会伤害的。要是营地的男孩子们知道了，他们准会伤心死的。不过，当然了，你哪里能看出比尔只是想跟你闹着玩玩罢了。”

约瑟法用眼睛直勾勾地看着吉文斯。里普利·吉文斯经受住了她的这一考验。他站在那里，伤心地乱抓着他浅棕色的卷发。他的眼睛里充满了懊恼，又不乏夹杂着一种温柔的责备。他那英俊的面庞上布满了真正的忧伤。这叫约瑟法倒有点儿拿不准了。

“你的宠物跑到这里来干什么？”约瑟法仍不甘心，又最后问了一句，“在白马渡口附近，并没有营地呀。”

“昨天，这个老家伙从营地跑了出来，”里普利·吉文斯很快地回答说，“丛林中的狼群没有把它吓坏了，这倒叫人觉得奇怪了。你知道吗，我们营地的看马人吉姆·韦伯斯特，上个星期带回营地一只小猎狗。这只小狗可是欺负坏了比尔——小狗整日价撵着比尔跑，一连几个小时跟在比尔的后面，咬它的后腿。每晚睡觉的时候，比尔总要偷偷地钻到一个男孩的被窝里去睡，以躲开小狗的追咬。我想，比尔一准是愁得已经绝望了，否则的话，它是不会逃走的。它以前总是害怕离开营地的。”

约瑟法注视着这个猛兽的尸体。吉文斯轻轻地拍着它的一只可怕的利爪，这爪子平时一下子就能送掉一头小牛的性命。一片红晕渐渐地扩散到姑娘整个深橄榄色的面庞上。这是不是一个真正的猎人打到了不该打的猎物，而表示出的羞愧之色呢？她的眼睛变得温柔起来，低下的眼睑驱赶跑了先前眸子里的那种揶揄的神情。

“我很抱歉，”姑娘有点儿不好意思地说，“可是，它看上去是那么的大，扑过来时又腾跃得那么高——”

“那是可怜的比尔饿坏了，”吉文斯赶紧中断了姑娘的话，打着圆场说，“在营地里吃晚饭时，我们总是叫它跳起来吃。它会为了一块肉躺在地上不断地打着滚儿。在它看到你的时候，它以为你会给它一点儿吃的呢。”

突然之间，约瑟法的眼睛睁得好大。

“我刚才很可能会击中你的！”约瑟法大声地说，“你已经快跑到了狮子那里。你冒着生命的危险，去救你的心爱的动物！这太好了，吉文斯先生。我喜欢善待动物的男人。”

现在，在她注视着他的眼神里甚至有了爱慕的成分。不管怎样，在一败涂地的废墟中间竟然诞生出一个英雄的形象。吉文斯脸上的那一沉痛的表情简直可以替他在“防止虐待动物协会”里谋到一个重要的职位。

“我一向喜欢动物，”他说，“不管是马呀，狗呀，牛呀，墨西哥狮子，还是鳄鱼——”

“我讨厌鳄鱼，”约瑟法很快地反对说，“身体整日贴在地上，脏兮兮，黏糊糊的。”

“我说鳄鱼了吗？”吉文斯问，“其实，我想说的当然是羚羊[①]了。”

约瑟法的心里还是觉得有点过意不去，想再给吉文斯一些安慰。她向吉文斯伸出手来，脸上一副忏悔的表情，眼睛里含着两颗晶莹的泪珠。

“请你原谅我好吗，吉文斯先生？你也知道，我只不过是个小女孩，一开始给吓蒙了。我为打死了比尔，感到非常非常的难过。你不知道我有多么的懊恼和惭愧。要是我事先知道的话，我无论如何也不会这么做的。”

吉文斯握住了约瑟法伸出的手。他将她的手握了一会儿，好让自己的宽宥战胜了比尔的死亡给自己带来的悲伤。最后，他终于原谅了约瑟法。

“请不要再提这件事了，约瑟法小姐。比尔那副很凶的样子叫任何一位年轻的女子见了，都会被吓坏的。我会好好向孩子们解释这件事情的。”

“你真的不再恨我了吗？”约瑟法不由得又把身子向吉文斯这边靠了靠。她的眼睛里都是柔情蜜意——噢，柔情蜜意，还有那难以释怀的恳求和忏悔。“不管是谁杀死了我的小猫，我都会恨他的。你冒着自己中弹的危险去救比尔，你是多么的勇敢，多么的仁慈啊！很少有男人能与你相比！”里普利·吉文斯，你干得好啊！你转败为胜！你将滑稽剧变为了正剧！

现在，天色已晚。自然了，不能叫约瑟法小姐这个时候一个人回

① 英文里的鳄鱼和羚羊这两个单词略有相似之处：前者是 alligator，后者是 antelope。

牧场。尽管吉文斯的坐骑露出不情愿的样子，他还是将马鞍重新放上了马背，陪着她一同回去。两人并排骑在平坦的草原上，公主与善待动物的男人。肥沃的草原和盛开的鲜花的芬芳浓浓地荡漾在他们的身边和四周。丛林里的狼在远处的小山上号叫着！没有什么好怕的。可是——约瑟法策马贴近到吉文斯的身边。一只小手探了过来，摸索着。吉文斯握住了她的手儿。两匹马迈着相同的步调。两只手儿紧紧地攥在了一起。其中一只手的主人解释说：

“我以前从来没有感到过害怕，可是这一次你想想看！如果要是碰上了一头真正的野狮子，那该有多可怕！可怜的比尔！我真高兴有你陪着我回来！”

奥唐奈正坐在牧场上的回廊里。

“喂，里普！”奥唐奈喊着，“是你吗？”

“是里普陪我一起回来的，”约瑟法说，“我迷路了，天也快黑了。”

“多谢了。”牛王亮着嗓子喊，“就在这里过夜吧，里普，明早再回营地。”

但是，吉文斯不同意。他要赶回营地。明天一大早有批阉牛要上路。他道了晚安，骑着马儿走了。

过了一个小时，在所有的灯都熄灭了以后，约瑟法穿着睡衣，走到她卧室的门口，隔着砖铺的过道，向在他自己房里的父王大声说：

“喂，老爸，你知道那只叫‘缺耳魔鬼’的墨西哥狮子吧——它咬死了马丁先生的牧羊人冈萨勒斯，又吃了萨拉达牧场的五十来头小牛？嘿，今天下午我在白马渡口结果了它的性命。在它扑起来的时候，我把两颗三八口径枪的子弹送进了它的脑壳。它的左耳朵被老冈萨勒斯用刀砍去了一半，所以我一看到它就认识。你自己打得也不能比这更准了吧，老爸。”

“真有你的！”“低声细语的本恩”在他熄了灯的寝宫里打雷似的说。

苹果之谜

车夫比尔达·罗斯在走出乐园城二十英里的地方勒住了马车，这里离日出城还有十五英里。一场猛烈的暴风雪持续了一整天。现在地面上的雪已经积了八英寸厚了。剩下的十五英里都是崎岖险峻的山路，就是在大白天走也不敢说没有危险。车夫比尔达·罗斯说，暴风雪和正在到来的夜色会使得行车更加危险，再往前走是不可能了。于是，他勒住了他的四匹健壮的马儿，把他的这一明智的推论告诉给了他的五位乘客。

梅尼菲，一位人们总是愿意让他做领导或是核心人物的法官，率先跳下了马车。在他的带动下，有四位同行的乘客也跟着跳了下来，随时准备跟着他们的带头人，去猎奇，去探险，或者去抱怨，或者是听天由命。第五位乘客是位女性，仍旧待在车上，没有下来。

比尔达把马车停在了第一道山脊的山肩上。道路的两边立着黑色破旧的木头栅栏。离那道较高的栅栏五十码远的地方，有一座小房子，看起来就像是茫茫雪原中的一块黑色的污渍。暴风雪和旅途的艰辛使得法官梅尼菲和他的旅伴们像孩子一样，欢呼着朝那幢房子的方向奔去。他们一边冲着屋子里喊叫，一边敲打着门窗。屋子里面的毫无应答叫他们变得有些不耐烦起来，于是，他们从容易突破的地方，硬是闯了进去。

留在马车上的人听到了他们闯进屋里后发出的磕绊声和喊叫声。没过多久，屋子里有了摇曳的火光，明亮的欢快的火苗高高地升腾了起来。接着，这些兴高采烈的探险者们从小屋里迎着飞舞的雪花跑了回来。法官梅尼菲用比号角比管弦乐队还要嘹亮的声音宣布说，他们可以摆脱困境了。他告诉大家，那是一座没有人住的房子，也没有什么家具；不过，屋子里却有个大壁炉，并且他们还在后面的柴房里找到了许多劈好的木柴。这就保证了他们在这个寒冷的夜晚，有了休息和取暖的处所。令比尔达感到欣慰的消息是，屋子附近还有一个马厩，虽然年久失修，但是还可以将就着用，而且阁楼上还有干草。

“先生们，”用毯子和大衣把自己裹得严严实实的比尔达坐在车夫的座位上嚷着，“从栅栏上拆下两块木板，好让我把马车也赶进去。这房子是雷德鲁斯老人的。我就想着我们离他这儿不远了。在八月份的时候，人们把他送进了精神病院。”

四个乘客欢呼着向积雪覆盖的栅栏跑去。马儿在车夫的吆喝声中将车子拖上了斜坡，一下子就到了房子的门口。车夫和两个乘客开始卸马。法官梅尼菲则打开了车门，脱下了帽子，对车上的这位女士说：

“我不得不告诉您，加兰小姐，我们不得不暂停我们的旅行。车夫说夜晚走山路太危险了。我们要在这所房子里待到明天早晨。除了停车带来的暂时不便，我保证你不会有其他任何的顾虑。我已经亲自看过了这所房子，发现它至少具备取暖御寒的条件。我们会尽可能地让你待得舒服。现在，请允许我扶你下车吧。”

这时，从法官的身边下来一位乘客。他在小巨人风车公司里工作，名字叫邓武迪，其实，这一点并不重要。因为在从乐园城到日出城这样一个短短的旅程中间，乘客们根本无须知道对方的名字。不过，对于想要与法官麦迪逊勒·梅尼菲分享、争夺声誉的这位乘客来说（指邓武迪——译者注），他有个名字还是必要的，这样荣誉的花环就有了附着或是挂上去的地方。此时，只见这位风车销售人说：

“麦克法兰太太，看样子你是不得不下车了。虽然这间小屋子不能与帕尔默大酒店相比，可是，它现在却可以用来避风雪，而且在你离开的时候，也没有人会搜查你的手提箱，看你是不是拿走了银勺之类的纪念品。我们已经生起了火，不光是能让你的脚不受冻、受潮，还会把耗子赶跑，让你会觉得像待在家里一样。”

在风雪中帮着比尔达·罗斯从车辕上卸下马匹的那两位乘客，此时看不下去了，他们其中的一位高声嚷着：“喂！你们中间有谁赶快把所罗门小姐扶下来，请她进到屋子里吧。唉，你们这帮不懂事的家伙。”

不得不再啰唆一句：在乐园城到日出城的这段旅行中间，弄清楚别的乘客的姓名，完全是多余的。在梅尼菲法官向那位女乘客做自我介绍时——当然他的年龄和声望都允许他这么做——作为回应，女乘客甜甜地轻轻地报了一个姓，离得稍远一点儿的男乘客们对他们隐约听到的她的姓氏，做着不同的猜测。他们出于相互嫉妒和在女性面前争宠，每一个都固执己见。而对于这位女乘客来说，如果她硬是要去更正，或者重新声明，那么就算不让人觉得她过分热情或是想跟人深交，也会觉得她这人有点儿太较真了。所以，当人家称呼她加兰，麦克法兰，或是所罗门时，她都没有表示出不满，而是欣然接受了这些个称谓。从乐园城到日落城总共不到三十五英里，在这么短的一个旅途中间，“旅伴”这个称呼就足够了。

不一会儿，这些快乐的旅客们就在旺旺地燃烧起的炉火旁，兴高采烈地围坐成了半个圆圈。车上的长袍、垫子，以及其他能搬动的东西，都被搬了进来，派上了用场。那位女乘客选择了坐在壁炉旁边，是在这个半圆的一个端口的位置。她优雅地坐在垫子上，那垫子像是她的臣民们为她准备的王座；她背靠着的是一个空木箱和空水桶，被覆上了一件长袍。它们可以挡住从门窗缝里刮进来的寒风。她伸展着穿着鞋袜的双脚，让它们靠近温暖的炉火。手套已经脱去，但她仍旧将脖子裹在长长的毛皮围脖中间。摇曳的炉火照亮了她那半掩在围脖中的脸——那是一张散发着女性魅力的年轻的面庞，眉清目秀，高雅恬适，神情中流露出对自己无懈可击的美貌的自信。炉火旁的各位男士们争抢着表现出自己的男子汉气概和骑士精神，以讨得她的欢心。而她也似乎接受了他们献上的殷勤——她的这一接受似乎表达得恰到好处，就像是百合花摄取注定会使它变得清新的露珠那样自然，而不是像一个受到追求和呵护的女人那般骄纵，也不像一个受到众多男子吹捧的女人那样高傲，不像面对干草的牛那样的冷漠和无动于衷。

外面狂风大作，飞舞的雪花顺着门缝钻了进来，寒冷侵袭着这六位落难者的后背；可即便是这样，那天晚上大自然也并不缺乏它的支持者。梅尼菲法官是暴风雪和天气的辩护律师，他费尽口舌，想要叫坐在寒冷的陪审席的伙伴们相信，他们是待在一个有阵阵轻风吹来的玫瑰花的花亭。他讲了许多有趣好玩的奇闻轶事，提起了大家的兴致。他的快乐的情绪感染了每一个人。大家争抢着你一言我一语地去渲染这一欢乐的气氛。甚至连那位女乘客也颇有感触地发了言。

“我觉得大家讲的都好有趣啊。”她用她那银铃般的嗓音缓缓地说。

每隔一会儿，总会有一个乘客站起来，到这个房子的各个地方走走。不过，却很少能看出老人雷德鲁斯在这里住过的痕迹了。

于是，大家都踊跃地邀请车夫比尔达·罗斯来讲讲曾经隐居在这所房子里的老人的故事。现在，他的马儿已安置在马厩了，避开了暴风雪，乘客们也似乎都比较舒心了，这个时候的马车夫又变得安详可亲了。

“那个老家伙，”比尔达口气不是那么尊敬地说，“在这里住了大约有二十年。他不让任何人靠近他，只要有人走过他的小房子，他就会砰的一声把门关上。在他的阁楼上有一个纺车。他常常到小泥口镇山姆·迪利的店里买一些食品、杂货和烟草。去年夏天，他披着一条红被子跑到那儿，告诉山姆他是所罗门国王，他的示巴女王要来看他了。他取出了他所有的钱——满满的一小袋子银币——把它们扔进了山姆家的水井里。‘她如果知道我有钱，’老雷德鲁斯对山姆说，‘就不会回来了。’

“人们一听到他关于金钱和女人的这样一套理论，就知道他疯了；所以，人们就来到这里，帮他打包好东西，把他送进了疯人院。”

“是不是他跟哪个女人的不幸婚姻导致他过上了这种隐居生活？”一个做经销商生意的年轻乘客问。

“没有，”比达尔说，“我从来没有听过他有这种事。只不过是一些生活中的小挫折而已。人们说在他年轻的时候曾与一位姑娘有过一段纠缠不清的关系；在他披红被子扔钱袋之前，我可从来不曾听说他有过什么浪漫的爱情故事。”

“啊！”法官梅尼菲大声感叹地说，“毫无疑问，他的感情没有得到对方的回报。”

“是的，先生，”比达尔说，“没有得到任何的回报。那位姑娘根本就没有跟他结婚。乐园城的马默杜克·马林根有次碰到了雷德鲁斯的一个老乡，这位老乡说雷德鲁斯是一个不错的小伙子，但是他是个穷小子，敲他的口袋时，你只能听到他口袋里的钥匙和纽扣发出的叮铃声。他跟一个大概是叫作艾丽斯的小姐订了婚。他的老乡还说，那个女孩是那种在车上遇见就想抢着替她买车票的女孩。后来，他们镇子上来了一个很有钱很随和的年轻人，他拥有矿山的股票，还有大量的休闲时间。尽管艾丽斯已经跟雷德鲁斯订了婚，可是她和这个新到镇上的小伙子却好像更为情投意合。他们相互串门，有时也在邮局幽会等，就是发生的这样一些诸如此类的事情往往会叫姑娘们将订婚戒指和其他的礼物退还给男方——正如一位诗人所说的‘礼物上有了小裂隙’。

“有一天，人们看到雷德鲁斯和艾丽斯小姐站在大门口说话，临了，他举了举自己的帽子，离开了，据这位老乡讲，这是镇上的人最后一次看到雷德鲁斯。”

“那位姑娘后来怎么样了？”那个做经销商生意的年轻人问。

“再也没有听说过了，”比尔德说，“我知道的故事就到这里了。这就像一匹瘸了腿的老马，任你怎么鞭打，也不能往前走了。”

“这是一个多么悲伤的——”法官梅尼菲开始道，不过他的话很快就被一个更高的权威打断了。

“一个多么有趣的故事啊！”女乘客用长笛般悦耳的声音说。

屋子里随之安静下来，除了风声和劈柴燃烧时发出的噼啪声，再也没有别的声响。

男人们拿来外套或是找来一些木板铺在冰冷的地板上坐着，这样可以暖和一些。那个销售安装风车的人站了起来，在屋子里走动着，以舒缓一下坐麻了的肌肉和筋骨。

突然，从他那边传来了兴奋的喊叫声。他从一个黑黑的屋角匆匆地走了回来，手里举着一个什么东西。原来是一个又圆又大的苹果，苹果上有红色的斑纹，让人看着就喜欢。在屋角一个很高的架子上的纸袋子里，他发现了这个苹果。它不可能是在爱情上失意了的雷德鲁斯留下的，因为它那还尚好的色泽和光泽都说明，它不可能是在去年的八月份就放在了这里。毫无疑问，是哪一位过路人在这里驻足吃午饭时留下的。

邓武迪——他的发现给了他再次让人瞩目的机会——在他的那些又饥又渴的旅伴们面前炫耀着这个漂亮的苹果。“你看我发现了什么，麦克法兰太太！”他高兴地喊着，似乎这样就可以满足了他的十足的虚荣心。他冲着火光，高高地举起苹果，于是，苹果被火光映得更加的红了。那位女乘客恬静地笑了——她总是那样一副恬静的神情。

“这是多么好看的一个苹果啊！”她用她那银铃般的嗓音轻轻地说。

有片刻的工夫，法官梅尼菲觉得自己被击垮了，受到了羞辱。这被别人取代、落居第二的感觉刺恼着他。为什么命运之神偏偏眷顾了这个粗俗、鲁莽且少教养的做风车生意的家伙，而不将发现这个美丽苹果的机会给予自己呢？要不然的话，他会把此举演绎成为一个妙趣横生的即兴表演，或是一段精彩的对白，或是喜剧中的一个片段——这样便保持住了自己第一把交椅的位置。而现在呢，这位女乘客实际上是用一种赞许的目光看着这位可笑的邓博恩或是武邦迪，好像是这家伙展示了什么惊人的技艺。这个做风车生意的人此刻被尘世刮向太空的风吹得胀鼓鼓的，像他自己的风车一样转个不停。

正当喜不自胜的邓武迪拿着那只宝贝苹果沉浸在旅伴们的关注中间时，足智多谋的法官已经想到了一个恢复其地位的计划。

在法官梅尼菲凝重、富于特征的脸庞上此刻出现了最为殷勤礼貌的笑容，他走上前去，从邓武迪的手中拿过了苹果，仿佛是在对它做着仔细的观察。在他的手中，这个苹果变成了物证A。

"一个很好的苹果，"法官梅尼菲赞许地说，"说真的，亲爱的邓武迪先生，作为食物的搜寻者，你的功绩让我们都黯然失色了。不过，我现在有个想法。这个苹果将作为一枚徽章，一个象征物，或是一个奖品，由我们这位心灵和头脑都最美的女子授予最应得到它的人。"

这些听众当中，除了一个人以外，都拍手叫好。"作为竞赛的一种激励机制，很好，不是吗？"在他们里面的那个最为不起眼的乘客说（尤其是与那位最年轻的经销商相比）。

没有表示赞同的是那位风车经销商。他看到他的地位一下子降了下来。他从来也没有想到过，把他找到的这个苹果作为一个象征物。他原打算是把苹果分开吃掉，然后把苹果籽贴在自己的前额上，每一颗代表他所认识的一位年轻小姐。他还打算拿其中的一颗来代表麦克法兰太太。第一颗从前额上掉下来的会是——不过，现在这一切都太晚了。

"苹果，"梅尼菲法官继续对他的陪审团说，"尽管在当今受到了世人的不公正的对待，地位也不高；事实上，它跟商业和烹饪业的联系如此频繁，以至于我们很难将它列入高档水果之列了。但是，在古代的时候，情形并不是这样。在《圣经》、史籍和神话传说当中，都有大量的记载表明：苹果是水果中的贵族。现在我们仍然用'眼中的苹果'来比喻和形容我们心目中最为珍贵的东西。我们在谚语里发现有'银苹果'的说法。没有其他任何植物的果实被这样广泛地运用于比喻当中。谁没有听说和向往过‘赫斯珀里得斯[1]的金苹果’？我想不用我说，诸位谁也知道苹果悠久灿烂的历史中最重要且最有意义的例子：我们的祖先吃了苹果，才从善良完美的境界坠落到人间。”

“像这样的苹果，”风车销售商依然是把它作为客观的物体在说，“芝加哥的市场上也就是卖三美元五十美分一桶。”

“现在我要建议的是，”梅尼菲对打断他说话的人只是很宽容地笑了笑，然后他接着说道，“我们不得不在这里待到明天早晨。我们有足够的柴火取暖。我们接下来要做的就是尽最大的可能来愉悦我们自己，使这漫漫长夜不至于过得太慢。我提议把苹果放在加兰小姐那里。但是，它不再是一个水果了，而是一个奖品，一种奖励，代表人类的一个伟大的思想。加兰小姐她自己也不再是一个个体——当然了，请允许我补充说，这只是暂时的”——（他遵照古典的传统，深深地鞠了一躬。）“她将代表整个女性，是整个女性的心灵和思想的象征和化身——也许还可以说，是上帝创造的杰作。以这样的身份，她将对下面要进行的比赛加以评价，并做出裁决。

“在几分钟之前，我们的朋友罗斯先生给我们讲了这小屋主人的一段有趣可又较为零碎的罗曼史。在我看来，罗斯先生提供的这些情况为我们打开了一个想象可以驰骋的疆域，我们可以以此去揣摩和研究人的心理，用我们自己的想象力编造出一个美妙的故事。让我们利用这个机会。每个人都从罗斯先生中止的那个地方（两位情人在大门口分别）来接续起这个故事，来讲出一个他自己版本的雷德鲁斯，一个热爱着他的未婚妻的隐士。我们每个人都要承认和认可下面这样一点，即不能把雷德鲁斯疯了、做了愤世嫉俗的隐士的责任推到那位年轻小姐的身上。待我们讲完之后，加兰小姐将为我们做出裁决。作为女性的全权代表，她将决定出哪一个故事讲得最好，最真实地描述了人类的本性和爱情的实质，最忠实地评价了雷德鲁斯未婚妻的性格和

---

① 赫斯珀里得斯，希腊神话中夜神的女儿，负责看守金苹果。

她行为的动机，当然是从女性的视角。这个苹果将发给加兰小姐认为故事讲得最好的那个人。如果大家没有意见，我们将请邓文迪先生首先来讲他的故事，大家欢迎。”

这最后的一句话将了那个做风车生意的人一军。不过，他也不是那种甘拜下风的人。

“这是一个一流的安排，法官先生，”他满心赞同地说，“这可是一个有模有样的故事会，不是吗？我曾经是斯普林菲尔德一家报馆的记者，在没有新闻的时候，我自己就编造一些新闻来充数。我想这难不倒我。”

“我觉得这个主意很好，”女乘客灿然地笑着说，“简直就和做游戏一样。”

法官梅尼菲走上前来，庄重地把苹果放到了加兰夫人的手中。

“在远古的时候，”他不无夸张地说，“帕里斯曾经把苹果奖赏给最漂亮的女人。”

“我也去过巴黎博览会[①]，”风车经销商很有兴致地说，“可是我从来没有听说过有这回事。我不只是待在机械展馆，也到过博览会上的其他地方。”

“现在，”法官没有理会，继续说道，“这一水果将把女性心灵的秘密和智慧带给我们。拿着苹果，加兰小姐。听听我们讲的爱情故事，然后根据你的看法，把这个苹果赠给那个你认为受之无愧的人。”

女乘客甜甜地笑了。苹果就放在她裹着毯子和外套的膝盖上。她很舒服很悠闲地靠着为她挡风的木箱，要不是因为外面的风声和屋里的嘈杂声，我们也许可以听到她匀称的呼吸声。有人往壁炉里添进了柴火。法官梅尼菲向做风车生意的很是客气地点了点头说：“你可以开始了吗？”

---

① 希腊神话中，赫拉、雅典娜、阿芙洛狄忒三位女神为了金苹果争执不休，最后特洛伊王子帕里斯做裁判，帕里斯将苹果献给了爱神阿芙洛狄忒。帕里斯英文为 Paris, 与巴黎同形同音，故邓武迪谈及巴黎。

这个风车销售商像一个土耳其人那样盘腿坐着，为了挡住背后刮进来的风，他把帽子戴在了后脑勺上。

“呃，”他开始大大方方地讲道，“我想来这样解释这个难解的谜：自然是雷德鲁斯被那个小子惹急了，那个人那么有钱，还想要抢他心爱的女孩。呃，遇到这种事，他当然要跑去找那个女孩，问问清楚，她是不是已经嫌弃他了。呃，没有人愿意让一个拥有马车和金矿股票的家伙在他和自己心爱的女人之间插上一杠子的。呃，所以呢，他跟他心爱的女人说话时，火气比较大，语气也比较重，俨然他就是她的丈夫了。呃，他忘了他只是她的未婚夫，他们只是订了婚。呃，他不友好的问话让艾丽斯觉得很不好受，所以就非常生气地回敬了几句。呃，他——”

“嘿！”那个无足轻重的乘客打断了他的话，“我说，如果你能在你说的每一个‘呃’字上面加一架风车的话，你就可以退休了，不是吗？”

讲故事的人咧开嘴，憨憨地笑了笑。

“噢，反正我本来就不是什么莫泊桑，”他爽快地说，“我说的都是非常直白的美国话。呃，姑娘是这样回答的：‘那位先生跟我只不过是普通的朋友关系，但他却能带我坐马车兜风，请我看戏；可是，你作为我的未婚夫却从来也没有带我玩过什么。你想让我永远都不做这些开心的事情吗？非要让我在可以享受这些快乐的时候愚蠢地去拒绝吗？’雷德鲁斯听了这话，开始有点儿不自在了，他不耐烦地说：‘讲这些有什么用，说重点，如果你不跟那家伙一刀两断，就别想再进我的家门！’

“我想，他那些伤感情的话跟这样的一个女孩子说是不合适的。他这样做，的确是有点儿过分了。我敢打赌，这女孩一直爱着她心爱的未婚夫。也许，她只不过是想像其他女孩子一样，在未出嫁做媳妇之前，抓住青春的尾巴，像小姑娘们一样享受青春的快乐。但是，雷德鲁斯一点儿也不愿意妥协，于是，她就把他送给她的戒指交还给了他。两人分手后，雷德鲁斯就开始酗酒。事情准是这样的。我敢打赌，姑娘在他走后的两天，就跟那个有钱的公子哥儿断绝了往来。乔治带上干粮和行囊，搭了一辆货车，不知到什么地方去了。此后，他一直酗酒，临了，是被酒精麻醉了的大脑为他做出了决定。‘我要去隐居了，’乔治说，‘我要留起长胡子，带着一个没有钱的钱罐子埋在那里。’

“至于艾丽斯，我想，她的处境也不怎么好。她也没有结婚，待脸上生出了皱纹的时候，她才找了一份打字员的工作，还养了一只猫，只要有人咪咪地叫它，它就会跑过去。我对好女人有足够的信心，相信她们绝对不会为了钱而抛弃自己心爱的人。”做风车生意的人这样结束道。

“我认为，”女乘客说，在她那简陋的宝座上挪动了一下身子，“这是一个谜——”

“噢，加兰小姐！”法官梅尼菲举起手打断了她，“我恳求你现在不要评论！你这样做对其他的参赛者不公平，那么，下一个——噢——先生，轮到你了。”这一次，法官梅尼菲是对着那个做经销商生意的年轻人说的。

“我要讲的爱情故事，”这位年轻人开始道，因为内心有点儿局促不安，不断地搓着自己的手掌，“是这样的：在他们俩离别的时候，他们并没有吵架。雷德鲁斯和她告别后，就到外面的世界闯荡去了。他知道他的心上人仍然忠诚于他。他不屑于相信他的情敌能够打动他心爱的女人的那颗善良、纯洁的心。雷德鲁斯先生到怀俄明州的落基山去淘金了。有一天，他正在干活的时候，一群海盗上岸去到了那里，把他给抓了起来。后来——”

“咳，你说什么？”那个无足轻重的旅客很不客气地插进来说，“一群海盗在落基山脉登陆！请问他们是如何航行到达那里的——”

“他们是坐火车到达的，”故事讲述者不动声色、不慌不忙地说，“海盗们把他在一个山洞里关了几个月，然后他们带他去了几百英里之外的阿拉斯加的森林地带。在那里，有一个漂亮的印第安纳州的姑娘爱上了他，可是他仍然忠实于艾丽斯。在森林里漂泊了一年之后，他带着钻石准备离开——"

"什么钻石？"那个无足轻重的乘客几近于刻薄地问。

"秘鲁神庙的马具商人让他看过的钻石。"讲故事的人含糊其词地说，"他回到家乡后，艾丽斯的母亲哭着把他领到了柳树下的一个坟头。'在你离开后，她的心就碎了。'她母亲说。雷德鲁斯伤心地跪在艾丽斯的坟前，问她的母亲：'我的情敌切斯特·麦金托什怎么样了？'她母亲回答说：'当他知道艾丽斯的心里只有你的时候，他就一天一天地憔悴下去了，直到有一天，他在大拉皮兹开了一家木器店才渐渐好了起来。后来我们听说他为了避开文明社会，去了印第安纳州，没成想在南本德附近被一头发怒的麋鹿给咬死了。'听了这话，雷德鲁斯就离开了尘世，到这里过起了隐居的生活。"

"我的故事，"年轻的经销商给自己的故事做总结说，"也许没有文学色彩；不过，我还是想用它来说明艾丽斯对爱情的忠贞不渝。她更看重的是真情实感，而不是钱财。我敬慕和信任女性，我不愿意让我的故事是其他任何的样子。"

说完了这些，他朝女乘客坐的那边看了一眼。

接下来，法官梅尼菲邀请车夫比尔达·罗斯也参加到苹果争夺大赛中来，讲一讲他的故事。车夫讲得很简短。

"我可不是那种把生活中的不幸和灾难都归咎于女人的白眼狼。法官阁下，按照你的规定，我要讲的故事大概是这样的：叫雷德鲁斯沦落到这种地步的纯粹是他的懒惰。当这个波西瓦尔·德莱西想要赶他出局，并用花言巧语蒙住艾丽斯的眼睛的时候，雷德鲁斯就应该狠狠地揍他一顿，那样的话，结果就不会是这个样子了。你想要得到的女子，值得你去付出。

"雷德鲁斯抬了抬他的斯特森呢帽，对艾丽斯说：'如果你再想要我的时候，你就来找我。'话说完，他就走了。他以为这就维护了他男子汉的尊严，其实呢，这还是懒惰在作祟。没有一个女人喜欢追在男人的屁股后面跑。‘他要想回来，他就自己回来吧。’艾丽斯自言自语地说。我断定她叫那个有钱人走了；她整日坐在家里，望着窗户外面，等待着那个留胡子的穷小子回来。

“我想雷德鲁斯大约苦苦地等了她九年，盼望着她叫人捎个信来，请求他对她以前的行为给予原谅。但是，她没有这么做。‘看样子她已经放弃了，’雷德鲁斯说，‘那么，我也放弃好了。’于是，他就做起了隐士，留起了长胡子。是的，懒惰和胡子就是他的祸根。这两者是分不开的。你多会儿听说过留着长头发和长胡子的人交到过好运？没有。看看马尔巴勒公爵和那些石油大亨们。他们留着长胡须吗？

“我敢打赌，艾丽斯没有结婚。要是雷德鲁斯跟别的什么人结了婚，她兴许会的。但是，雷德鲁斯却再也没有出现过。艾丽斯一直珍藏着他们俩爱情的信物，也许是一缕头发，也许是雷德鲁斯弄断了的一个他胸衣上的钢圈。对于一些女人来说，这些东西就像丈夫本人那么可贵。她孤零零地过了一辈子。这个雷德鲁斯他不理发、不换洗衣服，过潦倒的生活，不能怪到任何一个女人的头上。”

接下来轮到了那个无足轻重的乘客，那个我们一直不知道姓名的年轻人，他是要从乐园城到日出城去的。

如果火光不是太暗，趁他在回应法官的话儿的当儿，我们倒是可以看清楚他的样子。

一身深褐色的衣服包裹着他瘦小的身体，他像一只青蛙那样蹲坐在那里，用两只手臂抱着双膝，把下巴抵在膝盖上。麻絮色的头发柔软、光滑，鼻子长长的，嘴巴跟萨蒂尔的一样，上翘的嘴角显然受过烟叶的熏染，眼睛跟鱼儿的差不多，他的红领带上别着一根马蹄形的别针。他先是咯咯地干笑了一阵子，临了，才慢腾腾地说：

“到目前为止，大家都错了。试想一下！浪漫的爱情故事怎么能没有橘色的鲜花来衬托呢！噢，我看好的是那位打着蝴蝶结、口袋里揣着现金支票的小伙子。

“从他们俩在大门口分别的时候开始说起吗？好吧。‘你从来就没有爱过我，’雷德鲁斯激动地说，‘否则的话，你就不会理那个给你买冰激凌的小子了。’‘我恨他，’姑娘说，‘我讨厌他的四轮马车，不喜欢他送给我的那些放在金色盒子里并用花边丝带包扎的高级奶糖；当他送给我一个用蓝宝石和珍珠镶边并有心形浮雕的小盒子时，我都想杀了他。滚他的蛋吧！我爱的只有你。’‘哼，别再装了！’雷德鲁斯说，‘你以为我就那么好欺骗吗？还是收起你的那一套吧。你骗不了我。去吧，随你怎么恨他，关我什么事。我要去B大道找尼克森家的姑娘，嚼着口香糖，去跟她坐着电车游玩了。’

“那天晚上，约翰·伍·克里赛斯来了。‘怎么，你哭了？’他一边问她，一边整理着他的珍珠领带别针。‘是你把我的恋人给气跑了，’艾丽斯啜泣着说，‘我讨厌再见到你。’‘你不如跟我结婚吧，艾丽斯。’约翰·伍点起一支亨利·克莱牌的雪茄说。‘你说什么！’她生气地大声喊，‘跟你结婚，你想得倒美！除非是我的气消了，我能到商店去逛一逛了。在我们的隔壁就有一个电话，如果你想给办事员打电话的话。’”

故事停了下来，讲述者忍俊不禁，自己先咯咯地嘲讽地笑了起来。

“他们结婚了吗？”他继续往下讲，“那还用问，哪有煮熟的鸭子飞了的道理？这里我还要再提提雷德鲁斯老爷子。根据我的看法，这里你们又错了。是什么使得他做了隐士？一个说是懒惰；一个说是悔恨；还有一个说是酗酒。以我看，是女人们使然。这个雷德鲁斯现在多大年纪了？”他转向比尔德·罗斯问。

“我估摸着他大概有六十五岁了。”

“好的。他在这里隐居了二十年。假定他们俩分手时，他二十五岁。那么还应该有二十年的时间是我们现在不知道。在我们所不知道的这二十年里，他又干了些什么呢？我想是这样的：他犯了重婚罪，在监狱里待了二十年。我想他在圣乔有个金发碧眼的胖女人，在煎锅山有个黑发的瘦女人，在考谷有个镶金牙的姑娘。结果，在他的行为被察觉之后，她们把他告上了法庭，并且都跟他一刀两断了。在他出狱以后，他感慨地说：‘除了跟女人交往，叫我做什么都可以。过隐士的生活似乎就不赖，连速记员都不会去他们那里找工作。看来还是过隐士的生活适合我。这样梳子里再也不会有女人的长头发，烟灰缸里也不会有黄瓜腌下的泡菜了。’你说人们认为老雷德鲁斯神经不正常，是因为他说他自己是所罗门国王？哼，不是的！他自己就是所罗门国王。这就是我的故事。我想我讲这个故事不是为了要得到什么苹果。我已经做好了被淘汰的准备。我的故事看起来也不是那种能获奖的作品。”

遵照法官梅尼菲提出的对所讲故事暂不做评论的规定，在那位无足轻重的旅客讲完后，大家都没有吭声。然后是这个故事竞赛会的天才发起人清了清嗓子，开始讲最后一个故事。尽管长时间坐在地板上并不是那么舒服，可是你真的看不出法官梅尼菲的威严因此而有丝毫的减损。现在，渐渐暗淡下来的火光柔和地映照着法官梅尼菲的那张特征分明的脸（像古币上罗马帝王的浮雕像那么清晰），映照着他浓密的银灰色的卷发。

“一个女人的心灵！”法官梅尼菲用一种平稳而又激越的语调开始道——“有谁能够探出它的深浅？男人们的做法和欲望各不相同。可是，我认为所有女人的心都是合着同一个节拍在跳动，合着那个古老的节拍，爱情的节拍在跳动。爱情，对女人来说，就是意味着牺牲。只要她是一位贞洁的女性，她就会把真挚的情感看得高于一切，没有什么金钱和地位能与其相提并论。

“各位先生们——呃——应该说是各位朋友们，雷德鲁斯的爱的感情已经被我们大家梳理了一遍。然而，到底谁应该受到审判呢？不是雷德鲁斯，因为他已经受到了惩罚。也不是那些使我们的生活充满了天使般的欢乐的情感。那么，是谁呢？今晚，我们这里的每一个都是站在受审席上，用我们各自的故事来回答是黑暗还是崇高占据着我们的心灵。女性中最优秀的一位代表就坐在我们中间，来对我们进行评判。她手里拿着奖品，虽然奖品本身的价值不大，可是它却值得我们大家去努力争取，因为能得到这样一位优秀女性代表的上好的评价，也是一种荣誉。

“在我开始讲述雷德鲁斯和他的心上人的故事的时候，我必须首先声明我反对这样一种卑劣的看法，以为是女人的自私、不忠和奢侈导致了雷德鲁斯的远离尘世。迄今为止，我还没有发现在女人里面有那么庸俗势利，或是崇拜金钱的。我们必须到其他地方去寻找，到男人们卑劣的本质和低俗的动机中去寻找出原因。

“在那一难忘的分离时刻，这对情侣很可能吵架了。受着妒火的折磨，年轻的雷德鲁斯从他的家乡消失了。但是，他这样做正确吗？没有证据表明他这样做是对还是错。但是，这里有一些比证据更重要的东西，那就是永远坚定地相信女性的善良，相信她们能抵御富贵金钱的诱惑而忠贞不渝。

“我能想象得到那个鲁莽的自艾自怨的雷德鲁斯在四处流浪的情形。我能想象得到他渐渐地堕落，并因为意识到他已经失去了他在这个世界上的最珍贵的东西，而最终变得完全绝望。这样一来，他从这个悲伤的世界的隐去，以及他后来的变疯，都是情理之中的事了。

“在另一方那里，我看到什么呢？我看到一个随着岁月的流逝而逐渐变得衰老的孤独女人；她依然忠贞不渝，依然在等待，依然在窗前遥望着他身影的出现，脚步声的响起，尽管他再也没有回来过。现在，她已经老了，头发变得花白。她整日坐在门前，眺望着尘土飞扬的马路。在她的心里，她好像还是等在他们分别的那个大门口，他好像刚刚离开，就会回来的。是的，这就是我在头脑中给女性描绘的画像。在人世永远地分开了，可是还在等待！她盼望着他们在天堂里的相见，而他却深深地陷入绝望的泥淖中。”

“我想他是在疯人院的。”那个无足轻重的乘客说。

法官梅尼菲有点儿不耐烦地动了动。男人们都无精打采、横七竖八地坐着。外面的风势已经减弱，只是时断时续地刮着。壁炉里已经没有了火苗，只有红红的木炭映出微弱的光儿。靠炉火坐着的女乘客看上去就像一大团黑色的无形状物，只能看到她略微卷曲的光顺的头发和在长长的皮围脖上面露出的雪白的额头。

法官梅尼菲站了起来，舒展了一下他略微发僵了的身体。

“喂，加兰小姐，”他宣布说，“我们的故事会结束了。现在是你为我们其中的一位颁发奖品的时候了。请你把奖品给予你认为故事讲得最接近你的想法的人；尤其是对女性的评价最接近于你的观点的人。”

从女乘客那里没有得到任何的回应。法官梅尼菲关切地弯下身子。那个无足轻重的乘客此时发出了压低了的揶揄的笑声。女乘客正睡得酣甜。法官试着去拉她的手，叫醒她。结果在她的怀中触到了一个凉冰冰的、不甚规则的小东西。

“她已经吃掉了苹果。”法官梅尼菲略显惊讶地说，一边拿着苹果核给人们看。

艺术良心

“我从来也不能够叫我的搭档安迪·塔克遵循诈骗这门行当的职业道德。”杰夫·彼得斯有一天这样对我说。

“安迪丰富的想象力不可能叫他做到最起码的诚实。他想出的那些骗钱手段既高明又有高额利润的回报，甚至在‘铁路扣税制度’里都没有先例。

“说到我自己，我奉行的是：在我得到什么人的钱的时候，作为回报，我总要给人家一些东西——比如镀金的首饰、花籽、止痛药水、股票债券、炉台清洁粉等。我猜想在我的祖先里，一定有几位是新英格兰人，我遗传了他们对警察的那种惴惴不安的畏惧心理。

“但是，安迪的家族就跟我的大不相同了。如果他有一个家族史的话，也会像一个股份有限公司的那么短暂。

“有一年夏天，我们俩在中西部的俄亥俄州做买卖，推销家庭相册、头痛粉和灭蟑螂的药，安迪想到了一个既可行又能赚大钱的好主意。

“‘杰夫，’他说，‘我在想我们不应该总是在乡下人中间忽悠，而是要把注意力转移到那些有高回报的事情上去。要是我们总是满足于在农民身上搜刮点儿小钱，就会被人们归入初级骗子的行列了。咱们到高楼林立的地方，在大雄鹿的胸脯上美美地咬上几口好吗？’

“‘得了吧，’我说，‘你知道我的脾气。我宁愿以我们现在这样的一种公平守法的方式做买卖。收了人家的钱财，我总想给人家留下点儿实实在在的东西——哪怕这些东西分文不值，叫他能看得见、摸得着，省得他追着不放。不过，既然你现在有了新的想法，安迪，’我说，‘不如说来听听。我也不是非要做这些小营生不可，如果能有更好的赚钱方法，我也不会拒绝的。’

“‘我想的是，’安迪说，‘在那一大群美国的迈达斯[①]——也就是那些通常被称作匹兹堡百万富翁的人——中间打一次猎，不用号角，不带猎狗，也不用照相机。’

“‘是去纽约吗？’我问。

“‘不是，’安迪说，‘是去匹兹堡。因为匹兹堡才是他们的栖息地。他们不喜欢纽约。只是那边有人邀请时，才过去走走。’

“‘一个匹兹堡的百万富翁到了纽约，就像是一只苍蝇掉进了热咖啡里——他引起了别人的注意和评论，但是他自己却并不舒服。在纽约这个城市里到处是鬼鬼祟祟的势利小人，匹兹堡的百万富翁们在这里“阔绰”地花钱会遭到他们的揶揄。其实，匹兹堡的富人们在纽约停留的时候并不怎么消费。我看到过一个身价一千五百万的匹兹堡人在纽约商业区留住了十天的一个记账单。账目是这样写的：

往返火车票：21.00 美元

出入旅馆的交通费：2.00 美元

旅馆住宿费（每日 5 美元）：50 美元

小费：5750 美元

总计：5823 美元

“‘纽约就是这样，’安迪继续说着，‘整个城市就像是个餐厅服务员的领班。如果你给了他太多的小费，他就会跑到门口，跟保管衣帽的服务员拿你开心。当一个匹兹堡人想要花钱、想要玩得痛快时，他一定是留在匹兹堡。这也是我们能找到他们的地方。’

① 迈达斯是希腊神话中一位能点石成金的富有国王。

“哦，我还是长话短说吧。我和安迪把我们的巴黎绿、安替必灵退热药粉和家庭相册存放在一个朋友的地下室里，便动身前往匹兹堡。安迪事先并没有制定好计划，没有说是要采用欺诈手段还是使用暴力，不过，他总是信心十足，相信他那邪恶的灵感定会叫他把握好任何一次到来的机会。

“这一次，他对我所坚持的人要有点儿自尊、有点儿品行的观点做了让步，他答应只要我尽心尽力地参与到我们要在匹兹堡合作的生意当中，在拿到钱之后，他一定会给人家一些实实在在的东西，一些可触、可嗅、可视的东西，以便让我的良心不至于太过自责。他这样一说，我感觉好多了，高兴地参加进来。

“‘安迪，’当我们溜达在一条雾蒙蒙的名叫史密斯菲尔德大街的煤渣路面上时，我说，‘你想出我们如何能够结识那些煤炭大王和生铁巨头的办法了吗？并不是我妄自菲薄，缩手缩脚，’我说，‘但是，要进入到那些抽高档雪茄的人的沙龙，恐怕比你想象的还要难吧？’

“‘如果说要是有困难的话，那也是我们所秉承的文化束缚了我们。匹兹堡的百万富翁们都是些朴实、热情、没有架子，很讲民主的人。

“‘他们粗鲁，我行我素，尽管他们举止欢快，也不是那么太讲究的人，但是在他们的骨子里，他们还是缺乏礼貌和应有的礼仪。他们中间的每一个人几乎都是从默默无闻的平民爬上去的，’安迪说，‘在这座城市没有治理烟尘和污染之前，他们的日子会一直过得舒适稳当。只要我们言语朴实，不做作，不要离开他们所待的沙龙太远，经常大声地说出一些见解，以引起他们的注意，这样我们和他们中间一些人的相识就会比较容易了。’

“噢，我和安迪就这样在街上转悠了三四天，收集情况。我们已经能认出几个百万富翁的模样了。

“其中的一个常常在我们住的旅馆门口停下他的轿车，要上一夸脱的香槟酒。当服务员给他打开盖子以后，他拿起瓶子就往嘴里灌，这很可能说明他在发迹之前，是个吹制玻璃器皿的工人。

“有天晚上，安迪没有回旅店吃饭。直到夜里十一点钟他才回来，到了我的房间。

“‘找到一个目标了，杰夫，’他说，‘身价一千二百万。有油田、轧钢厂、房地产和天然气。人挺好，没有一点儿架子。他的财富都是在这最近的五年里挣到的。他聘请了几位教授，给他补习艺术、文学以及服饰穿着方面的知识。

“‘今天在我见到他的时候，他正跟一个钢厂的老板打赌，说阿勒哥轧钢厂今天准有四个人会自杀，结果他赢了一千美元。在场的每一个人都拥着他去酒吧，让他请酒。他对我很有好感，特邀我跟他吃晚饭。我们去了钻石巷的一家饭店，坐在高脚凳上，喝了冒泡的摩泽尔葡萄酒，吃了蛤蜊羹和油炸苹果派。

“‘吃完饭以后，他想让我去他在自由路上的单身公寓看看。那套公寓里有十个房间，在海鲜市场的楼上，在第三层上面还专有一个洗澡的地方。他告诉我说，光是装修房子、配置家具等就花掉了他的一万八千美元，我相信他并没有吹牛。

“‘在他的一个房间里收藏了价值四万美元的绘画作品，还有一个房间里收藏了价值两万美元的古玩。此人叫斯卡德，今年四十五岁，正在学钢琴，从他的油井里一天就要出一万五千桶的原油。’

“‘很好，’我说，‘这第一步进行得很顺利。可这又有什么用呢？他的艺术品和原油与我们有什么关系呢？’

“安迪坐在床边沉思了一会儿以后说：‘这个人并不是我们通常所说的那种附庸风雅的人。在他带我到他的房间里看他收藏的艺术品时，他激动得脸上放着光彩，像是焦炉的炉门被打了开来。他说他的几笔大买卖要是做成了，不论是J.P.摩根收藏的挂毯，还是缅因州奥古斯塔拥有的珠宝，都将不能与他的收藏相提并论。

“‘然后，他叫我看了一件雕刻品，’安迪继续说，‘无论是谁看了，都会说这是一件珍品。他说，这件东西大约已有两千年的历史了。是用一整块象牙雕刻成的一朵莲花，在莲花的中间有一个女人的头像。’

“‘斯卡德在他收藏的目录里找到了对它的描述。在古埃及有一位叫哈夫拉的雕刻家制作了一对这样的雕刻，献给国王拉美西斯二世。其中的一件已经不知去向。旧货商和古玩商们找遍了整个欧洲，也未能找到。现在这一件是斯卡德花了两千美元买到的。’

“‘哦，够了，’我说，‘你的这些话就如溪水的声响，在我听来毫无意义。我原以为我们来到这里，是要教授给这些百万富翁们一些东西的，而不是跟他们来学习艺术的，不是吗？’

“‘你耐心点儿，’安迪和蔼地说，‘或许，用不了多久，我们就能找到机会了。’

“第二天，安迪出去了一个上午。直到中午的时候他才回到旅馆。他隔着大厅喊我去到他的房间。他从口袋里掏出一个鹅蛋大小的包裹，打开一看，原来是件象牙雕刻品，它的样子和他给我讲的那件百万富翁的收藏品一模一样。

“‘我去了一家旧货商店和当铺，’安迪说，‘我看到这件东西被挤压在一大堆古剑和旧货的下面。店铺老板说这东西已经在这里放了好几年了，大概是住在河下游的外国人当到这里来的，他们也许是阿拉伯人，也许是土耳其人，或是别的什么国家的人。因为到期未赎，成了死当。

“‘我出两块钱要买，也许是我表现得太想要得到它了吧，老板说少了三十五美元，就犹如是从他儿女们的嘴里抢面包，他是绝对不会干的。最后，我花了二十五美元得到了它。

“‘杰夫，’安迪接着说，‘这一件正好跟斯卡德所收藏的是一对。他准会二话不说就把它买下的。它绝对是他的那件的原配。斯卡德会毫不犹豫地用两千美元将它买下的。谁能断定它就不是那位老吉普赛人雕刻的那件真货呢？’

“‘当然了，谁也不能，’我说，‘那么，我们怎么诱使他自愿来购买呢？’

“安迪心中早已有了计划，让我来告诉你我们是如何进行吧。

“我找了一副蓝色眼镜，穿了一件黑色的礼服，把我的头发弄得乱蓬蓬地竖了起来，装扮成了一个叫皮科尔曼的教授。我到另一家旅馆登记了一间住房，给斯卡德发了一份电报，约他立刻前来见我，谈一桩重要的艺术品的买卖。不到一个小时的光景，他就上了旅馆的电梯，来到了我的房间。他相貌平平，可嗓门洪亮，身上一股康涅狄格州雪茄烟和石脑油的味道。

“‘喂，教授！’他喊道，‘你近来好吗？’

“我搔了搔我乱蓬蓬的头发，从蓝色的眼镜片后面盯视着他。

“‘先生，’我问，‘你是宾夕法尼亚州匹兹堡市的科尼利厄斯·T.斯卡德吗？’

“‘是的，’他回答，‘咱们出去喝杯酒好吗？’

“‘我既没有时间，也没有兴趣，’我说，‘喝酒对身体并没有什么好处，更不是什么好的消遣方式。我是从纽约城来，想与你就艺术方面——谈笔生意。

“‘我听说你有一件埃及的象牙雕刻，是拉美西斯二世时期的作品，雕的是一朵莲花，莲花里面里托着伊西斯女王的头像。像这样的作品世上只有两件。其中的一个已经遗失好多年了。最近我在维也纳的一家当铺——哦，是一家不太著名的博物馆——发现了它，买了下来。我想把你收藏的那一件，也想买下来，请开个价吧。’

“‘噢，我的上帝！’斯卡德惊呼道，‘你找到了另外的那一件，教授？还想要买下我的这一件？不，我科尼利厄斯·斯卡德不需要卖掉我想要收藏的任何东西。你带来你的那一件了吗，教授？’

“我把它拿出来叫斯卡德看。斯卡德仔仔细细地把它察看了一番。

“‘没错，’他说，‘跟我的那件完全一样，每一条纹路，每一条曲线，都一模一样。我实话告诉你吧，’他说，‘我非但不会卖，而且想把你的这一件买下。我愿意给你出到两千五百美元。’

“‘既然你不愿意卖，那我就卖了吧’我说，‘一手交钱，一手交货。我不喜欢啰唆。我今晚就必须赶回纽约。我明早在水族馆还有课。’

“斯卡德送来了一张支票，我让旅店把它兑换成了现金。斯卡德拿着东西走了，我照约定，匆匆地回到了安迪住的旅馆。

“安迪正在屋子里来回地踱着步，看着他的手表。

“‘怎么样？’他问。

“‘拿到两千五百美元，’我说，‘都是现金。’

“‘现在，我们只剩下了十一分钟，’安迪说，‘去赶那趟从巴尔的摩到俄亥俄州的火车。快去拿你的行李。’

“‘着什么急呢？’我说，‘这是一场公平的交易。即便这只是一件仿制品，他也得需要一点儿时间来发现这一点。斯卡德似乎非常确信，这就是一件真品。’

“‘是的，’安迪说，‘因为这就是他自己的那件。在我昨天看他的古玩的时候，趁他离开房间的一刹那，我把它装进了口袋里。现在，你还不赶快收拾箱子开溜吗？’

“‘那么，’我问，‘你为什么要说这是你在当铺里面发现的另外一件呢——’

“‘噢，’安迪说，‘我这是出于对你的良心的尊重。赶快走吧，杰夫。’”

人生的波澜

治安官贝纳加·威德普坐在办公室的门口，抽着他的那根接骨木烟斗。高耸入云的坎伯兰山脉在下午的雾霭中呈现出灰蓝色。一只花斑母鸡在居留地大街上大摇大摆地走着，一边咯咯地傻叫个不停。

沿着公路传来了一阵车轴的咯吱声，接着是一团尘土慢腾腾地扬起，飞尘中出现了一辆牛车，上面拉着兰西·比尔布洛跟他的老婆。牛车停在了治安官办公室的门口，夫妻两个爬下了牛车。兰西儿近于六英尺高，有着棕黄色的皮肤和黄色的头发。大山里肃穆和岑寂的氛围像一件盔甲罩在了他的身上。他的老婆较为消瘦，穿着花布衣服，头发拢起，可以看得出来，她被一些无以名状的欲望和烦恼弄得身心疲惫，流露出一丝对不知怎么已经失去的青春的淡淡哀怨。

出于礼貌，治安官把他的两只脚伸进鞋子里，立起身子，请他们两个进到了屋子里。

“我们两个都想要离婚。”那个女人说，她的嗓音像是风儿吹过松林发出的声响。她抬眼望着兰西，看看他对她在这件事情上的表述怎么看，他会不会认为她的话说得有误、含糊、不公或对自己有偏袒的地方。

“是的，离婚，”兰西很严肃地点点头，重复道，“我们两个在一起过不下去了。在这样的深山老林里，即便两口子能和和睦睦地过日子，也够寂寞的了。何况她在家里不是像一只野猫那样乱叫，就是像猫头鹰一样阴沉着脸，一个男人没有必要非要和这样的一个女人住在一起。”

“你整天混日子，什么正经事情也不做，对家里的事不闻不问，”那个女人说，“成天跟那些无赖和走私酒贩子混在一起，每次喝了玉米酒回来倒头就睡，还养了一群汪汪叫的饿狗，扰乱四邻！”

“她动不动就摔锅盖，”兰西反唇相讥，“把滚烫的水往浣熊狗身上浇，这种狗是坎伯兰山里最好的猎狗啊。她还不肯给我做饭，一到晚上就唠唠叨叨，说我这不好，那不好，弄得人家整夜不能睡觉！”

“他总是抗缴税款，在山里落了个二流子的名声，谁晚上还能睡得着觉？”

治安官此时开始认真地履行他的职责。他为他的两个原告摆好了一把椅子和一张木凳，叫他们坐下。然后打开了桌子上的法令全书，浏览着它的索引部分。临了，治安官擦了擦他的眼镜片，移动了一下墨水瓶，然后说：

“法律和法规，就本法庭的权限而言，并没有涉及婚姻的问题。但是，根据平等的原则，根据宪法和《圣经》里的金科玉律，一个法规如果不能兼顾到一个事物的两面或是两头，它就不是一个好的法规。既然治安官有权让一对情侣结为夫妻，那么，很显然他也有权替一对夫妻办理离婚手续。本庭可以颁发离婚证书，并遵照最高法院的决定，使其生效。”

兰西·比尔布洛从裤子口袋里取出一个放烟叶的小袋子，他从袋子里面摸索出一张五美元的纸币放在了桌子上。“卖了一张熊皮和两张狐狸皮，挣了五块钱，”他说，“这可是我们身上所有的钱了。”

“在正常情况下，本法庭的离婚费用正是五美元。”治安官装出一副不太在乎的样子，把钱装进了他粗呢坎肩上的口袋里。然后，费了不少的劲儿和不少的脑子，他拟好了离婚证书，把它写在了大半张纸上，然后在另外的半张纸上又重新抄写了一份。兰西·比尔布洛和他的妻子认真地听他宣读这份即将给予他们自由的离婚证书：

根据相关的法律条款，现将下面的内容公布于众：兰西·比尔布洛与他的妻子阿里艾拉·比尔布洛于今日来到本法官面前商定，从今以后不再相互恩爱、相互尊重，无论今后身处何境，都不会再去纠缠对方。订立协议之时，当事人都神志清醒，身心健全；本着对本州治安和法律的尊重，他们接受本庭离婚的裁决。上帝作证，今后两人互不干涉，永无反悔。

田纳西州，比德蒙特县

治安官 贝纳加·威德普

治安官正要把一份证书递给兰西，突然阿里艾拉发了话，延搁了这一交递。两个男人不解地望着她。他们男性的迟钝遭遇到了女人的善变性和难以预料性的冲击。

“法官先生，请你先不要把证书给他，事情还没有完全了结。我首先要使我的权益得到保障。我要得到赡养费。一个男人跟他的妻子离婚，一分钱也不给对方，那怎么能行。我打算到霍格巴克山我哥哥埃德家去住。我总得买双鞋，还有鼻烟和别的什么东西吧。兰西既然有钱支付离婚的费用，他就得支付我赡养费。”

兰西·比尔布洛一下子被她说得愣在了那里，无言以对。事先他一点儿也没有听她提到过赡养费。女人们总是能搞出点儿让人瞠目、难料的事情来。

治安官贝纳加·威德普觉得这个问题需要依法裁决。《法令全书》上没有关于赡养费的明文规定。可是，现在这个女人的脚还光着。去往霍格巴克山的路不但陡峭，而且到处是石头。

“阿里艾拉·比尔布洛，”治安官以法官的口吻说，“在本案中，你认为给你多少钱的赡养费就够了呢？”

“我认为，”阿里艾拉回答说，“加上买鞋子和其他一些东西，五块钱就差不多了。这钱不算多，不过，我想它足以叫我去到我哥哥埃德的家了。”

“你妻子要的这个数目并不算多，”治安官说，“兰西·比尔布洛，本庭要求你在离婚证书颁发之前，支付给原告五块钱。”

“我没有钱了，”兰西喘着粗气说，“我把我所有的钱都给了你了。”

“你要是不给，”治安官从眼镜的上方严厉地瞅着兰西，“那你就是藐视本法庭。”

“我想，如果能等到明天，”丈夫恳求说，“我也许能从什么地方凑到这钱。我从来也没想到要支付赡养费的。”

“本案暂时休庭，”贝纳加·威德普说，“明天你们两个再来，听候法庭的宣判，宣判后签发离婚证书。”说完，他又坐回到了门口，开始解开他鞋上的带子。

“我们现在去齐亚大叔家吧，”兰西想了想决定道，“在齐亚大叔家里过夜。”他出来坐到了牛车的一边，阿里艾拉坐到了另一边。兰西抖抖缰绳，那头小红牛就缓缓地上了路，牛车在车轮扬起的滚滚灰尘中间慢慢地远去。

治安官贝纳加·威德普又抽起了他的接骨木烟斗。傍晚的时候，他开始读周报，一直读到暮色模糊了上面的字迹。然后，他点起了桌子上的牛油蜡烛，直读到月亮升了起来，到了吃晚饭的时间。他住在山坡上的一个靠近剥皮白杨树的双开间的木屋里。回家吃晚饭的路上，在他穿过一条被茂密的月桂树遮掩着的岔道时，从月桂树丛中窜出一个黑影，用一支步枪抵住了他的胸口。那个人把帽子戴得很低，脸上也用什么东西遮住了一大半。

“把钱拿出来，”那个人说，“不要声张。我按在扳机上的手指会因为紧张而发抖，不小心把扳机扣响。”

“我身上只有五——五——块钱。”治安官一边说着，一边从他的坎肩口袋里把钱掏了出来。

“把它卷起来，”那个人命令说，“塞进我的枪管里。”

这张票子又新又脆。就是现在的这双笨拙、发抖的手，把它卷成一个细筒子也并不困难，不过在将它从枪口上塞进去时，就并非那么轻松了。

“现在，你可以走了。”那个抢劫者说。

治安官赶快地离开了。

第二天，那头小红牛拉着牛车又到了治安官办公室的门前。这一次，治安官贝纳加·威德普的鞋子是穿在脚上的，因为他一直在等着他们的到来。当着贝纳加·威德普的面，兰西·比尔布洛将一张五美元的纸币交给了妻子。这张纸币怎能逃过治安官的眼睛。它有些卷曲，似乎曾经被卷成细筒塞进过枪膛里。不过，治安官忍住了，没有吭声。其他的票子也可能被卷曲过的。他颁发给每个人一份离婚证书。这对男女表情很难堪地站在那里，没有言语，都在慢腾腾地折叠好各自的自由保障书。女方极力抑制着自己的情感，羞怯地瞥了兰西一眼。

“我想，你这就要赶着车回山里的木屋了吧，”她说，“面包是搁在木架上的铁盒子里。担心被狗吃掉，我把咸肉藏在烧开水的锅里。不要忘了今天晚上给钟上发条。”

“你要去你哥哥埃德的家了吧？”兰西漠不关心地问了一句。

“我要在天黑之前去到我哥哥家里。我敢说，他们也不是那么欢迎我，可是我又没有什么别的地方可去。我想，我还是尽早动身吧。我要跟你说再见了，兰西——我的意思是说，如果你还愿意跟我道声再见的话。”

“如果有谁连个再见都不愿说，那他简直连条狗也不如了——”兰西用一种激昂的声音说，“除非是你着急着要赶路，不想听我说。”

阿里艾拉没有吭声。她把五美元和离婚证书小心地折好，揣进衣服里面的口袋里。贝纳加·威德普不无懊恼地眼睁睁地看着那五块钱又揣到了别人的怀里。

也不知道是因为触景生情，还是别的什么原因，贝纳加·威德普说了下面的一句话，这句话把他归入到了世上广大的富于同情心的人们中间，或是世界上少数的金融家们的中间（意指贝加纳说下面这句话，是想让他们俩复婚，这样作为复婚的手续费他就能重新得到那五美元了——译者注）。

“今天晚上，你在山上的那个老木屋里一定会有些寂寞的，兰西。”贝纳加·威德普说。

兰西·比尔布洛凝视着窗外的坎伯兰山脉，在太阳的照耀下它现在是一片蔚蓝色。他在回答贝加纳的话时，并没有拿眼睛看着阿里艾拉：

“是的，是会有些孤单的，可是，当人家怒气冲冲的、非要离婚不可的时候，你怎么能留得住人家呢？”

“是另外的那个人也要离的，”阿里艾拉对着木凳说，“何况，也没有人想叫我留下来。”

“我从来也没说过不想让你待的话。”

“可是你也没有说过要留我的话呀。我想，我还是现在就动身去我哥哥埃德家吧。”

“没有人会上那个旧钟表。”

“想让我跟你一块坐车回去，帮你上钟表吗，兰西？”

从这个山里人的脸上，看不出任何的表情。不过，他伸出了一只他的大手，将阿里艾拉的棕色皮肤的小手握住了。她内心的喜悦叫她毫无生气的脸上有了熠熠的光辉。

“我再也不让那些狗烦你了，”兰西说，“我觉得我以前的确做得不好，太不像一个男子汉了。还是你给那个钟上发条吧，阿里艾拉。”

“我的心一直记挂着我们的那间木屋，记挂着你。我再也不像从前那样发火了。让我们现在就动身吧，兰西，这样我们赶天黑的时候就到家了。”

在他们俩没有跟治安官打招呼就朝着门口走去的时候，治安官贝纳加·威德普拦住了他们。

“我以田纳西州政府的名义，”他说，“不允许你们两人做出藐视本州法律和法令的事情。本庭看到两个相亲相爱的人拨开了误会和不和谐的云雾，重归于好，不但非常满意，而且十分高兴。但是维护本州的道德和治安也是本庭的职责。本庭提醒你们俩，你们现在不再是夫妻了，已经依法办理了离婚手续。在这种情况下，你们已不再享有婚姻的一切权益。”

阿里艾拉不由得抓紧了兰西的胳膊。难道这些话的意思是说，在他们刚刚接受了生活的教训、和好如初的时候，她又要失去他了吗？

“不过，本庭也可以解除离婚判决所造成的障碍。本法庭将给你们办理正式的结婚手续，这样就可以使你们两位当事人重新享有合法、永久的婚姻生活。履行这一手续的费用是五块钱。”

阿里艾拉从治安官的话里又听出了一丝的希望。她把手即刻伸进到怀里。那张钞票像只鸽子那样抖动着，落在了治安官的桌子上。她与兰西手拉着手儿，站着聆听治安官宣布他们重归于好、重结良缘，此时，她灰黄色的脸上泛起了片片红晕。

兰西把妻子扶上了牛车，自己也坐在了她的旁边。那头小红牛又一次掉转方向。于是，他们手牵着手儿，朝山里进发。

治安官贝纳加·威德普坐到了门口，脱掉了鞋子。他把手伸进他的坎肩口袋里，又摸了摸那张卷着的钞票。他又一次抽起他的接骨木烟斗。那只花斑母鸡又一次在居留地大街上大摇大摆地走着，一边咯咯地傻叫个不停。

女巫的面包

玛莎·米查姆在街角处开了一家小小的面包店（就是步上三个台阶当你推门要进去时，门上的铃铛就会响起的那家铺子）。

玛莎小姐今年四十岁，银行里有两千美元的存款，她有两颗假牙，和一颗多情的心。很多结了婚的女人也不见得比得上玛莎现在的条件。

有一个顾客每周都要来店里两三次，他渐渐地引起了玛莎的兴趣。他是一个中年男子，戴着一副眼镜，棕色的胡须总是修剪得整整齐齐的。

他说的英语带着很重的德国人的口音。他穿的衣服有的地方磨破了，打着补丁，有些地方则是皱巴巴的。不过，他人看起来还是很精神，对人也彬彬有礼。

这位顾客每次来，总是买上两个陈面包。新鲜面包是五美分一个，陈面包是五美分两个。除了陈面包，他从来也没有买过店里的其他东西。

有一次，玛莎小姐看见他的手指上有红、褐色的颜料。她断定他是一位生活贫穷的艺术家。毫无疑问，他是住在一间阁楼上，在那里他画着他的画儿，吃着陈面包，心里想着玛莎小姐店铺里的各种美食。

每当玛莎小姐坐下来享用她的肉排、面包卷、果酱，并喝着红茶的时候，她常常会情不自禁地叹起气来，希望这位温文尔雅的艺术家能够与她分享她可口的饭菜，而不是在四面透风的阁楼里，啃吃他的干面包。我们前面已经提到过，玛莎小姐是个极富于同情心的人。

为了证明一下她对其职业的判断是否正确，有一天她从家里带来一件她在促销时买下的绘画作品，并将它挂在了柜台后面的架子上。

这是一幅威尼斯的风景画。一座宏伟的大理石宫殿（画上是这样标明的）耸立在画面的前景——或者说是在前面的水中。此外，在画面的其他部分还有几条小平底船（船上有位女士，把手伸进水里，划出一道道的涟漪），云彩，天空，和许多明暗烘托的笔触。没有一个艺术家会对这样的一幅画视而不见。

两天以后，那位顾客又来了。

“请给拿两个陈面包。”

“你这里有一幅不错的画呢，夫人。”他在等她把面包包好的时候说。

“是吗？”玛莎小姐说，她为自己想出了这样一个聪明的主意而心里面觉得美滋滋的，“我非常地崇拜艺术和——”（不，现在就提到“艺术家”，还为时过早）“和绘画，”她改口说，“你真的认为这幅画画得不错吗？”

“这座宫殿，”顾客说，“画得不太好，它的透视法用得不真实。再见，夫人。”

他拿上面包，深深地鞠了一躬，匆匆地走了。

是的，他一定是位艺术家。玛莎小姐又把画拿回到自己的屋子里。

在他镜片后面的眼睛闪烁着多么温和和友善的光芒啊！他宽宽的前额里藏着多少的智慧啊！他一眼就可以判断出透视法用得好与坏——可是他还得靠吃陈面包过日子。天才在成名之前，往往得经过磨炼和拼搏。

如果一个天才有两千美元的存款，一个面包店，还有一颗多情的心在其背后默默地支持着他，他的艺术和他的透视法会取得多大的成就啊——可是如果弄不好，这只是场白日梦罢了，玛莎小姐。

现在，在他来了以后，他总要隔着柜台跟玛莎小姐聊上一会儿。他似乎渴望听到玛莎小姐欢快的谈吐。

他还是常常来买陈面包，只买陈面包，从来没有买过蛋糕、馅饼，或是她店里的其他美食。

她觉得，他开始变得憔悴和沮丧了。她内心渴盼着给他寒伧的饮食里增添进一点儿好吃的东西，不过，她又没有这样做的勇气。她不敢冒犯他。她了解艺术家们的高傲的个性。

玛莎小姐开始穿上她那件带蓝点子的丝质背心站在柜台前。在后屋里，她熬制一种神秘的草籽和硼砂的混合物。有很多人用这种汁水养颜美容。

一天，这位顾客又来了，像往常那样把一枚五美分的硬币往柜台上一搁，要买玛莎小姐的陈面包。在玛莎小姐伸手去拿面包的时候，外面响起一阵嘈杂的喇叭声和警笛声，一辆消防车正呼啸着疾驰而过。

像其他任何人可能会做的那样，这位顾客赶忙到门口去看。这个时候，玛莎小姐突然灵机一动，她要抓住这个机会。

在柜台里面最底下一层的货架上，有一磅送牛奶的人在十分钟前刚刚送来的新鲜黄油。玛莎小姐用小刀在陈面包上挖开一道深深的口子，在塞进去不少的黄油之后，又压紧了面包的切口。

在那位顾客转过身来的时候，玛莎已经用纸在把面包包起来。

在愉快地聊了一会儿后，他走了，玛莎小姐暗自偷偷地笑了，可是在高兴之余，她心里又不免有些忐忑和不安。

她的胆子是不是有点儿太大了？他会不会生气呢？绝对不会的。面包又不会说话。黄油也并不是女性不贞洁的轻率行为的表征。

那一天，她有好长的时间都在想这件事。她想象着在发现她偷偷地给他放在面包里的黄油时，他会是怎样的情形。

他会放下他手中的画笔和调色板。在他的画架上立着他正在画的一幅画，画中的透视法运用得无可挑剔。

吃午饭的时间到了，他拿起他的干面包，用小刀把它切了开来——啊！

玛莎小姐的脸一下子红了。他吃面包的时候，会想起把黄油塞进面包中的她吗？他会——

前门上的铃铛不祥地急响了起来。有人吵嚷着冲了进来。

玛莎小姐急忙来到店门口。有两个男人站在那里，其中的一个较为年轻，抽着一支烟斗，此人她以前从来没有见过。另一个就是她的艺术家。

他的脸涨得通红，帽子戴在后脑勺上，他的头发乱蓬蓬的。他把两只紧握的拳头，冲着玛莎小姐愤怒地挥舞着。——冲着玛莎小姐——

“你这个蠢货！”他用德语声嘶力竭地骂着，“你这个该挨千刀的混蛋！”

那个年轻点儿的男子竭力地想拉他走。

“我不会走，”他生气地说，“我非跟她说个清楚不可。”

他在玛莎小姐的柜台上重重地击了一拳。

“你叫我倒尽了霉，”他喊道，他镜片后面的蓝眼睛里燃烧着怒火，“让我告诉你吧，你就是个爱管闲事的老巫婆！”

玛莎小姐无力地靠在货架上，一只手拂在带蓝点子的丝质背心上。那个年轻人抓住了他同伴的衣领。

“走吧，”他说，“你已经骂得差不多了。”他把这位生气的艺术家硬是从店铺里拖出来，拖到了便道上，然后，自己又走了回来。

“我想，我应该让你知道他大吵大闹的原因，夫人，”他说，“他叫布鲁姆伯格，是个建筑设计师。我跟他在一个办公室上班。

“他已经紧紧张张地工作了三个月，在画一个新的市政大楼的设计图。你知道，这是一场有奖竞赛。昨天他刚把图纸描好。你知道，设计师总是先用铅笔打底稿的。等图纸描好后，再用陈面包屑擦去铅笔的痕迹。这比用印度橡皮擦的效果还要好。

“布鲁姆伯格一直在你这里买陈面包。哦，今天——哦，你也知道的，夫人，黄油它不能——哦，布鲁姆伯格的图样成了废纸，只能裁开后去包火车上出售的三明治了。”

玛莎小姐去到了后屋里。她脱下了带蓝点子的丝质背心，又换上了平常那件棕色的旧哔叽布衣服。接着，她把用草籽和硼砂混合熬制的汁液倒进窗户外的垃圾桶里。

比门塔薄饼

在弗里奥山麓一带，当我们把一群烙有圆圈三角印迹的牛赶拢在一起的时候，一棵枯死的牧豆树突出的枝丫挂住了我的木马镫，扭伤了我的脚踝，让我在营地里躺了一个星期。

在我这样无聊地躺到第三天的时候，我从帐篷里爬了出来，挨近到炊事车旁，斜靠着树桩，来听伙夫贾德森·奥多姆的没完没了的唠叨。贾德天生爱说话，可是命运偏偏跟他作对，叫他干了伙夫这个行当，致使他在大部分的时间里都很难有个人听他唠唠嗑。

因此，在贾德寂寥无声的沙漠里，我便成了他的甘霖和绿洲。

有的时候，我会无端地生出一些不可能实现的念头，想吃我们营地的“伙食”里没有的东西。我想起了母亲的食柜（那份怀念“如初恋那般深长，那般搅动人心[①]”），于是我问道：

“贾德，你会做薄饼吗？”

贾德放下手中的六响手枪——他本来是要用它捣开羚羊肉排的，来到我面前，似乎是带着点儿威胁地向我俯下身子。他的浅蓝色的眸子怀疑和不满地望着我，这就更加证实了我的看法：他是生气了。

“喂，你怎么回事，”他愤怒地说，“你是真心诚意在问我，还是想挖苦我？是不是有人把我和薄饼的故事告诉了你？”

“不是的，贾德。”我真诚地说，“我真的没有别的意思。我就

① 引自英国诗人丁尼生的叙事诗《公主》的歌曲：“情深如初恋，惆怅复黯然；人生如流云，往日不再回。”

是想吃用黄油烙的黄黄的薄饼，上面还浇着新上市的、大皮铁桶装的新奥尔良蜂蜜，我愿意拿我的小马和马鞍来换上一摞子这样美味的薄饼。说起薄饼，难道这里面还真有个故事吗？”

贾德看到我不是在有意为之，神色顿时缓和了许多。他从炊事车上拿下来一些看似很神秘的袋子和铁皮盒子，将它们放在我倚着的那棵朴树下。我望着他不慌不忙地张罗起来，把袋子上的绳子一个个地解了开来。

“其实，它也算不上是个故事，”贾德一边干着，一边说，“这只是我跟陷骡山谷来的那个粉红眼睛的牧羊人以及威莱拉·利莱特小姐之间关系上的一个合乎逻辑的发展结果。我也并不介意讲给你听听。

“那个时候，我在圣米格尔牧场为老比尔·图米赶牛。有一天，我特别想要吃食品罐头。只要罐头里装的东西不哞、不哼、不咩或者不啄就行。于是，我骑上我的还没有训好的小野马，直奔纽西斯河比门塔渡口埃姆斯利·特尔费尔大叔的商店。

“在下午三点钟的时候，我到达那里。我把马儿的缰绳拴在牧豆树的枝干上，又走了二十码的距离，进到了埃姆斯利大叔的商店。我纵身坐在柜台上，告诉埃姆斯利大叔，现有迹象表明，今年全世界的水果都要遭灾了。不一会儿，我的面前就摆上了一袋饼干，一个长把子调羹，还有打开了的杏子、菠萝、樱桃和青梅罐头，我身边的埃姆斯利还在手忙脚乱地用斧头砍开罐头的黄色铁皮箍。我快活得像是没有偷吃禁果之前的亚当。我一边用我靴子上的马刺踢打着柜台的板壁，一边快乐地舞弄着二十四英寸长的调羹。就在这个时候，我碰巧看到了窗户外面埃姆斯利的宅院里（宅院就跟商店紧挨着）。

“院子里站着一个女孩——一看就知道是一个外地来的女孩，她正玩着槌球，不时地往我这边瞅上几眼，觉得我贪吃水果罐头的那个样子很好玩。

“我从柜台上滑了下来，把手中的勺子给了埃姆斯利大叔。

“‘这是我的侄女，’他说，‘威莱拉·利莱特小姐。她从巴勒

斯坦到这里来看我。你想让我介绍你们认识吗？'

"'那可是圣地啊。'我对自己说，思想像牛群一样，当我想要把它们赶进栅栏里时，它们却在乱兜圈子。'难道不是吗？毫无疑问，有天使们在巴勒——埃姆斯利大叔，当然啦，'我激动地大声说，'我非常高兴认识利莱特小姐。'

"这样埃姆斯利大叔就把我带到院子里，给我们相互做了介绍。

"我对女人，从来没有过害羞的感觉。我一直不能理解，为什么有的男人在一个大清早就能驯服了一匹野马，也可以摸着黑刮胡子，可是一见到一个穿靓丽衣服的漂亮女郎，就手足无措，浑身冒汗，连话也不会说了呢。没出八分钟，我跟利莱特小姐玩槌球，玩得就像表兄妹那么融洽了。

"她取笑我吃了那么多的水果罐头，我反唇相讥说，是一个名字叫作夏娃的女子，在天下第一个天然大草原搞出了那个水果事件——'就是在巴勒斯坦吧，不是吗？'我脱口而出地说，就像套索捕捉一个一岁的小马驹那么自如。

"我就是这样认识和亲近了威莱拉·利莱特小姐的。随着时间的推移，我们两人的关系日渐亲密。她来比门塔渡口住，是因为健康的原因，比门塔的气候条件非常好，温度要比巴勒斯坦高出百分之四十。我每个星期骑着马去看她一次，后来我想，如果我一个星期去上两次，我见她的次数不就多了一倍了吗。

"有一个星期，我去了她那里三次，在我第三次去看她的时候，那个淡红色眼睛的牧羊人和比门塔薄饼掺和到了我和威莱拉小姐的中间。

"那天晚上，在我坐在柜台上同时吃着一个桃子和两个李子的时候，我问埃姆斯利大叔威莱拉小姐最近可好。

"'噢，她呀，'埃姆斯利大叔说，'她跟那个陷骡谷的牧羊人杰克逊·伯德一块儿出去骑马了。'

"我一下子把嘴里的桃和李子连核吞到了肚子里。我想在我跳下柜台的时候，一定是有人扶住了柜台，不然它早就翻了。我径直走了出去，直到我撞上了我拴马的那棵牧豆树才停了下来。

“‘她去骑马了，’我和我的马儿呢喃着，‘跟那个伯德斯通·杰克，那个从陷骡谷里来的牧羊人，他就是牧羊谷里的一头任人驱赶的骡子。你听明白了吗，你这个让我的鞭子抽上才能快跑的家伙？’

“我的马儿哭了，当然是以它自己的方式。它从小就是被养来放牛的，它才不关心牧羊人呢。

“我回到商店里，对埃姆斯利大叔说：‘你是说她跟一个牧羊人一块出去了吗？’

“‘是的，一个牧羊人，’埃姆斯利大叔又重复了一遍，‘你一定听说过杰克逊·伯德。他有八个牧场和四千头北冰洋以南最棒的美利奴绵羊。’

“我走出商店，靠着在店铺阴面的一棵带刺的霸王树，坐了下来。我无意识地抓起沙子，往自己的靴子里面灌，一边自言自语地说着杰克逊这个鸟人的坏话。

“我从来也不愿意伤害放羊的人。有一天，我看到一个在马背上学习拉丁文的羊倌，我连一根手指头都没有动他。我不像大多数的放牛人那样，见到放羊人就有气。牧羊人总是围坐在桌子旁边吃饭，穿着那种比较轻巧的鞋子，跟你有说有笑地谈论各种各样的话题，你有必要停下你手里的活儿，去欺负他们吗？遇见他们时，我最多跟他们讲几句客套的话，或是谈谈天气，然后就各走各的了，从没有说停下来要和他们喝上几杯，也从没有想着要找人家的麻烦。我历来认为跟一个牧羊人为敌不值得。就是因为我仁慈，不欺负他们，所以这里来了一个牧羊人，与威莱拉·利莱特小姐一起去骑马了！

“大约过了一个小时的光景，他们骑着马回来了，停在了埃姆斯利大叔宅院的大门口。那个放羊人扶她下了马，他们站在那里，轻松愉快、饶有兴味地聊了一会儿。临了，这个鸟人杰克逊跳上了马背，抬了抬他那顶像个炖锅一样的帽子，朝着他牧场的方向奔驰而去。在这个时候，我已经倒出了靴子里的沙子，从霸王树下站了起来；在他走出比门塔半英里的样子，我骑着马赶上了他。

“我前面说这个牧羊人的眼睛是粉红色的，其实，也不尽然。他的眼球是灰色的，只不过是他的眼睫毛泛红，他的头发是沙黄色的，因此，叫人看起来他的眼睛是粉色的。他是个牧羊人吗？——不，他顶多算得上是个看管羊羔的人——他，低低的个子，瘦小的身材，短短的脖子上围着一个黄色的丝绸围巾，鞋带还系成一个蝴蝶结的样子。

“‘下午好！’我跟他打招呼说，‘你现在正和一个枪打得好而被冠之以‘百发百中’的贾德森走在一起。当我想叫一个陌生人认识我的时候，我总是在拔枪开战之前跟他握手，向他做自我介绍，因为我从来也不想跟死鬼握手。’

“‘哦，我很高兴认识你，’他说，他的言谈举止和其他的牧羊人没有什么两样——‘贾德森先生。我叫杰克逊·伯德，来自陷骡谷牧场。’

“就在这个时候，我的一个眼睛看到一只槲鸡嘴里叼着一只毒蜘蛛奔跳着下山来，我的另一只眼睛瞥见一只猎兔鹰栖在水榆树的一根枯死的枝条上。我用我的四五口径手枪，连连开了几枪，干掉了它们。‘三发两中，’我说，‘我无论走到哪里，鸟儿们似乎都愿意往我的枪口上撞。’

“‘打得好，’牧羊人很是镇定地说，‘不过，你有的时候，会不会在开第三枪的时候失手呢？上星期的那场雨下得太及时了，对青草的生长很有好处，不是吗，贾德森先生？’他说。

“‘威利，’我说着挨近到了他的坐骑，‘你爹妈宠你，管你叫杰克逊，但是，你脱了毛，就变成了一个叽叽喳喳的威利——让我们俩抛开对下雨和天气的分析，用鹦鹉之外的语言，来直奔我们要谈的主题。你现在有一个坏习惯，爱跟比门塔渡口的女人一起出去骑马。我知道，有些鸟儿还没有坏到那样的程度，就被人们烤着吃了。’我说，‘威莱拉小姐从来也不曾想过，要让鸟族杰克逊科的山雀替她用

羊毛搭一个巢。现在，要不你退出，要不你就是跟我这个有着百发百中绰号的贾德森作对，叫我替你来包办你的丧事。’

“杰克逊·伯德的脸叫我说得有点儿红了，临了，他突然大笑起来。

“‘喂，贾德森先生，’他说，‘你搞错了。我确实找过利莱特小姐几次；不过，不是你像你所想的那样，要与她相好。我找她的目的只是为了能饱饱口福。’

“我伸手去摸枪。

“‘哪个混蛋，’我说，‘竟敢这么无耻——’

“‘你等等，听我解释，’伯德说，‘我指的可不是秀色可餐、要找对象的意思。如果你见过我的牧场，你就知道老婆对我什么用也没有。我自己做饭，自己缝补衣服。我在不养羊时候的唯一乐趣就是吃。贾德森先生，你吃过利莱特小姐烧的薄饼吗？’

“‘你问我吗？没有，’我说，‘从来没有人告诉过我，她在做饭方面还有一手。’

“‘她烙出的薄饼的颜色，是阳光那样的金黄色，’他说，‘金灿灿的，像是用伊壁鸠鲁天厨的神火烤出来的。我愿意用两年的时间得到这一制作薄饼的秘方。这就是我之所以去找利莱特小姐的原因，’杰克逊·伯德说，‘不过，我至今还没有从她那里得到这个秘方。这是一个老方子了，在他们家里已经有了七十五年的历史。他们世代相传，可从不传给外人。如果我得到了这个秘方，我就可以在我的牧场里自己做薄饼了，那我就是世界上最幸福的人了。’伯德说。

“‘你敢肯定，’我对他说，‘你所感兴趣的不是制作薄饼的那双手和她本人吗？’

“‘是的，我敢肯定，’杰克逊说，‘利莱特小姐是个好女孩，但是我能向你保证，我的意图和目的只限于胃口方面的满足——’他见我的手又去摸枪套，于是，赶紧换了一种说法——‘只是想要得到一份制作薄饼的秘方。’他结束道。

“‘你这个人也不算太坏，’我尽量装出一副公允的样子说，‘我本来打算是让你的羊群变成孤儿的，现在，我决定放你走，不过，你要信守你就是为了薄饼的诺言，不能有丝毫出格的行为；不要错将感情当蜂蜜，否则你将再也听不到你牧场里鸟儿的鸣唱了。’

“‘为了叫你相信我是真诚的，’牧羊人说，‘我请你帮我一件事。你和利莱特小姐是亲密的朋友，也许我做不到的事情，你能办到。如果你能帮我向利莱特小姐要到制作薄饼的方子，我向你保证，我就再也不去找利莱特小姐了。’

“‘这还差不多，’我跟杰克逊·伯德握手告别，‘只要我能，我很乐意帮你搞到秘方。’他掉头走下了皮拉德大梨树园，往陷骡山谷去了；我则朝西北的方向走，回到老比尔·图米的牧场。

“直到五天以后，我才得空前往比门塔。我和利莱特小姐在埃姆斯利大叔的家里度过了一个愉快的晚上。她唱了几首歌，又在钢琴上弹奏了许多歌剧的插曲。而我则给她模仿响尾蛇的样子，告诉她‘长虫’麦克菲剥牛皮的新方法，还向她讲了有一次我去圣路易斯的情况。我们两个聊得很是融洽，彼此都很欣赏对方。我在想，如果这个时候我能说服杰克逊·伯德离开这个地区，我就胜利了。我记起他说的在搞到薄饼的秘方后就离开利莱特小姐的保证，便打算劝利莱特小姐交出秘方给他；那样的话，如果我再在陷骡谷以外的地方看到他，我就决饶不了他。

“所以，在大约十点钟的时候，我堆起了满脸的笑容对威莱拉小姐说：‘现在，如果说还有什么能叫我比看到绿色草地上的枣红马还要高兴的事，那就是能吃上一个热腾腾的、浇着蜂蜜的美味薄饼了。’

“坐在钢琴凳上的威莱拉小姐微微地颤了一下，用好奇的目光看着我。

“‘是的，’她说，‘薄饼的味道的确不错。奥多姆先生，你刚才说你在圣路易斯丢了帽子的那条街道叫什么名字来着？’

“‘薄饼街。’我说，一边冲她眨着眼睛，表示我是一心想要得到她家的祖传秘方，不可能被随便的一个什么话题就给支开了。‘喂，威莱拉小姐，’我说，‘说给我听听，你是如何制作薄饼的。薄饼就像车轮一样，在我的脑海里不停地打转转。说吧——一磅面粉，八打鸡蛋，等等。所有成分的配比是怎样的呢？’

“‘对不起，请稍等，奥多姆先生。’威莱拉小姐说，她用她眼睛的余光迅速地瞥了我一眼，从凳子上下来，溜到了另外一个房间。随后，埃姆斯利大叔就进来了，提着一个大水壶，连上衣也没有顾上穿。在他转身去拿桌子上的一个玻璃杯时，他露出了他裤袋里揣着的四五口径手枪。‘好家伙！’我想，‘这家人竟把制作薄饼的秘方看得如此重要，要用枪来保护呢。有的人家即使有世仇宿怨，也不至于这样大动干戈。’

“‘把这喝了吧，’埃姆斯利大叔说，给我端过一杯水来，‘你今天骑马赶路累了，贾德，叫自己变得容易激动。想些轻松的事情，让自己放松放松。’

“‘你知道如何做那种薄饼吗，埃姆斯利大叔？’我问。

“‘哦，我并不像有的人那样擅长烹饪，’埃姆斯利大叔说，‘不过，我想你可以按照通常的方法，拿一筛子石膏粉，一点儿生面、小苏打和玉米面，用鸡蛋和牛奶搅合起来就行了。今年春天，老比尔是不是又要把牛群赶到堪萨斯城去了，贾德？’

“那天晚上，我所能得到的有关制作薄饼的信息就这么多了。难怪杰克逊·伯德觉得棘手。于是，我放下了这个话题，跟埃姆斯利大叔聊了一会儿羊角风和旋风之类的事情。后来，威莱拉小姐进来一下，跟我道了声晚安，我便骑马回牧场了。

“大约在一个星期之后，在我去比门塔的路上，遇见了杰克逊·伯德正骑着马从比门塔那边回来，我们在路上停了下来，聊了几句无关紧要的话。

“‘你弄到做薄饼的配方了吗？’我问他。

“‘哦，没有，’杰克逊说，‘看来我是很难搞到这个方子了。

你试过了吗？'

"'试过了，'我说，'很难，就像是用花生壳要把草原犬鼠从洞里挖出来一样。看到他们死抱着薄饼秘方不放的样子，那秘方一定是个宝贝了。'

"'我是随时准备放弃了。'杰克逊说。他的失望感从他的话语中间表现出来，以至于我都变得同情起他来了。'可是，我只是想知道怎么做那种薄饼，在我孤寂地待在牧场上的时候自己做着吃，'他说，'我常常晚上醒着躺在床上，想着薄饼的美味，睡不着觉。'

"'你不要放弃，'我跟他说，'我也不会放弃。我想，用不了多久，我们中间总有一个人会得到秘方的。好吧，再见，杰克逊。'

"你瞧，这会儿我们两个相处得多么融洽无间啊。看到他不再追求着威莱拉小姐，我对这个黄头发的牧羊人的长相，也不再那么讨厌，能看得下去了。为了帮助他实现他一饱口福的愿望，我一直在试着从威莱拉小姐那里弄到方子。可是，每当我提到薄饼的时候，她的眼睛里都会流露出回避和不安的神情，极力想着要改变个话题。要是我一味地坚持，她就会悄悄地溜出房间，接着，埃姆斯利大叔就会手里拎着水壶，裤袋里插着手枪，走了进来。

"一天，我骑马来到商店，手里拿着一束从毒狗草原的野花丛中采摘下的蓝马鞭草。埃姆斯利大叔眯起一只眼睛，看着马鞭草说：

"'你没有听到什么消息吗？'

"'是牛涨价的消息吗？'我问道。

"'威莱拉和杰克逊·伯德昨天在巴勒斯坦结婚了。'他说，'今天早晨我收到他们来的一封信。'

"我把那束花扔进了饼干桶，让这个消息慢慢地灌进到我的耳朵里，渗透到我左边的衬衣口袋，最后到我的脚底。

"'你能再把这个消息说上一遍吗，埃姆斯利大叔？'我说，'也许是我的耳朵出了毛病，你说的是最好的小牛犊现在的价格是每头四块八毛钱，或是别的类似的什么事情吧。'

“‘他们俩昨天已经结婚了，’埃姆斯利大叔说，‘到韦克和尼亚加拉大瀑布去度蜜月了。怎么，难道你一直就没有看出什么苗头？从他们俩一起出去骑马的那天起，杰克逊·伯德就一直在追威莱拉了。’

“‘那么，’我有点儿气急败坏地说，‘他跟我提起过的这个薄饼的秘方，又到底是怎么回事呢？你能告诉我吗？’

“在我说到‘薄饼’的时候，埃姆斯利大叔躲闪着退后了几步。

“‘有人用薄饼来欺骗我，’我说，‘我一定要弄清楚这到底是怎么回事。我相信你一定知道。告诉我，’我说，‘否则，我们俩就兵戎相见。’

“我翻过柜台，去追埃姆斯利大叔。他去抓枪，可枪在抽屉里，差两英寸没够着。我抓住他的衣领，把他逼到了墙角。

“‘这薄饼到底是怎么回事，’我说，‘否则，我就把你挤成一个薄饼。威莱拉小姐会不会做薄饼？’

“‘她从来没有做过薄饼，我连一张薄饼也没有见她做过，’埃姆斯利大叔说，‘你要冷静，贾德，要冷静。你的情绪又变得激动起来了，你头上的旧伤会叫你的神志变得混乱。不要再去想薄饼的事。’

“‘埃姆斯利大叔，’我说，‘我的脑袋没有受过伤，只是天生的不善于思考罢了。杰克逊·伯德告诉我，他找威莱拉小姐，只是为了得到她做薄饼的方法，他还请求我帮助他搞到一份薄饼配料的清单。我尽力帮他了，可结果你也看到了。我是被一个粉红眼睛的牧羊人用约翰逊草蒙住了眼睛，是这样吗？’

“‘松开你抓着我衣领的手，我将告诉你，’埃姆斯利大叔说，‘是的，看起来杰克逊·伯德是把你给骗了。在他跟威莱拉骑马回来以后，他对我和威莱拉说，只要你提到薄饼的事，我和威莱拉就要对你加倍的小心。他说，有一次你们在营地里烙薄饼，有人用平底锅砸了你的头。杰克逊说每当你激动或是生气的时候，你头上的伤就会发作，你的神志就会不太清醒，你就会到处跟人念叨起薄饼。他告诉我们，只要能把你从这个话题上岔开，你就会慢慢平息下来，不再会有危险。因此，我和威莱拉是尽了我们的力来帮你了，’埃姆斯利大叔说，‘像杰克逊·伯德这样精明的牧羊人的确不多见。’”

在贾德讲着故事的时候，他已经不紧不慢地把口袋和铁皮罐里的东西搅和在一起了。在故事快要讲完时，他给我端过来了他烙好的东西——两张搁在铁皮碟子里的热腾腾的、深黄色的薄饼。不知从什么地方他又取出一块上好的黄油和一瓶金黄色的蜂蜜。

“这是多久以前的事了？”我问他。

“三年前的事了，”贾德说，“他们俩现在住在陷骡谷牧场。不过，从那以后，我再也没有见过他们。人们说，在他把我骗得团团转的时候，他却一直在布置着他的牧场，摇椅啦，窗帘啦，梳妆台啦，等等，准备着婚娶。哦，没过多长时间，我就把这件事置在脑后了。只是弟兄们觉得还没有闹够。”

“你是用秘方做的这些薄饼吗？”我问。

“我没有告诉过你，就根本没有什么秘方吗？”贾德说，“弟兄们总是拿薄饼的事取笑我，说着说着，他们后来真的馋上了薄饼，于是，我从一家报纸上找到了这个配置的方法。你觉得味道还可以吗？”

“非常好吃，”我说，“你为什么不吃上一块呢，贾德？”

我确信，我听到了一声无奈的叹息。

“我吗？”贾德说，“我从来也不吃薄饼。”

信　使

在现在的季节和现在的这样一个时间段里，公园里的游人稀稀拉拉的，便道旁一个长凳上的年轻女子很可能是一时兴起，想要在这里坐上一会儿，看看早春的景色。

她静静地坐在那里，像是有什么心事似的。流露在她脸上的忧伤，似乎是新近才有的，因为她面颊上那年轻、俊美的轮廓还没有改变，她的双唇依然保持着那么美的曲线。

一个高挑个儿的小伙子正急匆匆地穿过公园，走在离姑娘坐着的地方不远的那条小径上。在他的后面紧跟着一个男孩，提着一个箱子。在看到那位姑娘以后，小伙子的脸变红了，可随之又变白了。他朝着姑娘走过来，一边观察着姑娘脸上的表情，在他的神情中则是夹杂着焦虑、不安和希冀。他从离她只有几步远的地方走了过去，但是没有任何迹象表明她注意到了他的出现或是存在。

在走出大约五十码之后，小伙子突然停了下来，也坐在了路边的一条长凳上。那个男孩放下箱子，看着这个小伙子，孩子机灵的眼神里流露出些许的不理解。小伙子掏出了手绢，擦着他的额头。那是一块很好看的手帕，小伙子的额头也很好看，而小伙子本人更是英俊帅气。他对那个男孩说：

“我想叫你给坐在那边长凳上的姑娘送个信儿。告诉她我这是在去往火车站的途中，我要去旧金山参加阿拉斯加驼鹿捕猎队。告诉她，既然她不想叫我跟她说话，也不叫我给她写信，为了我和她这么长时间的相处，我只好用现在的这样一个办法，来最后一次求助于她的良知。告诉她不给出她之所以要这样做的理由，也不给他任何解释的机会，就谴责和抛弃一个本不该受到她这样对待的人，这与她善良的禀性是相悖的。告诉她，我不得不在某种程度上违背了她的禁令，是希望她能够冷静下来，做出正确的抉择。去吧，把我说的话告诉她。”

小伙子把一枚五角钱的硬币塞进男孩的手里。那男孩脏兮兮的脸上透着聪明，他用他那狡黠明亮的眼睛看了小伙子一会儿，然后撒腿跑去了。走近坐在长凳上的姑娘时，男孩的神情中有些迟疑，但却没有尴尬。他用手碰了碰戴在后脑勺上的旧方格呢帽的帽檐。姑娘不动神色地望着他，既无反感也不热情。

“小姐，”男孩说，“坐在那边椅子上的先生叫我来为你唱一支歌，跳一段舞。要是你不认识他，是他想要调戏你，你言语一声，我在三分钟内就把警察给你叫来。如果你认识他，那他就没有那么坏，我就把他要我告诉你的，说给你听听。”

听了男孩的话，姑娘脸上流露出一丝儿的兴趣。

“一支歌和一段舞！”姑娘说，她似乎想用一种甜蜜蜜的声音把她那隐约带着讽刺的话语，给包裹起来，“这是在抒情诗领域里的一种新尝试，我想。我——以前认识那位打发你来我这里的先生，所以，我觉得大可不必去叫警察。你现在可以唱，可以跳了，不过，不要唱得声音太高。现在在露天里唱歌剧，时间还有点儿早，我们会引起别人的注意的。”

“噢！”那个男孩说话时，全身都在动，“你明白我的意思，小姐。我不是要表演节目，而是要唠叨一些话儿。那位先生让我告诉你，他已经把他所有的衣服和东西装进箱子里，准备一溜烟跑到旧金山了。然后，他打算去克朗代克打雪鸥。他说你叮嘱过他，再也不能给你送粉红色的书信，再也不要在你家花园的门口转悠，所以他才想出这个办法。他说你不顾及你们多年的情意，就一下子抛弃了他，连个解释的机会也不肯给他。他说你重重地伤了他，又不说出原因。”

年轻姑娘眸子里燃起的那一点儿兴趣，并没有消退，也许是这位打雪鸥的先生面对她在一般交流方式上所下的禁令，仍然能够不折不挠去迂回地应对，叫她有所感动。姑娘看着那座郁郁寡欢地耸立在杂乱无章的公园里的塑像，对传话的使者说：

“你告诉那位先生，我无须再向他重复我的信条。他知道我的信条是什么，知道它们不会改变。在眼下这件事情上，忠诚和坦荡是绝对必要的。请你告诉他，我非常了解我自己，我知道我的弱点在哪儿，也知道自己需要什么。这就是他无论做什么样的辩解，我都不愿意听的原因。我不会仅凭道听途说或是一些不确切的证据，就责备他，而且我现在也没有说他什么。不过，既然他对事情的缘由十分清楚，却还要故意装作不知，一再地问我，那你就去这样告诉他吧：

“告诉那位先生，那天晚上我从后门进到温室，想为母亲折一束玫瑰。结果看到他和阿什伯顿小姐在粉红色的夹桃竹下面。那场景很是动人，他们俩并置的姿势，已经让一切都变得显而易见，无须再做任何的解释。我默默地离开了温室，与此同时，我的玫瑰和念想也离我而去。请你把这段歌舞带给你的编导吧。”

“小姐，有一个词的意思我不大清楚。你能给我解释一下‘并——并——’是什么意思吗？”

“并置——或者说是靠近——或者，你也可以说是贴得很近，以至于两个人都不能保持正常的姿势了。”

男孩往回跑去，砂砾在他的脚下迸溅。转眼间，他已经到了另一张长凳前。小伙子向男孩投去急切、询问的目光。而男孩的眼神里流露出的则是传信人的热忱和公允。

“那位小姐说，当一个人胡编一些好听的话语来搪塞的时候，姑娘们最容易上当，所以，她不想听你的甜言蜜语。她说她亲眼看见你在温室里搂着一个妞。她是从侧门进去，想为母亲摘些玫瑰的，结果却看到你紧紧地抱着一个女孩。她说，那场景非常动人，可是却叫她恶心。她说你还是赶紧动身，赶你的火车去吧。”

小伙子禁不住轻轻地吹了声口哨，他突然想到了什么，眼睛里闪出了亮光。他的手伸进衣服里面的口袋里，掏出了一沓子信，他从中挑出一封，递给了男孩，紧接着他从坎肩口袋里又拿出一块银元，塞给了男孩。

“把这封信给那位小姐，”小伙子说，“请她读一读。告诉她这封信会把一切都解释清楚的。只要她还相信着她的信条，就可以免去许多的痛苦。告诉她，我对她的忠诚（她非常看重这一点）没有丝毫的动摇。告诉她，我在等着她的答复。”

送信的男孩又站到了小姐的面前。

“那位先生说，他平白无故地就受到了你这样的对待。他说他是一个非常真诚的人。小姐，请你读读这封信。我相信他终归是无辜的。”

那位小姐有些犹豫地打开了信，读了起来。

尊敬的阿诺德博士：

我对你上星期五晚上给予我女儿的及时、仁慈的救助深表谢意。她在参加沃尔德伦太太的宴会时，心脏病发作，晕倒在温室里。要不是你恰好在她身边，在她倒下时及时扶住了她，并给予恰当的照顾，我们也许已经失去她了。如果你能来家给女儿治疗，我将不胜感激。

永远感激你的

罗伯特·阿什伯顿

姑娘把信叠好，又交给了男孩。

“他等着你的答复呢，”送信人说，“我怎么替你回话？”

姑娘的眼睛蓦然落在了男孩的身上，在她那含着笑意的湿润的眸子里闪耀着晶莹的光亮。

“告诉坐在长凳上的那位先生，”她说，在她发着颤音的笑声里洋溢着幸福，“他的姑娘让他过来。”

觅宝记

世上有各种各样的傻瓜。现在，大家能不能安静下来，等叫到谁的时候，谁再去对号入座？

我做过各种各样的傻瓜，可有一种除外。我挥霍掉了祖传的家产，妄想要结婚，我打扑克赌钱，玩草地网球，做投机买卖——我的钱就这样子被我花了个精光。但是，有一种头戴系铃帽的角色，也就是埋藏财宝的探求者的角色，我还没有扮演过。只有很少的人能染上这一令人愉快的狂热病。在所有追随着迈达斯国王的脚迹、愿意去寻求财宝的人们中间，没有谁能像我一样，在寻找中得到了那么珍贵的、意想不到的收获。

不过，我还是要扯几句题外话——拙劣的作者往往是这样——我也是一个多情的傻瓜。在我第一次见到梅·玛莎·曼格姆后，我就属于她了。玛莎年方十八，肤色像新钢琴的象牙琴键那么白皙，容颜秀丽，她端庄、淑雅，又有凄婉的魅力，像是一个纯洁的天使被贬下人间，注定要在得克萨斯草原的一个小镇里过沉闷的生活。以她的气质和容貌，她完全可以轻易摘下比利时或者是任何花哨国王皇冠上的红宝石，就像摘木莓一样的简单，不过，她自己并不知道，我也没有告诉过她。

你知道，我想赢得并拥有梅·玛莎·曼格姆。我想与她相厮守，想让她每天把我的拖鞋和烟斗都藏在我晚上找不到的地方。

梅·玛莎的父亲是个留着胡子、戴着眼镜的人，他的整个脸庞都几乎掩在了他的胡子和眼镜里面。他活着就是为了昆虫，为了蝴蝶，为了在天上嗡嗡飞舞的，为了地上爬的以及钻进你脖子里的或是落在黄油上的虫子。他是位昆虫学家，或者是与此相类似的什么家。他这辈子都是在外面用纱网捕捉甲虫科的飞虫，然后用大头针把它们钉起来，再给它们起出名字。

玛莎的家中只有她和她的父亲。父亲对女儿赞扬备至，说她是人类仅存的精美样本，因为女儿要管他的吃喝，帮他把衣服穿对了，替他把保存标本的玻璃瓶里填满酒精。人们都说，科学家们是最心不在焉的。

除我之外，还有一个人看上了梅·玛莎·曼格姆。他就是古德罗·班克斯，一个刚从大学毕业回到家里来的年轻人。凡是书本上有的知识，他几乎都具备了——拉丁文，希腊文，哲学，尤其是高等数学和高级逻辑学。

如果不是因为他总是在人前夸耀他的学问，我本来是会很喜欢他的。但是即便是这样，你们也可以认为，我和他是好朋友。

我们俩一有空就凑在一起，因为我们都想从对方的口里捞到些稻草，打探出梅·玛莎·曼格姆内心的动向——这一比喻也许并不恰当。古德罗·班克斯才不会犯这种错误呢。情敌之间往往是如此，彼此都有很强的戒备心理。

可以这么说，古德罗能告诉你许多有关书本、风度礼仪、文化、划船、智慧和衣饰方面的知识。而我则可以给你的脑子里灌输进更多关于垒球、周五辩论会——这在我来说，就是文化了——和骑马等方面的东西。

不过，不管是在我和古德罗的闲聊中间，还是在我们俩拜访梅·玛莎·曼格姆和她聊天的时候，古德罗·班克斯和我都看不出，她到底喜欢的是我们俩中间的哪一个。梅·玛莎生性内敛，当她还躺在摇篮里的时候，就知道让人们去揣摩她的心事了。

就像我所说的，曼格姆老头子是那种心不在焉的人。只是在过了好长的时间以后，他才于某一天发现——一定是一只蝴蝶告诉了他——有两个年轻人正在网走那个照顾着他生活安逸的年轻姑娘，他的女儿，或是法律上所称的直系亲属。

我从不知道科学家们也能自如应对这样的局面。曼格姆老头子把我和古德罗分了类，把我们归入脊椎动物中最低级的纲目，而且是用英文说的，中间只用了一句拉丁文 Orgetorix，Rex Helvetii①——我也只懂这么一句拉丁文。他还说只要再在他家附近看到我们，就把我们两个添加到他收集的标本中去。

古德罗和我躲了五天，没有在他们家附近露面，想着等这老头子的气消下去点儿再说。可等到我们再去往她家的时候，梅·玛莎·曼格姆和她的父亲已经离开了。离开了！他们租住的房子已经上了锁，他们仅有的财物也都搬走了。

古德罗和我谁也没有从梅·玛莎那里听到一句告别的话——在山楂树上，她也没有给我们系上一个迎风飘摆的纸条；她没有在门柱上用粉笔画上一个记号，也没有在邮局留下张明信片，给我们一些提示。

古德罗和我用了两个月的时间，各自想尽了招数去寻找逃亡者的踪迹。我们动用了所有的关系，火车站的售票员，出租马车行里的伙计，火车上的乘务员，还有我们镇上的唯一一个警察，结果也是毫无所获。

那个时候，我们两个可以说是成为了关系更好的朋友，同时又是更加相互戒备的情敌。每天下班后，我们都要在斯奈德酒馆后面的房间里聚会，玩着骨牌，聊着天，我们两个都是话中有话，都想从对方口里套出一些消息，看看对方最近有什么新的发现没有。情敌之间往往是如此。

现在，古德罗在夸示他的学问的时候，总要对我嘲讽上几句，说我是属于这样的一类人，只配读读“简·瑞真可怜，她的小鸟死了，

① 这句拉丁文的意思是“奥格托利克斯，赫尔维蒂之王”。奥格托利克斯是古罗马时代的赫尔维蒂（即古瑞士）贵族。

没有什么东西可玩了”之类的读物。不过，我还是挺喜欢古德罗的，尽管我看不起他在大学里学到的那些书本知识，而且人们都认为我是那种心地宽厚的人，所以我没有跟他去生气。我想知道他到底有没有梅·玛莎的消息，因此我耐着性子，继续同他往来。

有天下午，我们在聊天的时候，他对我说：

“埃德，就算是有一天你找到她了，你想想看，这对你又有什么好处呢？曼格姆小姐是一个有头脑的人。她受的教育也许不多，可是她所追求的注定要比你能给予她的那些东西更为高尚。在谈话中间我发现，没有谁似乎比她更懂得欣赏古代作家和诗人的作品，以及那些吸收并发展了古人之人生哲学的近代文人的魅力。所以，你难道不认为你寻找她，纯粹是在浪费时间吗？”

“在我看来，”我说，“一个幸福美满的家就是在得克萨斯草原上有一幢里面有八间屋子的大房子，周围橡树葱茏，宅邸旁边还有一泓池水。”我接着说，“在客厅里，放着一架带自动弹奏器的钢琴，牧场上的栅栏里养着三千头牛，一辆四轮马车和拴在柱子上的小马随时听候着太太，也就是曼格姆小姐的使用。曼格姆小姐随心所愿地享受着牧场的财富。她与我相厮守，每天把我的拖鞋和烟斗藏到我晚上找不到的地方，幸福的家庭，”我说，“将会是这个样子；你的那些课程啦，文人崇拜啦，哲学啦，连士麦拿地摊上卖的那种干瘪了的无花果都不如。”

“她是为更高尚的东西而生的。”古德罗·班克斯重复道。

“不管她是为什么而生的，”我回答说，“眼下，我们谁也不知道她在哪里。没有你的学问的帮助，我也能尽快地找到她。”

“这副牌没法玩了。”古德罗说着放下了手中的骨牌，我们喝起了啤酒。

不久，一个我认识的年轻人来到了城里，给我带来了一张折叠起来的蓝颜色的纸。他说他爷爷刚刚去世。我忍住了悲痛，没有让眼泪掉出来，然后，他接着说他爷爷把这张纸小心翼翼地保存了二十年。

他把这张纸作为他遗产的一部分，留给了他的家人，其他的财产还包括两头骡子，一块不长庄稼的土地。

这张纸有年头了，它上面所标的日期是一八六三年六月二十四日，是废奴主义者反对分裂主义者时期所使用的那种纸张。上面记载着价值相当于三十万美元的十驮金、银币的埋藏地点。老朗德尔——也就是孙子山姆的祖父——从一个曾参加过宝藏埋藏的西班牙传教士（他很多年前，不，是很多年以后，死在了老朗德尔的家中）那里得到了这一消息。老朗德尔根据传教士的口述记载下了这件事情。

“为什么你的父亲没有去挖出这笔宝藏呢？”我问小朗德尔。

“我父亲在很早的时候，眼睛就瞎了。”他说。

“那么，你自己为什么不去寻找呢？”我问。

“哦，”他说，“我知道这件事情也只有十年。春天我要忙着犁地，然后要把野草从玉米地里除掉；接下来，就该准备饲料，寒冷的冬天就会到了。年复一年，我都是这样忙忙碌碌的。”

小李·朗德尔的话在我听来都很有道理，所以我决定立即跟他去一起寻找。

有关宝藏的方位，这张纸上说得非常简明。驮着宝藏的骡队从多洛雷斯县的一个古老的西班牙传教士基地出发。他们根据指南针所指的方向，朝正南行进，直到他们抵达了阿拉米托河。他们涉过河水，把宝藏埋在了两座大山中间的一座马鞍形的小山顶上。在宝藏埋葬的地方，垒起了一堆石头。几天以后，埋葬宝藏的人都被印第安人杀害了，只有那个西班牙传教士没有遇难。这个秘密没有泄露出去。这在我看来，是个好的兆头。

李·朗德尔建议我们添置一套野营装备，雇上一个勘测员，测量出西班牙传教士基地到藏宝地点的路线，然后等三十万美元价值的金银币一到手，就去沃斯堡游山玩水。但是，尽管我没上过多少学，我倒是有一个能节省时间和开销的好办法。

我们去了州土地局，请他们根据老传教基地到阿拉米托河一带的全部的测量图，给我们绘制了一份实用的简图。我在图上对着南方，画了一条通往河岸的直线，实用简图上表明了每条测量线路的长度和所处地区。凭借这些材料，我们在河岸上找到一个点，把它同洛斯安尼莫斯五里格测量图上的一个重要的已标明的地区连接起来——这片土地以前是西班牙国王菲利浦的授地。

这样一来，我们就无须雇一个勘测员来测量出路线。这就省下了不少的费用和时间。

我和李·朗德尔套好一辆两匹马的大车，装上了所有必需的物品，赶了一百四十九英里的路，抵达了奇科，这是离我们所想要到达的目的地最近的一个城镇。我们找了镇上的一个代理勘测员。他帮我们找到了洛斯安尼莫斯测量图上的地区，又按照我们实用简图上的要求，向西行进了五千七百二十瓦拉①的路程，然后在所到达地点放置了一块石头，勘测员喝过了咖啡，吃过了咸肉，就搭邮车回了奇科。

我确信我们一定能够找到那三十万美金。李·朗德尔的所得只占宝藏的三分之一，因为寻找宝藏的所有费用都是我支付的。用我将要得到的二十万美元，我知道只要梅·玛莎·曼格姆还在这个地球上，我就能找到她。有了这笔钱，我能使曼格姆老头的蝴蝶在鸽子窝里扑腾。要是我能得到那笔宝藏该有多好！

我和李·朗德尔在那里搭建起了帐篷。河的对岸有十多座小山，上面都长满了茂密的松柏，可是没有一座小山是马鞍形的。这并不能叫我们灰心。地貌也是富于欺骗性的。马鞍形就像美人一样，只是出现在情人的眼中。

我跟李·朗德尔仔细查看了那些松柏覆盖的小山，就像女人们找叮咬的跳蚤那么细心。我们沿着河岸，在两公里的范围内，看过了每一个山坡、山顶、周缘和洼陷处，测过了的它们的海拔、角度、和坡度，整整忙活了四天，毫无所获。末了，我们套好了那匹杂色马跟那匹暗

① 西班牙的长度单位，一瓦拉约合 31 – 33 英寸。

褐色的马，把剩下的咖啡和咸肉拉到了一百四十九公里之外的康卓镇。

在回来的路上，李·朗德尔嚼了许多的烟草，我忙活着赶车，急着要回去。

在这样空着手归来后不久，我跟古德罗·班克斯又聚在斯奈德酒馆的后屋里，一起玩着骨牌，向对方刺探着消息。我告诉了古德罗我寻觅宝藏的事。

"如果我能找到这三十万美金的财宝，"我跟他说，"我就可以走遍全世界，最终找到梅·玛莎·曼格姆。"

"她是为更高尚的东西而生的，"古德罗说，"我将依靠我自己的力量找到她。现在你来说说，你是如何去寻找那笔还未出土的宝藏的。"

我详细地告诉了他寻觅的经过。我叫他看了制图员绘制的实用地图，上面各地间的距离标得清清楚楚。

在颇为老练地浏览了一下地图后，他向后靠在了椅背上，冲着我发出了一阵大笑，在他这笑声里有嘲讽，有他强于别人的优越感，有饱学之士的自得和傲慢。

"哦，吉姆，我说你真是个傻瓜。"在他的笑声终于止住的时候，他说。

"该你出牌了。"我忍住性子说，手中捏着两边都是六点的牌。

"二十。"古德罗说着用粉笔在桌子上画了两个叉。

"我怎么傻了？"我问，"在世界上的许多地方，都曾经发现过埋藏的宝藏。"

"因为，"他说，"在你计算你那条线路与河岸的相交点时，你没有考虑到磁差。那里的磁差应该是偏西九度。把你的铅笔给我。"

古德罗在一个信封的背面急速地计算起来。

"从西班牙传教基地自北向南的那条线路的距离正好是二十二英里。按照你的说法，这条线是按指南针画定的。如果把磁差也考虑进去，那么，宝藏埋藏的地点应该是从你现在实际到达的地点，顺着阿拉米托河岸，向西再走六英里九百四十五瓦拉。噢，吉姆，你真傻！”

“你说的这个磁差是什么意思？”我问，“我觉得，数字这东西是从来也不骗人的。”

“磁差是磁针与子午线之间出现的偏差。”古德罗说。

他的脸上又出现了那一具有优越感的笑容，同时我还在他的脸上看到了宝藏探寻者的那种想要吞噬一切的贪婪和急切。

“有的时候，”他用预言家的口吻说，“这些有关宝藏的传闻也并非是空穴来风。如果你愿意让我看一下这份有关藏宝地点的记载的话，也许我们可以一起——”

结果，古德罗·班克斯和我这对情场的对手，成了一起探宝的合伙人。我们从离铁路线最近的镇子亨特斯堡搭驿车到奇科镇。到了奇科镇之后，我们雇了一辆装有弹簧和车篷的马车，来拉我们的野营装备。我们仍然请了上次的那位勘测员，按照古德罗根据磁差修正的距离，重新测定了路线，然后打发走了勘测员。

在到达目的地时，已经是晚上了。我喂了马，在靠近河岸的地方点起了一堆火，做我们两个人的晚饭。古德罗本来可以帮些忙的，可是他这个书生尽顾了念书，做不来这些粗活儿。

不过，在我干活的时候，他把一些古代死人流传下来的伟大思想说给我听，他还大段大段地引用从希腊文翻译过来的作品中的话，叫我觉得很开心。

“阿那克里翁，”他解释说，“这可是曼格姆小姐最为喜欢的他的一段作品——就是我刚才朗诵的那一段。”

“她是为更高尚的东西而生的。”我重复着他的那句话。

“有什么能比整日徜徉在古典作品中间、整日生活在浓郁的知识与文化的氛围中间，更为幸福，更为高尚的呢？你常常蔑视教育。由于你在简单的数学方面表现出的无知，你还不是白白地浪费掉了许多的时间？如果不是我给你指出了你的错误，你什么时候才能找到宝藏呢？”

“我们还是先到河对面的山上去看看吧，看看能不能有什么发现。我对你说的磁差，还是有疑问。我活到这么大，一直相信磁针是正对着北极的。”

次日，是六月份里的一个艳阳天。我们起得很早，一块儿吃过了早饭。古德罗一时诗兴大发，在我煮着咸肉的时候，他背诵了济慈、凯利和雪莱的诗歌。这里的河不过是一条浅浅的小溪，我们已经准备好渡河到对岸，去勘探对岸那些山峰陡峭、松林茂密的山峦。

“我的尤利西斯阁下啊，”在我洗盘子的时候，古德罗拍着我的肩膀说，“让我再看看这份关于财宝的记载吧。我觉得这上面应该标有如何能爬上马鞍形山坡的路径吧。我从来也没有见过马鞍？它是什么样子的呢，吉姆？”

“这一下，学问没用了吧，”我说，“我一看见，就能认出来的。”

古德罗仔细查看着老朗德尔留下的这张纸，突然冒出了一句与他的身份极不相符的骂人的话。

“你过来一下，”他说，将那张纸冲着阳光举着，“你看看这个。”他用手指着说。在那张蓝色的纸上——在此之前，我从未注意到这一点——我看到了一行白色的字母和数字：“莫尔文，1898 年。”

“这是怎么回事？”我问。

“这是水印，”古德罗说，“这张纸是在 1898 年生产出来的。而它上面的内容的写作时间则是在 1863 年。这份东西显然是伪造的。”

“噢，那我就不清楚了，”我说，“朗德尔一家是那种可以值得信赖的、朴实的、没有什么文化的乡下人。这还说不定是纸张制造商设下的骗局呢。”

这时，古德罗发火了，尽管这火发得还没有叫他丢掉他知识分子的颜面。他摘下了眼镜，愤愤地盯着我。

“我早就说过，你是个傻瓜，”他说，“你让你自己受了那个乡巴佬的骗。你反过来又来骗我。”

“我怎么骗你了？”我问。

“用你的无知，”他说，“我已经在你的方案中发现了两处严重的错误，这种错误，只要是上过学的人都可以避免。而且，”他继续说，“在这次实为一场骗局的探宝中间，我花掉了不少的钱，它远远超出了我的支付能力。我不干了。”

我站起身，拿着一把刚从洗碗水里捞出来的锡制勺子指着他。

“古德罗·班克斯，”我说，“在我的眼里，你所受的教育连煮得半生不熟的豆子都不如。不管是对任何人所受的教育，我几乎常常都是难以容忍，同样我也蔑视你的学问。你的学问对你有什么益处呢？它祸害了你，也叫朋友们讨厌你。你，”我说，“连同你的磁差和水印，都见鬼去吧！对我来说，它们什么也不是。它们根本阻止不了我寻宝的决心。”

我用勺子指着河对岸的一座马鞍形的小山说：

“我要到对面的那座山上去寻找宝藏了。现在，你就决定你是退出，还是留下来。如果你要是让水印和磁差动摇了你的意志，你就不是一个真正的探险家。你决定吧。”

一团白色的尘土从远处的滨河路面上升腾起来。这是从赫斯帕鲁斯到奇科的邮车驶过来了。古德罗向邮车挥舞起手臂。

“我再也不愿受骗了，”他恼恨地说，“现在，只有傻瓜才会把那张纸当回事。哦，吉姆，你一直以来都是个傻瓜。我退出了，不想再沾你的晦气了。”

古德罗整理好自己的物品，爬上邮车，神经质地正了正自己的眼镜，在一片飞尘中间远去了。

我洗了碗碟，把马牵到一块新鲜的草地上拴好，然后涉过浅浅的河水，又慢慢地穿过松柏树丛，爬上了马鞍形小山的山顶。

这是六月里的一个美好的天气。我一生中从来没有见过这么多的鸟儿，这么多的蝴蝶、蜻蜓、蚂蚱，天上飞的、地上爬的，长翅膀的、带螯刺的。

我从山下到山顶，把这座马鞍形的小山搜了个遍，没有发现与所埋宝藏有关的任何线索。山上没有垒起的石堆，树上没有标示着宝藏方位的刻痕，老朗德尔图纸上所说的那笔价值三十万美金的宝藏连个影儿都没有。

我从山上下来的时候，已经是凉爽的下午。我走出松柏树丛，蓦然意外地进到一个绿油油的山谷，那里风景如画，有一条小溪穿过其间，注入阿拉米托河。

在那里，我惊讶地发现一个像野人一样的男子，他蓬头垢面，胡子拉碴的，正在追捕一只翅膀格外美丽的大蝴蝶。

“或许，他是从疯人院里逃出来的吧。”我想。我不明白他怎么会跑到这样一个远离文明和人世的地方。

我又往前走了几步，看到小溪旁边有一座藤蔓攀绕的小屋。在林间一块草地上，梅·玛莎·曼格姆正在采摘野花。

她立起身子，看到了我。认识她以来，我第一次看到她白皙的脸——宛如新钢琴雪白的琴键——变红了。我默默地走上前去，她手中折下的花儿慢慢地散落到草地上。

“我知道你会来的，吉姆，”她一字一句地说，“父亲不让我写信，但是，我知道你会来的。”

后来发生的事，我想读者一定猜得到了——我的车辆和马匹就在河的对岸。

我常常想，一个人学的知识如果不能为他自己所用，那任凭他有再多的学问，又有何益呢？如果知识带来的好处都跑到别人那里去了，那他要它还有什么用呢？

我之所以这么说，是因为我最终得到了梅·玛莎·曼格姆。我们俩所住的房子，有八间屋子，宅邸周围有橡树环抱，屋子里有一架带自动弹奏器的钢琴，我们牧场上所养的牛正向着三千头发展。

在我晚上骑马回到家里的时候，我的烟斗和拖鞋都被藏到了我找不到的地方。

不过，有谁会在乎这？有谁会在乎——这呢？

心与手

丹佛车站里，一群旅客正在登上开往东部的B&M特快列车。在一节车厢里，坐着一位年轻漂亮的女士，她衣着高雅，一看就是一位有经验的旅行者，因为她身边堆放着的都是舒适旅行会用到的高档物品。在新上来的乘客中间，有两个年轻男子，一个英俊潇洒，表情和举止间都显示出坦诚和率直，另一位则面色阴沉、忧虑，体格健壮却穿着不整的衣衫。这两个人的手被一副手铐连在了一起。

他们沿着车厢的通道走了过来，唯一还空着的就是那位迷人的年轻女士对面的座位。铐在一起的两个人于是就坐在了她的对面。年轻女子的目光不经意间冷漠而又疾速地扫过了他们两个；临了，女子的脸上浮现出灿烂可爱的笑容，圆圆的脸颊也着上了淡淡的红晕，她伸出了一只戴着灰色手套的手。在她开口说话的时候，她的声音圆润，甜美，字斟句酌，一听就知道这位声音的主人擅长于讲话，而且喜欢有人捧场。

“哦，伊斯顿先生，如果你是想让我先跟你打招呼的话，我想，那我只好先开口了。难道你在西部遇到老朋友的时候，就从来不跟他们打招呼吗？”

听到她的声音，那位更年轻一点的男子惊了一跳，不过，他很快地就掩饰住了自己的尴尬，接着，用他的左手握住了她的手指。

“原来是费尔蔡尔德小姐啊，”他笑着说，“我请你原谅我没有用我的右手；因为它现在有公务在身。”

他略微地往起抬了抬右手，手腕处那只锃亮的“手镯”紧紧地扣在同伴的左手上。姑娘脸上高兴的表情渐渐地变成了困惑和恐惧。她脸颊上的光彩逝去了。她的嘴唇张开着，流露出不解和担忧的神情。伊斯顿看到她这样，不由得笑了起来，准备再次开口的时候，却被与他同行的那位男子抢了先。原来，面色阴郁的男子一直在用他那锐利、精明的目光观察着女子脸上表情的变化。

“请原谅我冒昧地插话，小姐，但是，我看得出你与这位警长是老相识了。如果你请他在我们做笔录的时候，帮我说上几句话，他一定会的，那样的话，我在里面的日子也就好过得多了。他现在是把我送往利文沃斯监狱。我因为制造假币被判了七年。”

“噢！”姑娘深深地舒了一口气，脸上又有了光彩，“这就是你在西部所做的事情吗？你成了一名警长！”

“亲爱的费尔蔡尔德小姐，”伊斯顿平静地说，“我总得做点事情吧。钱花起来总是很快的，你知道，要想与华盛顿那帮朋友生活得步调一致，是需要有金钱支持的。我看到西部发展和就业的机会都更多一点，而且——哦，一个警长的地位显然不如一个大使的高，不过——”

“那位大使早就不再来找我了，”姑娘热情地说，“他原本就不必来的。这一点你该知道的。现在，你是这些英勇的西部英雄中的一员了，你骑着马射击，拼杀，经历各种的危险。这是一种与华盛顿不同的生活。老朋友们都很想念你呢，伊斯顿。”

姑娘满含着激情的目光又一次落在了那光闪闪的手铐上，她的眼睛瞪大了。

“不要害怕这个，小姐，”另一位男子说，“所有的警长们在押送犯人的时候，都是把自己和罪犯们铐在一起的，以防他们逃跑。伊斯顿先生知道自己的职责。”

“我们在华盛顿能很快见到你吗？”姑娘问。

“我想，我们不会很快就见面的，”伊斯顿说，“我逍遥自由的日子恐怕已经结束了。”

“我喜欢西部。”姑娘没有接小伙子的话茬，只是说着她内心的感受。在她的眼睛里闪烁着温柔的光芒。她看着车窗外面的景色。当她再次说话的时候，她说得真诚，率直，没有了平日里的那种对语言的修饰：“我和妈妈是在丹佛度过的这个夏天。因为父亲身体不适，母亲在一个星期前回去了。我觉得在西部我也可以生活得很快活，我想，这里的空气很适合我。金钱并不能代表一切。人们对有些事情总是有不正确的看法，而且固执地坚持这些错误的——”

“哦，警长先生！”脸色阴沉的男子大声喊了起来，“这很不公平。我要喝水，而且一整天没有抽烟了。你们聊够了没有？带我到吸烟车厢好吗？我实在是想抽上两口了。”

铐在一起的两个旅客站了起来，伊斯顿脸上仍然挂着笑容。

“我不能拒绝一个吸烟的请求，”伊斯顿语调轻快地说，“香烟是不幸者的一个朋友。再见，费尔蔡尔德小姐。职责所在，想你也能理解。”他伸出手与姑娘告别。

“你不回东部，真是太遗憾了，”她又修饰起自己的语言，“我想，你是必须去往利文沃斯了？”

“是的，”伊斯顿说，“我必须赶往利文沃斯。”

两个男人侧着身子，通过走廊去往吸烟车厢。在邻近座位上的两位乘客听到了他们大部分的谈话。其中的一个说，“这位警长是个好人。有些西部人心地真好。”

“那么年轻就当上了警长，不是吗？”另一个说。

“年轻！”首先开口的那位乘客说，“噢！怎么，你难道没有看出来吗？哦，你见过哪位警官将罪犯铐在自己右手上的呢？”

艾基·舍恩斯坦的爱情灵药

蓝光药店位于闹市区，地处鲍威利大街和第一大道之间距离最近的地方。蓝光药店认为卖药品可不是卖古玩摆设、香水、冰激凌以及苏打水之类的东西。如果你想买止痛药，他们不会拿给你夹心糖。

蓝光药店看不起现代制药业节省劳动力的做法。他们自己浸泡鸦片，从中渗滤出鸦片酊，自己制作复方樟脑鸦片酊。直到今天，他们还是在药店高高的柜台后面，手工制作药丸——他们把药材放在瓷板上碾滚，然后用一把药剂刀进行切分，在用食指和拇指将它们搓捏成丸后，撒上一层氧化镁粉，末了，将它们装进圆圆的小硬纸盒里出售给顾客。蓝光药店就在街道的拐弯处，那里常常有一群穿着破衣烂衫的孩子们兴高采烈地玩耍，得了病时他们也是药店止痛药和止咳糖浆的买主。

艾基·舍恩斯坦是蓝光药店里的一个总值夜班的店员，同时也是顾客们的朋友。药店位于纽约市的东区，在这里，制药业的精髓可不只是配制和卖卖药品而已。在东区，药剂师们同时又是病人生活中的顾问，忏悔牧师，是能力很强颇受人们尊重的良师益友，他们玄妙的智慧令人折服，他们所配制的药物常常是无须尝试，就喝进了病人的肚子里。正因为如此，长了一个长长的鼻子、戴着一副眼镜、被满腹的学问压弯了腰的瘦小身材的艾基，就成了蓝光药店附近地区家喻户晓的人物，对他提出的建议和忠告，人们也都乐于接受。

艾基住宿和吃早饭的地方是在距离药店有两个街区的里德尔太太家里。里德尔太太有个女儿，叫罗西。没有必要拐弯抹角——读者也一定猜到了——艾基喜欢罗西。她占据了他的全部思想；她就像从所有最纯净的药品中提炼出的浓缩的精华——没有任何一种药品含有与她相同的成分。然而，艾基生性胆小，他的热烈的希冀在他的怯懦和迟疑的溶剂中，始终无法溶解。站在柜台前，他优秀自信，知道自己是行家里手，知道自己的价值所在；离开了柜台，他就成了一个懦弱、行动迟缓、思维愚钝的家伙，在他穿着的不合身的衣服上沾满了药剂的污渍，他浑身散发着东非芦荟油和戊酸盐氨水的味道。

艾基的眼中钉、肉中刺，他药膏里的苍蝇（这个比喻太恰当了！），是查克·麦克高文。

查克·麦克高文先生也同样在千方百计地想要得到罗西小姐的青睐。只是，他并不像艾基那样一筹莫展；罗西小姐投送过来的秋波，他都能心领神会，并给她反馈回去。同时，他又是艾基的一个朋友和顾客，在鲍威利度过一个惬意的傍晚之后，查克·麦克高文常常光顾蓝光药店，不是给他擦破的地方涂点儿碘酒，就是在伤口上贴块橡皮膏药。

一天下午，麦克高文溜达了进来，坐在了药店柜台前的一个凳子上，他的脸刮得干干净净的，在他和蔼可亲的神情和举止中却也透着坚定和不屈。

“艾基，”在艾基端来捣药钵、坐到他对面、忙着把安息香树胶研磨成碎末的时候，查克才开口说道，“你好好听着，艾基，如果你能对症下药的话，我请你给我配制上一种药。”

艾基查看着麦克高文先生的脸，想看到他每每跟人打架后留下的伤痕，却没有找着。

“脱掉你的外衣，”他命令说，“我猜想你一定是在肋骨上被人家给捅了一刀。我不知告诉过你多少次了，总有一天那些拉丁佬会找你算账的。”

麦克高文先生笑了。“不是他们，”他说，“不是那些拉丁佬。不过，你诊断的位置并没有错——就是在我的外衣里面，靠近我的肋骨的地方。喂！艾基——我跟罗西打算私奔，今天晚上就结婚。”

艾基左手的食指紧紧捏住捣药钵的边沿，叫它立稳了。他把捣药杵狠狠地砸在了手指上，自己却浑然不觉。与此同时，麦克高文的笑容消失了，取而代之的是一副忧心忡忡的表情。

“当然了，”麦克高文继续说，“这要取决于我们约定的时间到了的时候，她还没有改变主意。我们俩商量私奔的事，已经有两个星期了。有一天早晨，她说她愿意了；到了晚上，她又说不愿意了。我们商定今天晚上行动，这一次，整整过去两天了，她还没有变卦。可是，现在离约定的时间还有五个小时，我担心一旦出现紧急情况，她就又要缩回去了。”

“你刚才说你要买种药。”艾基说。

麦克高文先生变得有些不自在起来，一副心神不定的样子——这与他平时的行为举止可是大相径庭。他把一本专利药品年鉴卷成一个卷，小心翼翼地套在自己手指上，连他自己也不知道他为什么要做出这样的动作。

“就是给我一百万，我也不愿意让今天晚上的好事落空，”麦克高文先生说，“我已经在哈莱姆租了一间公寓房，屋子里的桌子上摆好了菊花，也备好了烧开水用的茶壶。我也跟牧师说好，今天晚上九点半在他家由他给我们举行婚礼。一切都已准备就绪。只要罗西不再改变主意！”——满腹的疑虑和担心叫麦克高文先生欲言又止。

“我还是不明白，”艾基有些不耐烦地说，“你说的这些，跟你买药有什么关系，或者说，对你的这件事，我又能帮上什么忙呢？”

“老里德尔一点儿也不喜欢我，”这位惴惴不安的求婚者在想着如何把事情解释清楚，“有一个星期了，他不让罗西跟我出去。要不是怕失掉一个房客，他们早就把我赶出去了。我一个星期能挣二十美元，罗西逃出樊篱，与我查克·麦克高文一起私奔，是绝不会后悔的。”

“实在对不起，查克，”艾基说，“我还要配一副药方，很快就会有人来取。”

“嘿，艾基，”麦克高文突然抬起头来说，“世上有一种药吗——如果你给你喜欢的姑娘吃了，她会变得更加喜欢你？”

此时，已听明白的艾基不由得撇了撇上嘴唇，露出鄙夷的神情；不过，还没等他开口回答，麦克高文就继续说道：

“蒂姆·莱西告诉我，有一回他从郊外的一位医生那里搞到一点药，泡在苏打水里给他的女朋友喝了。就喝了那么一次，他的女朋友就把他当成了世界上最棒的男人，别的男人在她的眼里都变得一钱不值。没出两个星期，他们俩就结婚了。”

查克·麦克高文健壮，且又单纯（simple 一词在这里似有专注之意——译者注）。任何一个理解力比艾基稍为强一点儿的读者都能看得出来，在麦克高文强壮的身体上似乎接通了一架反应灵敏的精密仪器。像一个即将率领部队攻入敌人阵地的将军一样，他正在周密部署，防止可能会出现的任何漏洞。

“我想，”查克满怀希望地继续说，“只要我能搞到一些这样的药粉，在今天吃晚饭的时候给罗西喝下去，也许她就会变得勇敢起来，而不至于临阵退缩了。虽然我觉得并不需要用几匹骡子去拖罗西出门，不过，女人嘛，总是说说嘴还行，一到动真格的，就不行了。只要这药效能维持上几个小时，我就成功了。”

“你们这个愚蠢的私奔计划定在什么时间呢？”艾基问。

“晚上九点，”麦克高文先生说，“七点钟吃晚饭。八点的时候，罗西会假装自己头痛，回她的房间早点去睡。在九点钟的时候，老帕文扎诺会让我从他家的后院穿过，那里紧挨着里德尔家的围墙，墙上有一块板子可以取下来。我走到罗西的窗户下面，帮助她从消防楼梯上下来。因为已经跟牧师约好，所以我们一定要赶早。这一切都很容易做到，只要罗西不在紧要的关头变卦。你能给我配上点儿这种药吗，艾基？”

艾基·舍恩斯坦慢腾腾地揉着他的鼻子。

“查克，”艾基说，“这种药性质特殊，药剂师必须格外谨慎小心。

在我认识的人当中，我只信任你，所以我愿意只为你配制一点儿这种药。你就等着瞧罗西爱你爱得发狂吧。”

艾基去到了药剂柜台的后面。在那里，他把两颗可溶解的、每个里面都含有四分之一格令吗啡的药片碾成了粉末。随后，他又在这些粉末里加进了一些乳糖，以增加它们的体积，临了，用一张白纸把药粉整整齐齐地包了起来。成年人喝了它，会有几个小时的酣睡，而不会对身体有害。他把这包药交给了查克·麦克高文，告诉他最好是溶解在水里服用，接过药，麦克高文给艾基说了许多感谢的话儿。

在我讲述了艾基后面的行为时，读者自会明白艾基上面做法的奥妙之处了。艾基派人捎了个口信，请里德尔先生过来，把麦克高文今晚与罗西私奔的计划告诉了他。里德尔先生是个很壮实的人，肤色灰暗，行动果敢。

“非常感谢，”他对艾基说，“这个游手好闲的爱尔兰流浪汉！我的房间正好就在罗西的上面。吃过晚饭后，我将自己去到罗西的睡房，把枪上好子弹等在那里。只要他胆敢来到我的后院，我就叫他被救护车送走，而不是什么新婚马车！”

想着罗西将会在睡神的怀抱里死死地睡上几个小时，而她事先得到警告的父亲将会虎视眈眈地拿着枪守护在那里，艾基觉得他的情敌这一次一定会倒霉了。

在蓝光药店里上夜班的这一整个晚上，艾基都在等待着会有什么悲剧性的消息传来，结果却是什么也没有等到。

第二天早上八点钟，在店里上白班的同事接班以后，艾基急着动身要到里德尔夫人那里打探消息。噢！谁知道他刚走出药店的门，不是别人，正是查克·麦克高文兴冲冲地从一辆汽车上下来，握住了他的手——查克·麦克高文操着一副胜利者的微笑，脸上放射着幸福的光芒。

“哦，成功了，”查克咧着嘴笑着说，人仿佛置身在天堂一样，“罗西九点钟准时爬下了消防梯，九点三十分我们到了牧师家里。现在，罗西就在那套公寓房里，这会儿正穿着那件蓝色的衬衫煮鸡蛋呢——上帝啊！我真是太幸运了！你哪天一定要过来，艾基，跟我们一起吃顿饭。我在大桥附近找了一份工作，我现在正要去上班。”

“那药——粉呢？”艾基略微结巴地问。

“哦，你说的是你给我的那东西吧？”查克说，笑得更加开心了，“哦，是这么回事。昨天晚上在里德尔家里吃饭的时候，我眼睛看着罗西，心里对自己说：‘查克，如果你想要得到这位姑娘，那就堂堂正正地去得到她吧——你不应该欺骗这位受过良好教育的姑娘。’对在座的另一位，我在心里说，他一点儿也不喜欢他未来的女婿，于是，我瞅准了机会，把药粉放进了里德尔这个老家伙的咖啡里——你现在明白了吗？”

人外有人

我跟杰夫·彼得斯坐在普罗文萨诺饭店的一个角落里，杰夫向我解释着世上三种欺骗的类型。

每年冬天，杰夫都要来到纽约，吃纽约的意大利面，穿着厚厚的灰色的狐皮大衣看伊斯特河上装卸货物的船只，他还把一批在芝加哥订做的衣服囤积在富尔顿大街的一家店铺里。在一年中的其他三个季节，他的活动范围都在纽约以西——大多在斯波坎和坦帕之间。对他所从事的职业，他很有一些自豪感，并一本正经地用一套独特的伦理哲学为之辩解。其实，他所从事的也不是什么新的行业。他本人就是一个分文未有的无限公司，专门收集那些不安分且又行事鲁莽的同胞们的钱。

杰夫每年要到纽约这个高楼林立的蛮荒之地来消磨他寂寞的假期，就像小男孩在日落时分喜欢在林子里吹吹口哨一样，杰夫喜欢在他度假的这个时候，谈谈他的许多冒险的经历。所以，我总是在我的日历上标出他要到来的日期，并事先和普罗文萨诺饭店打好招呼，让他们在漂亮的橡胶树盆景旁的角落里，给我们留下一张桌子，在这桌子上面往往还沾着酒渍，桌子旁的墙壁上挂着不知名的宫廷画。

“有两种欺诈行为，”杰夫说，“是法律和政府应该取缔的，那就是华尔街的投机和入室盗窃。”

“几乎每个人都会同意取缔掉前者。”我笑着说。

“哦，后者入室盗窃也应该取缔。”杰夫说。听他这么一说，我真不知道我刚才该不该笑。

“大约在三个月前，”杰夫说，“我有幸结识了这两个非法行业的两个代表人物。一个是入室盗窃者联盟的会员，另一个是金融界的约翰·D. 拿破仑。”

“真是巧了，”我打了一个哈欠说，“我告诉过你了吗？上星期我在拉马波斯河岸打猎，我一枪打到了一只鸭子和一只地松鼠。”我知道怎么来逗引着杰夫讲出他的故事。

“让我先来告诉你，这些害人的家伙们是如何用他们恶毒的行为玷污了公正的发条，妨害了社会齿轮的正常运转的。”杰夫说，他的眼中闪烁着揭发别人罪恶的那种快感。

“我前面说了，大约在三个月以前，我与这样的两个坏人交上了朋友。在人的一生中，与坏人狼狈为奸的行为会发生在以下的两种情况：一是他穷愁潦倒的时候，一是他腰缠万贯的时候。

“有的时候，做最合法的生意也难免会遇上倒霉的情形。我在阿肯色州的一个交叉路口，拐错了弯，一下子赶车来到了彼文镇。去年春天，我似乎就到彼文镇做过生意了，害人家当地人不浅。我在那里售出了六百美元的水果树苗——李子树、樱桃树、桃树和梨树。彼文镇的人每天盯着乡下的公路，就等着我再次经过这里。直到我驾着马车，沿着大路一直走到水晶宫药店的时候，才发现我自己和我的那匹白马比尔已落入了人家的埋伏圈。

“彼文镇的人出其不意地抓住了我和我的比尔，开始跟我谈起与水果树幼苗相关的话题。领头的一伙人把马车的挽绳穿进我马甲的袖口里，拖着我去看他们的果园。

“他们买下我的那批果树苗并没有按照标签上写明的规格生长，大多长成了柿子树和山茱萸，间或有一两丛黑皮橡树和白杨树。唯一一棵看似结了果的，是一棵茁壮的小白杨，在它的枝条上挂着一个黄蜂窝和一件女人的破背心。

“彼文镇人一直把我拖拽到快要出了镇子的地方，他们拿走了我的钱和手表，扣下了我的白马比尔和马车作为抵押。镇上的人说，只要有一棵山茱萸树结出一颗大桃子，我就可以回来拿走我的东西。然后他们抽出挽绳，指着落基山脉的方向，叫我滚蛋；我便像刘易斯和克拉克[1]一样，直奔那片河流湍急、森林茂密的区域。

“当我的神志再度清醒过来的时候，我发现自己已经沿着圣达菲铁路走进了一座不知名的小镇。彼文镇的人把我洗劫一空，在我的口袋里只剩下了烟草——他们不是为了要我的命——只是图财而已。我咬下一块烟草，放在嘴里嚼着，坐在了铁道旁的一堆枕木上，努力恢复着我的思考和判断的能力。

“就在这个时候，沿着铁路线疾驶过来一列货车，在快到镇子上的时候放慢了速度。从车上坠下一团黑乎乎的东西，在掀起的尘埃中足足滚动了有二十码远，临了，它站了起来，嘴里一边吐着煤灰，一边骂着什么。我仔细一看，原来是个小伙子，宽宽的脸盘，穿着很是讲究，像是坐卧铺的乘客，哪像是偷搭货车的主儿，尽管全身沾满了煤灰，还是一脸乐呵呵的样子。

“‘你是从车上摔下来的吧？’我问。

“‘不是，’他说，‘是我自己跳下来的。我到站了。这是什么镇？’

“‘我还没有来得及查地图，’我说，‘我只比你早到了这个镇子五六分钟。你摔疼了吗？’

“‘很疼的，’他说，一边扭动着他的一只胳膊，‘我觉得我的这个膀子要掉——不，我的膀子还行，没有摔折。’

“他弯下腰，用手拍打着他身上的灰尘，不料从他的口袋里掉出了一根九英寸长的、窃贼专用的精巧钢棍。他将钢棍捡了起来，警觉地看了我一眼，然后咧着嘴笑了，伸出了他的手。

“‘喂，老兄，’他说，‘你好。去年夏天我在密苏里南部见过你，不是吗？你在那里推销一种染色的沙子，五毛钱一勺，说是放进油灯里，可以防止油灯里的油爆炸。’

---

① 当时美国著名的拓荒者。

"'油,'我说,'从来也不会爆炸。是油燃烧形成的气体才爆炸。'不过,我还是跟他握了手。

"'我叫比尔·巴西特,'他对我说,'如果你将此称之为职业的自豪感而不是自负的话,我将告诉你,你现在有幸碰到的是密西西比河流域最棒的窃贼。'

"这样,就像不同行业的艺术家们之间所做的那样,我和比尔·巴西特坐在铁道旁的枕木上,交流起我们各自的心得本事。看起来,比尔·巴西特也是身无分文,我们聊得越发投机起来。他向我解释了为什么一个本领高强的窃贼有时候也不得不扒货车旅行,这一次,他是被一个做保姆的女孩出卖了,害得他不得不仓皇出逃。

"'我要想得手,就得向女人们献殷勤,'比尔·巴西特说,'这也是我工作的一部分。爱情能够叫这些女孩们吐出真情。只要你告诉我哪一幢房子里有值钱的东西和漂亮的女佣,我保证会把这座房子里的银器都卖光了,换成钱。我在饭店里吃香的,喝辣的,而警察局的人则说这是内部人干的,就因为这家老夫人的侄子来这里教过圣经方面的课程。我先是在女佣的脑子里留下深刻的印象,等她让我进了屋子以后,我再在屋里的锁子上留下印迹。不过,这一次,小石城的那个女佣坑了我。'他说,'她看见我跟另外一个女孩子坐电车,就生了气,等我晚上来了的时候,她把本来答应给我留的门关上了。我本来都配好了楼上房门的钥匙,可是叫她从里面给反锁了。她背叛了我。'比尔·巴西特说。

"钥匙开不开,比尔就用他的钢棍去撬,可是此时这个女孩却大喊大叫起来,害得比尔连滚带爬地跑到了车站。由于他没带行李,人家不让他上车,他就爬上了一列刚刚开出站的货车。

"'哎,我饿了,'在我们说完各自的九生一死的冒险经历之后,比尔说,'这个小镇看起来没有上弹簧锁。我们不妨做一些小偷小摸的事,弄几个零花钱花花。我想你也没有随身带着生发水、镀金表链,或者是其他类似的假货,可以叫你在广场上卖给镇上那些爱占便宜的

吝啬鬼，是吧？’

“‘没有，’我说，‘我手提箱里本来还有一些精致的巴塔戈尼亚的钻石耳坠和嵌着钻石的胸针，可是它们都被扣在彼文镇了，要等到那些黑皮橡树长出黄桃和日本李子，才能还给我。我觉得要回它们是没指望了，除非是我们把卢瑟·伯班克[1]请来帮忙。’

“‘好吧，’巴西特说，‘我们来努努力吧。或许在天黑以后，我能从哪位太太那里借来一个发卡，用它来打开农牧渔业银行。’

“在我们说话的当儿，一列客车驶进站来。一个戴大礼帽的乘客从车上下来，他没有走站台的那一边，而是下到了铁轨这边，顺着铁道朝我们两个人走过来。此人是个矮胖子，长着一个大鼻子和一双像老鼠一样的眼睛，衣着很华贵，小心翼翼地提着一个包，好像它里面装着的是鸡蛋和铁路债券一样。他从我们身边走了过去，沿着铁轨继续前行，好像他根本就没有注意到这个小镇似的。

“‘跟我来’比尔·巴西特说完，就去追赶那个人了。

“‘去哪里？’我问。

“‘天哪！’比尔说，‘你难道忘了，我们俩现在一无所有？财神爷刚刚从你身边走过，你难道没有看到吗？你真是蠢得让我吃惊！’

“我们在一个树林边上，追上了他，由于已是日暮时分，又是在一处僻静的地方，没有人看到我们把他拦下。比尔从那个人的头上拿下丝绸礼帽，用袖子擦了擦，又将它戴回到那个人的头上。

“‘你这是什么意思，先生？’那个人问。

“‘在我也戴着这样的帽子并且感到难堪的时候，’比尔说，‘我每每会做出这样的动作。现在我头上没有戴帽子，所以只好借用你的了。先生，我几乎不知道该怎样解释我们要对你做的事情，不过，我想我们会先从你衣服的口袋开始。’

---

① 世界著名园艺学家，他培育了800多种新植物，从而增加了全球食物供给。

“比尔掏遍了他所有的口袋，脸上一副鄙夷、失望的神情。

“‘甚至连一块手表都没有，’比尔说，‘你自己不觉得丢人吗，你这个空心石膏像？穿戴得像是个领班，举止派头像个伯爵！可是，你甚至连买张火车票的钱都没有。你是怎么混上火车，又下了火车的？’

“那个人回答说，他没有任何财物。但是，巴西特还是拿过来他的手提包，打开了它。从里面掏出了一些替换的衣领，袜子，还有半张被剪下来的报纸。比尔仔细阅读了这半张报纸，向被劫者伸出了他的一只手。

“‘老兄，’比尔说，‘你好！请接受朋友们的道歉。我是盗窃家比尔·巴西特。彼得斯先生，你必须认识一下这位阿尔佛吉德·E.里克斯先生。你们俩来握握手。彼得斯先生，’比尔说，‘在制造混乱和贪得钱财方面，彼得斯先生是介乎我跟你里克斯先生之间。在得到别人的钱财时，彼得斯总要给人家一些实物。我很高兴能遇到你，里克斯先生，还有彼得斯先生。这是我生平第一次有幸参加全美诈骗大师聚会——入室盗窃，坑蒙拐骗，投机倒把，全都聚齐了。请你先看看里克斯先生的证件，彼得斯先生。’

“在比尔·巴西特递给我的这张报纸上，有这位里克斯先生的一张很大的照片。那是芝加哥发行的一份报纸，报上满篇都是对里克斯先生的指责。看完报纸，我才对眼下这位里克斯先生有了一些了解，他坐在他芝加哥装修豪华的办公室里，把佛罗里达州淹在水下的土地，划分成块，卖给了毫不知情的投资者，获利近十万美元。可是总有一些好事者爱找麻烦，小题大做（这种事我也遇到过，有人买了我的金表，居然要放到盐酸里验成色）。他的一个客户花了一点钱去佛罗里达州旅行了一趟，想看看自己买下的那块地，看看围地的篱笆是否完好，是否需要再打上几个桩给以加固，顺便买一些柠檬，在圣诞节的时候销售。他雇了一个勘探员帮他找这块地。他们费了老大的劲，结果发现广告上所宣传的乐园谷根本不是什么繁华的城镇，而是位于奥基乔比湖中心四十杆又十六竿[1]以南，二十七度以东的湖区。他买的这块地是在三十六英尺深的水底下，早已是短吻鳄和雀鳝的领地，这使他的地权显得几近于可笑。

“此人回到芝加哥以后，自然把这件事捅了出去，一时弄得沸沸扬扬，满城风雨。里克斯拒不承认，可是无奈，他却否认不了鳄鱼的存在。有一天早晨，报纸登出整版篇幅揭露此事，里克斯走投无路，从防火梯逃了出来。当局似乎查到并封存了他存放钱物的保险箱，他只好在手提箱里随便塞了几双袜子和十来条十五英寸半的领口，逃往西部。他的钱夹子里碰巧还有一些钱，刚够他搭车来到了这个荒僻的小镇，在镇上遇到了我和比尔·巴西特，成为合伙人第三；我们三人身上都是分文未有。

“接着，这位阿尔佛吉德·E. 里克斯也嚷嚷起饿来，并且声明说自己弄不到钱，连一顿饭的钱也搞不到。这样，我们三个人——如果倘有兴致做些演绎推理或图示的话——就分别代表了劳力、贸易和资本。眼下，贸易没有资本，就做不了买卖，而资本变不成流动的钱，就会造成洋葱和肉排的滞销。现在只能指靠这个身带钢棍的劳力了。

“‘两位好汉，’比尔·巴西特说，‘我还从来没有在朋友有难的时候，抛弃过朋友。在那边不远的林子里，我好像看到有一些简陋的房子，让我们先去那里，等到天黑了再说。’

“果然，在林子里有一间没有人住的木屋。我们三人都进到里面。天黑之后，比尔告诉我们等着，他自己出去了半个小时。回来的时候，他带回了一大堆面包、排骨和馅饼。

“‘从瓦西塔路上的一个农家搞来的，’他说，‘大家来吃吧。’

“一轮圆月从天空升起，在木屋中的我们借着明亮的月光，席地而坐，津津有味地吃着。此时，比尔·巴西特又开始吹嘘起自己。

“‘有的时候，’他说，嘴里塞满了从农家带回来的食物，‘我

---

① 杆和竿都是长度单位，都约等于 16.5 英尺。

讨厌你们这些在职业上自视比我要高一等的人们。现在，你们两个有谁能够想出办法，让我们摆脱目前的困境，重新起步呢？你能做到吗，里克斯？’

“‘我必须承认，巴西特先生，’里克斯嘴里正吃着一块馅饼，话音低得几乎都快要听不见了，‘在现在紧要的关头，我或许真的没有什么办法来解决眼下的危机。我做的都是大买卖、大交易，自然需要事先精心的准备。我——’

“‘我知道，克里斯，’比尔·巴西特打断了他说，‘你用不着说完。首先你需要五百块钱，雇佣一个金发女郎做你的打字员，订做四套像样的橡木家具。你另外还需要五百块钱来打广告。你还需要两个星期的时间，来等着鱼儿咬钩。你的办法永远是远水解不了近渴，就像是为了救治一个被便宜煤气熏坏了的病人，要求把煤气行业收归国有一样。彼得斯，你干的这一行也救不了急。’巴西特最后说。

“‘噢，’我说，‘巴西特先生，我至今也没有见过你用你的钢棍就能点石成金的。搞到一点儿残渣剩羹，几乎人人都能做得到。’

“‘弄到点儿吃的，这只是牛刀小试罢了，’巴西特得意地吹嘘着，‘六马大车在不知不觉中就会停在你的门口了，我们的灰姑娘小姐（喻指会有奇迹发生）。或许你现在就有什么锦囊妙计，能够叫我们重整旗鼓。’

“‘小子，’我说，‘我比你大十五岁，但还不至于老到要领取养老金的年龄。我以前也有一文不名的时候，我们可以看到这个镇子的灯光就闪烁在半英里之外。我的师傅是蒙塔古·希尔佛，当代最伟大的街头推销员。此刻，在这些街道上就有成百上千的人，他们中间有许多身上都沾着油渍。给我一盏煤油灯，一个卖货的木箱，还有两块钱的白橄榄香皂，把它切成小——’

“‘你的两块钱在哪里？’比尔·巴西特讪笑着打断了我的话。跟这个窃贼，你简直就没有办法说理。

“‘嘿，’比尔接着说，‘你们两个都没有办法了吧。金融和贸

易都已经关门歇业。你们两个人都等着我劳力来启动了。好了，你们该认输了吧。今天晚上，就让你们看看我比尔·巴西特的本事。’

“巴西特告诉我和里克斯，就在这个小屋里等着他回来，即使到了明天早晨，他要是还没回来，我们也不要出来。然后，他就兴冲冲地吹着口哨出发了。

“这位阿尔佛吉德·E.里克斯脱掉了鞋子和外衣，在帽子上垫了一块丝绸手绢当枕头，躺在了地板上。

“‘我想睡上一觉，’他吱吱呀呀地说，‘今天太累了。晚安，彼得斯先生。’

“‘替我向睡神问好，’我说，‘我想，我还要坐上一会儿。’

“在大约凌晨两点钟的时候（根据我那只留在彼文镇的手表来猜测），我们的这位劳苦功高的人回来了。他踢醒了里克斯，把我们叫到小屋门口有一片月光的地方。接着，他把五个里面各装着一千美元的袋子放在地上，开始像一只刚下了蛋的母鸡一样咯咯地叫了起来。

“‘让我来给你们说说这个镇上的情况，’比尔·巴西特说，‘这个小镇叫石泉镇，他们正在建造一座共济会教堂，看样子民主党的市长候选人要被民众党打垮了，塔克法官的太太起初得了胸膜炎，最近病情有所好转。在我获得我所需要的情报之前，我先打听到了这样一些无聊的琐事。镇上有家银行，叫林业工人和农民储蓄所。它在昨天关门的时候，有存款两万三千元，到今天上午开门的时候就只剩一万八千元了——都是银币，这就是我没有再多拿的原因。现在，你们两个——贸易和资本——你们还有什么可说的？’

“‘噢，我年轻的朋友，’阿尔佛吉德·E.里克斯不由得举起了他的双手说，‘你抢劫了这家银行？天啊，天啊！’

“‘你怎么这样说呀，’巴西特说，‘“抢劫”，这听起来有多难听。我所要做的就是找到这个银行在哪条街上。这个镇子太安静了，我站在邻近的一个角落里，便能听到保险箱上号码盘的转动声：向右拧到四十五，向左拧两圈到八十，向右拧一圈到六十，再往右拧到十五——声音清晰得就像是听耶鲁大学足球队长用方言发出指令一样。好了，弟兄们，’巴西特说，‘这镇子上的人都起得很早。听说他们在天亮前就起来活动了。我问他们为什么起这么早，他们说因为早饭在这个时候就做好了。咱们几个快活的罗宾汉该怎么办呢？只好拿着叮当作响的钱袋远走高飞了。我给你们两个人赌本，你们俩要多少呢？你说，资本。’

“‘我的小兄弟，’里克斯咿咿呀呀地说，样子活像一只用后腿立着、前爪摆弄着一个坚果的松鼠，‘我在丹佛有几个能帮我的朋友。如果能有一百块钱，我——’

“巴西特打开一包钞票，取出五张二十美元的，扔给了里克斯。

“‘还有你，贸易，你要多少？’巴西特对我说。

“‘收起你的钱吧，劳力，’我说，‘我从来不赚老实干活的人的辛苦钱。我所挣的钱都是那些傻瓜笨蛋口袋里面烧的装不住的闲钱。当我站在街头，把一枚镶着钻石的金戒指三块钱卖给一个没有良心的坏蛋的时候，我只挣了两块六毛钱。我知道他打算把它送给一位姑娘，他所得到的价值回报应该是相当于一枚一百二十五美元的戒指，这样他就等于是赚了一百二十二块钱。我们两个人中间，哪一个是更大的骗子呢？’

“‘当你五毛钱卖给穷苦的妇人一把沙子、说是可以防止油灯的爆炸时，’巴西特说，‘你大概地算一算，这位妇女她挣了多少钱呢？我们知道一吨沙子只有四毛钱。’

“‘你听好了，’我说，‘我告诉她如何保持油灯的清洁，如何添加煤油。如果她按照我说的做了，油灯就不会爆炸。里面放进了沙子，她知道油灯就爆炸不了了，她就不会再有这份担心了。这可以说是基督教工业科学派的方法。她支付了五毛钱，她享受到了洛克菲勒和艾迪夫人两个人给她的服务。不是每一个人都能劳得起这对富翁的金身大驾的。’

“阿尔佛吉德·E. 里克斯对巴西特则是感激涕零，恨不得去舔掉比尔·巴西特鞋子上的灰尘了。

“‘小兄弟，’里克斯说，‘我将永远不会忘掉你的恩德。上天会保佑你。不过，我还是恳求你能远离暴力和犯罪的做法。’

“‘胆小如鼠的家伙，你还是钻到壁板的耗子洞里去吧。你的教诲和信条在我听来什么也不是。你的这种道貌岸然的高明的掠夺方式又给你带来了什么呢？不就是贫苦和穷困吗？就拿彼得斯老哥来说吧，他固执地坚持用贸易和商业的理论来玷污盗窃的艺术，现在不也是被困住了吗？你们两个都是靠一套镀了金的法则活着。彼得斯老兄，’比尔说，‘你最好还是从这笔盗来的钱里拿上一些吧，你不必客气的。’

“我再一次告诉比尔·巴西特，把他的钱放好在他的口袋里。我不像有些人那样，对窃贼还充满敬意。对我所拿到的钱，我一定会给予人家某种回报，哪怕是一些提醒人家谨防再次上当的小小纪念品。

“阿尔佛吉德·E. 里克斯对巴西特又恭维感谢了一番后，与我们道了别。他说他要到农家雇辆马车，送他到火车站，然后乘火车回丹佛。那个叫人看了就觉得不舒服的可怜虫走了以后，屋里的空气一下子就变得清新了许多。他丢了全国所有从事不劳而获的行业的人们的脸。尽管他有过庞大的计划和豪华的办公室，到头来他还得仰仗一个陌生人，一个鲁莽的窃贼，才吃上了一顿饱饭。看到他走了，我很高兴，尽管我也为他感到些许的遗憾，觉得他再无翻身之日了。像这样的一个人，他没有了大批量的运作的资本，他还能做什么呢？哎，阿尔佛吉德·E. 里克斯在跟我们分别的时候，简直成了一只四脚朝天的乌龟，他还能有什么作为？他连从一个小女孩手里骗走一只石笔的法子都想不出来。

“在就留下我和比尔·巴西特两个人的时候，我又开动脑筋，在想花招，终于想出了一个包含商业机密的妙计。我觉得，我应该叫这位江洋大盗看一看，做贸易的人和出卖劳力的人之间究竟有什么区别。他把商业和贸易说得一钱不值，伤害了我的职业自尊心。

“‘我不会接受你送给我的钱，巴西特先生，’我对他说，‘但是，如果作为一起旅行的伙伴，你要能为我支付我路上的费用的话，我也将不胜感激，你也知道今天晚上你用不道德的方法害得这个镇子出现了财政赤字，我们得马上离开这个是非之地，以免遭受祸殃。’

“比尔·巴西特同意我的判断，我们立即向西行进，去赶火车，尽可能快地到达一个安全的地方。

“在我们到达亚利桑那州的一个叫洛斯佩罗斯的镇子时，我建议我们两个不妨在这个小地方下车，再碰碰运气。这里是我已退休的师父塔古·希尔弗的老家。我知道，只要我把附近嗡嗡乱飞的苍蝇指给我师父看，他就有办法教我利用这些苍蝇赚到钱。比尔·巴西特说，因为他主要是黑夜干活，所以哪个镇子在他看来都差不多是一样。因此，我们俩就在洛斯佩罗斯这个风景秀丽的小镇下了火车。

“我有一个巧妙、稳妥的计划，打算用一种商业上的暗器，从背后给巴西特重重的一击。我不会在他睡觉的时候，拿走他的钱，而是想给他留下一张在巴西特自己看来能代表了四千七百五十五元的彩票——我想这个数目正是我们下火车后他还剩有的钱数。不过，在我第一次跟他旁敲侧击地提到这样的一种投资方式时，他就说了下面的一番话，拒绝了我：

“‘彼得斯老兄，’他说，‘像你所说的把钱投入一个企业的想法并不坏。我想我也会这么做的。但是，我这样做有一个前提，那就是非得有像罗伯特·E·皮尔里和查理·菲尔班克斯这样的人当董事才行。’

“‘我原以为你是想拿着这笔钱做生意的。’我说。

“‘是的，’他说，‘我也常常是这样想的。我不能总是抱着钱睡觉。彼得斯老兄，我告诉你吧，’他说，‘我打算开个赌场。我不喜欢搞那些无聊的骗局，像推销打蛋器或者是在巴纳姆和贝利的马戏场推销劣质的早餐食品。但是，开赌场就不一样了，’他说，‘从所得的利润上看，赌场生意介乎偷银器和在沃尔多夫－阿斯托里亚义卖场卖抹

笔布之间，是个不错的折中办法。’

“‘那么，’我说，‘巴西特先生，你是不愿意考虑我的这个做生意的方案了。’

“‘哎，你要明白，’他说，‘在我周围方圆五十英里以内的地方，你休想开办巴西特研究所之类的院馆。我是不会上钩的。’

“这样，巴西特就在一家酒店的二楼租了房间，置办了一些家具和五彩石印画。当天晚上，我去了我师父蒙塔古·希尔弗家，师父借给了我二百块钱，叫我做本钱。然后，我去了镇上唯一的一家卖纸牌的商店，买下了那里所有的纸牌。在第二天早晨商店又开门的时候，我带去了我昨天在这里买下的纸牌。我说跟我一起要干的我的那个合伙人改变了主意；我想退回我买下的纸牌。店主用半价把它们收了回去。

“是的，那时，我亏了七十五块钱。但是，在我买下纸牌的那天晚上，我在每一张牌上都做了记号。这也是我付出的劳力。接着，贸易和商业启动了。我扔到水里做鱼饵的面包开始加倍地返了回来。

“当然了，在第一批买比尔·巴西特赌场的筹码的人们中间就有我。比尔·巴西特买下了镇上唯一一家纸牌店的纸牌；我清楚地了解每一张纸牌后面的秘密，就像理发师用两面镜子照着，让我能清楚地看到我的后脑勺一样。

“赌局结束时，我赢到了五千多元，比尔·巴西特只剩下了他的流浪癖和他买来的一只作为吉祥物的黑猫。在我离开的时候，比尔握着我的手说：

“‘彼得斯老兄，看来我真的没有做生意的天分。我这辈子注定是要出卖劳力了。当一个一流的窃贼要想将他的钢撬棍改换成弹簧秤的时候，他就会铸成大错。你玩牌的技巧娴熟，高明，’他说，‘祝你一路顺风。’自那以后，我再也没有见到过比尔·巴西特。”

“哦，杰夫，”在这个奥托里克斯式（希腊神话中的骗子和窃贼——译者注）的冒险家似乎将要讲完他的故事的时候，我说，“我希望你能好好保管这笔钱。将来哪一天，如果你想正正经经地做些生意了，这可是一笔相当可观的资本。”

“你说我吗？”杰夫真诚地说，“你放心，我把那五千块钱保管得好着呢。”

他激动地用手拍着他上衣胸口的地方。

“我把钱都买了金矿的股票，”他解释说，“一分也没剩。每股一块钱，一年之内能增长五倍，而且是免税的。是蓝地鼠金矿的股票。这个矿在一个月之前刚刚发现。如果你手头也有闲钱的话，最好你自己也买一些。”

“有的时候，”我说，“这些金矿也不是——”

“噢，这个矿绝对可靠，”杰夫说，“已经发现了价值五万美元的矿砂，每月保证有百分之十的盈利。”

杰夫从他的口袋里掏出一个长信封，扔在了桌子上。

“我总是把它带在身上，”他说，“这样，窃贼偷不走，资本家也无法掺假了。”

我看了看那张印刷得很精美的股票。

“是在科罗拉多州，”我说，“喂，杰夫，那个后来去了丹佛的小个子叫什么名字来着？”

“阿尔佛吉德·E. 里克斯。”杰夫说。

“哦，我看出来了，”我说，“这个金矿老板所署的名字就是阿尔佛吉德·E. 里克斯。我刚才就有点怀疑——”

“让我看看那张股票。”杰夫连忙说，从我的手里一把将股票夺了过去。

为了能多少缓和此时出现的尴尬，我叫来了服务员，又要了一瓶贝拉酒。我想，我能做的也只有这么多了。

双料骗子

乱子出在拉雷多。这件事要怪小利亚诺，因为他本应该把打杀的对象仅限于墨西哥人。不过，小利亚诺已经二十出头了；在里奥格兰德河边境地区，如果到了二十岁，还只有杀墨西哥人的记录，那也未免有点说不过去了。

杀戮发生在老朱斯托·瓦尔多斯的赌场里。当时有一场扑克牌的赌局，玩牌的人大多并不相识，有的只是碰巧骑着马从远方赶来，进来碰碰运气。玩的中间，因为一对王后牌这样的小事发生了争执；待硝烟散尽时，人们发现不仅小利亚诺太过鲁莽，他的对手也犯了一个致命的错误。因为他的这个不幸的对手并不是墨西哥佬，而是一个有着高贵血统的牧场主的儿子（年龄大约与小利亚诺相仿），拥有许多的朋友和支持者。他的子弹偏离了小利亚诺的右耳有十六分之一英寸，他的这一失误并没有能阻止了小利亚诺这位更高明的枪手的鲁莽行为。

小利亚诺没有随从，由于他那出了名的暴躁，也没有众多的支持者和崇拜者，所以，他认为选择“走为上策”的明智之举，与他性格中的那一不可或缺的倔强性格并不相悖。

复仇者很快地聚集起来，在四处地寻找他。其中的三个在离火车站不远的地方追上了他。小利亚诺朝他们转过身来，他露出他亮闪闪的牙齿，冲着他们狰狞地笑着，这是他动手械斗之前惯有的表情，追他的人还没有等他去拔枪，便退了回去。

不过，在这件事情上，小利亚诺并没有感到那种去拼杀和嗜血的渴望。这纯粹是一场偶然发生的争执，是由于两个人在出牌时彼此说了几句难以容忍的粗话而引起的。小利亚诺起先甚至对这个身材瘦高、生性高傲、面庞黝黑的小伙子有些好感，只是因为在气头上，一颗子弹就结束了人家风华正茂的生命。现在，他不希望再流血。他想远远地离开这个地方，到牧豆草地上去，用一块手帕遮在脸上，挡住阳光，好好地睡上一觉。在这种心情下，即便是一个墨西哥人挡在他的道上，也不会招来杀身之祸。

小利亚诺大摇大摆地登上了一辆北去的列车。五分钟后，列车驶出了车站。可是火车没驶出几英里，刚到韦布，就接到信号，停下来叫一位乘客上车，于是他放弃了这种搭车逃跑的办法。前面还要经过不少的电报局；小利亚诺看不起蒸汽机和电力这些玩意儿。马鞍和马刺才是他安全的保障。

小利亚诺并不认识那个被他枪杀的人。不过，他知道那人是伊达尔格的科拉利托斯牛场的，他知道那个牧场的人多是来自西班牙的下层贵族，只要他们的人中间有谁受到伤害，他们就会进行凶残的报复，他们甚至比世代结仇的肯塔基人更爱寻仇。所以，凭借一种许多大的农场主都禀有的智慧，小利亚诺决定尽可能地远离这些西班牙人的报复。

在车站附近有一家商店；在商店门前的牧豆树丛和榆树林中间，有几匹未卸鞍的马。它们大多都是无精打采地耷拉着脑袋立着。但是有一匹长腿弯颈的枣红马，却在喷着响鼻，前蹄刨着草皮。小利亚诺登上了这匹马，双腿一夹，用马主人的鞭子轻轻地抽了几下，马儿就疾驰了起来。

如果说枪杀那个玩扑克牌的赌徒已经让小利亚诺正直善良的公民身份蒙上了一层阴影的话，那么，他的这一偷马的行为就足以使他变得声名狼藉。在里奥格兰德河边境，你夺走一个人的生命，有时倒不是那么要紧，可是如果夺走了一个人的马，那简直就是叫他破产，而你自己也不会变得富有——如果你被抓住的话。对小利亚诺来说，他已经没有了退路。

有奔驰的枣红马在他的身下，小利亚诺不再觉得不安和担心。在疾驰了五英里后，他转向东北方向的纽西斯河的低洼地带，开始像平原人那样随意漫行。他对这片荒野非常熟悉——熟知这里灌木丛和梨园中间的每一条林荫遮掩的曲径，熟知在那里他能得到款待的每一个营地和荒僻的牧场。他一直向东，因为小利亚诺从来也没有见过大海，他早就幻想着有一天能抚摸到墨西哥湾这匹淘气的马驹的鬃毛。

在这样走了三天之后，小利亚诺站在了科帕斯克里斯蒂[1]的海岸边，眺望着静静的海面上泛起的涟漪。

此时，纵帆船远洋号的布恩船长正站在他的快艇旁，一个水手守护着这快艇。在要起航的当儿，船长发现他忘了带一件生活中的必需品——口嚼烟草块。于是，派了一个水手去取。与此同时，船长在沙滩上来回地踱着步，嚼着他口袋里还剩下的烟草。

一个穿高跟马靴、身材不胖不瘦的年轻人来到了海边。在他那张稚气尚未褪尽的脸庞上，是一副早熟的严肃神情，说明他已有了成年人的丰富阅历。他的皮肤本来就不白，加上多年户外生活的风吹日晒，就变成了深褐色。他的头发像印第安人的一样，又黑又硬；他的脸膛还不曾受到过剃须刀的羞辱；蓝蓝的眼睛透着沉稳和淡定。他的左臂稍稍离开身体一点儿，因为他的那支警察见了就蹙眉的珍珠贝壳的四五口径手枪是插在他坎肩左侧的地方。他望过船长布恩的头顶，看着墨西哥海湾，脸上是一副中国皇帝的那种蔑视一切的威严神情。

"你是不是想要把这个海湾买下来呢，老弟？"船长问，语气中带着讥讽，正为差一点儿就要做一次没有烟草抽的航行而气恼。

"噢，没有，"小利亚诺轻声地说，"我想我不会。我只是从来没有见过海，想多看它一会儿。你也没有想要把它卖掉吧，不是吗？"

"这一次不会的，"船长说，"等我下次从布埃纳斯蒂埃拉斯回

① 得克萨斯州纽西斯河口上的城市。

来的时候，我把它按到岸价卖给你。来了，那个去取烟草的水手总算回来了。我的船本来在一个小时前就该起锚了。”

“海上停着的那条大船就是你的吗？”

“哦，是的，”船长回答说，“如果你把一条纵帆船也称之为大船的话，我权且吹吹牛也没有关系。不过，准确地说，这条船的主人是米勒和冈萨雷斯，而我老塞缪尔·K.布恩，只是一个非常普通的船长而已。”

“你们这是要去哪里？”逃亡的人问。

“布埃纳斯蒂埃拉斯，南美海岸——我上次去过那里，不过我想不起那个国家叫什么名字了。当时我们的船上装的是木材、竹节铁条和大砍刀。”

“那是个什么样的国家呢？”小利亚诺问——“天气是冷还是热？”

“天气温暖，而又宜人，小老弟，”船长说，“简直就是一个人间天堂，风景秀丽，四季如春。每天早晨有长着七条紫色尾巴的红鸟和吹拂在百花丛中的风儿，将你从睡梦中唤醒。那里的人从来也用不着工作，因为他们睡在床上，伸出手去，就能摘到一篮一篮的上好的温室水果。那里没有礼拜天，没有结冰，没有房租，没有犯罪，什么样的烦恼也没有。那是一个伟大的国家，人们什么也不用做，在睡梦中就可能会有奇迹发生。我们吃的香蕉、橘子、菠萝，还有飓风，都是来自那里。”

“听起来，那儿的确不错！”小利亚诺说，对那个地方终于表现出了兴趣，“坐你的船到那儿，需要多少钱？”

“二十四美元，”布恩船长说，“包括伙食费和船费。二等舱。我的船上没有头等舱。”

“成交。”小利亚诺说着，掏出了一个鹿皮袋子。

他带了三百块钱，到拉雷多，准备在那里好好地玩上几天。瓦尔多斯赌场的那场决斗中止了他狂欢的计划，不过，这也倒叫他剩下了钱，他现在口袋里还有二百块钱，在杀了人不得不逃亡时，这笔钱倒是帮了他的大忙。

“好吧，小老弟，”船长说，“我希望你的母亲不会因为我帮助你离家出走而责怪我。”他招手叫来了快艇上的一个船员，“让桑切斯把你带上快艇，这样你就弄不湿鞋了。”

美国驻布埃纳斯蒂埃拉斯的领事萨克先生现在还没有喝醉。这才是早晨十一点钟，在下午三四点之前，他还达不到他所渴望的那一飘飘欲仙的醉酒境界——到那时，他会唱起催人泪下的古老歌谣，他会把香蕉皮投掷到听着他的歌声也会尖声怪叫起来的鹦鹉身上。所以，当他听到一声轻微的咳嗽，从他的吊床上抬起头来，看到小利亚诺站在领事馆门口的时候，他尚处在正常状态，能够代表伟大的美利坚共和国，向来人表现出应有的热情和礼貌。“你还是躺着好了，”小利亚诺很自如地说，“我只是顺便进来看看。人们说在入城之前都要先到你这里打个招呼。我刚从得克萨斯坐船过来。”

“很高兴见到你，请问你怎么称呼？”领事说。

小利亚诺笑了起来。

“我叫斯布拉格·多尔顿，”小利亚诺说，“这个名字在我听起来怪怪的。在里奥格兰德河一带，人们都叫我小利亚诺。”

“我叫萨克，”领事说，“请坐在那张藤椅上吧。如果你来这里是投资的，你就需要有人给你做顾问。这些当地的黑鬼能把你骗得分文不剩，要是你不懂得他们的做事方式的话。抽支雪茄吗？”

“谢谢，”小利亚诺说，“我不抽雪茄。不过，如果我后裤袋里没有了烟草和那个小包，我恐怕连一分钟也活不下去。”他取出烟叶和一小片纸，卷了一支烟。

“这里的人说西班牙语，”领事说，“你需要有一个翻译。如果你有什么事情需要我帮忙，噢，我非常愿意效劳。如果你打算购置种植水果的土地，或者是想搞什么土地经营权，你一定需要一个熟悉内幕的人给你一些关照。”

“我会说西班牙语，”小利亚诺说，“比英语说得好得多。在我来的那个牧场，人人都说西班牙语。我并不打算做什么投资生意。”

“你说西班牙语？”萨克若有所思地说。他出神地打量着小利亚诺。

“你长得也像西班牙人，”萨克继续说，“你从得克萨斯来。你现在顶多二十或是二十一岁。我不知道你有没有胆量。”

“你是不是遇上了什么难事或是什么坎儿？”小利亚诺问道，他表现出的精明叫萨克有点儿出乎意料。

“不是，是另外一件事，你愿意听听吗？”萨克说。

“我当然愿意听一听，”小利亚诺说，“我在拉雷多卷进了一场枪战，打死了一个白人。我来到你们这个到处有鹦鹉和猴子出没的地方，并没有什么事情要做，只是来闻闻牵牛花和金盏花的香味。现在，你明白了吗？”

萨克站起身来，关上了门。

“让我看看你的手。”萨克说。

他拿起小利亚诺的左手，仔细地查看着他的手背。

“我能做到，”萨克激动地说，“你的肌肤像木头一样硬，像婴儿的一样健康。在一个星期之内，一定就会痊愈。”

“如果你是打算叫我来一场拳击赛，”小利亚诺说，“我劝你还是不要在我身上下注。如果是用枪，你尽可以下注。只要不是让我在茶花会上像女人们那样地相互抓打对方就行。”

“我要说的事比那容易得多，”萨克说，“你站到这边来。”

萨克指着窗外不远处的一幢有着宽阔回廊的两层白墙建筑。那座楼房耸立在对面的一座靠海的小山上，山坡上覆盖着深绿色的茂密的热带雨林植物。

“在那座房子里，”萨克说，“有一位卡斯蒂利亚的老绅士和他的妻子正在盼望着把你搂入到他们的怀中，并将你的钱袋装满。这位老人叫桑托斯·乌瑞克，他拥有这个国家的至少一半的金矿。”

“你没有吃错了药吧？”小利亚诺问。

“你还是再坐下来，”萨克说，“让我慢慢地告诉你。在十二年前，他们失去了一个孩子。不，这个孩子并没有死——尽管这个地方有许多孩子喝了地面的淤水得病死了的。这个孩子在不到八岁的时候，就淘气顽皮得出了名，街坊邻居无人不晓。几个勘探金矿的美国人来到这里，曾带着信件找过乌瑞克先生，那几个美国人很喜欢他的孩子。他们给他灌输了许多有关美国人的故事；一个月后这些美国人走了，那个孩子也从此失踪了。人们猜测他可能是躲在一条水果运输船上的香蕉堆里，偷偷地去了新奥尔良。据说有人曾在得克萨斯见过他一次，后来就再也没有人听说过他了。乌瑞克老先生花了成千上万的美元，派人去寻找他。他的母亲伤心透了，这小家伙是她的命根子，她到现在还穿着丧服呢。不过，人们也说这位夫人相信她的儿子总有一天会回来的，从来也没有放弃过希望。在这个男孩的左手背上文了一只爪子里抓着长矛的老鹰。那是老乌瑞克先生从他古老的西班牙家族继承下来的一种徽章，或是图腾。”

小利亚诺慢慢地举起了他的左手，在很奇怪地盯着它看。

“这个主意太妙了，”萨克说，伸手到办公桌的后面，拿出一瓶走私的白兰地，“你脑子不笨。我呢，会文身。我这个领事待在汕达根为的是什么呢？啊，到今天我才算弄明白了。一个星期之内，我就能把这只抓着长矛的老鹰在你的手背上残好，保证天衣无缝，就像它生来就长在你身上似的。我来时带了一套文身用的针和墨水，就是因为我确信你有一天会来到这里，多尔顿先生。”

“噢，先生，”小利亚诺说，“我想我已经告诉过你我的名字了！”

“好吧，我就叫你小利亚诺。反正你的这个名字也用不了多久了。你觉得把你的名字换成乌瑞克少爷怎么样？”

“在我的记忆中，我从来也没有做过谁家的儿子，”小利亚诺说，“如果我曾有过父母亲的话，他们在我出生的时候，也都死了。你把你的计划说来听听好吗？”

萨克把身子朝后仰起，靠在了墙上，冲着光亮，举着他的玻璃酒杯。

“现在，我们就来谈一谈，”萨克说，“看看你在这件事情上，究竟愿意走多远。”

“我已经告诉过你，我为什么会来到这里。”小利亚诺只是简单地回答说。

“回答得很好，”领事说，“不过，这一回用不着你冒太大的风险。计划是这样的：等我在你的手上文好那个徽记之后，我就会通知老乌瑞克。与此同时，我会将我所了解到的有关这个家族的情况都提供给你，这样你在跟他们老两口的谈话中间就不容易露馅了。你长得像他的儿子，你会说西班牙语，你很快就会熟悉他们家的情况，你对得克萨斯州也很了解，而且在你的手背上又将文上老鹰的标记。到时，我会通知他们说，他们的合法继承人回来了，等在我这里，想要知道他是否能够得到父母的原谅，父母是否还愿意收留他。到那个时候，他们一定会很快地跑到我这里，将你热烈地搂在怀里，这场戏也就到此结束，然后大家就可以在休息室里吃点儿点心，在大厅里散散步了。”

“这就是你的计划？”小利亚诺说，“我刚来到你的地盘，马鞍卸下来还没有一会儿呢，老兄，而且我以前也从来不认识你；如果你只是想要给我找个父母亲，哦，那我可是看错人了。”

“说得太好了，”领事说，“我好久都没有遇到过一个像你这样能跟我的想法合上拍的人了。剩下来要做的就比较简单了。只要他们把你带回他们家里一会儿，就足以成事了。不要逗留得太久，以免叫他们发现你左肩膀上没有红色的胎记。老乌瑞克家的一个小保险柜里，总放有五万到十万的美钞，而那个保险柜，你用一根铜丝就可以弄开。你把钱拿到手。我的文身技术占一半，我们五五分成，然后随便搭上一条不定期开往里约热内卢的货船。如果没有了我的服务，美国政府就要瘫痪了的话，那就叫它垮掉吧。你认为如何呢，先生？”

“我完全赞同！”小利亚诺点着头说，“这钱我赚定了。”

“很好，”萨克说，“在我给你文上那只老鹰之前，你必须先躲起来。你可以住在我这里的后屋里。我自己做饭，我会尽可能地用我们吝啬的政府所给予我的有限的薪酬，叫你吃好喝好。”

萨克原定一个星期完成，可是等到他耐心地在小利亚诺的手背上文好那个图案，并且觉得满意的时候，时间已经过去了两个星期。随后，萨克找来一个侍童，叫他把一个写着下面内容的便条，送给他们预谋暗算的人：

致堂·桑托斯·乌瑞克先生

尊敬的先生：

请容许我向你禀告，有一位年轻的客人现正暂居寒舍，他是数日前从美国来到布埃纳斯蒂埃拉斯的。我不愿意令你抱有任何不可能实现的愿望，不过，我还是要说此人有可能就是你失散了多年的儿子。你最好是能来见见他。如果他真是你的亲生骨肉，我觉得他本也是想着回他自己家的，结果在到了我这里的时候，却由于担心家里可能会不接纳他而顿生疑虑，不敢贸然回去了。

你忠实的仆人

汤普森·萨克

半个小时之后——在布埃纳斯蒂埃拉斯，这已经是很快的了——乌瑞克先生的四轮马车就由一个赤脚的车夫鞭打吆喝着几匹肥壮得几近于笨拙的马，来到了领事的门前。

一个蓄着白胡子的高个子男人下了车，随后他扶下了一位穿黑衣服、蒙黑面纱的女士。

两人急匆匆地进了屋子，受到了萨克的最高外交礼节的接待。在萨克的办公桌前，站着一个年轻人，身材瘦高，眉清目秀，皮肤黝黑，黑黑的头发梳得整齐光亮。

乌瑞克夫人一下子摘掉了头上的面纱。她看上去已过中年，头发开始变白，但是她丰满优雅的体态和浅橄榄色的皮肤还依然保留着巴斯克地区女性所特有的美丽。不过，你若是看了她的眼睛，发现了她那阴郁无望的眼神中所流露出的巨大悲哀，你就知道这个女人只是生活在对往事的回忆里了。

带着最痛苦的疑虑神情，乌瑞克夫人久久地注视着那个年轻人。临了，她的黑色的大眼睛落到了他的左手上。接着，她发出一声抽泣，声音虽然不大，却似乎震撼了整幢房子。只听她大叫了一声："我的儿子！"就将小利亚诺搂在了她的怀里。

一个月之后，小利亚诺收到萨克叫人送来的一张便条，应约来到了领事馆。

小利亚诺看上去完全像是一位西班牙绅士了。他穿着进口的衣服，珠宝商们也没有在他身上白下功夫，在他卷着纸烟的时候，一枚大得异乎寻常的钻石戒指在他的手指上熠熠地闪着光亮。

"咱们的事情进展得怎么样了？"萨克问。

"没怎么样，"小利亚诺平静地说，"我刚刚吃了今天的第一块蜥蜴肉饼。就是那种很大的蜥蜴，你知道吗？不过，我倒是认为菜豆炒熏肉，对我来说就蛮可以了。你喜欢蜥蜴吗，萨克？"

"不，而且别的爬行类动物我也不喜欢。"萨克说。

现在已是下午三点钟了，再有一个小时，领事就又该进入到他飘飘欲仙的醉酒状态了。

"这是你该兑现诺言的时候了，老弟，"领事继续说，他的脸因为涨红而变得更加难看了，"你这样做对我很不公平。你在老乌瑞克家做阔少已经四个星期了，只要你想，你可以顿顿享用盛在金盘子里的小牛肉。哎，利亚诺先生，你能让我这样天天地吃糠咽菜吗？麻烦出在什么地方？你这双孝子的眼睛难道就没有看到他的豪宅里任何像现金之类的东西？你不要告诉我你没有。每个人都知道老乌瑞克值钱的东西放在什么地方，还有他的美金现钞；他从来也不接受其他国家的货币。你到底是怎么了？这一次，你可别再说'没怎么样了。'"

"哦，当然啦，"小利亚诺说，一边欣赏着他手指上的钻石，"那个小保险柜里的确有很多的钱。虽然我不知道那一摞摞的证券的价值到底是多少，可是我可以负责任地说，我曾经在那个我继父叫作小保险柜的铁皮盒子里，见过五万元以上的钞票。有的时候，我继父会叫我拿上保险柜的钥匙，以便向我表明他知道我就是真正的弗兰西斯科，就是他的那个在很久以前走失的儿子。”

“那么，你还在等什么呢？”萨克生气地问，“你不要忘记，我随时都可以揭穿你的老底。如果叫老乌瑞克知道了你是个骗子，你知道那会发生什么样的事吗？噢，你对这个国家还不了解，得克萨斯的小利亚诺先生。这里的法律像拌进了芥末，辛辣无比，当地的人们会把你的四肢撑开，活像一只被踩扁了的青蛙。在广场的每一个角上，揍你五十棍子。而且，他们把每一根棍子都要打折。你剩下的皮肉，他们会拿去喂鳄鱼。”

“我不妨告诉你，伙计，”小利亚诺说，把身子舒适地躺在了帆布椅子里，“事情就将按照目前的样子继续下去。现在的情形就刚刚好。”

“你这是什么意思？”萨克问，用杯底敲着桌子发出咚咚的响声。

“计划取消了，”小利亚诺说，“以后在你高兴跟我说话的时候，一定要称呼我堂·弗兰西斯科·乌瑞克，我保证会答应的。我们就让乌瑞克上校的钱还在原来的地方吧。就我们两个而言，他的小小的铁皮保险柜会像拉雷多国家第一银行里的定时保险库一样安全。”

“那么，你是决意要抛弃我了，是吗？”领事问。

“是的，”小利亚诺快活地说，“抛弃你。说得对。现在让我来告诉你原因。在我去了乌瑞克上校家的第一个晚上，他们领我到一间卧室。这间卧室的地上没有床垫——是间真正的卧室，有床，还有各种各样的家具。在睡觉前，这位我刚认下的母亲走了进来，给我掖好被子。‘妈妈的宝贝，’她说，‘妈妈的曾经迷途的小心肝，是上帝把你送还给了我。我要永远赞美和感谢上帝。’在说的中间，她有一两滴眼泪落在了我的鼻子上。所有这些都打动了我，萨克先生。我愿意永远就这样子下去。而且，也必须这样下去了。你不要以为我是图了他们家的财产，才这么说的。如果你是这么想的，那你就错了。我这一生还很少跟女人有过什么接触，也没有一个母亲可以说说话，可是对这位太太我们是不得不一直隐瞒下去了。一次打击她能经受得住，再来一次，她就承受不了了。我是一个卑鄙可耻的畜生，也许不是上帝而是魔鬼把我赶到了这条路上，可是不管怎样，我一定要在这条路上走到底了。现在，你记住了，无论你多会儿提到我的名字，都要叫我堂·弗兰西斯科·乌瑞克。”

“我今天就把你揭露出来，你——你这个双料骗子。”萨克有点儿结巴地说。

小利亚诺从帆布椅子上站了起来，他并没有大动干戈，只是用他刚健有力的手掐住萨克的脖子，将他慢慢地抵到墙角。然后，从他的左臂下面掏出了那支珍珠贝壳的四五口径手枪，用冰冷的枪管顶住了领事的嘴。

“我告诉过你，我是为什么来到这里的，”小利亚诺带着他那种冷冷的笑说，“如果我离开这里，将是因为你的缘故。你千万不要忘记了这一点，老兄。现在，我再问你一次，我叫什么名字？”

“呃——堂·弗兰西斯科·乌瑞克。”萨克喘着粗气说。

从外面传来一阵车轮声和吆喝声，还有木头鞭柄重重地戳在马屁股上发出的啪啪声。

小利亚诺收起了枪，向门口走去。但是，在快到门口的时候，又折回到还在瑟瑟发抖的萨克面前，冲着他，抬起了自己的左手背。

“这里还有一个原因，”他说，“要让目前的这种状况持续下去。我在拉雷多杀掉的那个人，在左手背上也有一个这样图案的刺花。”

房子外面，堂·桑托斯·乌瑞克的那辆古色古香的马车已经喀嗒喀嗒地驶到了门口。车夫也停止了吆喝。乌瑞克夫人穿着一套缀着白色蕾丝花边和缎带的漂亮衣服，向前探出身子，在她那柔和的大眼睛里都是快乐的光芒。

“你在里面吗，亲爱的儿子？”她用银铃般的嗓音，用卡斯蒂利亚语大声喊着。

“妈妈，我就来。”年轻的堂·弗兰西斯科·乌瑞克在屋里应着。

结婚手册

本篇故事的作者，也就是本人桑德森·普拉特认为，美国的教育系统应该划归到气象局。对此我能给出你们充分的理由，而你们也不好反对把我们的大学教授调到气象部门的提议。教授们都识文断字，能很快地浏览完晨报，然后把未来的天气情况电告总局。不过，我的这一提议还有另外一个方面的考虑。我这就来告诉你们，意料不到的天气变化如何为我和艾达荷·格林提供了一流的教育。

我们俩来到蒙塔拿山脉的比特鲁格山地，在那里勘探金矿。沃拉城里的一个长着络腮胡子的汉子已经把探寻金矿的希望当成了额外的负担，临了，他把自己的粮食配备转让给了我们；于是，我们俩便在山脚下耐心地慢慢地勘探，我们手头的粮食非常充裕，足够维持一支部队在和平谈判期间的给养。

有一天，从卡洛城里来了一位骑马的邮差，他路过我们待的山地时歇了歇脚，我们给他吃了三个青梅罐头，他给我们留下了一份近期的报纸。这份报纸上有天气预报的栏目，在专栏的最下端有关于比特鲁格山区的天气预报："和暖，晴朗，有轻微的西风。"

可是，在那天晚上，就下起了雪，还刮起了强劲的东风。我跟艾达荷以为，这只是十一月份里的一场小雪，就把我们的营地搬到了更高一点的山坡上一间空着的旧木屋里。只是在这场雪下了三英尺还丝毫不见有停的迹象时，我俩才意识到我们被雪困住了。趁雪还下得不太深的时候，我们准备了大量的柴火，又有足足够吃两个月的粮食，所以，我们可以任凭暴风雪肆虐，任凭它阻断道路和交通。

如果你想教唆杀人，你只消把两个人在一间十八英尺宽、二十英尺长的小屋子里关上一个月，你的目的就可以达到了。人的本性承受不了这一点。

在才下起雪的时候，我和艾达荷·格林还能相互开对方的玩笑，对我们用平底锅做出来的我们称之为面包的东西，吃得津津有味，赞不绝口。可是到了第三个星期的头上，艾达荷却向我发表了如下的声明：

“我从来没有听到过瓶子里的酸牛奶滴到平底锅上面的声音，不过，我想与你的发音器官里发出的越来越无趣、越来越令人窒息的谈吐比起来，前者也算是人间仙乐了。你每天发出的这种难听的噪音，让我想起了母牛的反刍，不同的只是母牛比你更有教养，从不打扰别人，而你却不能。”

“格林先生，”我说，“你我曾经是朋友，我一直不太好意思向你坦白，如果我可以在你与一条三条腿的普通的黄毛杂种狗之间选择侣伴的话，那么现在，在这间木屋里的就会是那条摇着尾巴的黄毛狗了。”

在这样子度过了两三天以后，我们之间就不再说话了。我们分开了炊具，艾达荷在火炉的一边做饭，而我在另一边。外面的雪已经下得埋到了窗户上，我们不得不整天生着火取暖。

我跟艾达荷除了识点儿字和在石板上做过“约翰有三个苹果，詹姆斯有五个苹果”的简单的算术之外，再也没有受过什么其他的教育。我们从未想过要去获得一个大学文凭，我们在闯荡世界的中间获得了不少的智慧，能使我们应对出现的各种情况，在我们俩看这就足够了。但是，现在被大雪困在比特格鲁山区的一间小木屋里，我们第一次开始感到，要是我们曾经研究过荷马史诗、希腊文、数学中的分数以及其他比较高深的学问，我们就可以利用现在的这段时间，来做些相关的思考，想一些高深的问题。我曾经见到过在西部的营地里工作的大学生，可让人想象不到的是，他们所受的教育竟然成了他们的累赘。

举个例子说吧，有一次在河边，安德森·麦克威廉斯的马得了马蝇幼虫病，他们派了一辆四轮马车到十英里以外的地方请来一位自称是植物学家的陌生人，结果因为耽搁了时间，那匹马还是死了。

一天早晨，艾达荷用一根棍子在一个架子顶上够着了什么东西。有两本书被拨弄得掉到了地上，我站起来去拿，叫艾达荷看到了。在这一个星期里，他第一次开了腔。

“不要碰它们，”他说，“尽管你只配与睡着了的泥乌龟做伴侣，我还是会给你一个公平的机会。你的爹妈生下了你，赋予了你响尾蛇的坏脾气，和一副冻萝卜的睡相，我给你的要比你父母给你的多。我跟你玩一副七分纸牌，赢的人可以从中选上一本，输掉的人只能拿剩下的那一本。”

我们玩了一局，艾达荷赢了。他挑了他想要的那一本，我拿了剩下的。随后，我们俩都各回到自己屋子的一边，开始看起书来。

我拿到这本书，比我看到一块十盎司的金矿石还要高兴。艾达荷看着他的那本书，也像小孩子得到了棒棒糖那么高兴。

我的是一本五英寸宽六英寸长的小书，名字叫作《赫基默必备知识手册》。也许我这样说不对，不过，我还是认为这是至今所写出来的最伟大的一本书。我到今天还把它留在身边。我把书里的东西随便弄出一点儿来，保准能在五分钟内难倒你或者其他的任何一个人五十次。人们津津乐道地谈论所罗门和《纽约论坛报》！而赫基默兼两者之长。此人一定是花费了五十多年的时间，走了上百万英里的路程，才写成了这部书。书中有各个城市人口的数量，有如何辨别女孩子年龄的方法，以及骆驼长了多少颗牙等。它告诉你世界上最长的隧道是哪一条，天上有多少颗星星，水痘的潜伏期有多长，淑女的脖子该有多细多长才最合适，州长如何行使否决权，罗马人的水道是什么时候修成的，每天喝三杯啤酒相当于几磅大米的营养，缅因州奥古斯塔城的年平均温度是多少，使用条播机播一英亩胡萝卜需要多少种子，解各种毒药的方法，一个金发女郎的头上有多少根头发，如何储存新鲜鸡蛋，世界上所有山峰的高度，所有的战争和重要战役进行的时间，如何抢救溺水的人和中暑的人，一磅大头针有多少个，如何制造炸药、种养花卉，如何整理床铺，对危重病人在大夫来之前该如何处置——还有成千上万的诸如此类的知识。也许还有赫基默不知道的东西，不过，我在他的这本书里却没有发现。

我坐下来一口气读了四个小时。教育的全部精华都浓缩在这本书里了。我忘记了暴风雪，忘记了我和艾达荷之间的不愉快。艾达荷也坐在凳子上专心致志地读着，在他那张蓄着黄褐色的络腮胡子的脸上流露出温柔而又神秘的表情。

"艾达荷，"我说，"你看的是本什么样的书呀？"

艾达荷一定也忘记了我们之间的争执，因为在他回答我的话时，既没有故意去诋毁，也没有表现出恶意。

"噢，"他说，"这似乎是荷马·K.M.[①]写的一本书。"

"荷马·K.M.后面的姓是什么？"我问。

"哦，就只有荷马·K.M.。"他说。

"你在说谎，"我有点儿生气了，觉得艾达荷在愚弄我，"没有人在书上这样子用缩写字母署名的。他总得有个姓呀，要么是荷马·K.M.斯普恩戴克，要么是荷马·K.M.麦克斯温尼，或者是荷马·K.M.琼斯。你为什么不会像一个正常人那么说，而非要像一头小牛咬掉晾在绳子上的衬衣下摆那样，把他后半截的姓咬掉呢？"

"我没有哄你，桑德，"艾达荷平静地说，"这是一本诗歌体裁的书，"他说，"是荷马·K.M.写的。起初，我看不出它的好来，但是，读着读着，你渐渐地就被它吸引了。就是有人用两条毯子跟我换这本书，我也不会换的。"

"那就随你的意好了，"我说，"我想要的是头脑可以依凭的、

---

① 此处指古希腊诗人荷马。K.M.是迈锡尼首府卡拉马塔（Kalamata）的缩写，通常用来代指迈锡尼。传说这里即为荷马的故乡。

对事实的客观的陈述，我在我抽到的这本书里发现的，似乎正是这样的东西。”

“你所获得的，”艾达荷说，“只是数据而已，是世界上所存在的最低级的知识。他们会毒害你的头脑。我还是喜欢老 K.M. 的推测方式。他似乎是一位葡萄酒的代理商。平时祝酒时，他总是说，‘闲来无事’，他似乎还有点儿愤世嫉俗，不过，他的嗜酒的习惯却消减了他的抱怨，起到了润滑的作用，即便是他最大的不满听起来也像是在邀请友人共饮一夸脱美酒。这太有诗意了，”艾达荷说，“我对你看的那本书不屑一顾，因为它是想要用尺寸来传达意义。在说到用自然的艺术来解释哲学的本质这一方面，老 K.M. 就远远胜过了你那本书的作者，因为他只会讲什么条播机、地理位置，或是对什么做短评，或是一个人的胸围、年平均降水量等。”

我和艾达荷就这样打发着我们被困的这些日子。无论是白天还是黑夜，我们得到的激奋和喜悦都是来自对这两本书的阅读。这场暴风雪无疑使我们俩都增长了不少的知识和学问。待雪融化了的时候，要是你突然走到我面前问我：“桑德森·普拉特，如果想用铁皮铺房顶，铁皮的尺寸是二十乘二十八，铁皮的价钱是九块五毛钱一箱，那么，铺一平方英尺要花多少钱？”我的回答就会犹如闪电在铁锹把上以每秒十九万两千英里的速度传导那么快。有几个人能做到这一点呢？你把你所认识的任何一个人在半夜叫醒，让他马上回答你，除了牙齿之外，人身上一共有多少根骨头，或是问他内布拉斯加州议会投票要达到百分之多少才能推翻一项否决案，他能回答的得了吗？不信，你就试试看。

至于艾达荷从他的那本诗歌集里得到了多少益处，我就不太清楚了。艾达荷一开口就吹捧他的那位做葡萄酒代理商的作者；不过，我却对他的这个作者不太相信。

从艾达荷嘴里说出来的荷马·K.M. 的一些诗歌看，我倒觉得这位诗人像条狗，把生活当作拴在他尾巴上的铁皮罐。在他跑得累得要死的时候，他坐下来，吐着舌头，看着铁皮罐说：

“噢，好吧，既然甩不掉这个铁皮罐，那么，我们不如到街角的酒店里灌满了它，叫大家都为我干上一杯吧。”

此外，这位荷马·K.M. 好像还是个波斯人，我从未听说波斯人出过什么值得一提的东西，除了土耳其的毡毯和马耳他猫。

那年春天，我和艾达荷找到了一个可开采的金矿。我们有个习惯，就是一找到金矿马上出手，这样可以让资金快速周转。我们转让了采矿权，每人分得了八千美元，然后不知不觉地就游逛到了萨蒙河畔的一个叫罗萨的小城，打算在这里休息一段时间，享受享受城里人的饭食，顺便把胡子刮掉。

罗萨不是矿镇。它坐落在山谷里，像乡下的镇子一样，它远离了喧嚣和疾病。镇上有三英里的电车线路，我跟艾达荷整整一个星期坐着电车转悠，晚上就下榻在夕阳美景酒店。如今我们俩读了书，又走了不少的地方，所以很快就成了罗萨城里上流社会中的成员，常常被邀请出席最豪华最高品味的招待宴会。就是在这样的一次晚会上（在市政厅举行为消防队募捐的钢琴演奏会和吃鹌鹑比赛），我和艾达荷第一次认识了罗萨社交界的皇后德·奥蒙德·桑普森夫人。

桑普森夫人是个寡妇，拥有镇上唯一的一座二层楼的别墅。这楼被漆成了金黄色。不管你从哪个方位看过去，它都非常显眼，像星期五斋戒日爱尔兰人胡子上沾的蛋黄那么引人注目。除了我和艾达荷，镇上还有二十二个男人想要赢得桑普森夫人的芳心，想要住进那幢黄色的房子里。

在乐谱和吃剩的鹌鹑碎骨被清扫出大厅以后，接下来在这里举行了舞会。二十三个追求者一起奔向桑普森夫人，想要邀请她跳两步舞。我没有去凑这热闹，只请求晚会结束后能送她回家。正是凭借着这一招，我占得了先机。

在回家的路上，桑普森夫人说：

“今天晚上的星星真亮，真可爱，不是吗，普拉特先生？”

“就拿今晚的这些星星来说，”我回答，“它们是铆足了力气在发光发热的。你现在看到的那颗最大的星距离我们有六千六百万英里。它的光需要三十六年才能照到我们这里。如果你用十八英尺长的天文望远镜，你就能看到四千三百万颗这样的星星了，包括亮度为十三等的星。如果一颗这样的星现在陨灭了，你可以在以后的两千七百年里仍然看到它发出的光亮。”

“噢！”桑普森夫人说，“以前我从来也没有听说过这些事情。我现在热极了！跳了这么多场舞，我身上都被汗水湿透了。”

“这种现象很容易解释，”我说，“当你知道你身上有两百万个汗腺在同时分泌汗液的时候。如果你把你的汗腺——其长度为四分之一英寸——都一个挨着一个地排列起来，它们的长度可以达到七英里。”

“天呀！”桑普森夫人说，“听你这么说，好像你是在描述一条灌溉的水渠一样，普拉特先生。你是如何获得这一切知识的呢？”

“靠观察，桑普森夫人，”我对她说，“在我游览各地的时候，我都在用心地看。”

“普拉特先生，”她说，“我一向尊重有学问的人。在这座多是恶棍和无知者而鲜有专家学者的城市里，能和你这样的一个有文化的人交谈，真是一件乐事。只要你愿意，你可以随时来家里做客，我非常欢迎你来。”

就这样，我赢得了那座黄色小楼里的女主人的好感。每个星期二和星期五的晚上，我都到她家里去，把赫基默从大自然中间发现、整理、编辑出来的宇宙之奥秘，讲给她听。艾达荷和镇上其余的路德教派的教友们则是在千方百计地争抢一个星期里还剩余下的分分秒秒。

我从未想到艾达荷会用老 K.M. 追求女人的那一套来讨桑普森夫人的欢心，直到有一天下午我去给她送一篮野李子，在通向她家的一条小径上碰到了她。她的眼睛里冒着怒火，她把帽子歪戴着，遮住了她的一只眼睛。

“普拉特先生，”她开口说，“我想那位格林先生是你的一个朋友吧。”

“我们有九年的交情了。”我说。

“你不要跟他做朋友了，”她说，“他不是个正人君子！”

“怎么了，夫人，”我说，“他就是个不起眼的山里人，性情比较鲁莽，平常大手大脚惯了，喜欢说点儿大话。不过，每在关键的时刻，我不得不说，他的表现都证明他不是个小人。或许，他的自命不凡，目中无人，爱显摆，往往叫人看不惯，可是从他的内心，夫人，我相信他是不会做违法和低级趣味的事的。我和艾达荷做了九年的朋友了，桑普森夫人，”我这样结束道，“我不愿意怪罪他，也不愿意听到别人说他的不好。”

“普拉特先生，”桑普森夫人说，“你这样为你的朋友辩护本也无可厚非，可是，这并不能改变这样一个事实：他向我求婚的方式唐突得令人发指，对任何一个有身份的女性来说，都是一种羞辱。”

“哎呀！”我说，“老艾达荷竟会干出这种事情！这是我无论如何也想不到的。在他身上，我只知道有一件事应该受到讥讽；事情的起因是那场暴风雪。有一次我们被大雪封在了山里，他被一本内容良莠不齐的伪诗歌集给迷住了，这或许就是他的行为变得不太检点的原因。”

“你说得没错，”桑普森夫人说，“自从我认识他以后，他总是给我朗诵一些亵渎神明的诗句，他说这些诗都是一个叫卢比·奥特的人写的，从她写的这些诗歌来判断，就知道她肯定不是什么名媛淑女。”

“这么说，艾达荷又看上一本新书了，”我说，“因为以前的那一本是一个笔名叫 K.M. 的男性作者写的。”

“不管怎么样，”桑普森夫人说，“他还是守着他原来的那本书好。今天，他简直做得太过分了。他送给我一束花，花上面还附着一张纸条。普拉特先生，你准能分辨出谁是淑女谁不是，而且你也知道我在罗萨城社交界的名声。你想一想，我会跟一个提着酒壶、带着面包的男人，偷偷地溜到林子里面去吗？会跟他在树荫下饮酒唱歌、蹦蹦跳跳的吗？我平时吃饭的时候，也喝点儿葡萄酒，但是我绝对不会像他说的那样，提着一壶酒，到林子里去胡闹一通。当然啦，他也会带上他的那本诗集的。他就是这么说的。叫他一个人到林子里去丢人现眼吧！或者，让他带上他的卢比·奥特一块去吧！我想她是不会反对的，除非他带了太多的面包，再也无法带上其他的东西。现在，你怎么看待你的这位朋友呢，普拉特先生？”

“哦，夫人，”我说，“也许艾达荷的邀请只是一种诗情的表达，并没有恶意。或许它属于比兴诗歌的范畴。虽然它们是触犯法律和秩序的，但是因为它们的意思是隐含着的，所以能够邮递或是发行，得以传播。如果你能不再计较这件事情，”我说，“我将因为艾达荷的缘故而感谢你，”我说，“哦，还是让我们的思绪从低级的诗歌中解脱出来，升华到更高级一点儿的想象和事实的领域吧。在这样的一个美好的下午，桑普森夫人，”我接着说，“我们也应该想一些美好的事情。虽然我们这里天气温暖，可是我们应该记得位于赤道上海拔一万五千英尺的地方，就是终年不化的积雪。在纬度四十到四十九之间的地区，雪线的高度就只有四千至九千英尺了。”

“噢，普拉特先生，”桑普森夫人说，“听了卢比·奥特的那些令人厌恶的歪诗之后，再听你讲这些美妙的事实，给人的感觉真好！”

“让我们坐在路边的这根木头上，”我说，“忘掉诗人们的放荡和不通人情吧。唯有在被证实的事实和合法的方式之辉煌的领域内，我们才能真正找到美。在我们坐着的这根木头上，桑普森夫人，”我说，“就有着比任何诗篇都更加奇妙的统计数字。木头上的年轮显示出这棵树已有了六十年的历史。如果它是在两千英尺的地下，它在三千年以后就会变成煤。世界上最深的矿井是在靠近纽尔卡斯的基林沃斯。一只四英尺长、三英尺宽、两英尺八英寸高的箱子，可以装一吨煤。如果割破了动脉，应该立刻绑紧伤口的上方。一个人的腿上有三十根骨头。伦敦塔曾于一八四一年遭受火灾。”

“太好了，普拉特先生，”桑普森夫人说，“你的这些思想新颖独到，叫人听着真爽快。我想数字的美全在这儿了。”

不过，只是在又过了两个星期以后，我才得到了赫基默给我的全部好处。

一天晚上，我被邻里喊救火的声音从梦中惊醒。我一骨碌从床上爬起来，穿好衣服，跑出旅馆去看热闹。当我看到是桑普森夫人的房子着了火时，我不由得大喊了一声，用两分钟的时间就跑到了现场。

这幢黄色楼房的底层已陷入火海之中，罗萨城的男女老少都聚到了这里，尖叫声、犬吠声、消防员的“让开，让开”的呐喊声响在了一起。我看见艾达荷正想要从阻拦他的六个消防员中间挣脱出来。他们对他说，一楼已经是一片火海，没有人进去能活着出来。

“桑普森夫人在那里？”我问。

“还没有人见到她，”一个消防员说，“她睡在楼上。我们试着从楼门冲进去，可是没有成功，我们队里还没有云梯。”

我跑到火焰能照亮的地方，从我的内衣口袋里掏出那本手册。我在手里抚摸着那本书，差点儿笑出声来——我想我当时一定是激动得有点儿昏了头。

“赫基默老兄，”在我翻动着书页时，我对它说，“你还从来没有骗过我，你还从来没有叫我失望过。告诉我，老兄，告诉我该怎么做！”我念叨着。

我翻到了一百一十七页，上面有“遇到紧急情况该如何处置”的内容。我用手指顺着往下找，果真找到了。我的好老兄赫基默，他绝不会漏掉任何事情！书上写着：

对吸进烟或是煤气所造成的窒息

用亚麻籽效果最佳。

取数粒放入外眼角即可。

我把书装回到口袋里，抓住了一个正从我身边跑过去的男孩。

“喂，”我说，递给他一些钱，“跑到药店，买上一块钱的亚麻籽。快点儿，我将另外给你一块钱，作为酬劳。好了，”我对着人群说，“桑普森夫人不会有事的！”说着我脱掉了衣服和帽子。

四个消防队员和市民拽住了我。他们说，进去会送命的，因为一层的房顶已经开始往下掉了。

“唉，在火焰和烟雾中间，”我有点儿无奈地笑着说，“我怎么能在眼睛睁不太开的情况下，把亚麻籽放进她的眼角内呢？”

我用两个胳膊肘分别击在了两个消防队员的脸上，用脚踢破了一个市民小腿上的皮，使了一个绊子，把另一个摔倒在地。紧接着，我冲进了着火的房子。

如果我死在了你们的前面，我会写封信告诉你们，是否地狱里的烈焰会比这幢黄色的房子里的情况更糟；不过，现在你们还别相信我的话。总之，我比饭馆里的快速烧烤的烤鸡烤得更焦。烈焰和烟气两次把我熏得晕倒在地上，在我就要给赫基默先生丢脸的时候，幸好有消防队员用细水龙头减缓了火势，叫我得以冲进了桑普森夫人睡觉的房间。桑普森夫人已经呛得失去了知觉，我用床单将她裹起来，扛在肩上。二楼的地板还没有人们说的那么糟糕，否则的话，我无论如何也不可能把桑普森夫人救了出来。

我把她扛到了离开那座楼有五十码远的地方，把她放在了草坪上，紧接着，桑普森夫人的那二十二位追求者都用铁皮桶提着水，挤了过来，临了，去买亚麻籽的男孩也跑回来了。

我缠开了包在桑普森夫人头上的东西。她睁开了眼睛说：

“是你吗，普拉特先生？”

“嘘——”我说，“别出声，让我先给你上了药。”

我用手臂搂住了她的脖子，将她的头轻轻地抬了起来，用另一只手撕开了包着亚麻籽的袋子，俯下身子，将三四粒亚麻籽倒进了她的外眼角。

这时村里的大夫也闻声赶来，他喘着粗气，抓住桑普森夫人的手腕，试着脉搏，一边问我这样胡搞一通是什么意思。

“哦，这是陈年的球根喇叭和耶路撒冷的橡树籽，”我说，“我不是正规的医生，不过，我可以给你看我这样治疗的依据。”

人们拿来了我的外套，我取出了那本手册。

“请看第一百一十七页，”我说，“对于因烟雾和煤气造成窒息的治疗办法。上面说，用亚麻籽放在外眼角。我不知道亚麻籽的作用是解除烟毒呢，还是促进复合胃神经的机能呢，不过，赫基默就是这样说的，而且，他是第一个被请来诊治桑普森夫人的。如果你想要前来会诊，我也不反对。”

这位年迈的医生戴上了眼睛，借着消防队员的灯笼的光儿，看着这本书。

“哦，普拉特先生，”他说，“你在找诊断方法的时候，显然是串行了。解救窒息的方法是：‘尽可能快地把病人抬到有新鲜空气的地方，并让其平躺。’用亚麻籽是医治‘灰尘进了眼睛’，是在上面的那一行。不过，毕竟——”

“喂，你们停一下，”桑普森夫人打断他们的话说，“在这一会诊中，我觉得我也有话要说。这些亚麻籽的疗效比我用过的任何东西都强。”然后，她抬起了头，重新依偎到我的怀里说，“把我的另一只眼睛里也放进去一些吧，亲爱的桑德。”

如果你明天，或是任何一天，来到罗萨镇，你会看到一幢焕然一新的黄色建筑，房子里面有普拉特太太，也就是以前的桑普森夫人，在收拾装点它。如果你进到屋子里，你就会在客厅中央大理石台面的桌子上，看到《赫基默必备知识手册》这本书，它用红色摩洛哥皮面重新装帧过了，可以随时供我查阅与人类幸福和智慧有关的任何内容。

提线木偶

一位警察站在第二十四大街与一条漆黑的窄巷的交汇处，高架铁路正好从这条街的上面通过。时间是凌晨两点；这是一个寒冷，黑得怪瘆人的夜晚，下着小雨，这种糟糕的天气会一直持续到破晓。

一个穿着长大衣的男子从黑暗的窄巷中走出来，他的步子虽轻，却迈得很快，他把帽子压得很低，手里提着一个包。站在街口的这位警察走上前去，态度和蔼，却又带着是在执行公务的那份自信。在这个时间段，这位行人从常有抢劫、盗窃行为发生的这条巷子里行色匆匆地走出来，手里又提着东西——这些很自然地就构成了“可疑情况”，需要警察出来干预、过问。

“嫌疑人”立即停下了，将帽子往后推了推戴正了，在闪烁的路灯的照耀下，露出一张镇定自若的面孔，一个长长的鼻子和沉稳深邃的目光。他将戴着手套的手伸进大衣的侧兜里，掏出一张名片，递给了警察。警察借着摇曳的灯光，看到名片上印着“医学博士查理斯·斯宾塞·詹姆斯”的字样。上面所印的街道和门牌号数表明他住在附近较为富有、受人青睐的地段，这足以打消一个人好奇探究的心理。警察往下看了一眼医生手中所提的物件——一个漂亮的镶着白银扣饰的黑皮医药包——更加证实了那张名片的可靠性。

“请吧，大夫，”警察向旁边挪开了一步，态度变得非常的和蔼，“上面有令要严加盘查。因为最近发生了多起入室盗窃和拦路抢劫的案件。这样的夜晚出诊，可够糟糕的。虽然不算太冷，可是湿乎乎的。”

詹姆斯医生彬彬有礼地点了点头，对警察评论天气的话，附和了一两句，然后就继续迈着大步，急匆匆地走了。那天晚上，有三个巡警拦住他，看过他的名片，他们都认为他的名片和他所携带的医药包足能作为他为人正直、做事正派的担保。假如第二天在这三个警察中，其中有一个认为有必要去验证一下这张名片的真实性，那么他就会发现，在诊所门口的一个漂亮的门牌上写着的医生的名字与名片上的完全相符，他还会看到在各种医疗设备配置齐全的医疗室里坐着医生本人，只见他从容淡定，穿着讲究——前提是他不能去得太早，因为詹姆斯医生起得很晚——而且还有邻居们对他作为良好市民的证明，以及他对家庭的忠诚，和他两年来作为这一社区的医生所取得的成就。

所以，这些和平的卫士一定会大吃一惊，要是他们望进这个看似毫无瑕疵的医药包里面的话。打开这个医药包，首先映入眼帘的是一套最新发明的“保险箱专家”（这一绰号是这些撬保险柜的窃贼们自封的）所专用的精巧绝伦的工具。这些工具都是专门设计，特别制作的——短而有力的撬棍，一套奇形怪状的钥匙，性能优良的高强度蓝钢钻头和冲头——所有这些工具都能像老鼠啃噬奶酪一样，轻松地钻透冰冷的钢铁。夹钳可以像水蛭一样，吸附在光滑的保险箱门上，然后像牙科大夫拔牙那样，干净利落地拔出保险箱的密码锁。在“医药”箱里面的侧兜里，放着一瓶四盎司重的硝化甘油，已经用空了一半。在这些工具的下面是一团皱巴巴的钞票和一些金币，合计一共是八百三十美元。

在特别亲密的朋友们中间，詹姆斯医生被叫作“了不起的‘希腊’人”。这个神秘的称呼一半是对他冷静沉着的绅士风度的褒扬，一半是指——用他弟兄们的行话说——他是他们的头儿，是军师，能凭借着他高贵的身份和地位的影响搞到有用的信息，为弟兄们的冒险行动提供出确实可行的方案。

在这个由精英组成的小圈子里，除了詹姆斯，还有斯基塞·摩根、根姆·德尔克和里奥博德·普雷兹菲尔德。德尔克是“保险箱专家”，普雷兹菲尔德是城里的珠宝商，负责为三人工作小组搞来的钻石和其他首饰销赃。他们都是讲义气、重友情的人，守口如瓶，忠诚不渝。

那天晚上干的活儿与他们付出的辛劳相比，并不能令他们三个人满意。在这么一家实力雄厚的老字号纺织品公司的办公室里，尤其是在星期六的晚上，存放在它的双层侧栓的保险柜里的现金本应远远超过两千五百美元的。但是，这却是他们发现的所有现金，依照惯例，他们三个当场就把这些钱平分成了三份，各自拿了。他们原来想，保险柜里面的钱至少应该在一万到一万二之间。可是，这家公司的其中的一个老板做事过于老派了。天一黑，他就把他手头大部分的钱放在一个衬衣盒子里带回家去了。

詹姆斯医生行走在第二十四大街上，此时的街道上已经阒无一人。即便是经常聚集在此的戏剧爱好者们也早就上床休息了。淅淅沥沥的小雨在铺路的石子间积起小小的水洼，水洼在霓虹灯的照射下，折射出无数的闪闪发亮的小光点。阴森森的夜风，夹杂着雨点和寒意，从房屋之间飒飒地刮了过来，宛如深沉的喉音从唇管里呼了出来。

詹姆斯医生刚走到一座砖砌的高大住宅的拐角处，它的正门突然被推开了。一个嘴里骂骂咧咧的黑人妇女咔嗒咔嗒地步下大门的台阶，来到了便道上。她嘴里胡乱地说着什么，从神色看，是在自言自语——她们这个种族的人在独自遇到危难时，总是用这种方式向上天求助。看样子，她像是美国南方旧时的女仆——嘴里爱叨叨，对人热情，忠诚，有时难以克制自己；她本人的模样就说明了这一点——体胖，整洁，系着围裙，裹着头巾。

在詹姆斯医生从对面走过来的时候，这个突然从大宅里冒出来的“幽灵”，刚好步下了门前的台阶。她的大脑的功能开始从发声转换到视觉，她停止了自言自语，将她的一双金鱼眼睛死死地盯在了医生携带的医药包上。

“上帝保佑！”她不由得这样祝福道，“你真是个大夫吗，先生？”

“是的，我是医生。”詹姆斯医生说着停了下来。

“那就请你看在上帝的分上，来给钱德勒先生看看病吧。他不知道怎么的，病就发作了。现在躺在那里，跟死了一样。艾米小姐叫我出来找个大夫。如果不是碰上你，天知道老辛迪我到哪里去找来大夫。要是老主人知道了这里的一丁点儿情况，那就有好戏看了，先生——那就要用枪来说话了——用步子在地上量好距离，然后进行决斗。唉，这样一来，可怜无助的艾米小姐该怎么——”

“如果你想要我给病人看病，”詹姆斯医生说，脚已经迈到了台阶上，“你就赶快带我进去。我可没有时间听你唠叨。”

黑人女仆在前面领着医生走进了屋子，上了一节铺着厚厚的地毯的楼梯。他们走过了两条光线暗淡的走廊。在第二个走廊上，走得气喘吁吁的带路人拐进了一个门厅，停在了一个屋子前，打开了房门。

“我找来大夫了，艾米小姐。”

詹姆斯医生进到屋子里，向站在床边的年轻的太太略微地鞠了一躬。他把医药箱放在了椅子上，脱掉大衣搭在了椅背上，然后很镇定地来到了病人的床前。

床上躺着一个男人，四肢伸开着，还像是刚倒在床上时的姿势——衣着华贵时尚，只有鞋子脱掉了；身体松弛地躺着，好像死人似的，一动也不动。

在詹姆斯大夫身上仿佛散发着镇静和无穷的力量的光环，在他的羸弱和悲苦的病人看来，这一光环就如沙漠里的甘泉。尤其是女人们常常为他在病房里表现出的言谈举止所倾倒。那不是现在流行的大夫对病人的过分讨好，而是一种临危不慌乱的沉着和自信，以及战胜命运的能力，和对病人的尊重、保护与献身精神。在他那双坚定、明亮、深邃的棕色眸子里有着一种特别的吸引力；他舒展的面庞上的平静、牧师般的肃穆的表情，权威似的神态，使得他从外表上很适合做病人的知己和安慰者。有时候，在他第一次出诊到病人家里的时候，这些女病人们就会告诉他，在晚上时为了防盗，她们会把她们的钻石和珠宝藏在什么地方。

詹姆斯医生经验丰富，没有怎么转动眼珠子，就从容地估摸出了房间家具、摆设的等级和质量。这些家具富丽堂皇，价格昂贵。用同样的目光，他探得了艾米小姐的真容。她身材娇小，年龄几乎还不到二十岁。她的面容称得上美丽迷人，不过，现在（你也许会这么说）却被一种长久的忧伤——而不是突如其来的悲痛——所掩翳和笼罩了。在她前额的一侧，有一处紫青色的伤痕，医师根据经验判断，她额头的伤还不到六个小时。

詹姆斯医生伸出手去摸病人的脉相。他的几乎会说话的眼睛在诘问着艾米。

“我是钱德勒夫人，”她回答说，在她吐字含糊的南方口音里带着些许的悲伤，“在你到来之前的十分钟左右，我丈夫的心脏病突然发作了。他以前曾经犯过几次病，有一两次还相当严重。”时间这么晚了，钱德勒先生还穿着衣服，这似乎也需要她做出解释。“他晚上出去了，回来得晚了；是去——赴宴了，我想。”

医生的注意力现在转到了病人的身上。不管他碰巧正在从事着他的哪一个“职业”（是对的“病人”，还是对的“保险箱”），他都已经习惯了去全身心地投入。

病人的年龄大约有三十岁。从他的长相上似乎能看出此人平日里做事鲁莽，生活放荡，不过，他的五官还算端正，面部也很有特征，又有一种似乎是与生俱来的幽默感，弥补了他的缺陷。从他的衣服上散发出浓烈的酒的味道。

医生解开病人外面的衣服，然后用一把小刀把衬衣从领子到腰间拉开一道口子。障碍清除掉了以后，他把耳朵贴在病人的心口上仔细地听着。

“二尖瓣回流？”他站直后轻声说。在句子结束时，他用了升调，表示他还不太确定。接着，他又俯下身子倾听了很长时间；这一次，他用肯定的口气做出了诊断：“是二尖瓣闭锁不全。”

“夫人，”他用一种常常能减缓了病人焦虑心情的颇有把握的语调说，“你的丈夫有可能康——”在他慢慢地转过头来面对着夫人的时候，他看到她脸色苍白地晕倒在了老妇人的怀里。

“可怜的孩子！可怜的孩子！他们是不是要把辛迪大妈的心肝宝贝给整死了才甘心？但愿上帝用他的怒火惩罚那个骗取了她的感情，伤了她的天使般的心灵的人；那个叫她沦落到——”

“抬起她的脚来，”詹姆斯医生说，一边帮着搀扶着这个身体羸弱的女子，“她的房间在哪儿？她现在必须卧床休息。”

“哦，在这边，”老妇人裹着头巾的脑袋朝着一扇门的方向摆动着，“这一间是艾米小姐的房间。”

他们把艾米小姐抬到了她自己的房间，把她放在了床上。她的脉搏虽然微弱，但是跳得还很有规律。她在晕倒之后还没有恢复知觉，就直接沉入到一场酣睡之中。

“她消耗了太多的精力，”医生说，“睡眠是一副很好的良药。在她醒来的时候，给她喝上一杯加热水的甜酒——要是能吃的话，里面放上一颗鸡蛋。她前额上的伤是怎么回事？”

“哦，小姐的额头被撞了一下。她摔了一跤——呃，不是这样的”——这位老妇人的善变的种族特性叫她的内心突然无端地升起一股怒火——“我老辛迪不想再为这个魔鬼撒谎了。是他打的。愿上帝叫他的手烂掉——哎呀，真糟糕！老辛迪答应小姐不告诉外人的。哦，先生，小姐头上的伤是摔倒磕的。”

医生走到灯架那里，把一个外观很美的油灯的光儿捻暗了点儿。

“你就留在你的女主人这里，”医生嘱咐说，“不要弄出声响，让她好好睡上一觉。她起来后，就给她喝上加热水的甜酒。喝了以后，如果她的身体还很弱，来告诉我。我觉得小姐的病有点儿怪。”

“这里的怪事还多着呢。”老妇人又要开始叨叨了，不过，这一回，医生使用了他平时很少用的强硬语调（他只是对待歇斯底里发作的病人时才用这种语调），叫她变得安静了。在这之后，医生回到了另一个房间，并轻轻地关上了房门。床上躺着的病人还是原来的姿势，没有动过，不过，他的眼睛睁开了。他的嘴唇嗫嚅着，似乎在说着什么。

詹姆斯医生低下头去听。“钱！钱！”他的嘴里在低声地呢喃着。

“你能听明白我说的话吗？”大夫问，话音虽低，但很清晰。

病人轻轻地点了点头。

“我是个医生，是你太太派人请来的。她们告诉我，你是钱德勒先生。你病得很厉害。千万不要激动或是过分的紧张。”

病人的眼神似乎在招呼他，要他靠近过来。医生俯下身子，听到了和前面一样的微弱的语声。

“钱——两万块钱。”

“这些钱在哪儿？——在银行？”

病人的眼睛表示出否定。“告诉她”——他的声音变得越来越弱了——“两万块钱——她的钱”——他的眼睛在屋子里四下看着。

“你是不是把钱放在什么地方了？”——詹姆斯医生发出像塞壬女妖那样诱人的声音，想套出这个神志已经变得不太清楚的人心中的秘密——“是在这个屋子里吗？”

詹姆斯医生觉得他从病人模糊闪烁的眼神里看出了认同的表情。他指尖下摸到的脉息已经细得像一根丝线一样。

詹姆斯医生的另一种职业的本能此时占据了他的头脑和心灵。他做事一向敏捷，所以决定马上来探出藏钱的地点，即使要以精心算计一个人的生命为代价，他也在所不惜。

他从口袋里掏出一小本空白的处方笺，按照常规的做法，急速地开出一副患者需要吃的药方。他走到里屋的门前，轻轻地唤出了老妇人，给了她处方，叫她到药店去配药。

在她嘟嘟囔囔地离开后，医生来到钱德勒夫人的床前。她还在酣甜地睡着，脉相比先前好了一些，额头上有一层薄薄的汗迹，除了受伤发炎的那一块以外，也不烫了。只要不受打搅，她再睡上几个小时也不成问题。他找到了这间房门的钥匙，在他出来时锁上了屋门。

詹姆斯医生看了一下他的手表。他还有半小时的时间归他支配。因为在半个钟头之内，老妇人几乎不可能买回药来。他找来了水罐和平底玻璃杯。然后打开了他的药箱，取出了一个盛着硝化甘油的小瓶——他的那些善于摆弄手摇曲柄钻的同行们把它简单地称为“油”。

他将一滴浓浓的浅黄色的液体滴到玻璃杯里。然后取出银色的皮下注射管，安好针头。他根据玻璃管上的刻度细心地抽了几次水，用了将近半杯水来稀释那滴硝化甘油。

就在两个小时之前，詹姆斯医生曾用同一个针筒把未经稀释的硝化甘油注入进在一个保险箱锁上钻好的洞眼里，然后随着一声沉闷的爆炸声，控制门栓的机械装置被毁坏了。现在，他意在用同样的方式，将一个人体的最重要的部位——心脏——摧毁——两次都是出于同一个目的，为了钱。

相同的手段，但表现出的形式不同。前者是以粗野、动力巨大的原始力量（意指硝化甘油的爆炸——译者注）的形式，而后者则像是一位弄臣，把致命的武器掩藏在了天鹅绒和美丽的花边下面。因为医生现在用针筒小心地从水杯里抽出的液体已经成了三硝酸甘油酯，这是医学界迄今为止威力最大的强心剂。两盎司的硝化甘油就炸开了保险柜的结实的铁门；现在，用一滴量的五十分之一，他要让一个活人复杂的生命机体永远地停止工作。

然而，不是立即停止。这不是他想要的效果。首先，要快速地增加他身体的活力；给他身体的每个器官和每个部位注入强大的动力。对这一致命的刺激，心脏会做出剧烈的反应。血管里的血液会更快地流回到它的源头。

当然，詹姆斯医生非常清楚，对心脏病人来说，这样过分的刺激就意味着死亡，这就像步枪子弹射穿心脏一样必死无疑。当血流量在窃贼使用的“油”的作用下骤然增加，本来就不畅的动脉血管就会阻塞，它们就会迅速地变成“死胡同”，生命之泉就会停止流动。

医生把失去知觉的钱德勒胸前的衣服解开，将针筒里的液体迅速而又熟练地注射进心前区的肌肉里。詹姆斯医生干这两个行业都干净利落，临了，他仔细地擦干了针头，把保持针头通畅的细铜丝重新穿在了针眼里。

三分钟后，钱德勒睁开了眼睛，开始说话了，他用一种微弱但能听得清的声音问，抢救他的人是谁。詹姆斯再一次向他解释了他为什么会在这里的原因。

“我的妻子呢？”病人问。

“她睡着了——因为焦虑和过度的疲劳，”医生说，“我不愿意唤醒她，除非是——”

“不——用了。”钱德勒说话时一字一顿的，因为有什么东西在他体内加快地驱动，使他的呼吸变得紧促，“她不会——因为我而——感谢你——对她的——打搅的。”

医生把一张椅子搬到床边。不能浪费掉这一宝贵的谈话机会。

“几分钟之前，”医生开始说，他用的是他另一种职业的口吻，坦诚而又严肃，“你曾经试着要告诉我关于钱的事情。我并不想望你会跟我推心置腹，但是，我有责任和义务告诉你，焦虑和担心会阻碍你健康的恢复。如果你有什么话要说——关于这两万块钱的事，我想，这是你刚才提到的数目——想要一吐为快——你最好还是把它说出来的好。”

钱德勒的脑袋不能动了，他只是朝着说话的人转动着他的眼珠子。

“我说过——这钱——放在什么地方了吗？”

“没有，”医生回答说，“我只是从你模糊不清的话语里听出，你似乎十分关心这笔钱的安全。如果钱就在这个房间里——”

詹姆斯医生停住不说了。他是不是从病人带有嘲讽意味的表情里，略微看出了病人的幡然醒悟，对他的一丝儿怀疑？是不是他表现得太急切了？话说得太多了？不过，钱德勒下面的话又叫他恢复了自信。

“钱——还会在哪里呢，”他喘着气说，“除了那边的那个保险柜？”

病人用眼睛示意着屋子的一个角落，在那里，医生现在第一次发现了有一个小小的铁皮保险柜，被一个垂下来的窗帘的下摆遮住了一半。

医生站了起来，去摸病人的脉。他的脉搏跳动得强劲有力，可之间有着不祥的间隔。

“抬起你的手臂来。”医生说。

“你知道的——我动不了，大夫。”

医生急速地走向通往过道的门口，打开门，听了一会儿。整座房子没有一点儿声音。医生不再顾忌什么，他径直走向保险柜，对它开始查看。保险柜样式古老，设计简单。用它来防防手脚不干净的仆人还可以。对他这样有着专业盗窃技术的人来说，它只是一个摆设，等于是用稻草和硬纸板糊下的玩意儿。这笔钱可说是已经到手了。他能用夹钳拔出号码盘，钻透制动栓，然后打开保险柜的门，前后也就是两分钟。或许，用另一种方法，他只需要一分钟就足够了。

他跪在地板上，把耳朵贴在密码盘上，慢慢地转动旋钮。正如他所料想的那样，这个锁只用了一个组合密码。在制动栓转动时，他敏锐的耳朵捕捉到了锁芯被拨动的轻微的咔嗒声；他对上了密码，转动手柄，一把拉开了保险柜的门。

保险柜里面空荡荡的——在它那空空的铁盒子里，甚至连一张纸片也没有。

医生站起来，走回到床前。

汗珠在就要死去的人的额头上涔涔地渗出，但是，在他的嘴角和眼睛里都是嘲弄的冷笑。

“我以前——从来也没有见过，”病人吃力地说，“把治病救人和入室盗窃放在一起做的！那你——是不是——常常得到——双倍的酬薪呢——亲爱的大夫？”

詹姆斯医生的聪明才智和忍耐力从来不曾受到过比这更为严峻、更为难堪的考验。他的受害者的邪恶的幽默感叫他陷入一种既可笑又不安全的境地，不过，他还是保持了他的体面，没有乱了方寸。他掏出手表，看着时间，等着这个受害者死去。

“对这——笔钱——你有——点儿——太着急了。可是你——亲爱的大夫——你永远休想得到它。它很安全，非常的安全。它们——都在赌注经纪人的——手里。两万——美元——都是艾米的钱。我用它赌了赛马——输掉了所有的钱——一分也没有剩下。我是个败家子，窃贼先生——请原谅——我说错了——应该是大夫，不过，我是光明正大的。我从未想到——我会遇上像你这样的一个冠冕堂皇的大坏蛋，大夫——对不起，我又说错了——应该是窃贼先生。给一个受害者——对不起，我又说错了——应该是病人——倒一杯水喝，这会不会有悖于——你们窃贼的——职业道德呢？”

詹姆斯医生给他倒了一杯水。他几乎不能把它吞咽下去。在他的体内，力量强大的药物的反应一阵阵袭来，变得越来越强烈。可是，临死的他仍然想着要再狠狠地刺痛一下对方。

“我是赌徒——酒鬼——败家子——这些我都是，可是——医生兼盗贼！”

医生决意给对方刻薄的讽刺一个有力的回答。他俯下身子，看着钱德勒变得越来越呆滞的眼睛，颇有意味地指着正在睡觉的夫人的房间，其神情之严厉叫这个垂死的人也用尽了他的余力，半抬起了头去看。他什么也没有看见，只是听到了医生冰冷的语声——他临终前听到的最后的声音：

“我这一生——还从来没有打过一个女人。”

我们无法读懂这样的人。没有哪一门学科的知识范畴涵盖了他们。人们提到某些人时会说，“他这也行”，“他那也行”，他们大概就是这类人的后裔吧。我们只是知道他们存在，能够对他们进行观察，议论他们的赤裸裸的行径，就像孩子们看提线木偶的表演一样。

然而，这又是对自私得几近于滑稽可笑的人们的一种研究——我们故事中的这两个人，一个是凶手和强盗，凌驾于他的受害者之上；一个是虽然没有严重地违法，行为却更加卑劣，更加令人厌恶，现在就躺在受他迫害、侮辱和殴打的妻子的宅邸里。这两个人一个是虎，一个是狼——彼此都从心底里厌恶对方的丑行，彼此都从自己臭名昭著的罪行的泥淖里，标榜着自己行为准则（即便不谈荣誉准则）的无可挑剔。

詹姆斯医生的反驳一定狠狠地刺伤了对方剩余的羞耻心和男子汉气概，成了致命的一击。他脸上泛起一片暗紫色的潮红——临终前出现的红斑；紧接着，钱德勒停止了呼吸，身体连颤动也没有颤动一下，就一命归天了。

钱德勒先生刚刚咽了气，老妇人就提着买下的药回来了。詹姆斯医生一边用手轻轻地按着死者合上的眼皮，一边告诉了她钱德勒的死讯。不是悲伤，而是一种本能的对死亡这个概念一下子产生的亲近感，叫她的鼻子一酸，抽噎起来，她一边哭泣一边唠叨着：

“这下好了！报应来了。上帝一定会惩罚有罪的人，帮助那些落难的人。现在，他就该帮助我们了。辛迪买这瓶药把最后一个硬币也花完了，结果药也没有用上。”

“我这样理解你的话对吗，”詹姆斯医生问，“钱德勒夫人现在就没有钱了？”

“哦，钱？先生，你知道艾米小姐为什么那么虚弱，为什么会晕倒吗？是饿的，先生。除了有一些碎饼干外，这座房子里已经三天没有吃的了。一个月以前，小姐就卖掉了她的戒指和怀表。先生，你是不是看到这宽敞的房子里有漂亮的红地毯和家具呢，它们都是租来的；催租金的人凶极了。那个魔鬼——宽恕我，上帝——已经在你的手里遭到了报应——他败光了所有的家产。”

医生的沉默给了她继续说下去的勇气。医生从辛迪语无伦次的念叨中间所理出的是一个老套的故事，故事中交织着幻想、恣意妄为、灾难、残忍以及傲慢。在老妇人喋喋不休的话语所描述出的较为模糊的全景图里，有几幅画面比较清晰——在遥远的南方，艾米小姐有一个美好的家；一场叫她追悔莫及的草率婚姻断送了她的一切；随之而来的是饱受侮辱和欺凌的悲苦日子；后来艾米小姐继承了一笔遗产，有望重振家业，却被这个豺狼抢到手里，到外面挥霍了两个月，最后两手空空、醉醺醺地返回家中。这个一团乱麻似的故事，于字里行间贯穿着一条不扎眼但却清晰可见的红线——那就是这个黑人妇女淳朴的，可以忍受一切的，崇高的爱的情感，她始终如一地追随着她的女主人，从不动摇。

最后，当她终于不再说话时，医生开口问道，家里是不是还有威士忌或是其他的白酒。老妇人回答说有，在餐具柜里还有那白眼狼喝剩的半瓶白兰地。

“像我刚才告诉你的那样，准备一杯加热水的甜酒，”詹姆斯医生说，“叫醒你的女主人，让她把它喝了，然后告诉她发生的事情。”

大约十分钟以后，钱德勒夫人在老辛迪的搀扶下，走了进来。在睡了觉又喝下了甜酒以后，她的身体显得好多了。医生这个时候已经把一块床单盖在了死者的身上。

有一次，钱德勒夫人的悲哀的目光曾半含着惊恐看到了死者的身上，她不由得又向她的忠诚的保护者更挨近了一些。她的眼睛显得干涩而又明亮。悲苦的生活似乎已经耗尽了她的精力。她的眼泪已经流干，情感也变得麻木了。

詹姆斯医生就站在桌子前，已经穿好了大衣，帽子和医药箱也拿在了手里。他的脸上显得很平静，一副无动于衷的样子——他的职业已经叫他见惯了人类的痛苦。唯有他的棕色的眸子里流露出了些许的作为医生该有的同情。

他温和、简短地说：因为夜已经深了，不好再找到帮手，他会自己去找几个合适的人来帮助料理后事。

“还有一件事情，”医生指着门还大开着的保险柜说，“你的丈夫，钱德勒先生，到最后觉得自己不行了，就告诉了我保险柜的组合密码，叫我帮他打开了保险柜。也许，你以后会用得着它，请你记住它的密码是四十一。先向右转动几圈，然后向左转动一圈。最后停在四十一这个数字上。你的丈夫没有让我叫醒你，尽管他知道他要死了。

“他说在这个保险柜里，他放了一笔钱——数目不大——不过，足够你完成他对你的最后一个请求：那就是你应该回到你的老家去，在以后的日子里，随着时光的流逝，能逐渐地宽宥了他对你犯下的罪孽。”

医生指着桌子上一叠放得整整齐齐的钞票和在它上面的两摞子金币。

“钱都在这里了——如你丈夫所说的——一共是八百三十美元。夫人，请容许我留下我的名片，万一以后你有用得着我的时候。”

这就是说，她的丈夫在最后的时刻终于对她——有所眷恋——想到她了！尽管这样的晚！可是这一谎言还是给她的生命中扇进最后一颗温馨的火星，她本来以为在她的生命里，一切都已化为废墟和灰烬。她大声地哭喊着“罗勃！罗勃！”临了，转身扑在了她忠诚的女仆的怀里，用泪水冲淡着她的悲痛。还可值得欣慰的是，在她以后的岁月中，凶手的谎言会像一颗小星星一样，闪烁在她爱情荒原的上空，给她以慰藉，赢得她的谅解，这本身就是一件好事，不管她的丈夫是请求过还是没有请求过她的原谅。

像个孩子一样，艾米依偎在黑人女仆温暖的怀抱里，在女仆充满同情的温柔的呢喃中，渐渐地受到了抚慰，变得安静下来，最后，当她终于抬起头来的时候——医生已经不见了。

催眠师杰夫·彼得斯

杰夫·彼得斯为了挣钱，想出了许多办法和点子，它们就像南卡罗来纳州查尔斯顿那里做米饭的方法一样多。

我最喜欢听他讲的，就是他早年的事情。那个时候，他在各个街角兜售膏药和止咳药水，吃了上顿没有下顿。他还常跟各种各样的人打交道，拿最后的一枚铜币赌自己的命运。

“在我到了阿肯色州的费舍尔山的时候，”杰夫·彼得斯说道，“我身穿鹿皮衣服，脚蹬鹿皮鞋，留着披肩长发，手上戴着我从特克萨卡纳的一个演员那里换来的三十克拉的钻戒。我不知道他拿我换给他的小刀到底有什么用。

“我曾经是印第安名医沃胡大夫。我当时只带着一件赌本，那就是用延年益寿的植物和草药浸制而成的回春药酒。这种药草是乔克陶族酋长美丽的妻子塔克拉，在一年一度的玉米节舞会上为烹煮狗肉寻找配菜时，偶尔发现的。

“在我去过的上一个镇子里，我的生意不太顺手，因此我身上只剩下了五美元。我去找了费舍尔山的药剂师，向他赊了六打八盎司的玻璃杯和软木塞。在我的手提箱里，还有在上个镇上用剩的配料和标签。在我住进这个镇上的旅店后，我就拧开水龙头，勾兑好回春药酒，然后一打一打地把它们摆放在桌子上。这个时候，我的生活似乎又变得美好起来。

“你说是‘假药’？不，先生。在六打的药酒里足足有两美元的金鸡纳提取液和一毛钱的阿尼林。许多年后，我又路过那些镇子，镇上的人还跟我要买那种药酒呢。

“那天晚上，我雇了个马车，开始在大街上卖起了药酒。费舍尔山地势低洼，疟疾流行；一种润肺强心、活血化瘀的补药，我觉得正是这个镇上的居民所需要的。药酒的销路很好，就像是长期吃素的人在餐桌上看见了夹肉面包。就在我以五毛钱一瓶的价格卖掉了两打的时候，我突然觉得有个人在揪我衣服的下摆。我知道这是什么意思，所以我爬下了马车，把一张五美元的钞票偷偷地塞进一个胸前佩戴着银质星徽章的男人的手里。

“‘警官’，我说，‘今晚天气不错。’

“‘你推销这种你冠之以药酒的假货，’他问，‘你有本市颁发的执照吗？’

“‘没有，’我说，‘我不知道你们这里也算是个城市。如果我明天发现它够得上个城市的话，有必要我就去弄一个。’

“我收起摊子，回到了旅馆。我把这件事讲给了旅馆的老板听。

“‘哦，你的生意在费舍尔山做不成，’他说，‘霍斯金医生，我们镇上的唯一的一个医生，是市长的小舅子，他们是不会允许外来的冒牌医生在城里行医的。’

“‘我并没有行医，’我说，‘我有一张州里颁发的小贩的执照。如有必要的话，我可以再去领一张市里的执照。’

“第二天早晨，我去了市长办公室，他们告诉我市长还没有来。他们也不知道他多会儿会来。于是，我这个沃胡大夫只好再次回到旅馆，窝在一张椅子里，点起一支雪茄等着。

“不久，一个打着蓝色领带的年轻人坐在了我旁边的椅子上，问我现在几点了。

“‘十点半，’我说，‘你是安迪·塔克吧。我见过你做生意。你在南方各州推销过丘比特什锦大礼盒，是吧？让我想想，那盒子里面有一枚智利钻石订婚戒指，一枚结婚戒指，一个土豆搅拌器，一瓶镇静糖浆和一张多萝西·弗农的照片——一共才卖五毛钱。’

“安迪听到我这么清楚地记着他的事情，很高兴。他是一个出色的街头推销员，更加可贵的是——他尊重他的职业，赚到百分之三百的利润就满足了。他有许多的机会，可以去做贩卖假药或者劣质种子的生意，但是，他从不受诱惑，从未抛弃过自己的行当。

“我正想找个搭档，于是我和安迪谈好，我们一起做生意。我跟他讲了费舍尔山的情况，告诉他由于当地的政治和泻药联系在一起，我的经济状况很糟糕。安迪那天早晨刚下火车。他自己也没有钱，正计划跑遍整个镇子，筹集一些资金，到尤里卡斯普林斯去建造一艘新的军舰。于是，我们出来，坐在门廊里，商量着这件事。

“在第二天早晨十一点钟的时候，我正独自坐着，有一个黑人慢腾腾地走进了旅馆，要请大夫去给班克斯法官看病，此人好像就是本市的市长，现在病得很厉害。

“‘我又不是大夫，’我说，‘你为什么不去找大夫呢？’

“‘先生，’他说，‘霍斯金医生到了二十里之外的乡下，去看几个病人。城里只有他一个医生，而班克斯老爷又病得很重。他派我来请你过去，先生。’

“‘作为人与人之间的帮忙，’我说，‘我愿意过去看看他。’于是，我装了一瓶回春药酒，去到了位于山丘上的市长家的宅邸，那是城里最好的房子，斜屋顶，草地上立着两只铁铸的狗。

“这个班克斯市长躺在床上，浑身盖着，只有满脸的胡子和脚露在外面。他不一会儿就会发出痛苦的喊叫，声音之大足以叫旧金山的人都向公园里狂奔。一个年轻人站在床边，手里端着一杯水。

“‘医生，’市长说，‘我病得很厉害，快要死了。你能救救我吗？’

“‘市长先生，’我说，‘我命中注定做不了艾斯·克·拉比乌斯[①]的正式门徒。我从来没有上过医学院里的什么课程，’我说，‘我

---

① 此处原文为 S.Q.Lapius。在希腊神话中，司医疗和医药的神是 Aesculapius，中文一般译为爱斯库拉皮厄斯。彼得斯将这个名字记错了。

来只是作为一个朋友，看看我是否能帮上忙。’

“‘我非常感谢，’市长说，‘沃胡大夫，这位是我的侄儿，比得尔先生。他想帮着减轻我的痛苦，但是没有成功。噢，上帝！哎哟，哎哟！！’他又叫喊起来。

“我向比得尔先生点了点头，在床边坐下了，摸了摸市长的脉。‘让我看看你的肝脏——我的意思是说你的舌头。’我说。接着，我翻起了他的眼皮，仔细地看了看他的瞳孔。

“‘你病了多长时间了？’我问。

“‘我的病是昨天晚上——哎哟——发作的，’市长说，‘大夫，给我开点儿什么药行吗？’

“‘菲德尔，’我说，‘请把窗帘拉起来一些好吗？’

“‘是比得尔，’年轻人纠正道，‘你想吃点儿火腿和鸡蛋吗，叔叔？’

“‘市长先生，’在我俯下身子用耳朵听了听他的右肩胛骨后，我说，‘你的病非常严重，是右锁骨超急性炎症！’

“‘上帝啊！’他呻吟着说，‘你能不能在它上面敷点儿什么药，或是正正骨？’

“我拿起我的帽子，往门口走。

“‘你这不是要走吧，大夫？’市长咆哮着，‘你不是要一走了之，叫这一灰颓锁骨的超急性癌症把我折磨死吧？’

“‘哇哈大夫，’比得尔先生说，‘就是最普通的人道精神也不会叫你抛下痛苦中的人，自己走掉吧？’

“‘是沃胡大夫，请你不要像吆喝牲口似的那么叫我。’我说。临了，我又走回了床前，把我的长头发往后甩了甩。

“‘市长先生，’我说，‘治你的病，现在只有一种可能性了。药物对你已经没有作用。但是，还有一种比药物更强大的东西，尽管药物也够强大的。’我说。

“‘那是什么呢？’市长问。

“‘科学研究证明，’我说，‘精神能够战胜药物。要相信痛苦和疾病根本就不存在，只是我们不舒服时产生的错觉罢了。宣布你自己是迷失了。让我们现在就来试试看。’

“‘你说的是什么乱七八糟的东西，大夫？’市长说，‘你不会是一个社会主义者吧，大夫？’

“‘我现在说的是，’我说，‘心理调节的伟大学说——是一种通过远距离、潜意识来治疗癔症和脑膜炎的启蒙学派的理论——是一种称为催眠术的奇妙的室内运动。’

“‘你能做这种催眠术吗，大夫？’市长问。

“‘我是犹太教最高长老院的大祭司和内殿法师之一，’我说，‘我只要一施展法术，瘫子能下地走路，瞎子能重见光明。我是神灵附体的花腔催眠师，可以控制人的灵魂。在最近安·阿伯尔举行的降神会上，就是我施展法术，叫已故的醋业公司的经理能重返阳间，跟他的妹妹简交谈。你看见我在街上卖药给穷人，’我说，‘但是，我从来不给他们做催眠术。我不能糟蹋我的催眠术，’我说，‘因为他们没有钱。’

“‘那你愿意给我做吗？’市长问。

“‘请你听着，’我说，‘无论我去到什么地方，医药会总是找我的麻烦。我并不行医，但是，为了治你的病，我可以给你做，只要你作为市长不再追究执照的事。’

“‘当然可以，’市长说，‘现在，你就来给我治疗吧，大夫，我又痛起来了。’

“‘我的收费是二百五十美元，做过两次可以痊愈。’我说。

“‘好吧，’市长说，‘我给你二百五十美元。我想，我的命还值这么多钱。’

“我坐在床前，盯住了他的眼睛。

“‘现在，’我说，‘你的脑子里不要再想你的病。你没有病。你也没有心脏、锁骨、肘部尺骨端和大脑，什么也没有。你没有任何

痛苦。宣布这一切都是你的错觉。现在，你是不是觉得你根本就不存在的疼痛正在消失呢？’

“‘我的确觉得好点了，大夫，’市长说，‘真是这样。现在，你再就我身体左边部位的肿胀说上几句，我想我就能被搀扶起来，吃一些香肠和荞麦饼了。’

“我用手比划了几下。

“‘现在，’我说，‘炎症已经消失了。近日点[①]右叶的烧也减退了。你现在就要睡着了。你的眼睛也睁不开了。目前，病已经被控制。现在，你睡着了。’

“市长慢慢闭上眼睛，打起鼾来。

“‘迪德尔先生，’我说，‘你见证了现代科学的奇迹。’

“‘是比得尔，’他说，‘你什么时候给我叔叔进行下一次治疗呢，珀珀大夫？’

“‘是沃胡，’我说，‘我明早十一点钟再来。在他醒来之后，给他吃上八滴松节油和三磅肉排。再见。’

“第二天早晨，我准时来到市长的家里。‘噢，里德尔先生，’在他为我打开卧室的门时，我对他说，‘你叔叔今天早晨情况怎么样？’

“‘他看起来好多了。’这位年轻人说。

“市长的脸色和脉相都恢复了正常。我又给他做了第二次治疗，他说他身上的最后一点儿疼痛也消失了。

“‘哦，’我说，‘你最好在床上再躺一两天，你的病就痊愈了。我碰巧在费舍尔山，市长先生，这对你来说是件好事，因为丰饶角中记载的各派正规医生们所开的药物都救不了你的命。现在，既然你的错觉已经消失，你的疼痛也被证明是虚假的，那么，让我们来讨论一个更愉快的话题吧——关于那二百五十美金的医疗费。请不要给我开

---

① 彼得斯想说的是肺部的(pulmonary)，和近日点(perihelion)这个词给搞混淆了。

成支票，我不喜欢在支票的背面写我的名字，就像我也不喜欢把我的名字签在它的正面一样。’

“‘我这里有现金的。’市长说着从他的枕头底下掏出了钱夹子。

“他数出了五张五十块钱的票子，把它们拿在手里。

“‘把收据拿过来，’市长对比得尔说，“我在收据上签了名以后，市长把钱给了我。我小心翼翼地把钱装在衣服里面的兜里。

“‘现在你可以执行你的公务了，警官。’市长咧嘴笑着说，看起来一点儿也不像个病人。

“比得尔先生抓住了我的胳膊。

“‘你被逮捕了，沃胡大夫——你的别名叫彼得斯——’，他说，‘因为你违反本州法律，无照行医。’

“‘你是谁？’我问。

“‘让我来告诉你，他是谁，’市长说着从床上坐了起来，‘他是州医药学会雇佣的侦探，已经跟踪你走了五个县。他昨天来到我这里，我们商量了这样一个办法来对付你。我想，你再不会在这一带行医了。医生，你说我得的是什么病来着，’市长大笑起来，‘综合什么症——哦，我想，肯定不是痴呆症吧。’

“‘一位侦探。’我说。

“‘是的，’比得尔说，‘我必须把你移交给司法官。’

“‘看你能把我怎么样。’我说着，上前掐住了比得尔的脖子，将他的半个身子置在了窗外，这个时候比得尔掏出了手枪，用它抵在了我的下巴。我只好罢手，站着不动了。比得尔给我戴上了手铐，从我的口袋里掏走了那笔钱。

“‘我证明，’比得尔说，‘这些钱就是你我做过记号的那些钞票，班克斯法官。我将把他押到司法官的办公室，把钱交给司法官，他将给你开一张收据。开庭时这些钱需要作为物证。’

“‘好的，比得尔先生，’市长说，‘现在，沃胡大夫，你为什么不施展你的法力？运用你的催眠术拿牙齿把木塞弄开，把手铐

咬断呢？’

“‘走吧，警官，’我保持着自己的尊严说，‘我会尽力而为的。’我转身向着老班克斯摇晃着我的手铐说。

“‘市长先生，’我说，‘用不了多久，你就会相信催眠术是一种成功的治疗方法了。而且，你也会认为在对你的治疗上，它也是成功的。’

“我想，事实也的确如此。

“在我们两个走到门口的时候，我说，‘我们会碰到什么人的，安迪。我想，你最好还是把手铐快点儿给我摘下来吧，况且——’哦，当然了，比得尔就是安迪·塔克，这都是他想出的主意。就这样，我们搞到了一起做生意的本钱。”

天窗室

首先，帕克太太会领着你去看那间有两个客厅[①]的房子。你不敢打断她对这间房屋的种种优点的介绍，也不敢打断她对一位曾在这里住了八年的先生之种种美好品质的描述。接着，你会想方设法、支支吾吾地推脱，说你既不是大夫，也不是牙医。听到你这么说，帕克太太对你的态度就会判若两人，叫你以后对自己的父母再也不会抱有同样的感情，你会怪父母疏忽了对你的教育，没有把你培养成适合住帕克太太的豪华房间的那种职业人士。

然后，你会走上一节楼梯，去看二楼上每周租金八美元的阴面房。帕克太太带你看二楼房间时的态度会叫你信服，它们的租金实际上值十二美金，而且以前住在这里的图森贝雷先生一直付的都是这个价，直到他后来去了佛罗里达，接管了他兄弟在棕榈滩附近的柑橘种植园。住在双开间阳面房、有单独浴室的麦金太尔太太每年冬天都要到那个棕榈滩去。在你听了一阵子后，你也许会嘟嘟囔囔地说，你还是想住更便宜一点儿的房子。

如果你能经受得住帕克太太的嘲讽，你就会被带到三楼上去看斯基德先生的大房间。斯基德的房间并没有空着。他整日在里面抽着香烟，写着剧本。可是每一个租房的人都会被领到这间屋子，去欣赏它的门帘和窗帘。在每次有人来过后，斯基德先生担心自己会被勒令搬走，总要支付一些拖欠的房租。

---

① 原文这里是 Parlors，这个词有客厅的含义，也有诊室的意思。

那个时候——噢，那个时候——如果你仍然局促不安地站着，出汗的手在口袋里紧紧地攥着那湿漉漉的三美金，声音沙哑地说出你那叫人鄙视的、令人发指的贫困，帕克太太就再也不会做你的导游了。她会扯着嗓子喊“克拉拉”，临了，一转身就下楼去了。然后，那个黑人女仆克拉拉就会陪着你从铺着地毯的梯子上到顶层，叫你看那间天窗室。天窗室位于房子的中央，宽七英尺，长八英尺，它的两边都是黑漆漆的杂物间和储藏室。

天窗室里有一张铁床，一个脸盆架，还有一把椅子。一个木板架子充作梳妆台。四壁光秃秃的墙形成的狭小空间，叫你觉得好像是在棺材里面。你的手抓着你的喉咙，急促地呼吸着，你抬起头，仿佛是从井底向上看——不由得又会倒抽一口冷气。透过一扇小小的天窗的玻璃，你望到了一小块蓝茵茵的天。

“两美元，先生。”克拉拉会带着半是轻蔑半是特斯基吉式的语调温和地说。

有一天，丽森小姐来到这里找房子。她提着一台与她的瘦弱身体极不相称的硕大的打字机。丽森小姐身材娇小，在她不再长个子的时候，她的眼睛和头发还一直在长，它们似乎总是在对她说：“天啊！你为什么不跟着我们一块儿长呢？”

帕克太太领着丽森小姐去看那间有两个客厅的房子。“在这个壁橱里，”帕克太太说，“能放得下一个人体的骨骼模型，或是麻醉剂和木炭等。”

“可是我既不是大夫，也不是牙医呀。”丽森小姐打了个寒战说。

在帕克太太用那种不信任的、怜悯的、嘲讽的冰冷目光望了丽森小姐一会儿后——对那些没有做成大夫和牙医的租房者，帕克太太总是操着这样的一种目光——带着丽森小姐上了二楼阴面的房间。

“八美元吗？”丽森小姐说，“天呀！我虽然是位年轻的小姐，可我不是海蒂[1]。我只是个贫穷的打工妹。带我看看更便宜、楼层更高的房间吧。”

听到敲门声，斯基德先生赶紧跳了起来，将烟头撒了一地。

“请原谅，斯基德先生，”帕克太太说，看着斯基德先生惊慌失措的样子，她脸上浮现出魔鬼般的笑容，“我不知道你在家。我请这位小姐看看你这儿的窗帘。”

“真是太漂亮了，只是我享受不起。”丽森小姐笑着说，她的笑容宛若天使。

在帕克太太和丽森小姐走了以后，斯基德先生着实忙了一阵子，将他最新创作的剧本（还未上演）中的高个子、黑头发的女主人公删掉，换上了一个身材娇小、头发丰美富于光泽、面容秀丽活泼的女孩。

“安娜·赫尔德准会迫不及待地抢着去演这个角色的。”斯基德自言自语地说，他得意地支起双脚，放在窗帘上，像空中的一个墨斗鱼一样，瞬间就消失在了他喷出的烟雾里。

很快帕克太太呼唤“克拉拉”的尖叫声像警钟一样，向全世界宣布了丽森小姐的拮据的经济状况。一个黑皮肤的女孩跑来，拽着丽森小姐爬上一节阴暗的楼梯，把她推进一间只有其顶端能透进一点儿光亮的拱形小屋，以一种威胁、神秘的语调说：“两美元！”

“我就租这一间！”丽森小姐长长地叹了一口气，一下子躺在了吱吱作响的铁床上。

每天早晨丽森小姐出去工作。每天晚上，她带回一些上面写满了字的文稿，用她的打字机把它们打出来。在晚上没有活干的时候，她就跟其他的房客一起，坐在高高的台阶上。上帝创造丽森小姐的时候，并没有认定她就该住天窗室。她性格活泼开朗，脑子里充满了温馨、奇异的遐想。有一次，她甚至叫斯基德把他的一部伟大的（未发表）喜剧《绝非戏言，或叫地铁继承人》，念了三幕给她听。

① 海蒂·格林：十九世纪末的知名女富豪。

只要有丽森小姐也坐在台阶上的时候，其他的房客们就有了一两个小时的快乐时光。坐在最高的台阶上的那个身材高挑的金发女郎，是一所公立学校的教师，不管你说什么，她总是回答："哎哟，真是的！"脸上一副轻蔑的表情。而那位在百货商店上班、每个星期日在康奈岛打活动木鸭的多恩小姐，则是坐在最低的台阶上，一副不屑于搭理人的样子。丽森小姐坐在中间的台阶上，那些男房客们总是很快地围拢到她的身边。

尤其是那位斯基德先生，他虽然没有说出口，可是在他的心里，早已把她当作了他个人现实生活之感情剧中的女主角。还有胡佛先生，他虽然已经四十五岁了，可有丽森小姐在的时候，他准会不时地干咳几声，以引起丽森小姐的注意，好叫丽森小姐劝说他戒烟。男士们一致认为丽森小姐是"世界上最快乐最叫人喜欢的女孩"，然而坐在最高和最低台阶上的那两位女士却仍然是那种对人不屑一顾的表情。

我请求诸位允许我暂停剧情的发展，因为合唱队正大步走向前台，为胡佛先生的肥胖洒下一滴伤心的眼泪，为脂肪的悲哀、臃肿的不幸、肥胖的灾难，唱起一首悲歌。如若情场的得意与否取决于体重的话，那么福斯塔夫就可能要远远地胜过消瘦的罗密欧了。情人可以唉声叹气，但却不可以肥胖得气喘吁吁。胖子是归摩墨斯[①]调侃的。腰围五十二英寸以上的人，任凭你如何忠于爱情，也是枉然。去你的吧，胡佛！四十五岁，红脸膛，一副蠢样的胡佛，可能把海伦拐走；但四十五岁，红脸膛，一副蠢样，满身肥肉的胡佛，却只能是一具无用的臭皮囊罢了。

一个夏日的傍晚，在帕克太太的房客们就这样坐着的当儿，丽森小姐抬眼仰望着苍穹，突然发出一阵咯咯的笑声，她高兴地说："嗬，那不是比利·杰克逊吗！我在这里竟然也能看到它。"

大家都抬头去看，有的看着摩天大楼的窗户，有的东张西望地寻

① 摩墨斯：希腊神话中的嘲讽之神。

找着一架由一个叫杰克逊的人驾驶的飞船。

“就是那颗星，”丽森小姐向天空伸出她纤细的手指，跟人们解释着，“不是那颗一闪一闪的大星星，是它旁边的那颗发着蓝光的星。每天晚上，我都能从我屋里的天窗看到它。我给它起了个名字，叫比利·杰克逊。”

“哟，是真的吗？”朗纳克小姐说，“我以前真不知道你还是一个天文学家呢，丽森小姐。”

“噢，是的，”看着那颗小星星的丽森小姐说，“我就像那些天文学家一样，知道火星人明年秋天会流行什么样款式的衣服。”

“哟，是真的吗，”朗纳克小姐说，“你所指的那颗星是仙后星座里的伽玛星。它的亮度和二等星差不多，它的子午线程是——”

“哦，”那位非常年轻的埃文斯先生说，“我觉得叫比利·杰克逊这个名字要好听得多。”

“我同意，”胡佛先生喘着粗气，反对着朗纳克小姐，“我认为丽森小姐像以前那些年长的占星者们一样，有给星星起名字的权利。”

“哟，真是这样吗？”朗纳克小姐说。

“我不知道它会不会是颗流星，”多恩小姐说，“星期天我在康奈岛的游乐场里打枪，打了十枪，九枪打中了鸭子，一枪打中了兔子。”

“从这里看它，不是那么清楚，”丽森小姐说，“你们应该在我的屋子里看。你们知道，从井底下甚至是白天也可以看到天上的星星。到了晚上，我的房间就像是煤矿的一个竖井，从那里望出去，比利·杰克逊就像是黑夜女神扣在她睡衣上的一个钻石别针。”

之后有一段时间，丽森小姐不再把多得吓人的材料拿回家来打了。她早晨出门以后，不是去工作，而是一家公司一家公司地上门去找活，可是各家的办事员们都是傲慢地传达着他们老板的旨意，他们冷冰冰的拒绝叫她的心都快要凉了。这种情况一直持续着。

有一天傍晚，丽森小姐筋疲力尽地爬上帕克太太家的台阶。她平时于饭店吃过晚饭回来，也就是这个时间。可是今天她却是饿着肚子的。

丽森小姐刚进到门廊，就被胡佛先生撞上了，胡佛先生抓住这个机会，请求丽森小姐嫁给他，他肥胖的身躯像一座快要发生雪崩的雪山，向她压了过来。丽森小姐躲了一下，碰到了楼梯的栏杆上。胡佛先生想要抓住她的手，她抬起手，有气无力地给了他一个耳光。她抓着栏杆，一步一步地艰难地往上挪。她经过了斯基德先生的门前，斯基德先生正在用红笔修改着他那部（没有被接受的）喜剧作品中为剧中女主角梅特尔·德洛姆（也就是丽森小姐）写的舞台说明："女主角应该是从舞台左角旋转到伯爵身边"。最后，她终于爬上了铺着地毯的梯子，打开了天窗室的门。

丽森小姐没有力气去点灯，也没有力气脱掉衣服。她一下子倒在了铁床上，她瘦弱的身体几乎不能给这张破旧的弹簧床上弄出压痕。在这间像地狱一般阴森的天窗室里，她慢慢地抬起滞重的眼帘，微微地笑了。

因为比利·杰克逊正透过天窗，把它安详、明亮和恒久不变的光儿洒在她的身上。她好像已经远离开人世。她跌入到一个无底的黑暗的深渊，唯有她怀着遐想命名的这颗星四周聚起的晕光，徒劳地陪伴着她。看来，朗纳克小姐是对的，这颗星就是仙后星座的伽玛星，它根本就不是什么比利·杰克逊。然而，她还是不能把它当作伽玛星。

躺在床上，她曾试着两次抬起她的手臂。在第三次，她终于把两根又细又瘦的指头放到了唇上，在黑暗的小屋里冲着比利·杰克逊送去一个飞吻。随后，她的胳膊无力地落了下来。

"再见了，比利，"她用微弱的声音呢喃着，"你远在几百万英里之外，你甚至不会向我眨一下眼睛。可是，当我在这里只有黑暗相伴的时候，你总是待在我能看到你的地方，给我以慰藉，难道不是吗？……几百万英里……再见了，比利·杰克逊。"

克拉拉，那个黑人女孩，在第二天早晨十点钟的时候，发现天窗室的门仍然紧闭着，她叫来人一起撞开了房门。大家用生醋熏，给她闻烧焦了的羽毛，拍打她的手腕，都不能叫她苏醒过来。于是，有人跑去打电话叫救护车。

很快救护车就鸣着响笛驶来，倒到了门前，一位穿着亚麻布白大褂的年轻医生从车上跳下来，快步登上台阶，他动作敏捷、自信，面上的表情既严肃又不乏温柔。

“四十九号叫的救护车，”医生简短地说，“是谁病了？”

“哦，是个姑娘，医生。”帕克太太没有好气地说，好像因这件事给她家里带来的麻烦，才是更大的麻烦。“我不知道她是怎么了。我们谁也不能把她弄醒。她叫埃尔西小姐——噢，对了，埃尔西·丽森小姐。在我的家里，还从来没有过——”

“在哪个房间？”这个年轻的大夫吼了起来，帕克太太从来没有见过哪位医生有这么大的火气。

“天窗室。它在——”

急救医生显然熟悉天窗室的位置。他一步四个台阶地冲了上去。帕克太太只是缓缓地跟在后面，她要保持她的尊严。

帕克太太刚上到第一个楼梯口，就碰上大夫抱着丽森小姐下来。大夫停了一下，跟她说了些什么，虽然声音不大，可是却像他手中的解剖刀一样的犀利，帕克太太的身体渐渐地瑟缩了回去，就像是展展地挂着的衣服从钉子上滑落下来。从那以后，在她的心里就有了解不开的疙瘩。好奇的房客们有时候会问她，医生到底跟你说了什么。

“不要再提了，”帕克太太会这样回答，“如果听了他的那番话，我就能得到宽恕，那我也就心满意足了。”

医生抱着病人大步流星地穿过好奇、来看热闹的人群，在他经过时，人们都感到了些许的羞愧，不由得向后退着，因为医生脸上的表情，像是抱着他已逝的亲人。

人们注意到，他并没有把病人放在车上早已准备好的担架上，他只是跟司机说了句：“快点开车，威尔逊。”

这就是事情的全部。它像是个故事吗？在第二天早晨的报纸上，我看到了一则新闻，它的最后一句话也许能帮助你（正如它帮助了我一样）理出这些事件的内在联系。

这条新闻上说，贝尔维尔医院接收了一位来自东街四十九号的年轻姑娘，她因饥饿引起了身体的虚脱。它在结尾写道：

“是威廉·杰克逊，那位救护车上的大夫，负责该病人的治疗，他说，病人不久便会康复。”

婚姻的精密科学

“我以前就告诉过你，”杰夫·彼得斯说，“我向来对女人搞行骗没有信心。跟她们合作，哪怕是一起玩最简单的骗局，她们也是靠不住的。”

“她们值得给予表扬，”我说，“我觉得她们无愧于诚实性别的称号。”

“为什么不呢？”杰夫说，“她们有男人们为她们行骗，或是为她们拼命地干活。她们做事本来也是可以的，可是一旦她们牵扯进自己的感情，或是顾及脸面，麻烦就来了。那时，你恨不得哪怕是有个笨手笨脚、胡子拉碴、拖儿带女、债务缠身的蠢汉，将她取而代之。现在，我就来讲一讲那位寡妇，她是我和安迪请来在我们于凯罗市开的一家婚姻介绍所帮忙的。

“当你手里有了足够做广告的资本的时候——也就是细木头棍那么粗的一卷钞票——你就可以办一家婚姻介绍所了。那个时候，我们手里大约有六千美元，我们希望在两个月内，把它翻上一番，因为我们没有新泽西州的营业执照，我们的婚姻介绍所最多也只能开上两个月。

“我们起草了一个征婚启事，它的内容大概是这样的：

今有一丧偶女子，现年三十二岁，相貌美丽迷人，热爱家庭，拥有三千美元的存款和乡下的一些财产，现愿觅一性情温良之男子，结为伴侣。她宁愿意找一个有爱心的穷人，也不找富人，因为她深知诸多美好的品质都集于卑贱者身上。只要真诚可靠，善于理财和投资，年长者和相貌平平者都在选择之列。

来信务必写明详细地址。

闺房寂寞人
伊利诺伊州凯罗市
彼得斯－塔克事务所收转

“‘到目前为止，我们做得够味，够邪乎的，’在我们俩完成了这篇文学上的杜撰之后，我说，‘可是，现在我们的这位女士在哪儿呢？’

“安迪不以为然地看了我一眼。

“‘杰夫，’他说，‘我原以为在干我们这一行时你早就忘掉你那套现实主义的东西了。为什么还非得要有一位女士不可呢？在华尔街出售的虚股里，你能期待在它里面找出来一条美人鱼吗？一则婚姻的广告干吗非要和一个女人扯上关系呢？’

“‘你听我说，安迪，’我说，‘你知道我做生意的原则。在我所做的所有违反条规和法律的非法买卖中，所售的货物一定是存在的，是能看得着，并且拿得出来的。守着这样的原则，再加上我对城市法规和火车时刻表的仔细研究，我才避免了警察找上门来的麻烦。你也知道，一旦出事，可不是被罚上五美元和给人家抽上一支雪茄就能摆平的。现在要完成这个计划，我们就必须找个实实在在的饶有魅力的寡妇，至少是大致相当的，至于有没有美貌和清单上所罗列的产业和其他财产，那倒没有多大关系，否则的话，很可能被治安官给治罪。’

“‘好吧，’安迪在重新考虑了一下后说，‘这样做也许更为保险，万一要是邮局和治安机关来调查我们的介绍所呢。可是，我们上哪儿去找这样的一个寡妇呢，’安迪说，‘哪个寡妇愿意浪费自己的时间，来参加我们的这场虚假的征婚活动呢？’

“我告诉安迪，我就认识这样的一个寡妇。我有一个老朋友，名字叫齐克·特罗特，原先在杂耍场里卖苏打水兼给人拔牙。此人爱喝酒，常常喝得醉醺醺的，一年前他喝了一个老大夫开的消化药液，送了命，叫老婆守了寡。我以前常常去他们家里坐，我想可以叫她跟我们一起做这件事的。

“到特罗特太太住的小镇，只有六十英里，于是我跳上一辆去往那边的火车。下车后，发现她仍旧住在原来的那个小屋里，院子里还是种着向日葵，洗衣盆上站着大公鸡。特罗特太太可说是我们征婚广告的最佳人选，除了在相貌、年龄和财产方面与我们所说的稍有出入外。不过，她的长相和气质还是蛮不错的，更何况，我们还要给她以一定的报酬，这也算是对齐克老兄的一种怀念吧。

“‘你们做的这件事，是正当合法的吗，彼得斯先生？’在我说明了来意后，她问。

“‘特罗特太太，’我说，‘我跟安迪早就琢磨过了，在我们的这个幅员辽阔、而没有什么公正可言的国家里，我们的广告一旦登出去后，至少应该有三千个男人来抢着跟你牵手修好，来博得你那有名无实的财产。要是这三千个人当中，有人能侥幸赢得你的芳心，那你就得准备让自己来接受一个游手好闲的、贪图钱财的二流子，或是一个败家子，骗子，卑鄙的势利小人。

“‘我跟安迪呢，’我说，‘想给这些社会上的寄生虫们一个教训。我和安迪费了老大的劲，才忍住了没有把我们成立的公司叫作惩恶扬善婚姻介绍所。这下你该满意了吧？’

“‘满意了，彼得斯先生，’她说，‘我知道你就不会做那些卑鄙可耻的事。但是，你们要让我做什么呢？我是不是得一个一个地去亲口拒绝你说的三千个无赖呢，或是成批成批地把他们撵走呢？’

“‘你的工作，特罗特太太，’我说，‘只是挂个名而已。你将住在一个安静的旅馆里，不需要做任何事情。来往信件和其他事务都由我和安迪来做。

“‘当然啦，’我说，‘一些太性急或是过分热情的求婚者如果能筹到路费的话，他们也许会跑到凯罗来，当面向你求婚，或是打探虚实。如果是那样的话，或许就得劳烦你亲自出马，把他们赶出你的房间了。我们每星期将付给你二十五美元，以及你住旅馆的费用。’

“‘你给我五分钟，’特罗特太太说，‘让我扑点儿粉，把我的房门钥匙留给邻居，然后，你就可以开始给我记工资了。’

“就这样，我把特罗特太太带到了凯罗，把她安顿在一家离我和安迪较远的寓所里，既不会引起人们的怀疑，也便于我们与她联系。我把事情的经过告诉了安迪。

“‘太好了’安迪说，‘既然已经布下了看得见、摸得着的鱼饵，你也该安心了。现在，我们就行动吧，说不定，我们还能钓条大鱼呢。’

“于是，我们开始在全国各地的报纸上插登我们的广告。我们只刊登了一次。如果再登，我们非得雇佣许多的人手不可，那样的话，就是我们干活时嚼口香糖的声音也会惊动邮政局长的。

“我们以特罗特太太的名义在银行里存了两千美元，并且把存折交在她手里，万一有谁对我们这个介绍所的诚信产生了怀疑，她可以随时出示一下。我知道特罗特太太是正直、靠得住的人，把钱存在她的名下是不会有事的。

“就登了那么一次广告，我和安迪每天都得整整地忙活十二个小时，来给那些求婚者们写回信。

“一天大约就有一百封的来信。我以前真不知道，在我们这个国家里竟有这么多的心地善良的穷苦人，他们愿意得到一位饶有风韵的寡妇，并承担起管理产业的重担。

“他们中的大多数人都自称他们上了年纪，丢掉了工作，为世人所误解，但是他们都信誓旦旦地宣称，他们都是充满了爱的感情，作为一个男子汉应该具有的各种品质，他们一个都不缺少，貌美的寡妇一定会心甘情愿地嫁给他们的。

“彼得斯－安迪事务所给每个求婚者都写了回信，告诉他这位征婚者看了他充满风趣和坦诚的来信，深为感动，恳请他再给她写封信，告知她更为详细的情况，如果方便的话，再附上一张本人的照片。彼得斯－安迪事务所同时通知应征者，把他的信转交给女当事人需付两美元的费用，这个费用须随信一起寄来。

“很快这一计划的成果就显现出来了。大约百分之九十的人都想办法凑了钱寄来了。除了我和安迪为拆信取钱的辛苦发了不少的牢骚以外，一切都非常简单和顺利。

“有个别多事的人自己跑来。我们把他送到特罗特太太住的地方，这后面的事就由特罗特太太处置了；这其中只有三四个人又回到我们这里，索要回程路费的。自从信件由乡村便邮源源不断地送来后，我和安迪每天大约都有二百美元进账。

“一天下午，我们正忙着干活，我在把一两美元的钞票塞进雪茄烟盒里，安迪吹着《她才不会结婚》的曲子，就在这个时候，一个瘦小精干的人溜了进来，他的眼睛不断地扫在墙上，好像他是在追寻丢失的盖恩斯巴罗的名画似的。我一看到他，心中就涌出一种自豪感，因为我们面上做的都是正当生意，他抓不住我们的任何把柄。

“‘我看到你们今天来了不少的信件。’那个人说。

“我起身去拿我的帽子。

“‘跟我来，先生，’我说，‘我们一直都在等你呢。我领你去看当事人。你离开华盛顿的时候，泰迪[1]还好吧？’

“我把他领到了江景公寓，叫他跟特罗特太太握了手，然后我叫他看了特罗特太太的两千美元的银行存折。

“‘这看来没有任何问题。’那个侦探说。

“‘本来就是合法的生意嘛，’我说，‘要是你也没有结婚的话，我可以留下你跟这位女士单独地待上一会儿。我不会收你两美元的费用的。’

“‘谢谢了，’他说，‘如果我没有老婆，我也许会的。再见，

① 是对时任美国总统西奥多·罗斯福的戏称。

彼得斯先生。’

“到了三个月的时候，我们一共收入了五千多美元，我们知道是该罢手的时候了。我们收到了不少的抱怨信，特罗特太太也变得有些不耐烦了。不少的求婚者跑来见她，她不喜欢老是得应付他们。

“所以，我们决定放弃了，我前往特罗特太太的公寓，去给她支付上一个星期的工钱，顺便跟她道别，同时取回那两千美元的存折。

“当我去到公寓，我看到特罗特太太像个不愿意到学校的孩子一样在哭。

“‘唷，唷，’我说，‘这是怎么啦？是有人欺负你了，还是想家了？’

“‘都不是，彼得斯先生’她说，‘你一直是齐克的好朋友，我并不介意把我的事告诉你。我恋爱了，彼得斯先生。我刚刚热烈地爱上了一个人，我舍不得失去他。他正是我心目中一直想要找的那种理想的男人。’

“‘那你就嫁给他，’我说，‘我是说，如果他也愿意的话。他是不是也像你爱他那样爱你呢？’

“‘是的’她说，‘他也是看到征婚广告后来见我的。他说我若是给他两千美元，他就娶我。他的名字叫威廉·威尔金森。’说罢，她又动情地失声恸哭起来。

“‘特罗特太太，’我说，‘没有谁比我更同情一个女人真挚的感情了。何况，你曾经还是我一个最好的朋友的妻子。要是这件事可以由我一个人做主的话，我会说你就拿上这存折上的两千美元，嫁给你的真爱，去过幸福的生活吧。’

“‘我们能给得起你这两千美元的，因为我们从这些想要娶你的人们身上挣到了五千多美元。只是，’我说，‘得跟安迪·塔克商量一下才行。’

“‘安迪是个好人，只是在生意上太精明。他在这桩生意上投入了和我一样多的钱。我跟他谈一谈，’我说，‘看看该怎么办。’

“我回到我们住的旅店，将这件事告诉了安迪。

“‘我早就预料到事情会是这样的，’安迪说，‘只要是有女人的感情和好恶也卷了进去，你就不能相信她会把你的计划贯彻到底。’

“‘这不是件好事，安迪，’我说，‘想到是因为我们俩而伤了一个女人的心。’

“‘是的，’安迪说，‘我把我的打算告诉你，杰夫。你一直是个热心肠和慷慨大度的人。而我呢则也许有点儿太苛刻，太世故，疑心太重了。这一次，我就迁就你一回。去告诉特罗特太太，让她到银行取上两千美元，把这钱给了她心爱的男子，去过幸福的生活吧。’

“我激动地跳了起来，把安迪的手握了足足有五分多钟。我回到特罗特太太那里，告知了她这件事，她高兴得哭了起来，就像她前面伤心地痛哭那样。

“两天以后，我和安迪整理好行装，准备离去。

“‘离开前，你不想去公寓见特罗特太太一面吗？’我问安迪，‘她一定会非常高兴认识你，并对你表示她的赞美和感激之情的。’

“‘噢，我想她不会的，’安迪说，‘我想，我们还是赶快去赶火车吧。’

“我正在把钱像往常那样，装进贴身的包里，安迪突然从他的口袋里掏出一卷钞票，叫我把它们都放在一块儿。

“‘这是哪里来的钱？’我问。

“‘这是特罗特太太的那两千美元。’安迪说。

“‘这钱怎么会到了你的手里呢？’我问。

“‘是她给我的，’安迪说，‘有一个多月的时间，我曾一个星期三次地去拜访她。’

“‘那么，你就是那个威廉·威尔金森先生了？’我说。

“‘是的。’安迪说。”

幽默家的自白

一种疾病在我体内蛰伏了二十五年，毫无痛苦，突然就发作了。人们说我得的就是那种病。

然而，这种病叫幽默，而不是麻疹。

时值我们经理五十岁生日，员工们给他买了个银墨水缸。我们涌进他的办公室去送给他。大家让我代表他们说几句，于是我做了一个简短的发言，那可是我花了一星期的时间准备的。

这叫我一举成名。我的发言里充满了双关语、警句、绕口令，倾倒全场，喝彩声简直要把房顶给掀掉了——在所有的五金店中，我们店的房子可是最坚固的。老马洛自己笑得合不拢嘴，员工们也跟着哈哈大笑。

从那天九点半钟起，我作为幽默家就出名了。在随后的几个星期里，同事们吹捧我，我自己也得意得难以言表。他们一个接一个地跑来对我说，老兄，你那天的发言简直是太妙、太精彩了，这样笼统的赞扬话儿当然不能让他们尽兴，于是他们就仔细分析起我发言中的每一个包袱和笑料。

渐渐地，人们都希望我能把这种幽默一直保持下去。在生意以及日常的事情上，别人只要说得合情合理就行了，而我呢，却必须要说得风趣幽默才行。

他们希望我拿陶器开玩笑，对花岗岩也做些嘲讽和调侃。我在店里是副会计师，要是我拿出一张资产负债表却没对总额发表一番搞笑的评论，或是在出售犁具的发票时没找到笑料，同事们就会很失望。

渐渐地，我的名声越传越远，成了当地的“名人”。我们的镇子不大，这事很正常。当地的报纸也常引用我的话。在社交场上，我成了不可或缺的人物。

我相信自己的确有大智慧，也能机敏地对答如流。这种能力是我在实践中培养起来的。其本意是善良和友好的，并不是要刻意讽刺或攻击什么人。人们看到我走过来，就会微笑，我经常用我准备好的妙语，把他们的微笑变成哈哈大笑。

我很早就结婚了，有一个可爱的三岁男孩，还一个五岁的女孩。我们住在一个有藤蔓攀绕的小院里，过得很幸福。我在五金店当副会计师的微薄薪水，使我远离那些因财富过多而产生的罪恶。

偶尔，我也写些笑话和随笔，觉得挺有趣的，将它们投给专门刊登这类作品的杂志，它们都被立即采用了。有几位编辑还写信要求我继续投稿。

有一天，我收到一个著名周报的编辑给我写的信。他建议我写一篇幽默文章来填补一个栏目的版面，并暗示，要是文章能让他满意，就给我设一个专栏。我照办了。两个星期后，他和我签了一年的合同，薪水要比五金店的高得多。

我高兴极了。我妻子已经在心里为我文学上的成功戴上一顶永不凋零的桂冠。那天晚上，我们吃了龙虾，炸肉丸，喝了一瓶黑莓酒。这可是一个让我从枯燥乏味的工作中解脱的机会。我和路易莎慎重地讨论了这件事。我们都认为我应该辞去五金店的工作，专心投入到幽默小品的创作中。

我辞职了，同事们给我举行了一个告别宴。我在宴会上的演说可说是才华横溢，妙趣横生，其全文都刊登在当地的报纸上。第二天早上，我一觉醒来去看闹钟。

“哎呀，迟到了！”我大喊，连忙抓起衣服。路易莎提醒我说，我不再是五金店的奴隶了，也不用再领承包商的生活费了。我现在是专职的幽默作家了。

早饭后，她自豪地把我领到厨房旁边的一间小房子里。老天呀！这里摆放着桌椅、稿纸、墨水、烟灰缸，还有作家所需的一套装饰品——插满玫瑰和金银花的花瓶，挂在墙上的去年的日历，字典，以及一小袋在灵感缺乏时用来咀嚼的巧克力。啊，我的妻子，可爱的宝贝！

我坐下来工作。墙纸的图案是阿拉伯式，或是伊斯兰式，或是——四边形。我的眼睛盯住其中的一个图案，酝酿着幽默。

一个声音惊醒了我——原来是我的路易莎。

“假如你不太忙，亲爱的，”她说，“来吃饭吧。”

我看看表。哎，五个小时已经被时间老人收回了。我觉得有些无奈，便去吃饭。“一开始，你不要太辛苦，”路易莎说，“歌德——还是拿破仑——曾经说过，脑力劳动每天五个小时就够了。今天下午，带我和孩子去树林里玩玩，好吗？”

“我确实觉得有点累。”我承认道，于是就一起去了林子里。

不久，我熟悉了这份职业。不出一个月，我的作品就像五金器具那样源源不断地问世了。

我很成功。我刊登在周刊专栏上的东西引起了人们的重视，评论界也低声议论着我的名字，说我是幽默家队伍中的新秀。我又向别的刊物投稿，我的收入大大增加。

我找到了做这一行的诀窍。我可以把一个有趣的念头写成一则有两行字的笑话，挣一块钱。然后，稍稍改头换面，完全可以拉成四行，产值翻倍。假如换换行头，给它们加上韵脚和一幅漂亮的插图，便成了一首诙谐的讽刺诗，你根本无从再辨识出它本来的面目。

我开始有了积蓄，添置了新地毯和风琴。镇上的人也对我另眼相看，把我当作有点儿身份的人；不再是从前五金店的小职员，只会逗人开开心而已。

五六个月后，我的幽默仿佛离我远去。警句和妙语再也不能脱口而出。有时我得四处收集材料。我开始注意朋友们的谈话，希望从中汲取一些可用的东西。有时，我咬着铅笔，盯着墙纸一坐好几个小时，想搜索一些有趣的新鲜笑料的泡沫。

对于我的朋友们，我成了一个贪婪的人、莫洛克、约拿、吸血鬼。我心力交瘁，贪得无厌地待在他们中间，确实大煞风景。只要他们嘴里漏出一句机警的话，一个风趣的比喻，一些俏皮的措辞，我便像狗抢骨头似的扑上去。我不敢信任自己的记忆力，于是偷偷转过身去，把它记在那个随身携带的小本子上，或是写在袖口上，以备来日之用。

朋友们都为我感到悲哀和可怜。我已不再是从前的我。从前，我给他们提供了消遣和欢乐，如今我却在掠夺他们。我再也没有笑话去逗乐他们。因为笑话太珍贵，我可不能免费奉送，那是我的谋生之道。

我成了寓言中的那只可怜的狐狸，老是夸奖我朋友的歌喉——乌鸦的歌喉，指望他们嘴里能掉下我渴求的妙语。

几乎所有的人都开始躲避我。我甚至把笑也忘记了，即使听到了我即将窃为己有的话语，我也笑不出来。

为了收罗材料，不论是什么人、什么地点、什么时间或是什么主题，都不能够放过。甚至在教堂里，我那堕落的想象也在庄严的过道和廊柱之间企图捕捉什么。

牧师一念长韵律诗，我立即想道："颂诗——讼师——包打官司——长韵——长赢——少输多赢。"

布道通过我大脑的筛子，只要我能发现一句妙语或俏皮话，牧师的告诫就不知不觉地遗漏过去。合唱队的庄严的赞美诗也成了我思绪的伴奏，因为我念念不忘的只是怎么把古老的滑稽加以新的变奏，正如把高音变为低音，低音变为中音一样。

我自己的家庭也成了狩猎场。我妻子非常温柔、坦率，富于同情心，容易激动。她的谈话曾是我的乐趣，她的思想是永不干涸的愉快的源泉。现在我利用了她。她蕴藏着女人特有的可笑而又可爱的矛盾想法。

这些淳朴而又幽默的珍宝本来只应用来丰富神圣的家庭生活，我却把它公开出售了。我极其狡猾地怂恿她说话，她毫不起疑，把心底话全部掏了出来。我把它放在无情、平庸、裸露的印刷品中公布于世。

我吻着她，却又背叛了她，简直成了文学界的犹大。为了几枚银币，我把她可爱的率直套上无聊的裙裤，让它们在市场上跳舞。

亲爱的路易莎！晚上我像残忍的狼窥视着柔弱的羊羔那样，倾听着她喃喃的梦语，希望能为我明天的苦工寻找到一些灵感。不过，更糟糕的事还在后面。

老天哪！下一步，我的长牙咬进了我的孩子的稚气语言的脖颈。

幼稚可爱的盖伊和维奥拉是两个思想和语言的源泉。我发现这一类幽默的销路很好，便向一家杂志的“童年拾趣”专栏提供稿件。我像印第安人偷袭羚羊似的偷偷接近他们。我躲在沙发或门背后，或者趴在园子里的树丛中间，偷听他们玩耍嬉戏。我成了一个非常贪婪的家伙。

有一天，我的思想突然枯竭了，而我的稿件必须随下一班邮件发出。我便躲在园子里一堆落叶底下，我知道他们会到那儿去玩。我不相信盖伊会发觉我藏在那里，即使发觉了，我也不愿意责怪他，怪他在那堆枯叶上放了一把火，毁了我的一套新衣服，并且几乎送了我的老命。

我自己的孩子开始像躲避害虫一样躲着我。当我像可怕的食尸鬼那样向他们靠近时，我总是听到他们嘀咕说：“爸爸来啦。”他们马上收起玩具，躲到比较安全的地方。我成了一个多么卑鄙的可怜虫。

在经济上我挣得不少。不到一年，我攒下了一千美元，我们的生活过得很舒服。

可是这花了多么大的代价啊！我不知道社会上的贱民是怎么样的，但我好像跟贱民毫无分别。我没有朋友，没有消遣，没有人生的乐趣。我的家庭幸福也被断送了。我像是一只蜜蜂，贪婪地吮吸着生命最美好的花朵，人们都怕我，躲我，因为我有刺。

一天，一个人愉快而又友好地笑着向我打招呼。我已经好几个月没有遇到这类事了。那天我打彼得·赫费鲍尔殡仪馆走过。彼得站在门口，向我招手。我站住了，他的热情让我感到很奇怪。他请我进去。

那天阴冷，还下着雨。我们走进后面的屋子，那里一个小炉子生着火。有顾客来了，彼得让我独自待了会儿。我立刻产生了一种新的美妙的感觉——一种静谧与满足的感觉。我环顾四周，发现屋里有一排排闪闪发亮的黑黄檀木和黑棺衣、棺材架、灵车的掸子、灵幡，以及这一项庄严行业的一切行头。这里的气氛是和平、整饬、沉寂，是庄严肃穆的沉思场所。在生命的弥留之际，这里是一个为永恒的安静所笼罩的精神壁龛。

我一走进这里，尘世所有的愚蠢事物便在门口离开了我。在这个素朴庄严的环境中，我没有兴趣去思索幽默的东西。我的心灵舒展得就像优雅地躺在卧榻上一样。

一刻钟之前，我是一个被遗弃的幽默家。现在我成了一个哲人，怡然自得，平和安详。我找到了一个避难所，可以逃离幽默，不必绞尽脑汁去找寻一句讽刺的双关语，不必斯文扫地去博人一笑，也不必费尽周折去找惊人妙语了。

以前我和彼得·赫费鲍尔不是很熟。他回来时，我让他先讲，唯恐他的言谈同这个地方的安眠曲般美妙的和谐不相称。

可是，并非如此。他和周围相当和谐。我欣慰地长出一口气。我从来不知道有谁的谈吐像彼得那样平淡至极。同他相比，连死海都可以算是喷泉了。没有一丝风趣的火花或闪光来损害他的言语。他嘴里吐出的字句像空气般平凡，像黑莓般丰富，像股票行情自动收录器吐出的上星期的行情纸条那样不引人注意。我不禁一震，拿我最幽默的笑话讲给他听。结果石沉大海，他毫无反应。从那时候起，我就开始喜欢这个人了。

每星期我总有两三个晚上溜到赫费鲍尔那里去，陶醉在他的后屋里。那成了我唯一的乐趣。我开始早些起身，快快赶完工作，以便在自己的天堂里多待上一会儿。在别的地方，我没法摆脱从周围环境榨取幽默的习惯。彼得的谈话却不同，任凭我拼命围攻，也打不开一个缺口。

在这种影响下，我的精神开始好转。每个人都需要一点儿消遣来解除工作的疲劳。如今我在街上遇见以前的朋友时，竟然能对他们笑笑，或者说一句愉快的话，使他们大为惊讶；有时我竟然心情舒畅地同我家里人开开玩笑，结果叫他们惊讶得目瞪口呆。

我被幽默的魔鬼折磨得太久，以至现在像小学生那样急切地抓住休息的时间。

我的工作却受到了影响。对我来说，工作已不是从前那种痛苦和负担。我常常在工作期间吹吹口哨，思绪比以前利索多了。原因是我想早早结束工作，像酒鬼去酒店那样，急于到对我有益的隐蔽所去。

我的妻子心事重重，猜不透我下午去哪儿消磨时光。我认为最好不要告诉她，女人可不理解这一类事情。可怜的女人！她要是知道了准会大吃一惊。

我把一个银的棺材把手和一个蓬松的灵车掸子带回家，打算当作镇纸和鸡毛掸子。

我很喜欢把它们放在桌上，联想到赫费鲍尔那可爱的后屋。但是被路易莎看到了，她吓得尖声惊叫。我不得不胡乱找些借口安慰她。但是我从她眼神里看出她没有消除成见，我只得赶快把这两件东西撤掉。

有一次，彼得·赫费鲍尔向我提出一个建议，令我喜出望外。他以一贯的理智而平淡的态度把他的账本拿给我看，向我解释说，他的利润和事业正蒸蒸日上。他一直考虑找一个愿意投资的股东。在他认识的人中间，他觉得我是最理想的。那天下午我和彼得分手时，彼得已经拿到了我存在银行的一千美元支票，我成了他殡仪馆的股东。

我得意忘形地回到家里，同时也有一点顾虑。我不敢把这件事告诉妻子。但是我心里有说不出的高兴，因为我再也不必写那些无聊的幽默文章了，可以再度享受生活的甜蜜，而不必把它榨个稀烂，从中榨出几滴博人一笑的苹果汁——那对我将是一种何等的欣慰！

晚饭时，路易莎把我不在家里时收到的几封信交给我。好几封是退稿信。自从我经常去赫费鲍尔那里以后，我的退稿信多得简直吓人。最近我写笑话和文章的速度非常快，文思也非常敏捷。以前我却像砌砖那样迟钝而痛苦地慢慢拼凑。

其中一封是与我订有长期合同的周刊的编辑寄来的，目前我们家的主要收入还是那家周刊的稿酬。我先拆开那封信，内容是这样的：

敬启者：

我社与您签订的年度合同已于本月满期。我们认为有必要奉告，我们为不再与您续签来年合同，深表遗憾。您以前的幽默风格颇使我们满意，并受到广大读者欢迎。但最近两个月以来，我们认为尊稿质量有显著下降。

您以前的作品表现了左右逢源、驰骋自如的诙谐与风趣，近作则显得苦于构思，穷于应付，有捉襟见肘，难以卒读之感。

我们再次表示歉意，并通知您今后不拟接受尊稿，希请见谅。

编者谨启

我把这封信交给我的妻子。她看了之后，脸拉得特别长，眼里含着泪水。

“卑鄙的家伙！”她愤愤地喊道，“我敢说你的作品同过去一样好。而且你花的时间连过去的一半都不到。”那当儿，我猜想路易莎一定是想到了以后不会再有支票寄来了。“哦，约翰，”她带着哭腔说，“现在你打算怎么办呢？”

我没有回答，却站了起来，围着饭桌跳起波尔卡舞。我肯定路易莎认为这个不幸的消息把我逼疯了。倒是孩子们希望这样，因为他们在我背后瞎闹，学我的步子大声欢呼。如今我又像是他们往日的伙伴了。

“今晚我们去看戏！”我嚷道，“一定去。看完戏，大家再到皇家饭店大吃一顿。伦普蒂——迪德尔——迪——迪——登！”

这时，我说明了原因，宣布我已经是一家生意兴隆的殡仪馆的合伙股东，笑话和幽默，去他妈的吧。

我妻子手里拿着编者的信，当然不能说我干得不对，也提不出什么反对的理由，除了表示女人没有能力欣赏赫费鲍尔——不，现在是赫费鲍尔股份公司啦——殡仪馆后面的那个小屋是一个何等美妙的地方。

总而言之，我要说的是，今天在我们的镇子里，你再也找不到比我更受欢迎、更快活的人了，而且还会说满口的笑话。我的笑话再度被小镇上的人传播，被人引用。我又能津津有味地听着我妻子推心置腹的絮絮细语而不存图利之心，盖伊和维奥拉在我身边戏耍，随意散布着他们孩子气的幽默，再也不用担心我拿着一个小本子，像鬼魂似的盯在他们背后了。

我们的生意也十分红火。我记账，照看店务，彼得负责外勤。他说我的轻松活泼足以使任何葬礼变成标准的爱尔兰式追悼宴。

失忆症患者逍遥记

我和妻子像平时一样告别，她放下第二杯茶来送我到门口。她把我的皮棉领竖了起来（一般只有妻子对丈夫才这样做），并告诉我不要感冒。接着是她告别的吻——带有新鲜熙春茶香味的吻（她喜欢随意地朝茶里加各种香料）。然后，我关上了门，我听到她穿着拖鞋啪嗒啪嗒地走回去喝她的剩茶。

早上我与往常一样离开家。我离开家时没有想到，也没预感到以后会发生的事。我的病是突然到来的。

这几个月里，我几乎是夜以继日地忙于一件铁路大案，几天前才赢了官司。事实上，好些年来我潜心法律工作几乎就没有好好休息过。好心的沃尔尼大夫劝过我一两次。他既是我的朋友又是我的医生。

“贝尔福德，你如果不歇口气，”他说，“会说垮就垮了的，不是神经便是大脑要受不了。你说说看，有哪个星期你没见到报纸上登载着患失忆症的事？没见到有人走失，把自己的姓名、身份、往事完全忘光？这还不都是由于脑子过度疲劳或者心事太重造成的？”

“我看这些事情实际上都是报社的记者自己杜撰出来的。”我答道。

沃尔尼大夫摇摇头。

“这种病的确有。”他说，“你需要换换环境，或者是休息一段时间。法庭、事务所、家，你总离不开这三个地方。要说你还有什么消遣，那就是看法律书。你不听劝告，会后悔莫及的。”

我辩解说：“每个星期四晚上，我太太跟我玩纸牌。每个星期天晚上，她给我念她妈妈这周来的一封信。要说看法律书不能算消遣，至今还没谁立下这条规矩呢。”

那天早上，我边走边回想沃尔尼大夫的话。我的心情与平日一模一样，也许还更好。

我醒来时发现自己原来躺在了普通客车上的狭小座位上，已睡了很久，一身肌肉痉挛，动弹不得。我把头斜靠在座位上，尽力去想。过了一会，我想：“我必须有个名字。”我找遍口袋，没有卡，没有信，没有一张纸或其他的任何字母组合。但是我发现在我的大衣口袋里有近三千美元大面额账单。“我一定是某一个人，”我喃喃自语，又开始考虑。

车厢里人很多，大家都没分彼此，而且心情很好，所以我想一定是所有人原来就有过往来。有一个人跟我点头，打招呼，坐到我旁边的空位上，打开张报纸。这人个子高大，戴副眼镜，身上散发着肉桂与芦荟味。看过报纸后他与我攀谈起近来发生的事，这也是旅途中常见的现象。我发现自己还行，谈起这类事还能应付自如，至少是还记得这类事情。后来坐在我旁边的人说：

“你肯定跟我们是一道的。这时候西部有大批的人来。幸好原来的集会都在纽约。我还从来没到过东部。我名叫阿·皮·博尔德，在密苏里州希科里格罗夫的博尔德父子公司。”

人在遇到需要紧急应付的事情时，尽管无精神准备，也能应对。现在，我的生命得重新开始，再进行一次洗礼，而且我既是新生儿，又是牧师、父母。我脑子迟钝，但感觉倒敏锐，救了我一把。坐在旁边那一位的浑身药味使我受到了启发；再一看他的报纸，见上面登了条醒目的广告，更是打定了主意。

我信口说道：“我名叫爱德华·平克默。是开药房的，家在堪萨斯州科纳波里斯。”

“我早知道你是药剂师。”同座亲切地说，“我看到你右手的食指有老茧，是药杵磨出来的。不用说，你也是我们行业全国代表大会的代表。”

“这些人都是医药界同人吗？”我不禁问道。

“全都是。这趟车从西部来。而且这些人是老派药剂师，不同于那些卖专利药片药粉的。他们卖药叫顾客往机器孔里投币，不用配方柜。我们自己过滤药，自己滚药丸，春天的时候还经营一点儿花种，也卖糖果和鞋。告诉你吧，平克默，这次代表会上我要提出一个建议，他们稀罕的就是新主意。你知道柜台上瓶装的吐酒石和洛瑟尔盐，一种有毒，一种对人体无害。它们的标签一个是 Ant.et.Pot.Tart，另一个是 Sod.et.Pot.Tart.，很容易混淆。大多数药房怎么摆呢？办法是尽量隔开些，不放在一个货架上。这就不对头。依我看，应该并排摆，这一来每次你拿药时都得把一个与另一个比较，避免出差错。你理解了吗？”

“我看这建议好。”我说。

“那就行！等开会时我提出来，你就表示支持。那些东部的老行家自以为市场上只有他们行，这一来他们就会傻了眼。”

我热心起来，说：“要是我还起得了什么作用，那两个瓶里装的——呃——”

“吐酒石和洛瑟尔盐。”

“从此以后得并排放在一起。”我毫不迟疑地说。

博尔德先生说：“还有一件事。做药丸时的赋形剂你是用氧化镁碳酸盐呢，还是用粉末状的甘草根呢？”

“那——嗯——用氧化镁。”我答道。氧化镁比其他的词容易说。

博德先生用眼镜后面的那双眼睛怀疑地看着我。

过了没多久，他把报纸递过来，指着一篇报道说：“又是一例假失忆症。这类事情我不相信。我看十有八九是骗人的。有些家伙对什么都腻了，想轻松轻松，就偷偷溜出去。等你找到他，他就装出失去了记忆，自己的名字忘了，甚至连老婆孩子也不认识了。失忆症！狗屁！怎么在家里时他们就忘不了呢？”

我接过报纸，只见在一个十分醒目的标题下面，登着一篇报道：

丹佛六月十二日讯：一位名叫埃尔温·西·贝尔福德的杰出律师三天前离家未归，原因不明，多方寻找仍未见其下落。贝尔福德先生名望极高，办案甚多，屡屡胜诉。已婚，有豪宅，私人藏书在全州首屈一指。失踪当天，他从银行提取了一大笔钱。离开银行后无人见其去向。贝尔福德先生生性好静，爱家，以家为乐，以事业为乐。究其突然失踪的原因，可能与其数月来潜心办理铁路公司一件大案有关。人们怀疑过度劳累对其大脑有所影响。现仍在尽一切努力寻找失踪人的下落。

看过这篇报道后，我说道："博尔德先生，你似乎疑心太重了些。我觉得这件事情是真的。这个人事业顺利，婚姻美满，又受人敬重，为什么会把一切都抛开不要呢？我知道确有这种丧失记忆力的事，有些人的确把名字忘了，自己的往事忘了，连家也忘了。"

"哼，没那么回事！"博尔德先生说，"他们是想快活快活。现在有知识的人太多。大家知道了失忆症，就以此为借口。女人也老练得很。等到事情过去了，她们会一本正经盯着你说：'他把我也弄糊涂了。'"

就这样博尔德和我聊着天，打发着时间，但他的高见与哲理于我并无什么益处。

夜晚十点左右我们到达纽约。我乘马车到了一家旅店，登记的名字是爱德华·平克默。写下这名字时，我感到一阵从未有过的痛快淋漓之感，一种如释重负的轻松，一种初获自由的喜悦。我刚降生到人世，原来套在手上和脚上的枷锁已经解脱，且不论这些枷锁是什么。我像初生的婴儿，站在条坦荡的道路的起点，而我走上这条路时已经有了人生的知识与阅历。

我记得旅社的服务员足足看了我五秒钟。我没有带行李。

“来开医药界大会。”我说，“行李箱没有及时到。”我拿出了一沓钞票。

“哟，西部来的代表在本店住的很多。”他说，露出颗大金牙，摇铃叫来一名当差。

为了装得像模像样，我说道：“我们西部代表准备采取一个重要行动，向大会提出建议，将吐酒石和洛瑟尔盐在货柜上摆在一起。”

“男客人住三一四房间。”服务员说。我便被领进了我的房间。

第二天，我买了一个箱子和一些衣服，用爱德华·平克默的名字开始了新的人生。我懒得绞尽脑汁去解开过去的难题。

这座临海的大都会请我喝的是香醇的美酒，我痛痛快快饮了下去。只有能适应曼哈顿生活的人才能在曼哈顿生活。你如果不做这座城市的客人，就会在这座城市完蛋。

接下来的几天，我的生活可谓是多姿多彩。我这位爱德华·平克默虽然诞生不久，却走进了一个光怪陆离、无拘无束的极乐世界，享受到不寻常的快活。

有时候，我也会感到内心有些不安，会走进摆着棕榈树的餐馆吃饭。来这里的人都出身高贵，很有教养，他们举止端庄，谈吐文雅。然而出来以后我又会乘船在水上游玩，船上载满乱七八糟的人，他们吵吵嚷嚷，穿着妖艳，纵欲无度，坐了船是去海滩上胡乱快活的。百老汇是每日必至的地方，这里阔气，灯火辉煌，变化多端，叫你捉摸不定，最叫人称心，我离不开百老汇，就像有的人离不开鸦片一样。

一天下午，我进旅店后，一个长着大鼻子和黑八字胡须的大个子在走廊里挡住了我的去路。我想绕开他，却不料他亲热地先招呼起我来。

“你好，贝尔福德！”他大声说，“奇怪，你怎么会来纽约？原来你不是说什么也不肯离开你那书房吗？你带了太太来呢，还是一个人来办事的？”

“先生，你错了。”我甩开他的手，冷淡地说，“我姓平克默。你搞错了。”

那人让开路，惊得目瞪口呆。我走到服务台时，听到他叫来一个勤杂工，向他要来一张空白电报单。

我对服务员说："我现在结账，把我的行李半小时内叫人提下楼来。这里有骗子，我很生气，不愿意再住。"

当天下午我搬进另一家旅店，在五马路，是家幽静的老式旅店。在离百老汇不远处有家餐馆，你可以在露天进餐，餐馆里种着许多阴凉的热带植物。这儿幽静、豪华、服务周到，是理想的进餐和休息的地方。一天下午，我朝一张摆在羊齿植物丛中的餐桌走去时，有人扯住了我的衣袖。

"贝尔福德先生！"一个优美动听的嗓音说。

我忙掉转头，只见一个女人独自坐在一张桌子旁边，三十岁左右，两只眼分外美丽动人，她直愣愣地望着我，好像我曾是她亲密的朋友。

"你从我身边过也不招呼一声。"她用责备的口吻说，"我不相信你就没认出我来。我们分别十五年了，就不能握握手吗？"

我马上与她握手，隔着桌子坐在她对面。

"你当真认识我吗？"我问道。

"谈不上什么当真。"她笑着回答。

我有些迫不及待地说："如果我对你说，我是堪萨斯州科的波里斯人，名叫爱德华·平克默，你会怎样想呢？"

"我会怎样想呢？"她学着我的口气说，看眼神她在内心暗自发笑，"那还用说！自然会想你为什么没把你那位贝尔福德太太带到纽约来。你要是带来了该多好，我很想见见玛丽安。"她把声音放低了些又说，"埃尔温，你没有什么改变。"

我感到她那双漂亮的眼睛直盯着我，还仔细观察着我的脸。

"不对，你变了。"她又说道，轻柔的声音里又略含着激奋，"我现在看出来了。你并没有忘记。你哪年哪月，哪日哪时都不会忘。我早对你说过，你永远不会忘的。"

我发急了，想在酒杯里找救命草。

我被她那双眼睛盯得不大自在了，于是说：“非常抱歉。但麻烦就出在这里，我已经忘了，把一切都忘得精光。”

她根本不在乎我矢口否认。她似乎在我脸上看出了什么名堂，开心地笑着。

“我常听人说起你。”她又道，“你是西部很有名气的大律师。住在多佛，对吗？要不就是洛杉矶。玛丽安嫁给了你一定觉得很有福气。我猜你也知道，在你结婚半年以后，我也结婚了。你也许看了报纸，仅仅鲜花就花了两千美元。”

她说的事在十五年前，而十五年是很漫长的时间。

我有些胆怯地问道：“现在向你道贺是不是为时太晚了呢？”

“只要你有勇气，还为时不晚。”她无所顾忌地答道。这一来我反而开不了口了，只是用拇指的指甲刮着桌布。

“有件事你得告诉我。”她说着把头向我靠了过来，神情显得有些急切，“是一件多年来我一直想知道的事。当然，是出于女性的好奇心。自从那个晚上以后，你有没有勇气再碰一碰，闻一闻，或者看一看白玫瑰，那些挂着雨滴或露珠的白玫瑰？”

我抿了一口酒。

“你再说也无济于事，这些事情我都回忆不起来了。”我叹了口气说道，“我的记忆已完全丧失。不用说我有多惋惜。”

这位夫人把双臂搁到桌子上，她的眼神再次对我的话表示蔑视，并且沿着它们自己的路线直通我的灵魂。她用一种奇怪的声音笑着，脸上是一种幸福、满足和神秘的神情。我尽力避开不去看她。

“你说谎，埃尔温·贝尔福德，”她得意扬扬地说，“哼，我知道你在说谎！”

我呆呆地看着这些蕨类植物。

“我叫爱德华·平克默。”我说，“我来参加医药业全国代表大会。准备提出一个建议，把吐酒石瓶与洛瑟尔盐瓶摆的位置变动一下，对这种事情你是不会有多大兴趣的。”

一辆耀目的马车停到门口。那女人站起身。我拉起她的手，鞠了一躬。

“非常抱歉，我失去了记忆。”我对她说，“我也可以解释，但是只怕你不会明白。你不相信我姓平克默，但说真的，我也完全想不起什么——什么玫瑰之类的事。”

“再见，贝尔福德先生。”说着她现出一丝又甜又苦的笑容，坐进了马车。

这天夜晚我上了剧院。回到旅社，一个穿黑色衣服的人奇迹般地出现在我身边。他总是爱用一条丝手帕揩食指的指甲。

“平克默先生，我想找您谈谈，不知您肯不肯赏光？这儿有房间。”他一边说一边直忙着揩指甲。

“请吧。”我答道。

他把我领进一个小房间，里面有一男一女，那女的长得绝美，但脸上罩着一层愁云。她的身材、肤色、脸庞在我看来都无可挑剔，身上穿着出门远行时的衣服，眼紧盯着我，显得忧心如焚，手按住胸口直发抖。我猜她本来想起身扑过来，但那男的断然一挥手制止了她。然后，他向我走过来。这人四十岁，两鬓斑白，看长相他像是那种很有主见和心计的人。

“贝尔福德，”他热情地对我说，“我总算又见着你了。我们有把握，知道没问题。我早劝过你，叫你别太累。现在你跟我们回去，你很快就会恢复正常。”

我冷冷地一笑。

“老有人叫我‘贝尔福德’，我都已经习以为常了。再叫下去我要听腻了。我叫爱德华·平克默，从来就没有见过你，你相不相信，就只好悉听尊便了。”

还没等那男的答话，那女的就哇的一声哭了起来，挣脱他的手，喊了声“埃尔温”便扑到我身上，紧紧搂着我。“埃尔温！”她又喊了一声，“别叫我伤透了心。我是你妻子。叫我一声，叫我一声吧。

你变成这个样比死了都让我看着难受。”

我很有礼貌然而毫不犹豫地挣脱了她的身体。

“太太，对不起，我看你是认错人了。”我一本正经地说，接着我想到一件事，忍不住一笑，又说道，“可惜这位贝尔福德和我不像一瓶吐酒石和一瓶洛瑟尔盐，为了区分清楚，得在货架上并排摆。你们如果要懂得这个比喻，得随时注意医药业全国代表大会的进程。”

那女人转过身，抓着那男子的胳膊。

“怎么回事，沃尔尼大夫？你说说，这是怎么回事？”她着急地问。

那位男子把女的领到房门口。

我听见他说：“你在自己房里先等等，我留下与他谈谈。难道他脑子不行了？我想不会，只是出现部分故障。我相信他会好的。先去你自己的房间，让我来跟他谈。”

女人走了出去。穿黑衣服的人也走了出去，还是在聚精会神地擦指甲。我猜他其实是在走廊里等着。

“平克默先生，我想再跟你谈谈。”留在房间的那人说。

我答道：那行，想谈就谈吧。对不起，我不客气了。我有些累。”我往靠床的一张榻上一躺，点着根烟。他拿了张靠椅坐到我旁边。

“我们别拐着弯谈。你不是姓平克默。”他用温和的口气说。

“这事我跟你一样明白。”我冷冰冰地说，“可是人总得有名有姓。老实说吧，并非我特别喜爱平克默这个姓。只是仓促之间给自己取一个名，也难得想周全。就是叫一个别的名字又怎么样呢？我看，平克默这个姓我想得还是很不错。”

那人严肃地说：“你的名字是埃尔温·西·贝尔福德。你是多佛一流的律师。由于得了失忆症，你已经把你是什么人忘了。疾病产生的原因是你操劳过度，也许是生活单调乏味，没有消遣娱乐。刚从房里出去的那一位是你的太太。”

我想了一会儿说：“我觉得她是一位漂亮的女人，我特别欣赏她那一头的金发。”

“这样的妻子很难得。两个多星期前你失踪了，她几乎一直没合过眼。一位名叫伊西多·纽曼的人从多佛到纽约，拍来个电报，我们才知道了你的下落。他说他在这里的一家旅店遇上了你，可你说不认识他。”

“我似乎记得有这回事。”我说，“如果没记错的话，那人是叫我‘贝尔福德’。现在请问你的尊姓大名。”

“我叫罗伯特·沃尔尼，也就是沃尔尼大夫。我与你有二十年的深交，给你当医生也有十五年了。一接到电报，我跟你太太就来找你。埃尔温，你老弟可得好好想想！”

我眉头一皱，问道：“想想有什么用？你不是说你是医生吗？失忆症能不能治？人要是失去了记忆，得慢慢恢复，还是会很快就好？”

“有的人需要经过一个过程，而且恢复不全；有的人得得快，好得也快。”

“你愿不愿意治疗我的病呢，沃尔尼大夫？”我问道。

他回答：“老朋友，我愿竭尽全力，运用一切医学上已有的办法为你治疗。”

“好极了。”我说，“那你就给我治吧。从今以后请严守机密——医生的机密。”

“那自然。”沃尔尼大夫说。

我从榻上站了起来。不知是谁在房子当中的桌子上放了一束白玫瑰，是一束刚洒过水、散发着芳香的白玫瑰。我把它远远地扔到窗外，然后又躺在榻上。

我说：“博比，最好是让我一下子就痊愈。说实在的，我也觉得腻歪了。你现在去把玛丽安带进来吧。可是，唉，大夫——”我叹了口气说，接着飞起一脚踢到他小腿上，“好厉害的老伙计，我算是过了一回神仙的日子！”

牧场主博皮普夫人

“埃伦姑妈，”奥克塔维亚轻轻地把她的黑色小皮手套朝窗台上的那只波斯猫扔去，高兴地说，“我现在成了叫花子啦。”

“亲爱的奥克塔维亚，你这样说有点儿过分了。”埃伦姑妈从报纸上抬起眼睛，温和地说，“如果你现在需要一些零钱去买糖果的话，我的钱包就在写字桌的抽屉里，你去拿好了。”

奥克塔维亚·博普雷摘下帽子，坐在姑妈椅子旁边的小凳子上，双手抱膝。她身材苗条柔软，穿着时髦的丧服，即便从这种不舒服的坐姿里也能看出她的从容和优雅。在她充满青春活力的面庞上却硬要装出一副严肃、持重的表情，不过，这同当前的情况倒是很相符（指穿着丧服）。

“我的好姑妈，这绝不是糖果的问题，而是迫在眉睫，糟糕透顶的贫困，等待我的将是廉价的成品服装，用汽油除污的旧手套，低劣的伙食。我刚从律师那里回来，姑妈，‘夫人，行行好吧，我一无所有。能买些花吗，太太？买枝花插在纽扣里吧，先生？帮帮这个可怜的寡妇，买些铅笔吧，老爷，五美分三支。’姑妈，我能行吗，我有什么本领去挣钱买面包，我以前的演讲课程算是白学了吧？”

“亲爱的，不要跟我开玩笑，”埃伦姑妈说，手里的报纸滑落到地上，“先告诉我这究竟是怎么回事。博普雷上校的产业——”

“博普雷上校的产业，”奥克塔维亚打断她，她一边说，一边用夸张的手势来加强语气，“是海市蜃楼。博普雷上校的财产是——一缕清风。博普雷上校的股票是——一杯白水。博普雷上校的收入——全都完蛋啦。我说的这些话里没有一句法律术语，刚才律师对我说了一个多小时，不过说成大白话，它就是这个意思了。”

“奥克塔维亚！”埃伦姑妈这时才惊慌起来，“我简直不敢相信。以前大家都说他有一百万的财产。而且还是德佩斯特家介绍的！”

奥克塔维亚咯咯地笑了起来，然后表情又变得十分严肃。

“姑妈，死者没有什么遗物。亲爱的老上校——说到头，他只是徒有其表！我这儿却是公平交易——我的可都在这儿了，难道不是吗？这上面列出所有的项目：眼睛、手指、脚趾、青春、古老的家族、毋庸置疑的社会地位——我可没搞什么非法投机。”奥克塔维亚说着捡起掉在地上的报纸，“但我可不‘怨天尤人’——当吃亏了，诅咒命运时，人们是不是用这句话来形容呢？”她静静地翻着报纸，“‘股票市场栏’——没用了。‘社交活动栏’——无缘了。这个版面更适合我——应聘栏。作为范德雷塞家族的一员，我当然不能用‘求职’这样的字眼了。使女、厨娘、推销员、速记员——”“亲爱的，”埃伦姑妈的声音有些发颤，“请不要再说了。就算你的经济情况真是糟糕透顶的话，我还有三千——”奥克塔维亚轻快地站起来，吻了一下那拘谨古板的小老太太的脸。

“亲爱的姑妈，你的三千美元只够自己喝不掺柳叶的真正的熙春茶，让你那只波斯猫吃消过毒的奶油。我知道有人愿意帮我，但是我宁愿像鬼王别西卜那样沉沦，也不愿意像佩里[①]那样徘徊在边门口听音乐。我要自己养活自己。没什么别的好办法。我成了一个——哦，哦，哦！我不知道怎么说啦，从沉船里捞出的一件东西。那里有一个畜栏——不，是一个牧场，在什么地方来着——让我想想——是在得克萨斯；亲爱的老班尼斯特称它为一笔资产。他终究找到一

① 爱尔兰浪漫主义诗人莫尔笔下的人物，被逐出天堂后，带了忏悔之泪才得以重列仙班。

些没有被抵押掉的东西。他说这事的时候是多么高兴啊！他硬是要我从他办公室里拿走那些无聊的文件，其中有一份牧场的情况简介。我找找看。”

奥克塔维亚拿过她的手提袋，取出一个长长的信封，里面装满了打印的文件。

“得克萨斯的牧场，”埃伦姑妈轻轻地叹了一口气，“我觉得，它不像是资产，倒像是负债。那种地方只有蜈蚣、牧童和方丹戈舞。”

“‘树荫牧场，’”奥克塔维亚拿起一张深紫色的打印文件读到，“‘在圣安东尼奥东南一百一十英里，离最近的火车站，也就是埃其纳铁路上的诺帕尔，有三十八英里。牧场包括七千六百八十英亩具有州政府地契的水田；其余二十二块地，共有一万四千零八十英亩，一部分是按年续租，另一部分是根据州二十年出售土地法案购置的。牧场上有八千头良种美利奴绵羊，还有些必需的马匹、车辆和其他设备。牧场的正房是砖结构，共六个房间，根据当地的气候情况，布置得相当舒适。整个牧场围着一圈坚固的铁丝网。

“‘现在的牧场经理好像很称职，很可靠，以前由别人掌管，对牧场重视不够，经营不善，现在整个牧场却在迅速地扭亏为盈。

“‘这笔产业是博普雷上校从西部一个灌溉辛迪加手中购买的，产权好像毫无疑问。如果精心管理，还有土地的自然增值，它应该能为业主赚到一笔稳定的财产。’”

等到奥克塔维亚念完后，埃伦姑妈不失自己的教养和体面地说了一句表示嘲讽的粗话。

“这份简介，”埃伦姑妈带着城里人固有的怀疑，“可没有提到蜈蚣或者印第安人。还有，你向来不爱吃羊肉。我看你从这片——这片沙漠中得不到什么好处。”

奥克塔维亚凝视着远方，若有所思，开拓者的兴奋狂热和冒险家的躁动不安都显现在脸上。她张着嘴，突然高兴地合抱起双手。

“姑妈，问题自己解决了。”她大声地喊着，“我一定去那个牧场。

我要靠它活着。我要学着爱吃羊肉，还要找到蜈蚣的优点——当然要隔着很远的距离啦。那就是我想要的。那是我旧生活的结束，新生活的开始。那不是绝望，而是开拓。想想在那广阔的草原上纵横驰骋，劲风拂动秀发，还能欣赏那生机盎然的青草和叫不上名儿的野花，与大自然亲密接触！那该有多美妙！戴上瓦杜式[①]帽子，手拿弯柄杖，我该打扮成不容恶狼祸害羔羊的牧羊姑娘呢，还是打扮成周末报纸副刊上那种头发剪得很短的西部牧场女孩？我觉得西部牧场女孩的打扮要好些。他们会把我的照片登出来，照片上还有挂在鞍头上的猞猁，那可是我独自猎杀的。'从纽约上流社会到西部牧场'，他们一定会用这个标题。他们一定还会刊登范德雷塞家的老宅子和我举行婚礼的教堂照片。他们肯定搞不到我本人的照片，不过可请人画像。画像会带上浓浓的西部情调，很狂放，我也要成为热情奔放的牧羊女啦。"

"奥克塔维亚！"埃伦姑妈无法表达自己的不满，只能把它全部集中在这一声呼唤中。

"什么也别说，姑妈。我决定走了。我要看那夜空像大碗一样扣住整个世界，我要同星星再交朋友，自从我渐渐地长大后，再也没有同它们聊天了。我真的想去，这儿的一切都叫我厌倦。不名一文倒也值得庆贺。为了那牧场，我该感谢博普雷上校，原谅他的华而不实。牧场上的艰苦孤寂不算什么！我——我就是活该。除了这个可怜的希望之外，我已经是心灰意冷。我——唉，我想离开了，把这一切都忘了——忘了！"

奥克塔维亚说着说着，突然转身跪了下来，把她潮红的脸伏在姑妈的膝头，抽噎起来。

埃伦姑妈弯下腰，抚摸着她那黄褐色的秀发。

"在此之前，我还不知道，"她柔和地说，"我还不知道有牧场这回事，亲爱的。"

---

① 瓦杜（1684—1721）：法国画家，以田园风景画著称。

奥克塔维亚·博普雷夫人（娘家是姓范德雷塞）在诺帕尔站下了火车，她举止一向从容安详，这时却表现得有点逊色。火车站位于一个新建的小镇，好像是用粗糙的木料和飘拂的篷布顷刻间搭成的。车站附近的人，虽然他们的表情看起来并不那么讨厌外地人，但显然早已把随时应付突发事件的发生看作了一件常事。奥克塔维亚站在月台上，背对电报局。在那群散乱的、大摇大摆的闲人中，她想仅凭直觉去找树荫牧场的经理。班尼斯特先生已事先吩咐他前来接站。她开始还以为是那个穿蓝法兰绒衬衫、打白领带的，上了年纪、表情严肃的高个子是经理。但是不对，他走过去了。当奥克塔维亚瞅着他时，按南方的风俗，他掉转了目光。她想牧场经理一定是等烦了，其实要找她并不是什么难事。穿着最时髦的灰色旅行服的年轻女人在诺帕尔并不多见。在奥克塔维亚正思忖着谁可能是经理的时候，她突然倒吸了一口凉气，看到特迪·韦斯特莱克在月台上朝列车走来——特迪·韦斯特莱克，或者是一个穿舍维呢大衣，脚踏长筒靴，头戴皮箍帽，皮肤晒得黧黑，长得极像特迪的人——小西奥多·韦斯特莱克原是业余马球运动员（几乎是锦标选手），不务正业，典型的花花公子；可是与一年前相比（那是她最后一次见他），现在的特迪显得豁达、稳重、果断、坚定。

他几乎在同一时刻看到了奥克塔维亚，便转过身，像以往那样径直朝她走来。在近处，她发现他变得陌生了，不禁产生了一种类似于敬畏的感觉；他皮肤晒成红褐色，在淡黄色的髭须和钢灰色的眼睛衬托下，分外显眼。他好像长大了，不知怎么地有点疏远的感觉。然而他一说话，旧时的稚气的特迪又回来了。因为他们打小就认识。

“哎，塔维亚！”他喊着，显得有点儿困惑，说话也前言不搭后语，“怎么——什么——几时——哪里？”

“坐火车，”奥克塔维亚说，“不得不来；十分钟之前；从家里来的。特迪，你皮肤颜色都变了。嗯，怎么——什么——几时——哪里？”

“我在这里干活。”特迪说。他想顾及礼貌又不忘自己的职责，所以斜着眼打量着车站周围。

“你坐火车时，”他问，“有没有看到一位灰色卷发的老太太？她还带着一头狮子狗，拿着不少行李，占了两个座位，老是跟乘务员吵架。”

“没有，”奥克塔维亚边想边说，“你有没有碰见过一个灰胡子的大高个，穿着蓝衬衫，佩着六响手枪，头上沾着一撮撮的美利奴羊毛？”

“这样的人多了去了。”特迪说。因为紧张，他显得心神不宁。“你是不是认识这样一个人？”

“不，这番形容述完全是我想象出来的。你是不是认识你所描述的那位老太太？”

“我从来没有见过她。我对她的描述完全出于我的想象。在我干活的那个小地方，叫作树荫牧场，那是她的产业。我按她的律师的吩咐，赶了马车来接她。”

奥克塔维亚靠在电报局的墙上。天哪，有这么巧的事？难道他真的不知道？

“你就是那个牧场经理？”她有气无力地问。

“正是。”特迪洋洋得意地答道。

“我就是博普雷夫人，”奥克塔维亚声音低低地说，“可我不是卷头发，对乘务员也很有礼貌。”

那种陌生老成的感觉一下子又回来了，特迪和她又疏远起来。

“请原谅，”他相当尴尬地说，“你明白，我在这片灌木丛里已经待了一年。我没听说是你。请把行李票给我，让我替你把行李装上货车。约瑟会把行李拿回去。我们乘马车先走。”奥克塔维亚和特迪并排坐在一辆轻便马车上，马车是由一对奶油色的、西班牙烈性小马拉的。她高兴极了，把一切都抛在了脑后。他们飞一般地驶出小镇，沿着平坦的大路朝南方驶去。没多久，道路逐渐变窄，后来就没路了，他们进入一片无边无际的草原世界，满地都是卷曲的牧豆草。车轮悄无声息。不知疲倦的小马驹稳步向前奔跑。风在他们耳边呼呼作响，还夹杂着千万亩蓝色的、黄色的芳香四溢的野花。他们好像御风而行，神清气爽，极其兴奋。奥克塔维亚静静地坐着，沉浸在巨大的幸福感中。特迪仿佛在煞费心思地考虑着问题。

“我该叫您夫人。”他考虑后想出了结果，“墨西哥人都会这样称呼您——你知道，牧场上几乎都是墨西哥人。我觉得这样叫比较合适。”

“很好啊，韦斯特莱克先生。”奥克塔维亚郑重其事地说。

“啊，”特迪惊慌起来，“那未免太抬举我啦，不是吗？”

“别拿你那讨厌的繁文缛节来烦我啦。我要开始新的生活。不要让我想起任何不快乐的事。这里的空气要是能贮存起来就好啦。只为这里的空气来一趟也值啊。哦，看！一头鹿！”

“是长耳兔。”特迪头也不回地说。

“我能——我可以驾车吗？”奥克塔维亚大喘着气提议说，她两颊绯红，目光像孩子似的那么急切。

“只有一个条件。我能——我可以抽烟吗？”

“永远都行！”奥克塔维亚兴奋地接过缰绳说，“朝哪个方向赶？”

“朝南偏东南，使足全力赶吧。你看到天边那片最低的卷云下面有个黑点吗？那是一片橡树，也是界标。朝那个黑点和左边的小山中间走过去就好了啦。我把在得克萨斯草原上驾车的所有的规则都说给你听：不要让缰绳掉到马的脚底下，要经常对马吆喝着。”

“特迪，我都高兴得不会吆喝了。啊，为什么有些人买游艇，乘豪华列车旅行？说实在的，一辆马车、一对老马加上一个这样的春天的早晨，就能满足我所有的欲望了。”

“哎，请你别把它们叫作老马，”特迪反驳说，他在马车挡泥板上一根接一根地划火柴，但老划不着，“它们一天能跑一百英里。”终于他划着了一根火柴，窝在掌心里点着了雪茄。

“广阔的空间，”奥克塔维亚兴奋地说，“才是营造气氛的根源。现在我知道我需要什么了——视界——广度——空间！”

“吸烟间。”特迪并没有故作感伤地说，“我爱在马车上吸烟。

风把烟吹进肺里又吹出来。省得自己花气力吸。”

他们两个很自然地恢复了旧日的亲密，只是一想到他们之间的这层新的关系，令人感到有点儿别扭。

“夫人，”特迪犹豫地问，“你怎么会想起到这人迹罕至的地方来？最近上流社会的风气难道不是去新港，而是往牧羊场上跑吗？”

“特迪，我破产啦，”奥克塔维亚亲昵地说，此时她正聚精会神、小心翼翼地从一株凤尾兰和一丛栎树中驾车穿过去，“除了这个牧场之外，我什么也没有了——甚至没有另一个地方可住。”

“瞧你说的，”特迪急切而又有点儿不相信地说，“真的是这样吗？”

“三个月前，我丈夫去世了，”奥克塔维亚说，不好意思地把“丈夫”二字含混带过，“我还以为我有一笔可观的财产。在短短六十分钟内，他的律师用大量的例证推翻了我的设想。我把牧场当作最后的一点希望。你是不是刚好知道曼哈顿的花花公子们有一种时髦的风气，让他们放弃马球和俱乐部，跑到牧场来当经理？”

“我的情况倒容易解释，”特迪即刻答道，“我得找个工作。我在纽约不太好混得下去了，于是我跟着老桑福德，最终在这个牧场上找到个职位。在博普雷上校买下以前，牧场是一个辛迪加的产业，老桑福德就为辛迪加干活的。开始时我也不是经理。我骑着马到处转悠，仔细研究这个行业，最后都弄明白了。我发现哪里有不足，就想法子去补救，老桑福德就让我看管牧场。我每月挣一百美元的工资，的确是花了点儿力气的。”

“可怜的特迪！”奥克塔维亚微微一笑。

“不用可怜我。我喜欢这个工作。我攒了一半的工资，身体又像消防龙头那样结实。干这个要比打马球强多了。”

“它能不能给另一位文明社会的流放者提供面包、茶和果酱呢？”

“春季剪毛的收益，”经理说，“刚好弥补了去年的亏损。以前浪费和疏忽的现象非常严重。秋季剪毛的收入，除去一切开支以外还可以有一些节余。明年就能吃上果酱了。”

下午四点左右，两匹小马绕过一座坡度不大、灌木丛生的山冈，然后像两股奶油色的旋风一般扑向树荫牧场。此时，奥克塔维亚兴奋地喊了起来。一棵棵庄严肃穆的橡树洒下一片片凉爽怡人的阴影，“树荫牧场”便由此得名。红砖建造的平房在树荫下显得又矮又宽。一条有拱顶的宽阔过道从正当中把六个房间一分为二，过道里摆着开花的仙人掌，悬着红陶水瓮，显得别有风趣。一条低低的、宽宽的“游廊”围绕着住房。游廊上攀满了藤蔓，附近的空地上移植了草皮和小树。房屋后面有一个又长又窄的小湖，在阳光下熠熠生辉。再过去就是墨西哥工人的棚屋、羊栏、羊毛仓库和剪毛栏。右面是一座小山，上面长着一丛丛暗色的栎树；左面是一片绿色草原，同蓝天融为一体，真是草原共长天一色。

“特迪，这真是个好地方，”奥克塔维亚喘着粗气说，“一点儿也不错——真是个特适合人住的好地方。”

“就牧场来说，确实不错。”特迪带着些许的自豪感说，“对牧场，我是经常进行护理的。”

一个墨西哥小伙子从草地里冒了出来，领走了奶油色小马。女主人和经理走进屋里。

“这是麦金太尔太太，”当一个神情恬静、穿着整洁、上了年纪的妇人到游廊上前来迎接他们时，特迪介绍说，“麦克太太，女主人来啦。她刚下车，很可能想吃一大块咸肉和一盘豆子呢。”

管家麦金太尔太太，就像小湖或橡树一样，简直成了这个地方的必不可少的东西，听了这句对牧场食品供应不满的话，她心里不免有点儿那个。她刚要还嘴，奥克塔维亚开了口。

“哦，麦金太尔太太，用不着替特迪道歉。是的，我叫他特迪。只要他没骗你，你就不用把他当回事。你知道吗，很久以前，我们总是在一起剪纸娃娃，玩抽杆游戏。他说什么，谁也不去在乎。”

“是的，”特迪说，“正因为谁也不在乎他说什么，他便再也不说什么了。”

奥克塔维亚垂下眼帘，微微向他斜瞟了一眼——特迪一直把这种眼神叫作“上击拳”。但他那真挚、黧黑的脸上并没有什么能让人怀疑到他另有所指——一点儿也看不出来。毋庸置疑，奥克塔维亚心里想，他早就忘啦。

“韦斯特莱克先生爱开玩笑。”麦金太尔领着奥克塔维亚到她的房间里，“但是，”她又真诚地补充道，“当他认真起来时，这里的人都很尊重他。要是没有他，我真不知道这地方会变成什么样子。”

东头已经收拾好的两个房间供女主人居住。她进去时，发现里面家具很少，感觉空荡荡的，心里有点失望；但随即她又想这里属于亚热带气候，他们把房间布置得适合气候，肯定是煞费苦心，这样一想又很感激他们。大窗户的框架已卸掉，柔和的海风从阔百叶窗吹来，白窗帘随风轻摆。白木地板上铺了很多凉席；深色的柳条椅看上去真让人舒服；浅橄榄色墙纸也令人心旷神怡，起居室的一面墙壁立着光滑的白松木书架。她马上跑了过去。书架上摆满了一批批精选的藏书。她大致看了一下，发现有些小说和游记还是刚出版的新书呢。

她想到现在自己落到一个只有羊肉、蜈蚣的贫困荒凉的牧场上，却没有想到这里会有这么多的藏书。出于女性的好奇心，她开始翻看一本本书的扉页，每本书上都有西奥多·韦斯特莱克的字迹流利的签名。

长途跋涉后，奥克塔维亚感到非常疲惫，那晚很早就上床休息了。她躺在雪白的床单上，感觉很凉爽、惬意，但迟迟不能入眠。她依然保持着警觉，倾听着遥远微弱且陌生的声音——狼在丛林里低嚎，风在无休无止地奏着低沉的交响乐，青蛙在远处小湖周边鸣叫，墨西哥人在棚屋里拉着如怨如诉的手风琴。各种复杂的情绪在她心里纷纷涌起——感激与不满，宁静与不安，孤寂与安慰，快乐和痛苦。

她做了其他任何女人都会做的事情——毫无缘由地、尽情地大哭了一场，然后如释重负。入睡前她还喃喃地自言自语地说：“他忘啦，他把以前忘啦。”这句无可奈何的话一直在她心头萦绕。

树荫牧场的经理可谓绝对懂行，非常能干。每天清晨，屋子里别的人还睡着的时候，他就已经起身，骑马出去巡视羊群和营地了。这原是那个严肃稳重的墨西哥老总管的责任，但是特迪总是要亲力亲为才放心。除了忙的时候之外，他一般在八点钟回到牧场，身上充满了草原气息，心情轻松欢快，同奥克塔维亚和麦金太尔太太在中央过道里的小桌上一起吃早饭。

在奥克塔维亚来了以后，又过了几天，特迪让她拿出一条骑马裙，按照适合栎树丛林的要求，剪短了一些。

她充满疑虑地穿上裙子，又按特迪的吩咐绑上一副鹿皮护腿，跨上一匹活蹦乱跳的小马，和他一起去巡视她的产业了。他把所有的东西都指给她看——一群群的母羊、公羊和吃草的羔羊，浸洗槽、剪毛栏、小牧场上野蛮的美利奴公羊、预防夏季干旱的水箱——他像孩子一样兴高采烈地向她汇报着。

她以前熟悉的特迪呢？他性格的一面，也就是她喜欢的那一面，仍然和从前一样；但她现在只能看到这些。他的热情去哪里了？——他奋不顾身的求爱，充满幻想的、不切实际的忠诚，让人心痛的哀伤，幼稚可笑的温柔，狂妄的自尊，昔日情绪多变的特迪去了哪里呢？他有敏感的性格，接近艺术家的气质。她知道特迪喜欢追逐时尚和运动，此外还培养了格调高雅的兴趣。他写过文章，搞过绘画，而且可以说是研究过某些艺术；他曾一度把自己的梦想和思想都向她倾诉。但是如今——这个结果她无法回避——特迪把自己性格的各个方面都对她关上了门，只留下一面，那就是作为树荫牧场的经理和一个已经原谅了她、忘记了过去的天性快乐的朋友。真是令人奇怪，班尼斯特先生向她介绍产业时就是用的这样的字眼——“整个牧场围着一道坚固的铁丝网。”

“特迪也在自己的周边围起一道坚固的铁丝网。”奥克塔维亚喃喃地自语道。

她能理解他这种拒人于千里之外的态度。根源是在哈默史密斯家的舞会上。那时，她刚刚决定接受博普雷上校和他的百万产业（这同她的容貌和地位相比，也算不了什么，她是完全配得上的）。特迪一腔热血、不顾一切疯狂地向她求婚，她直直地盯着他，冷若冰霜、直截了当地说："我再也不想听你这种无聊的废话了。""你不会再听到了。"特迪嘴角上露出一种异样的表情。如今，特迪也围起一道坚固的铁丝网。

在这次巡查中，特迪忽然想起古斯姥姥童谣[①]里有个名叫博皮普的，他马上把这个名字用到奥克塔维亚身上。因为名字相似，职业相同，他对这个绰号自鸣得意，就一直挂在嘴边。牧场上的墨西哥人也开始用这个诨名称呼她。他们发不好"普"字的音，便加了一个音节，正儿八经地称呼她"博皮贝夫人"。这个名字最终流传起来，"树荫牧场"和"博皮普夫人的牧场"这两个名称完全可以说就是一个地方。

从五月到九月的这一漫长炎热的夏季终于来了，牧场上基本没什么活。奥克塔维亚稀里糊涂地过日子。书本，吊床，和为数不多的几个好朋友通通信，重新拿起水彩颜料和画架——这些东西排遣了闷热的白天。傍晚倒一直是过得很欢畅。特别是和特迪在一起更令人感到快活。夜鹰在周围盘旋，还有猫头鹰受到惊吓飞起，在那洒满月光、微风吹拂的旷野上，和特迪策马奔驰。墨西哥人有时拿着吉他从棚屋里出来，唱着听不懂的让人伤心的歌。还有在凉风习习的游廊里，和特迪娓娓长谈，还有特迪和麦金太尔太太之间没完没了的斗嘴斗智。麦金太尔太太作为苏格兰人本身具有的机敏，往往弥补了她所欠缺的幽默，最终她也不会吃亏。

随后是一个接一个的温暖、乏味、芳香的傍晚，这些晚上随着时间的流逝，按理说应该可以使斯特雷方翻过不管什么样子的铁丝网去找克萝伊[②]，或者可以让丘比特亲自拿起套索，在那些情意绵绵的牧

① 1719 年，美国波斯出版商弗利特发行了一本名叫《古斯姥姥童谣集》的书，传说是根据他岳母唱给外孙们听的儿歌童谣编辑而成。

② 斯特雷方是英国诗人锡德尼（1554—1586）的散文体小说《阿卡迪亚》中的男主角，对方是女主人公克萝伊。

场上捕捉猎物，但是特迪还是围着他的密密的铁丝网。

七月里的一个傍晚，博皮普太太和牧场经理在东头游廊坐着纳凉。特迪一遍又一遍地预测着秋季羊毛能不能卖到两毛四分钱一磅，该说的都说完了，末了，他无声地笼罩在他那哈瓦那雪茄醉人的烟雾里。只有傻乎乎的女人，才没有老早就发现，他的工资中至少有三分之一送到了卖进口雪茄的烟店里。

“特迪，”奥克塔维亚突然尖锐地问道，“你在这牧场上到底是图了什么呢？”

“每月一百美元的工资，”特迪马上回答，“外加膳宿。”

“我真想辞了你。”

“不可能。”特迪咧着嘴笑着说。

“为什么？”奥克塔维亚不饶人地追问。

“契约有规定。做生意要按照一切没有过期的契约。我的契约订到十二月三十一日晚上十二点钟为止。到那时，你可以半夜里起来辞退我。如果到时候你不辞退我，我就有权利和你打官司。”奥克塔维亚好像正在考虑如何诉诸法律程序。

“不过，”特迪高兴地说，“不管怎么样，我早就想辞职不干了。”

奥克塔维亚的摇椅停住了。敢肯定摇椅下面有蜈蚣，还有印第安人，还有广阔、孤寂、荒凉、空虚的旷野，全都围在严严的铁丝网里。

她拥有范德雷塞家族的高贵自尊，但也拥有范德雷塞家族的古道热肠。她一定要弄清楚特迪是不是真的把她忘了。

“哦，特迪，好吧，”她装作很有礼貌的样子，“这里很冷清；你肯定是想回到以前的生活——回到马球、龙虾、剧院和舞会中去了。”

“我一向不喜欢舞会。”特迪老老实实地说。

“特迪，你老啦，记性也不行了。谁不知道你从来不会错过任何一次舞会，除非同另一个舞会冲突，你可没有分身术。还有，你和同一个舞伴跳得太多，很不礼貌。让我想想是谁呀，就是福布斯家的那个姑娘——叫什么名字来着，梅布尔，对吧？”

“不是，她叫阿黛尔。梅布尔是瘦胳臂的那一个。我跟阿黛尔的交谈只是局限在精神层面上。我们经常在一起谈十四行诗，还有魏尔兰[①]。那时，我还想从诗才之泉铺设一条水管呢。”

“在哈默史密斯家的舞会上，”奥克塔维亚不让他岔开话题，“你跟她总共跳了五次。”

“哈默史密斯家的什么呀？”特迪一脸茫然。

“舞会——舞会。”奥克塔维亚恶狠狠地说，“我们刚才谈的什么，你不知道？”

“我还以为是眼睛和胳臂呢。”特迪想了一阵子才说。

看到特迪惬意地靠在帆布椅上，奥克塔维亚真想一把揪住他脑袋上的久经日晒的黄头发，费了好大劲才压住了这种想法。她以最可人的交际花的口吻说：“哈默史密斯家的那些人真是太有钱了。是开矿的吗？干那一行可赚钱呢。在他们家甚至找不到一杯白开水。在那次舞会上，一切都奢侈得叫人羡慕。”

“对啊。”特迪说。

“那次去的人真多啊！”她知道自己像是一个女学生在讲述初次参加的舞会一样，有点儿不知道自己在说什么了。“阳台上和房间里一样闷热。在那次舞会上——我丢了——一件东西。”最后一句话的声调好像是存心要拆除掉什么铁丝网似的。

“我也丢了件东西。”特迪压低声音说。

“一只手套。”奥克塔维亚说。敌人逼近她的战壕时，她却不战而退了。

“我丢失的是身份。”特迪不损一兵一卒就结束了战争，“哈默史密斯家的一个开矿的和我聊了半晚，那家伙像天使长一样，一直把手揣在口袋里，不停地谈着冶炼厂、小平巷、主平巷和洗矿槽。”

① 魏尔兰（1844—1896）：法国象征派诗人。

“一只珠灰色的手套，差不多是全新的。”奥克塔维亚哀伤地说。

“那个家伙叫麦卡德尔，真的很了不起。”特迪大加赞许，“他不喜欢都市文明；还把大山当作炸肉饼，想把隧道架在半空中；他从不多说一句无聊的废话。夫人，你有没有把那些租地展期申请的表格填好？三十一号之前要交给土地局的。”

特迪懒洋洋地转过头。奥克塔维亚的椅子上早已是空空的了。

这种局面最终被一条沿着命运划出的路线爬行的蜈蚣，给打破了。一天清晨，奥克塔维亚和麦金太尔在西头游廊修剪忍冬花。特迪天没亮就急急忙忙起身走了，因为有人报告说前一晚的雷雨把基地上的一群母羊给冲散了。

被命运所驱使的蜈蚣出现在游廊的地板上，两个女人立刻尖叫起来，这倒引起了它的注意，它看到特迪住的最西头房间的门开着，便撒开所有的黄脚一溜烟跑了进去。奥克塔维亚和麦金太尔太太抄起两件长的家什，撩起裙子，在谁打头阵、谁断后的问题上争了半天，然后跟了进去。

蜈蚣一进屋子就失踪了，两个要它命的女人开始小心翼翼地进行彻底的搜索。

即便打蜈蚣这事既危险又要求全神贯注，奥克塔维亚发现自己置身于特迪的私人卧室时，仍然产生了一种好奇的敬畏之心。在这个房间，平时他一个人坐着，脑子里默默地转着不愿与别人分享的念头，怀着不想让别人知道的梦想。

这个房间好像是专门为斯巴达人或军人设计的。房间的一个角落里摆着一张大帆布床；另一个角落里摆着一个小书架；第三个角落里架着几支看起来很可怕的温切斯特枪和滑膛枪。最后的一个角落是一张极大的桌子，上面摊着信件、纸张和文件，还有个分类架。

在这样空荡荡的房间里蜈蚣隐藏得还挺巧妙，真是有天分啊。麦金太尔太太用扫帚把捅书架的背后。奥克塔维亚朝特迪的帆布床方向走去。房间还保持着主人匆匆离去时的样子。墨西哥女仆还没有来得及收拾。他的大枕头中央还有睡过的凹痕。她担心那条令人讨厌的虫子可能会爬到床上躲起来，伺机咬特迪。蜈蚣对经理们一直是这样残忍狠毒的。

她小心地翻开枕头，枕头下面是一个又长又细的暗色的东西。她正要大声呼喊求救,但她还是马上抑制住了自己。她抓起一只手套——一只珠灰色的手套——就在这个已经忘了哈默史密斯家舞会的人的枕头底下压着，显然压过了许多的时日，已经变得皱巴巴的。今天早上，特迪一定走得很急，忘了把它藏到白天该放的地方。即使再狡黠的经理，有时候也会被人抓住把柄。

奥克塔维亚把这只灰色手套塞在她前怀的衣服里。手套是她的。他怎么会有这种东西的？他把自己围在坚固的铁丝网里，只记得哈默史密斯家舞会上矿工所谈的洗矿槽。

草原上的这个地方真是人间天堂！当你发现了你以为早已失去的东西时，心情简直像是怒放的玫瑰一样舒畅！从窗口吹进来的晨风是多么怡人，风中夹杂的黄金雀花香是多么清新，多么甜美！你难道不能多站一会儿，用明亮的大眼睛眺望远方，幻想着误会最终得到了谅解吗？

麦金太尔为什么还可笑地用扫帚在乱捅呢？

“我找到啦。”麦金太尔太太砰的一声把门关上说，“它在这里。”

“你丢了什么东西吗？”奥克塔维亚说话非常客气，但却没有表现出丝毫的兴趣。

“这个可恨的小东西，”麦金太尔太太恶狠狠地说，“难道你已经忘了吗？”

她们两人一起用力弄死了那条蜈蚣。由于它，奥克塔维亚才重新找回她在哈默史密斯家舞会上丢失的东西。

特迪好像也想起了这只手套，他下午回家后，一声不响，翻箱倒柜地寻找。到了晚上，他才在东头游廊上明亮的月光下发现，它就戴在奥克塔维亚的手上，他原以为那只手再也不会属于他了。

他情不自禁地又想起了那次舞会上的情形。特迪的铁丝网一下子垮掉了。

这次没有虚荣心从中作祟，求爱的事情便水到渠成，很顺利，就像热情的牧羊人和温柔的牧羊女之间应有的情况一样。草原变成了花园。树荫牧场变成了光明牧场。

几天后，奥克塔维亚收到班尼斯特先生的回信，专门答复她所询问的有关事项。其中有一段是这样写的：

> 关于牧场的事情，我真不知道如何向你报告。你移居牧场两个月之后，我们才了解到博普雷上校的产权是没有一点儿价值的。我们发现了一个文件，获悉他去世前就已经变卖了这笔产业。这件事通知了你的牧场经理韦斯特莱克先生，他立即赎回了牧场。我简直无法想象你怎么会自始至终都一无所知。我希望你能同那位先生商榷一下，至少他能够证实我的话。

奥克塔维亚立刻去找特迪，眼神里带着挑衅。

“你在这牧场上干活到底是图了什么？”她又一次问。

“一百——”他正想重复，但是从她的神情中，他看出来她什么都知道了，她手里还拿着班尼斯特先生的回信。他知道再也不用隐瞒了。

“这个牧场现在属于我。”特迪说，像做了错事被人抓住的小学生一样，“如果一个经理干了一段时间，他还不能够接管了老板的这个企业的话，这个经理也就有点太无能了。”

“你为什么要在这里干活？”奥克塔维亚仍旧想打破砂锅问到底。

“说实话，塔维，”特迪平静、坦诚地说，“我可不是为了挣这点儿工资。这点儿钱只够我买雪茄和防晒油。医生要求我到南方来。因为打马球和过度运动，我的右肺出了毛病。我需要好的气候环境，新鲜的空气，良好的睡眠等。”

奥克塔维亚马上向他的右肺那个有毛病的部位摸去。班尼斯特先生的信随风飘走。

“特迪，现在——现在是不是好了？”

“像一截牧豆树干那么结实。我有一件事没有告诉你。当我知道牧场的产权不属于你时，我花了五万美元买下了它。在这里当经理期间，我在银行里攒下来的钱差不多有这么多，这笔交易真是划算极了。塔维，我在银行里还有一小笔剩余的钱在很快地自然增值。结婚旅行时，我打算乘游艇，船桅上扎上白缎带，途经地中海，穿过赫布里底群岛，然后到挪威和须德海。”

“我想，”奥克塔维亚温柔地说，“和我的经理一起在羊群中间骑马结婚，然后回来和麦金太尔太太在游廊上吃婚礼早餐，悬在餐桌上空的红陶瓮也要扎上一枝橘树花。”

特迪笑了，大声唱道：

小小的博皮普夫人丢失了她的羊群，
不知道去哪儿找寻。
随它们去吧，它们自会回家，
于是——

奥克塔维亚勾住他的脖子，让他低下头，悄悄地在他耳边说着什么。

不过，这都是他们以前的事情了。

名师讲从本书中
得到的写作启示

图书在版编目（CIP）数据

欧·亨利短篇小说精选 /（美）欧·亨利著；王晋华译．—成都：巴蜀书社，2020.7

ISBN 978-7-5531-1319-7

I. ①欧… II. ①欧… ②王… III. ①短篇小说－小说集－美国－近代 IV. ① I712.44

中国版本图书馆 CIP 数据核字 (2020) 第 102976 号

本书文本解读与视频导读由杨美俊主编 马云韵（北师大实验中学）解读

欧·亨利短篇小说精选

[美] 欧·亨利 著 王晋华 译

选题产品策划生产机构 | 北京长江新世纪文化传媒有限公司
总 策 划 | 金丽红 黎 波
特约编辑 | 王赛男 范秋明 张雅琴 王枫婕
责任编辑 | 陈亚玲　装帧设计 | 郭 璐　内文制作 | 张景莹
法律顾问 | 梁 飞　封面插画 | 乔一桐　责任印制 | 张志杰 王会利
媒体运营 | 刘 冲 刘 峥 洪振宇　视频制作 | 高 梦 田 彤

总 发 行 | 北京长江新世纪文化传媒有限公司
电 话 | 010-58678881　传 真 | 010-58677346
地 址 | 北京市朝阳区曙光西里甲 6 号时间国际大厦 A 座 1905 室
邮 编 | 100028

出 版 | 巴蜀书社　电 话 | (028) 86259397
地 址 | 成都市槐树街 2 号　邮 编 | 610031
网 址 | www.bsbook.com
印 刷 | 三河市百盛印装有限公司
开 本 | 880 毫米 ×1230 毫米 1/32　印 张 | 10.75
版 次 | 2020 年 7 月第 1 版　印 次 | 2020 年 7 月第 1 次印刷
字 数 | 286 千字
定 价 | 38.00 元